ハヤカワ・ミステリ

RUTH RENDELL

心地よい眺め

A SIGHT FOR SORE EYES

ルース・レンデル

茅　律子訳

TOKYO HAYAKAWA BOOKS

A HAYAKAWA
POCKET MYSTERY BOOK

A SIGHT FOR SORE EYES
by
RUTH RENDELL

Translated by
RITSUKO KAYA
First published 2003 in Japan by
HAYAKAWA PUBLISHING, INC.
This book is published in Japan by
direct arrangement with
KINGSMARKHAM ENTERPRISES LTD.
c/o INTERCONTINENTAL LITERARY AGENCY.

ふたたび、ドンに

心地よい眺め

装幀　勝呂　忠

登場人物

テディ・グレックス…………工芸大学の学生
ジミー…………………………テディの父
アイリーン……………………テディの母
キース…………………………ジミーの弟、テディの叔父
アグネス・トートン…………アイリーンの母、テディの祖母
リチャード・ヒル……………技術者
フランシーン…………………リチャードの娘
ジュリア………………………児童心理療法士
フローラ………………………ベビーシッター
デイヴィッド・スタナーク……リチャードの友人
ハリエット・オクセンホルム…オルカディア・コテージの主人

難しい注文ではなかった。

「ふざけないでくれ、ハリエット」サイモン・アルフェトンは言った。「まったく何を言いだすかと思えば！　きみたちは、レンブラントの『ユダヤの花嫁』を見たことがないのか？」

二人は見たことがなかった。サイモンはその絵の説明をしながら、予備のスケッチに取りかかった。「じつに愛情深い作品で、そこには従順な若い花嫁を守ろうとする男の愛情が描かれている。絵のなかの二人は見るからに裕福で、とても高価な衣装を身につけているが、彼らが繊細かつ思慮深い人間で、しかも愛しあっていることは一目でわかる」

「ぼくらといっしょだ。金持ちで、愛しあっている。ぼくたちは、その二人に似ているのかい？」

「いや、全然。きみたち自身、似たくはないと思うよ。美の概念は変わってきているから」

「じゃ、この絵のタイトルは『赤毛の花嫁』だな」

「ハリエットは、きみの花嫁じゃない。わたしはこの絵を

1

彼らは互いに手を取りあい、目を見かわすことになっていた。深く、相手の目をのぞくことに。

「これじゃ、絵を描《か》いてもらっているのか、立たされているのかわからないわ」彼女が言った。「どうして彼の膝に座っちゃいけないの？」

彼は笑った。彼女の言うことはことごとく、彼を喜ばせるか面白がらせるかした。暗赤色の巻き毛から小さな白い足にいたるまで、彼女に備わっているものはどれもみな、彼を魅了した。この二人に画家が出した指示は、彼は彼女をさも愛しているかのように、彼女は彼をうっとりと見つめるというものだった。自然に振る舞えばいいのだから、

〈オルカディア・プレイスのマークとハリエット〉と呼ぶつもりだ――ほかに呼びようがないだろう？　それより、少し黙っててくれないか、マーク？」

　彼らの背後にある家は、こういうことに詳しい人々のあいだではジョージ王朝風コテージといわれているもので、通常、メロウと呼ばれる赤煉瓦でできている。だが、真夏のこの時期、赤煉瓦の壁は微風に揺れるバージニアヅタの艶やかな緑のカーテンでほとんど覆いつくされていた。風にさざめき波立つ壁はさながら、垂直に伸びる緑の海原のようだった。

　煉瓦壁、フリント壁、木壁、石壁――サイモン・アルフェトンは、壁に目がなかった。カム・ヒザーをハンギングソード・アレーのスタジオの外で描いたときは、ポスターだらけのコンクリート壁のまえに彼らを立たせた。マークの家に本物の植物で覆われた壁があるとわかると、サイモンはこちらの壁も描こうと思った――当然、マークとハリエットをそのまえに立たせて。きらきら光る色合い豊かな緑の連《カスケード》なりを背に、マークはこの日、濃紺のスーツに白いシャツと黒い細身のネクタイをあわせ、ハリエットは全身に赤をまとっていた。

　秋になれば、壁を覆っている葉は、ハリエットの髪やドレスとおなじ色になる。それから、徐々に黄金色から淡い黄色に色褪せ、やがては地に落ち、生け垣に囲まれた舗装された一角と、中庭全体を埋めつくす厄介者になる。そうなると、赤煉瓦の壁が、ときにはハーフティンバーもどきの壁が、ふたたび姿を現わす。そして、一九六六年の春には、薄緑色の芽が現われ、葉の循環がまた始まる。そんなことを考えながら、サイモンはバージニアヅタの葉と、髪と、ひだの入ったシルクを描いた。

「そういうことはあとにして」サイモンがこう言ったのは、マークがハリエットの手を握ったまま、彼女を自分のほうに引きよせてキスを求めたからだ。「五分だけ、彼女をそっとしておいてくれ」

「そんな、それはないよ」

「わたしが表現したいのは優しさだ、欲望じゃない。わかるだろう？」

「足がしびれてきたわ」ハリエットが言った。「ひと休みしましょうよ、サイモン」

「あと五分の辛抱だ。足のことは考えない。彼を見つめて、どれほど彼を愛しているか考える」

彼女は彼を見あげ、彼はうつむいて彼女を見つめた。彼は右手で彼女の左手をとり、二人は長いこと目を見かわしていた。サイモン・アルフェトンはオルカディア・コテージの前庭に、永遠とはいわないまでも非常に長いあいだ二人を立たせて、その姿を描きつづけた。

そのあと、ハリエットはざっと描かれた自分の容姿を満足そうに眺めて、「なんなら、この絵はわたしが買うわ」と言った。

「どうやって?」マークは、彼女にキスした。声は穏やかだったが、言葉はちがった。「きみは一文無しじゃないか」

これが二人の終わりの始まりだった。この日のことを振り返るたびに、サイモン・アルフェトンはあらためてこう思うのだった。なるほど、蕾のなかに潜んでいた虫が醜い顔をあらわして花のあいだを這いずりだしたのはあのときだ。

2

ある肌寒い土曜日に、ジミー・グレックスとアイリーン・トートンは長距離バスでブロードステアズに出かけた。一九六六年の夏のことだ。こんなふうに二人で遠出をするのは初めてだった。日頃、二人がやっていることは――アイリーンはそれを〝求愛行為〟と呼んでいたが、ジミーはとくに名前をつけていなかった――白バラとライオン亭に通うことと、ジミーがたまにアイリーンの母親のところにお茶を飲みに行くことだった。だが、行きつけのパブが近ごろ経営方針をあらたにし、常連客のために週末のイベントを企画するようになったのだ。今回のブロードステアズ行きも、こうしたイベントのひとつだった。

　この日は雨模様で、身を切るような北風がサフォーク、エセックス、そしてケントの海岸を吹きぬけて、沖合のチャンネル諸島に向かっていた。ジミーとアイリーンは海岸通りの避難所に座って、持参したサンドウィッチを頬ばった。それから、海辺の石を買い、フランスの海岸を見ようと望遠鏡をのぞいたが無駄だった。お茶の時間になると、まともな食事をとることにして、海に面したポップルウェルのレストランに入っていった。

　ジミーは一杯やりたくてたまらなかったが、ポップルウェルの店は、当時はレストランやカフェの多くがそうであったように、酒類販売の許可を得ていなかった。しかも、パブは五時半にならないと開かないので、彼はそれまで、お茶で我慢するしかなかった。卵料理にポテトチップス、豆、マッシュルーム、アップルパイ、カスタード、さらにはダンディーケーキを食べても、まだ半時間ほど暇を潰さなければならなかった。そこで、ジミーはあらたにポット入りの紅茶を注文し、アイリーンは化粧室に行った。

　化粧室といっても、そこは奥に個室がひとつあるだけの、ちっぽけな、窓のない――当時としては珍しいことではないが、汚らしい――コンクリート張りの納戸だった。一方の壁には洗面台が危なっかしく取りつけてあったが、そこには石鹼も、タオルも、ペーパータオルもなかった。当然、ハンド・ドライヤーはなかった。蛇口のひとつからは滴が垂れていた。個室から女性が出てきたので、アイリーンなかに入った。すると、蛇口から水の流れる音のあとに、外側のドアが閉まる音が聞こえた。

アイリーンは、手を洗うつもりはなかった。手なら、朝、家を出るまえに洗ったし、ここにはタオルもないから。それでも、彼女はひび割れた鏡をのぞいて、髪を撫で、唇をすぼめた。そうしていると、鏡のしたの棚に載っているものがいやでも目に入った。棚の中央に載っていたのは、ダイヤモンドの指輪だった。

さっきの女が手を洗うまえに外して、忘れていったに違いない。高価なものだから、うっかり下水に流すわけにはいかないということだ。アイリーンが覚えているのは、その女が中年で、レインコートを着ていたことだけだった。

彼女は指輪に注目し、そして、手にとった。

ずぶの素人にも、宝石には知識も眼識もない連中にも、上等なダイヤの指輪は自ずとその価値を知らしめるものだ。アイリーンが手にしたのは、両肩にサファイアをあしらったひとつ石のダイヤの指輪だった。そっと右手に塡めると、あつらえようにぴったりフィットした。

だからといって、指輪を塡めたまま、ここから出ていくのは考えものだ。彼女は指輪をバッグにしまった。ジミーはこの日、三十本めの煙草をふかしながら、彼女を待っていた。彼女に一本すすめてから、いっしょに錨亭まで歩いていった。そこで、彼はビターを一パイント、彼女はシードルを半パイント、注文した。しばらくしてから、彼女はバッグを開け、彼にダイヤの指輪を見せた。

その指輪を、レストランに引き返して支配人に渡すとか、警察に届けるという考えは、どちらの頭にも浮かばなかった。見つけたものは自分のものというわけだ。が、どちらの頭にも、べつの考えがあった。というより、二人はおなじことを考えていた。アイリーンはいま一度、今度は左手の薬指に指輪を塡め、その手を掲げてジミーに見せた。ずっとつけていてもいいでしょう？　声に出したわけでもないのに、彼女の思いはなぜか、ジミーに通じた。

二杯めのビターと袋入りのポテトチップスを買ってテーブルに戻ると、彼はこう言ったのだ。「そのまま、つけていればいい」

「いいの？」声がうわずった。アイリーンは、ことの重大さを感じたのだ。畏怖の念にみちた瞬間だった。

「婚約してもいいよ」

アイリーンはうなずいた。微笑みはしなかったが、心臓は激しく脈打っていた。「あんたがそれでいいなら」

「まえから考えてたんだ」ジミーは言った。「あんたに指輪を買おうって。はじめから、この指輪をあてにしてたわけじゃない。おれはもう一杯やるけど、あんたはどうする？　シードルを買ってこようか？」

「ええ」アイリーンは言った。「もらうわ――お祝いに。ついでに、煙草をもう一本もらえない？」

そのじつ、ジミーはこの瞬間まで、婚約など考えていなかった。そもそも、結婚するつもりはなかった。どうして結婚しなければいけないんだ？　おれのところには、おれと弟の面倒を見てくれるおふくろがいる。しかも、おふくろは五十八だから、先はいくらでもある。といっても、この機会を逃す手はない。いまなら、拾ってきた指輪をつけさせておくだけですむが、いつか本気で婚約しようと思った日には指輪を買ってやらなければならない。それに、婚約は婚約にすぎないから、何年でも続けられる。明日、結婚しなければいけないということでもない。

アイリーン自身、ジミーに惚れているわけではなかった。この点について自問したら、彼のことはじゅうぶん気に入っていると答えただろう。ジミーには他の男性より好意をよせていたが、ほかに男性の知りあいがいるわけではなかった。店員をしているミス・ハーヴェイの毛織物店も男性には縁のないところで、店においてある二重編みや柔らかい重ね織りを買いにくるのはもっぱら年輩の女性だった。そんなアイリーンがジミーと知りあったのは、彼が親方とやってきて店の二階にある店主のアパートにペンキを塗り、新しい流し台を取りつけたときのことだった。いまから五年まえのことだ。

アイリーンは右利きだったが、ブロードステアズから戻ったあとの数週間は左手で客にサービスし、その手を顎のしたに引きあげてダイヤに光があたるようにしていた。結果、指輪はおおいに褒めそやされた。彼女とジミーは行きつけのパブに通いつづけ、彼は相変わらずミセス・トートンのところへお茶を飲みに行っていた。そうこうするうちに、彼女は三十五歳の誕生日を迎えた。二人はさらに何度か、白バラとライオン亭が主催する遠出に参加した。自分たちだけで、あるいはミセス・トートンと彼女の友人グラディスを誘って。

アイリーンはときどき結婚を口にしたが、ジミーはいつも「このあいだ婚約したばかりじゃないか」とか「それについては一年か二年、ゆっくり考えよう」と言った。しかも、二人で暮らせる場所はいつまでたっても得られそうになかった。というのも、アイリーンには、自分の母親ともジミーの母親とも同居する気がなかったからだ。反面、彼らの関係は、性的なものではなかった。ときには口づけをすることもあったが、ジミーはそれ以上、求めなかったし、アイリーンは求められても応じまいと自分に言い聞かせていたので、彼が何も求めないことをむしろ尊重していた。それについては一年か二年、ゆっくり考えればいい。

そのあとすぐに、ジミーの母親が死んだ。彼女は両手に大きな買い物袋をさげたまま通りで倒れたため、食パン数斤に半ポンド入りのバター、分厚いチェダーチーズ、袋入りのビスケット、オレンジ、バナナ、ベーコン、ニワトリ二羽、豆の缶詰、それにトマトソースであえたスパゲティの缶詰がごろごろと歩道を転がっていくか、側溝に落ちていった。ベティ・グレックスは、重度の脳出血に見舞われたのだ。

ベティの二人の息子は生まれたときからその家に住んでいたので、二人ともそこを出ていくことは考えていなかった。自分たちの面倒を見てくれる人間がいなくなったいま、ジミーは結婚するのが得策だと考えた。結局、彼は五年間、婚約していた。婚約していることを思い出させるのは、アイリーンが来る日も来る日も塡めつづけている指輪だった。

彼女がふたたびツキに恵まれ、化粧室の棚で結婚指輪を見つけることはなさそうだったが、さいわい、彼のところには死んだ母親の指から外した指輪があった。二人はバーントオークの登記所で結婚した。

グレックス家の住まいは、手狭な台所と浴室のほかに階上と階下にそれぞれ部屋がふたつある小さな棟割り住宅《セミ》で、化粧漆喰の外壁には淡黄褐色のペンキが塗ってあった。ニーズデンのノースサーキュラー・ロード近辺には似たような家が並んでいたが、グレックス家は角に建っているので通りから直接、庭に入ることができた。その小さなスペースに、キース・グレックスはつねに自分の車を置いていた。より正確に言えば、一連の車を。兄が結婚したとき、キースがそこに置いていたのは、ひれ《フィン》のついた赤と銀のスチュードベーカーだった。

キースはジミーより若く、まだ結婚していなかった。女性にも、どんな種類のセックスにも関心がなかった。本好きでもなければ、スポーツマンでもなく、酒と車以外はほとんど何事にも無関心だった。車を走らせることには、車をいじりまわすことほど興味がなかった。車を分解しては、また組み立てていた。きれいに磨いて、ひとり愛でていた。スチュードベーカーのまえはポンティアックで、そのまえはドッジだった。

足が必要なとき、つまり仕事に行くときは、バイクを使っていた。車の状態が完璧になり、見てくれも最高によくなると、彼はそれに乗りこんでノースサーキュラー・ロードをブレント・クロスからヘンドン・ウェイまで北上し、さらにステーション・ロードをくだってブロードウェイを戻ってきた。スチュードベーカーの愛好家たちがラリーを主催すると、彼はそのつど、愛車とともに参加した。車で遠出をするということは、エンジンを分解して、ふたたび組み立てるということだった。兄と同様、建築関係の仕事をしているキースはかなりまえから、愛車とバイクを停めやすいように中庭にコンクリートを敷きつめていたので、そこには芝とタンポポとアザミで覆われたごく小さな細長い緑の一角しか残っていなかった。

父親が生きていたときもそうだが、母親が生きていたときは、グレックス兄弟はひとつの寝室を二人で使っていた。その部屋で、ジミーは夕方になると、キースが車をいじりまわしているあいだに、《ペントハウス》誌の助けを借りて彼自身の性的欲求に応えてきた。だが、そこを出て、ベティ・グレックスが使っていた部屋に引っ越すことになると、もうひとつ変えなければならないことが生じた。物事を深く考えない彼には、変えるのは簡単なように思われたが、実際には一年ほど時間がかかり、グラビア雑誌が与えてくれるような満足感は決して得られなかった。アイリーンはといえば、彼女はそれを受けいれた。どうということはない。害はない。風邪を引くわけでも、気分が悪くなるわけでもない。結婚したら誰でもすることだ。掃除、買い物、料理をこなし、夜になったら戸締まりをするようなものだ。

もちろん、そこには赤ん坊を産むことも含まれていた。

アイリーンは四十二歳になっていた。自分の年を考えると、とても妊娠するとは思えなかった。それまでにも多くの女性がそう思ったように、更年期だと思った。セックスにはあまり詳しくなかったし、子づくりについてはなおさらだった。しかも、母親や叔母から、偶然にも奇妙な情報を入手していたのだ。そのひとつが、子供をつくるには男が頻繁に、おしみなく繰り返し射精しなければならないというものだった。言いかえれば、精液を大量に取りこまなければ、何の結果も生じないということだ。その話はむしろ、キースが白くなりはじめた髪につけていたグリシアン2000ローションを思い出させた。この養毛剤は、繰り返し〝適用〟したあと、ようやく効果を表わしたのだ。

アイリーンの結婚生活における〝適用〟は十分ではなかったし、ますます希少なものになりつつあった。そのため、彼女は食が進んで体重が増えても、妊娠したとは思わなかった。ジミーはもちろん、何も気づかなかった。アイリーンに出産予定日を尋ねたのは、隣人のミセス・チャンスだった。アイリーンの母親は――二カ月ぶりに会って――すぐに気づいたが、娘の年齢を考え、生まれてくる子には「どこか、おかしなところがあるだろう」との意見を口にした。当時、ダウン症の話をするものはひとりもいなかったが、アグネス・トートンは「たぶん、蒙古症だろう」と言った。

アイリーンはけっして医者に近づかなかったし、誰もそうしなかったので、いまさら行こうとは思わなかった。日頃から〝無視すれば問題は解消する〟を信条にしていたので、彼女は膨張する身体を無視して、ひたすら食べ物を渇望した。近ごろ店先に並ぶようになったドーナツとクロワッサンに強い関心を示し、日に四十本から五十本、猛烈に煙草を吸いまくった。

七〇年代のはじめには「自分の身体とまめに連絡をとろう」という言葉が流行ったが、アイリーンはひとつも連絡をとらなかった。自分の身体を見ることもなければ、鏡に映して見ることもなかった。実際的な痛みはべつとして、身体が訴えるものはたいがい無視した。といっても、このときの痛みはまったく異質の、初めて経験する痛みだった。痛みはえんえんと続き、ますます激しくなるので、これ以上、自分の身体と連絡をとらずにはいられなくなった。当然、グレックス家には電話はなかったし、電話を引こうという気さえなかったので、アイリーンが陣痛の窮地におちいると、キースは至急、医者を呼びにいくことになった。このとき、彼はたまたま、スチュードベーカーで二週間に一度の遠出をしようとしていたのだ。

ジミーに医者を呼びにいかせるのは問題外だった。彼は空騒ぎにすぎないと言ったばかりか、近ごろ購入したテレビ――初めてのカラーテレビ――で、ウィンブルドンを観戦していた。医者はやってくるなり、ひどく憤慨した。信じられないといった様子だった。アイリーンは破水した羊水に濡れながら、つぎつぎと煙草を吸っていたのだ。続いて、助産婦がやってきた。グレックスの家族は全員、医者から厳しく叱責されていたので、助産婦は自らテレビのスイッチを切った。

そして、午後十時に九ポンド九オンスの男の子が生まれた。ミセス・トートンの予想に反して、赤ん坊にはおかしなところはひとつもなかった。少なくとも、彼女が考えていたような問題はなかった。彼の〝おかしなところ〟は、当時はどんなテストにもひっかからなかったが、いまもなお、少なからず存在しているものだ。いずれにしても、それは自然キャンプに参加させるか、それとも成長を促す学校に通わせるかによって、治癒される可能性があるのだ。なにぶん、七〇年代には、多少なりとも知識のある人間は誰でも、個人の性格と気質はすべて幼児期の環境と状態によって形成されると信じていたのだから。そう、フロイトが最強だった七〇年代には。

彼は、きれいな赤ん坊だった。彼を身ごもっているあいだ、母親はもっぱら、バターをつけたクロワッサン、ホイップクリーム・ドーナツ、サラミ、バラ肉のベーコン、フライドエッグ、チョコレートバー、ソーセージといった〝労働者が好きそうな趣味の悪い食べ物《エヴリシング・ウイズ・チップス》〟を食べて生きていた。約一万八百本の煙草を吸い、ギネスとシードル、ベビーシャム（洋なしの発泡酒）、スイートシェリーを何ガロンも流しこんだ。にもかかわらず、生まれてきた赤ん坊にはなめらかな桃色の肌と、絹のような濃茶の髪と、巨匠が描く天使の容貌と、完璧な四肢が備わっていた。

「名前はもう決まったのかい？」数日後に、ミセス・トートンが尋ねた。

「やっぱり、名無しじゃまずいわよね？」アイリーンはあたかも、赤ん坊に名前をつけるのは適切なことだが、まちがっても義務ではないと言っているようだった。

彼女もジミーも、赤ん坊の名前は思い浮かばなかった。なるほど、自分たちの名前とキースの名前、隣人のチャンス氏の名前であるアルフレッド、それに死んだ父親の名前は承知していたが、気に入っているものはひとつもなかった。キースは飲み友達の名前ロジャーをすすめたが、アイリーンが当のロジャーを嫌っていたので、この名前は却下された。このあと、べつの隣人が赤ん坊に贈り物を届けにきた。贈り物は足に鈴のついた小さな白いテディベアで、このぬいぐるみには乳母車の天井に吊るすためのリボンもついていた。

ミセス・トートンもアイリーンも、この贈り物にすっかり感動し、かわいらしい声で「まあ！」と言った。

「テディ」アイリーンは優しく言った。

「よし、これで名前は決まりだ」キースが言った。「テディ、略してエドワード」誰も笑わなかったので、彼は自分で自分のジョークを笑った。

3

誰ひとり、本気で彼、テディを気遣うものはいなかった。それどころか、家族は互いに気遣うこともなかった。それぞれが一種、自分の殻にこもって、ひたすら自分の好きなことをしているようだった。キースは車いじりを、ジミーはテレビ鑑賞を。長年、毛織物を売ってきたアイリーンは毛糸や編み糸に取りつかれ、ただ編むだけでは物足りなくなり、かぎ針編みを大々的に始めた。何時間もひっきりなしにかぎ針を動かして、キルト、マット、テーブルクロス、コートを編みあげた。

テディは、四歳になるまで両親の部屋で寝ていた。その後、叔父の部屋に引っ越し、折りたたみ式寝台《キャンプベッド》で寝るようになった。小さい時分は、何時間もベビーサークルに入れっぱなしにされ、泣き声は無視された。アイリーンもジミーも、無視することにはすこぶる長《た》けていた。家にはいつも食べ物があふれ、ボリュームある冷凍インスタント食品《TVディナー》や、フィッシュアンドチップス店の「本日のおすすめ」が食卓に並んだので、テディはまるまると太っていた。四六時ちゅうテレビがついていたので、見るものには不自由しなかったが、抱きしめてくれたり、遊んでくれたり、話しかけてくれるものはひとりもいなかった。テディが五歳になると、アイリーンは彼をひとりで学校にいかせた。学校は通りを五十ヤードほどくだったところに、それも家とおなじ側にあったので、ひとりで通わせるのはひどく危険なことではないし、周囲が呆れるほど無責任な行為でもなかった。

　彼はクラス一、背の高い、顔立ちのいい子供だった。テディという名前の人間は、ずんぐり低い頑丈な体格に、青い目と茶色い巻き毛と笑顔を持ちあわせているのが相場だが、テディ・グレックスはひょろっ高い身体に、オリーブ色の肌と黒っぽい髪と澄んだハシバミ色の目を備えていた。先が上向きにそった鼻と、バラの蕾にも似た唇と、子供のいない女性なら思わずつかまえて抱きしめたくなるような愛らしい表情の持ち主だった。

　だが、思わず彼を抱きしめていたら、女性たちは容赦なくやっつけられていただろう。

　七歳のとき、彼は叔父の部屋から自分のベッドを運びだした。といっても、その部屋で、何か不都合なことがあったということではない。キースと衝突したことは一度もなかった。口げんかさえしなかった。というより、二人はほとんど口をきかなかったのだ。何年かのちに、心理学者がテディ・グレックスと関わりをもったとしても、彼らのような専門家でさえ、彼の抑圧性記憶症候群《RMS》を診断することはできなかっただろう。

　唯一、テディがいやがっていたのは、プライバシーの欠如と、部屋を揺るがさんばかりの叔父のいびきだった。そのすさまじい濁音は、栓を抜くのと同時に十個の浴槽からいっせいに水が流れだすようなものだった。それに煙だ。テディは煙も気に入らなかった。煙はいわば哺乳瓶といっしょに吸ってきたようなもので、もう慣れっこになっていたが、部屋が狭いぶん事態は深刻だった。キースは一日の最後の一服を午前零時三十分に、最初の一服を午前六時にふかすので、部屋の空気は吸いこめない状態になっているのだ。

テディは、キャンプベッドをひとりで動かした。このとき、キースはブレント・クロスの新興住宅地へ配管の仕事に行っていた。ジミーはエッジウェアの現場で、柄のついた木製容器に煉瓦をのせて梯子をのぼっていた。アイリーンは居間で、器用に五つの動作を同時にこなしていた。煙草とコーラとチョコレートバーを口に運びつつ、テレビを見ながら、色合い豊かな——炎色と黄緑と濃紺と赤紫の——ポンチョを編んでいた。テディは、ベッドを階下まで引きずっていった。ベッドを持ちあげられるほど力が強くなかったから、それを引きずって大きな音を立てた。どすんどすんとベッドが階段にぶつかる音はアイリーンにも聞こえていたが、聞こえているような素振りはひとつも見せなかった。

食堂はいまだかつて、クリスマスの晩にさえ、使われたためしがなかった。ひどく狭いうえに、ヴィクトリア朝風のマホガニーの食卓と六脚の椅子とサイドボードが備えてあったので、食卓につくことはおろか出入りさえままならなかった。ありとあらゆるものが埃に覆われ、床まである何色ともいいがたいビロードのカーテンに触れようものなら、埃が煙のように舞いあがった。反面、食堂には誰も足を踏みいれないので、そこはほかの部屋より煙草くさくなかった。

この七歳のときですら、テディは食堂に置かれている家具はどれも悪趣味だと思った。よく見ると、脚部にほどこされた装飾は腫れた鼠蹊リンパ節を、真鍮の足部はウオノメができたライオンの鉤爪を思わせた。椅子の座面を覆っているのは、ビニールの草分けともいうべき黒と茶色の斑模様のニセ革だ。無表情な棚板、尖端に飾りのついた柱、大口をあけたような物入れ《カビーホール》、彫刻をほどこした鏡板、細長い鏡と緑色のステンドグラスの塡めこみ——サイドボードはこのうえなく醜悪で、長いこと見ていると怖くなった。まだ明けきらないうちに、あたりが白みはじめたころに目を覚ますと、サイドボードの鏡板と尖端飾りと洞穴のような物入れが暗がりのなかにぼんやりと現われるような気がしてならなかった――さながら、物語に出てくる魔女の館のように。

そんなのは、ごめんだった。テディは椅子に積もった埃に人指し指で模様を描き、食卓の表には模様と淫らな言葉の両方を記した。それから、椅子を四脚、座面と座面をあわせて重ね、そのうえに残りの二脚を積みあげて、そら恐ろしいサイドボードを隠し、ベッドを置く場所をこしらえた。

キースは、甥の引っ越しに気づいていた。それについては何も言わなかったが、ときどき食堂にやってきては、とりとめのない話をしていった。煙草を吸いながら、車のことや、いまから賭け屋に行くといったようなことを、むしろ一方的に、テディに話していった。息子がどこで寝ているのか、アイリーンもジミーも知らなかったようだ。アイリーンはポンチョを編みあげると、それを着て買い物に行った。そして、家に戻るが早いか、これまでにもっとも野心的な計画、ケープとフードのついた床まで届く黒と緋色のトップコートに着手した。そのころ、ジミーは梯子《はしご》から落ちて背骨を痛めたので、仕事をやめて給付金を受けるようになった。以来、彼は給付金の世話になりどおしで、二度と仕事をすることはなかった。かたやキースは、スチュードベーカーを薄緑色のリンカーン・コンバーチブルに替えた。

近所では、テディ・グレックスが隣家に通うようになったのは家で無視されているからだと思われていた。彼らに言わせると、テディが求めているのは、子供のいないマーガレット・チャンスのような女性が与えてくれる愛情と抱擁と優しさだった。そして、彼に向けられた会話であった。テディには、彼と彼が学校でしていることに関心をもってくれる人物が必要なのだ。おそらくは清潔な家と、手をかけた食事も。つぎつぎと替わるキースの車、ジミーの失業、アイリーンの風変わりな格好と歩き煙草――グレックス家にまつわる噂は絶えることがなかった。

けれども、彼らは間違っていた。テディは無視されていたかもしれないが、家には食べ物がふんだんにあり、彼を叩く人間がいたわけではなかった。しかも、彼は愛情を切望していなかった。一度も愛情をかけられたことがないから、それがどんなものかわからないのだ。これが理由でないとしたら、そういう気質に生まれついたのだろう。いずれにしても、彼はすっかり自己充足していた。隣家に行き、そこに何時間もいたのは、その家には美しいものがあふれ、アルフレッド・チャンスが作業場で美しいものを作っていたからだ。八歳にして、テディは美しいものに引きあわされたのだ。

アルフレッド・チャンスは庭の一角に、キース・グレックスが薄緑色のリンカーンを置いている位置に、作業場をもっていた。彼はその作業場を三十数年前に、誰の手も借りずに白煉瓦とアメリカネズコで建て、内部に作業台と商売道具を置いていた。アルフレッド・チャンスは建具および家具職人で、特別な場合には石に彫り物をほどこすこともあった。彼が文字を刻んだ墓石は、テディが初めて目にした工芸品のひとつだった。

その墓石はきらきらと輝く暗灰色の御影石で、深く刻まれた文字には黒い色がほどこされていた。「死は罪の終焉」テディは文字を読んだ。「現世と来世は地平と地峡のはざまに横たわる」もちろん、墓碑の意味はさっぱりわからなかったが、その仕事がおおいに気に入っていることは自分でもわかっていた。「こんなふうに字を刻むのは大変なんだろうな」と、彼は言った。

ミスタ・チャンスはうなずいた。

「字が金色じゃないところがいい」

「いい子だ。百人ちゅう九十九人は金色にしてくれという。どうして、おまえさんは黒のほうがいいと思うんだ？」

「わかんない」テディは言った。

「どうやら、おまえさんには天賦の才があるようだ」

作業場は、あらたに削られた木材の鮮烈な匂いがした。壁には、黄金色の髪をした半ば完成した天使が立てかけてあった。ミスタ・チャンスはテディを家に招きいれ、家具を見せた。テディはときおり祖母の家に行っていたし、一度か二度、級友のところにお茶を飲みに行ったことがあるので、ミスタ・チャンスの家は生まれて初めて訪ねるよその家ではなかった。だが、ヴィクトリア朝後期のおさがりや、Gプラン（Gomme社が一九五三年より製造した現代的なデザインの家具）や、パーカー・ノール（一九三〇年代に生産された椅子）が置かれていない家は、この家が初めてだった。

　グレックスの家には本は一冊もなかったが、ミスタ・チャンスの家にはガラス扉と装飾をほどこした四角い柱のついた書棚をはじめ、両端の線より中央部が一段まえに突き出した書棚、あるいはドアのうえに三角形の部分がついた書棚があふれていた。居間にあるデスクは小さな引き出しの傑作で、黒光りする楕円形のテーブルにはおなじく光沢のある淡色の木材で葉っぱと花が嵌めこんであった。格好のよい脚のついたキャビネットには一対の扉絵が描かれ、そのどちらにも豊饒の角からあふれだす果物がデザインされていた。

「見るも嬉しいもの、そういうことだ」ミスタ・チャンスは言った。

　これほど立派な家具を北ロンドンの狭苦しい棟割り住宅に詰めこむのはいささか不釣り合いだが、テディは気にとめなかった。ただ、目にしたものに感動し、興奮した。だが、彼は感情を表現する術《すべ》を知らないので、墓石に刻まれた字が好きだというのが精いっぱいだった。彼は一点一点、家具を見てうなずいたあと、キャビネットの扉に描かれた果物をそっと指でなぞった。

　そこで、ミセス・チャンスは彼に、よかったらビスケットを食べていかないかと尋ねた。

「ううん」と、テディは答えた。

　テディに、お礼を言うことを教えた大人はひとりもいなかった。テディが隣家に行っているあいだ、彼がいなくて寂しいと思うものもいなかった。それどころか、家族は彼の不在にさえ気づいていない様子だった。チャンス夫妻はたびたび、彼を連れだした。マダム・タッソー蠟人形館をはじめ、バッキンガム宮殿、自然史博物館、ヴィクトリア・アンド・アルバート博物館に連れていった。夫妻は、テディの美しいものにたいする熱意と旺盛な好奇心を評価し、マナーの悪さには目をつぶった。ミスタ・チャンスはテディを作業場に入れて見物させたが、はじめのうちはノコギリやノミには手を触れさせなかった。そのうち、道具を握らせ、数週間後にはドアにはめる鏡板をカンナで削らせた。テディはもともと無口なので、黙って仕事をしろという必要はなかった。彼はどうやら、飽くことも知らないようだった。音をあげることも、不平を漏らすこともなかった。

ミスタ・チャンスはときおり、仕上げたばかりの彫刻やデザイン画を示して、おまえさんはこの作品が気に入ったかいと尋ねた。そんなとき、テディはたいがい「うん」と答えた。

だが、ときには冷酷きわまりない返事をよこした。ビスケットを食べないかと訊かれたときのように、ひと言「ううん」と言うのだ。

テディは、ミスタ・チャンスの絵を見るのが好きだった。そのうちの何枚かは、額に入れられ、室内の壁に飾られていた。残りは、作業場の書類入れのなかにあった。それらは確かな手によって生み出された、どこまでもすっきりとした正確な線画だった。ミスタ・チャンスはこうした絵をキャビネット、食卓、書棚、デスクはもちろん、ときには――彼自身の楽しみのために――他人の家にまで描いた。そうした家は、グレックス家と隣りあう彼の棟割り住宅より上等なところに住むゆとりがあったら、ぜひ住んでみたいと思う家だった。美しい家具をつくり、卓越した文字を刻み、テーブルにさまざまな模様を描く職人が大儲けすることはめったにないのだ。テディがこのことを学んだのは十歳のときだった。それはまた、マーガレット・チャンスが死んだときでもあった。

当時はまだ、乳房X線撮影《マモグラフィ》が普及していなかった。彼女は左の乳房にしこりを感じたものの、それっきり二度とそこには手を触れなかった。何もないふりをしていれば消えてなくなる、と願っていたのだ。しかし、癌は脊柱に転移し、放射線療法の甲斐もなく、彼女は半年後に死亡した。

ミスタ・チャンスはスコットランドから薄紅色の御影石を取りよせ、妻の墓石をつくった。その際、テディは刻んだ文字に銀の塗料を流すのは趣味のいい相応しいやり方だと同意した。だが、「愛する妻」という言葉や、再会を意味する詩句は、彼を素通りしたので、ミスタ・チャンスに慰めの言葉をかけることもなかった。実際、言葉にするようなことはひとつもなかったのだ――テディは早くも、マーガレット・チャンスのことを忘れかけていたのだから。

アルフレッド・チャンスが仕事を再開するまでには多少、間があったので、テディは作業場を独占して、そこで試し、学び、そして危険を冒した。

グレックス家の人間は誰ひとり、医者にかからなかった。だから、テディはどんな病気にたいしても免疫がなかった。彼が作業場で小指の先を切り落とし、ミスタ・チャンスが彼をタクシーで救急医療室に連れていったとき、実際に医者が最初に行なったのはテディに破傷風トキソイドを注射することだった。生まれて初めて受ける注射だったが、針を刺されてもテディは何も言わなかったし、何の関心も示さなかった。

ジミーとアイリーンはそのことに気づいたが、一切、触れなかった。キースは気づかなかった。アグネス・トートンだけは気づいて、しかも言葉にした。「その手はどうしたんだい？」

「小指の先を切り落としたんだよ」テディはこともなげに、かすり傷を負った人間が言うような調子で言った。「ノミでね」

このとき、アグネス・トートンは買い物帰りにちょっと立ちよったのだが、家には孫息子しかいなかった。アグネスは感覚や知覚の鋭い女性ではないし、とくべつ心の温かい女性でもなかった。子供好きでもなかったが、テディの有様には何かしら彼女を不安にさせるものがあった。この子はひとりでいることが多い、と思った。チョコレートバーや、ポテトチップスの袋や、コカ・コーラの缶を手にしていたことは一度もない。玩具ひとつ持っていない。そういえば、小さいときは始終、家畜か何かのようにベビーサークルに入れられていたっけ。彼女はつぎに、想像力をおおいに働かせて――これは前例のないことだから、ひどく疲れた――こんなふうに思った。どんな母親でも、子供が事故で指の先を切り落としたら、そのことを自分の母親に告げるはずだ。たぶん、電話で、涙ながらに。アイリーンが子供のとき、テディとおなじ目に遭っていたら、あたしは誰にでも話していただろう。

でも、何ができるだろう？　自分から騒ぎたてるわけには、アイリーンやジミーに言うわけにはいかない。そんなふうに首を突っこむことはできない。余計な口出しになるし、あたしは間違っても口出しはしない。それなら、答えはひとつしかない。経験からいうと、その答えは万能だった。お金は人間に幸福をもたらすもので、そうではないという人間は嘘つきだ。「お金はどうしているんだい？」と、アグネスはテディに訊いた。

「お金？」

「あいつらは、おまえに小遣いをくれないのかい？」

二人とも、〝あいつら〟が小遣いをくれないことはわかっていた。テディは首を振った。祖母の相貌を観察しながら、顎が四つもあって首がどこにもないのはなぜだろうと思っていた。大きな黒いハンドバッグの口金を開けようとして、彼女が身体を折り曲げると、四重顎は胸と一体化してブルドッグのようになった。

アグネスは、赤い革の札入れから一ポンド札を取りだした。「さあ、とっておき」彼女は言った。「これは今週のぶんだよ。来週になったら、またあげるからね」

テディは紙幣を受けとってうなずいた。

「ありがとうっていうんだよ、こういうときは」

「ありがとう」テディは言った。

アグネスはふと、こういうときはテディを抱きしめてキスしてやらなければと思った。といっても、抱きしめたことは一度もないし、いまから始めるには遅すぎる。しかも、彼に押しのけられるか、あるいは叩かれるような気がした。だから、かわりにこう言った。「じゃ、これからは、あたしのところに取りにおいで。毎回、おまえさんに呼ばれて届けにくるわけにはいかないから」

キースは故デヴィッド・ロイド・ジョージのような大男で、四角ばった顔と広い額、真っ直ぐな鼻、離れた目、それに蝶の羽を思わせる眉の持ち主だった。黄色がかった灰色の髪を長く伸ばし、垂れさがったぼさぼさの顎髭をたくわえていた。若いときは、ロイド・ジョージがそうであったように、キースもハンサムだったが、加齢と食生活とアルコールのつけがまわり、五十五のいまでは由々しい衰退の段階にあった。

彼にはどこか、半ばとけた蠟燭を思わせるものがあった。さもなければ、太陽のもとに放置された蠟細工だ。顔の肉は弛んで、喉袋や頸袋になっていた。見た目には、こうした弛みがよたよたと首筋をくだって肩や胸から垂れさがり、胃のうえに大きく積み重なっているようだった。ズボンやジーンズは、巨大な太鼓腹のしたにベルトできつく止められていた。といっても、溶解であれ何であれ彼の身に起こった変化は、腕と脚には及ばず、四肢は相変わらず棒のように細かった。染色した髪は後退していたが、後ろは長さがあったので、近ごろはひとつに束ねて青い輪ゴムで止めるようになった。

テディが公立中学に入るころには、アイリーンは近所の鼻つまみになっていた。十一歳の息子をもつ一家の主婦というより、よるべないホームレスのようだった。色とりどりの手編みの衣装を全身に——ドレスやケープだけでなく、彼女は帽子やスリッパまで編むので、文字どおり頭の先から爪先まで——まとい、縞模様のキャップのしたから長い灰色の髪を扇のように肩にひろげて、立て続けに煙草を吸いながらぶらぶらと店に入っていき、手編みの手提げ袋にしばしば品物をひとつだけ入れて帰った。そんなわけで、また出直すはめになると、どこかの家の外塀に腰をおろして一服し、懐かしいカム・ヒザーのヒット曲を咳きこんで歌えなくなるまで歌った。そういうときに咳きこむと無性に腹が立つので、アイリーンは歌うのをやめ、かわりに通りすがりの人々に罵声を浴びせた。

ジミーはパブに行くか、給付金局に登録をしに行くか、そんなところだった。肺気腫にかかり、一日じゅうゼイゼイいい、夜どおし喘いでいたが、なじみのない医療の助けは借りなかった。アイリーンも彼もキースも、煙草は神経をなだめるから身体によいと言っていた。グレックス家の壁、わけても天井は、アイリーンとジミーとキースの人指し指同様、ヤニですっかり黄ばんでいたが、ペンキを塗りかえる人間はいなかったし、当然、壁を洗うものもいなかった。

かたや、テディは公立中学でりっぱにやっていた。彼は美術と、のちに図案技能《デザイン・テクノロジー》と呼ばれる分野で、将来を嘱望された。当人は絵を描くことを学びたいと思っていたが、中学校には実際にそれを教える施設がなかったので、かわりにミスタ・チャンスに教わった。彼はテディに、図画には正確さと、精度と、無駄がなくすっきりしていることが大事だと教えた。何度も何度も円を描かせ、ジョットを引きあいに出した。ローマ法王の使者が作品の見本を取りにきたとき、ジョットは凝った絵ではなく、紙切れに完璧な円を描いて差しだしたことを話した。テディは完璧な描くには至らなかったが、悪くはなかった。

彼は絵を描くことが好きになり、じきにミスタ・チャンスの作業場で物を作ることが好きになった。はじめは単純なオブジェだったが、次第に複雑な作品や彫り物を手がけるようになった。中等教育一般証明試験を受け、美術とグラフィック・デザインと英語のAレベルを取るために公立の大学予科《シックスフォーム・カレッジ》に進んだ。

もちろん、家庭では、テディが学校でやっていることに誰ひとり何ひとつ関心を示さなかったが、父親は「そろそろ学校をやめて金を稼いでもいいころだ」と言うようになっていた。テディが成長すると、グレックス家の大人は三人が三人とも、あらたな目で彼を見るようになった。自分たちの助けになる人間、すなわち役に立つ家族の一員として見はじめたのだ。いまや、テディは使い走りの少年にして、地方自治体やガソリン組合の代表との仲裁役であり、一家の稼ぎ手にして料理人でもあり掃除夫でもあった。それまで彼の存在をおおいに無視してきたことに、大人たちは何の後ろめたさも感じていなかった。というより、自分たちの側に過失があったことに気づいていなかった。それでも、彼らはわずかながら、ほとんど無意識のうちに、テディにおもねるようになった。テディが炭酸飲料を嫌いなことも知らずに、アイリーンは彼のために冷蔵庫にコーラを用意し、大人たちはこぞって彼に煙草をすすめるようになった。

彼はめったに家にいなかった。いても、食堂に自分の城を築いていた。そこは宿題をするところであり、ミスタ・チャンスがやっているように壁に自分の作品を掛けるところでもあった。作品の額装は、ミスタ・チャンスの締めつけ金具を使って自分でやった。ある日の午後、ジミーがよたよたと食堂に入っていくと、息子はキャンプベッドに腰掛けてラスキン（一八一八～一九〇〇年。英国の画家で芸術批評家、社会科学者、経済学者）の『ふたつの道』を読んでいたので、そろそろ仕事に就いたらどうかと持ちかけた。

「あんたがそうすりゃいいだろう？」テディは顔もあげずに言った。

「それが父親にたいする口のきき方か！」

はじめは答えるに値しないと思ったが、テディはしばらくして、ジミーが怒鳴りながら埃をかぶったサイドボードを叩いているあいだに、「おれはどこにも就職しないよ」と言った。

「なんだと？　そいつはいったいどういうことだ？」

「聞こえただろう」

ジミーは彼に近づいて拳を振りあげたが、太りすぎにくわえて身体が弱っていたので、たいしたことはできなかった。怒鳴ったせいで、空咳に襲われたのだ。咳が出はじめると、彼はその場で、腰掛けている息子のまえで、身体をふたつに折り曲げた。背中をまるめて、うめき声をあげ、しまいには支えを求めて息子につかまるしかなくなった。すると、テディは無言のまま、自分の中古のスエットシャツをつかんでいる震える手をどかし、じたばたする動物の首根っこをつかまえるように、ジャケットの襟首をつかんで父親を部屋の外に連れだした。

しかし、ジミーやアイリーンでさえ、テディに働き口がないことはわかっていた。いま学校をやめても、テディにできる仕事はない。仕事がなければ、彼は家にとどまって、食堂を占領しつづけるしかない。しかも、彼はとても背が高くて強靭だから、自分たちにとっては脅威の存在になる。テディは六フィート一インチの、細いながらも逞しい身体に成長していたのだ。大学から入学許可の書類が届くと、両親はほとんどほっとしたような気持ちでその書類にサインした。だからといって、テディが遠くへ行ったり、家を出ることはなかった。彼は単に、地下鉄に乗ってメトロポリタン線の終点にある大学に通うことになったのだ。

アイリーンはすっかり太って、もはや婚約指輪を塡めていられなくなった。婚約指輪は指にワセリンを塗ってどうにか外したが、金の結婚指輪はそのままにしておいたので、いまではすっかり肉に食いこみ、肌色のクッションの隙間に落ちたスパンコールにしか見えなかった。彼女はこのところ、ライフワークともいうべき超大作に、ジミーと寝ているダブルベッドにかけるカバーに取りかかっていた。使っている糸は純白だったが、編みはじめてまだ一月《ひとつき》にしかならないのに、編みあがった部分は紅茶にでも浸したように一様に黄色く染まっていた。

キースは、リンカーンを五〇年代後半に製造された淡黄色のフォード・エゼル・コルセアに替えた。おおかた、当時のアメリカ人は垂直式のギアシフトに満足できなかったのだろう。あるいは、歯を剝いた鮫ではなく、「オー！」といっている口を思わせるフロントグリルが気に入らなかったのかもしれない。いずれにしても、エゼルは当初から失敗作として有名だった。キースがこの車を南ロンドンのディーラーから、わずか五千ポンドで仕入れたのも、おそらくはそれでだろう。

年数は経っていたが、キースのまえにこの車を所有していたのは、ひとりだけだった。しかも、その所有者はめったに運転しなかったとみえ、走行距離はわずか一万マイルだった。にもかかわらず、キースはエンジンをバラバラにして、あらたに組み立てはじめた。この作業は、その年の暑くて長い夏が終わるまで外で続けられたが、キースが立てる騒音といい勝負の鋸をひく音は聞かれなかった。というのも、ミスタ・チャンスは七月に亡くなったからだ。

ミスタ・チャンスには子供がなく、近親者には従兄弟がひとりいるだけだった。彼が亡くなったとき、葬儀にやってきたのはこの従兄弟だけだった。テディの頭には、葬式に出ようという考えは浮かばなかった。唯一、心配されるのは、仕事をしに行くところがなくなることだった。なぜなら、ミスタ・チャンスの家はすぐにでも売りに出されるはずだから。テディの心配がいくらか和らいだのは、ミスタ・チャンスが彼に道具と、大量の材木、絵の具、それに画材を残してくれたことを知ったときだ。彼は、それらをすべて食堂に詰めこもうとした。そして、それが無理だとわかったとたんに、生まれて初めて激しい怒りにかられた。彼は冷静な人間だったが、その怒りは熱く激しかった。彼の物言わぬ内面はぐらぐらと煮えたぎり、彼の顔を真っ赤に染め、額に青筋を浮きあがらせた。

食堂にある家具は、雨風にさらして腐らせてしかるべきもの、ひどいガラクタだった。狭いフランス窓から外に出せるものなら、そうしていただろう。一度は、窓を取り外すことも考えた。家の裏側を壊すことも、ガラスを蹴破って板木を剝がすことも考えたが、テディは憤慨しているだけでなく用心してもいた。そんなことをしたら、警察に通報されるのがおちだ。それより、ここにある家具はどうやってここに入れたのだろう？

それに答えたのは、キースだった。「はじめは、おれの爺さんのものだった。親父は、そのテーブルや椅子が大好きだった。それに、そのサイドボードも。そいつは職人技の傑作だ。それだけのものを作れる職人はもういない」

「願うところだ」と、テディは言った。

「口のきき方に気をつけろよ。近ごろはどうしてるんだ？　おまえさんはおれに、老いぼれチャンスがつくった家具を見せたきりだ。おれの親父はこの家を買った――そのことは知ってるだろう？　親父は働き者だったが、公営アパートの家賃は払ってなかった。ああいう罠にははまらなかった。コツコツ金を貯めて、この家を買った。届いた家具を見て、なかに入らないとわかったときには胸がつぶれそうになった。だから、親父は家具をバラして家のなかに入れ、あらためて組み立てた。ところで、誰がそれをやったと思う？」

「言わなくていいよ、わかるような気がするから」

「手間賃ほしさに、チャンスは喜んでこの仕事を引き受けた。やつは親父を喜ばそうと必死だった」

これは究極の幻滅だった。テディが少しのあいだ、アルフレッド・チャンスはそういう人間ではないと思っていたとしても、いまはもう、そうは思っていなかった。まえから思っていたとおりだ、やっぱり人間は堕落して腐敗している、物よりはるかに劣っている。物は、けっして人を裏切らない。いつまでも変わらないから、喜びと満足の尽きない源になりうる。世のなかには、これとおなじことがいえる人間もいるはずだが、テディは十八歳になるまで、そういう人間には一度も巡りあわなかった。

道具はどうしたかといえば、最後には庭の片隅に、言いかえればキースのエゼルが占領していないところに、保管するしかなかった。そこでは、道具を使うこともできなかったから、仕方なくビニールシートにくるんで〝芝〟のうえに置いたのだ。そこにキースが住んでなかったら、あの車がなかったら、テディはおそらく、ミスタ・チャンスのところにあるような作業場を誰の手も借りずに建てていただろう。

だが、現に、キースはそこに住んでいた。しかし、アイリーンはそれからすぐにいなくなった。アイリーンは不幸な最期をとげたのだ。子供のころによく、「あんたはろくな死に方をしないよ」と母親に言われたものだが、彼女が考えていたのはこういう死に方ではなかった。

4

悪い子であったことが、フランシーンの生命を救った。彼女が生きのびたのは、そのまえに何か悪いことをしたからだ。少なくとも、ジュリアはそう言った。ジュリアはそこにいなかったが、いたのはフランシーンと、彼女の母親と、むろん犯人だけだが、ジュリアはむかしから何でも知っていた。その男はあなたを捜しに二階にやってきたのよ、とジュリアは言った。ほかに、彼がつぎつぎと寝室に入っていった理由がある？

奇妙なことに、フランシーンは長いあいだ、自分がそのまえにどんな〝悪いこと〟をしたのか思い出せなかった。騒がしくしたのか、いうことを聞かなかったのか、それとも粗相をしたのか？　あれこれ考えたが、こうした言動はどれも自分らしくなかった。というのも、彼女は本来、そういうことをする子ではなかったからだ。反面、彼女の母親は厳格な女性ではなく、とても穏やかな女性だったから、幼い娘はやはり、してはいけないことをしたに違いなかった。娘が騒ぎたてたり、バターのついたパンをうまく食べられなかっただけなら、母親は苛立った声で「フランシーン、それはとても愚かで不注意なことよ。部屋に戻って反省しなさい」と言わなかったはずだから。

あるいは、フランシーンはもともと、そういうことをする子だったのかもしれない。いまさら何がわかるだろう？　その後の半時間に起こったことは、彼女の人生を変え、彼女をべつの人間にしてしまったのだから、当時は手に負えない悪い子だったのか、いまとおなじ性格をしていたのか、当人にも確かめる手だてはないのだ。とはいえ、母親に文句を言わなかったことは確かだ。彼女は母親の言葉にしたがい、二階に行き、自分の部屋に入ってドアを閉めたのだ。それは、ある晴れた六月の暖かな夕刻、六時十分前のことだった。彼女はまだ、時計の読み方を覚えていなかった。父親は、いまは針のある時計もあれば、数字しかないデジタル時計もあるから、子供が時計の読み方を覚えるのは以前より難しくなったと言っていた。それでも、彼女が六時十分前という時刻を知っていたのは、部屋に行かされる直前に、母親がそう言ったからだ。

部屋の窓が開いていたので、彼女は少しのあいだ、窓枠にもたれて庭の先にある路地を眺めていた。あたりには目をとめるような家や庭はひとつもなく、一番近い家でも四分の一マイルほど離れていた。彼女の目には、原っぱと、木立と、生け垣と、はるか彼方の教会の尖塔が映っていた。路地の向こう側に一台の車が到着し、道端に停まったが、そちらにはあまり注意を払わなかった。自動車には関心がないから、何色の車だったか、それさえ覚えていない。運転手にも、同乗者の有無にも、やはり注意していなかった。

覚えているのは、彼女の部屋には蝶が一匹いて、窓ガラスに体当たりしていたことだ。鱗粉が落ちないように、親指と人指し指でそっと羽をつまんで捕まえたことも覚えている。捕まえたのはアカタテハだった。窓から外に放してやると、蝶はひらひらと空に舞いがり、しまいには小さな点になって見えなくなった。このあと、彼女は窓のそばを離れてベッドに横たわり、ひとりでいることに退屈しながら、こう思っていたのだ。いつになったら、母親がやってきて部屋のドアを開け、「いいわよ、フランシーン、降りてらっしゃい」と言うのだろう?

母親がやってくるかわりに、誰かが玄関の呼び鈴を鳴らした。来客の予定はなかったが、フランシーンは期待に胸をはずませた。来客であれ、隣人であれ、友人であれ、誰かが訪ねてきたということは、結果的に彼女を階下に呼びもどすことになるからだ。彼女はベッドを出て、窓のところに戻り、したをのぞいた。そこからは、玄関にやってきた人物を見ることができた。少なくとも、頭のてっぺんは見えた。いつだったか、彼女はそこから、きれいに禿げあがった誰かの頭を目にしたことがあったが、今回のは月のように白く光る頭ではなく、茶色い髪に覆われた立派な頭だった。といっても、頭のほかには茶色い靴しか見えなかった。

母親が玄関の呼び鈴に応じた。ほかにそうする人はいなかったのだから、応じたのは母親に違いなかった。玄関ドアが開き、そして閉まった。フランシーンは、玄関ドアがこのうえなく静かに閉まる音を耳にした。はじめは誰の声も聞こえなかったが、やがて男性の声が届いた。とくべつ大きな声ではなかったが、荒々しい、ひどく怒った声だった。その声に、彼女は驚いた。誰かが家にやってきて、怒りにまかせて母親を怒鳴りつけている。内容はともかく母親の声も聞こえたが、その話しぶりは冷静で落ちついていた。男が母親に何か尋ねたので、フランシーンはドアに耳を押しあてた。つぎに聞こえたのは、母親の「やめて！」という叫びだった。

それだけだった。聞こえたのは「やめて」のひと言と、一発の銃声だった。銃声はさらに続いた。テレビで聞いたことがあったから、すぐに銃声だとわかった。けれども、悲鳴が聞こえたのは最初の銃声のまえか、銃声と銃声のあいだか、銃声がすべて止んでからか、それを思い出すことはできなかった。何かが床に倒れて転がった。ものが滑りおちる音とガラスの砕ける音がしたから、家具のひとつが倒れたのだろう――椅子か、おそらくは小さなテーブルが。続いて、ドタバタいう音と、喘ぎと、苦しげなうめきが聞こえたが、こうした音は生まれて初めて耳にするものだった。唯一、聞き覚えのある音は、友達の子犬が置きざりにされたときにあげるような、哀れっぽく鼻を鳴らす声だった。そのあと、さらに一発、銃声が聞こえた。

フランシーンは、窓から逃げようと思った。窓に近づいてしたを見たが、地面はあまりにも遠かった。しかも、どこかに隠れなければならなかった。前庭には隠れるような場所はなかった。ジュリアはいつも、彼女が隠れたのは、男に見つかったら自分も殺されると直感したからだと言っていた。けれども、フランシーンがそう考えていなかったことは確かだ。隠れた理由を訊かれたら、「脅威を感じたら、子供はたいてい、動物のように身を隠すものだから」と答えただろう。

ドアのところで耳をそば立てていると、何かが床のむこうに引きずられていく音がした。丸めたラグを、絨毯を敷きつめた床の反対側まで引きずっていく音だった。彼女はまえに一度、短い生涯のなかでただ一度、大人が泣いているのを見たことがあった。その大人というのは、母親を亡くした彼女自身の母親だった。大人がむせび泣く音は子供の泣き声よりずっとひどいものだったが、いままた、その音が聞こえてきた。銃声よりも、ラグを引きずる音より、彼女はその音にぎょっとした。だから、戸棚に隠れたのだ。

戸棚のなかには、ハンガーにかかった彼女の服が入っていた。床には、靴が並べてあった。もう遊ばなくなった玩具の詰まったボール箱もあった。彼女は靴を玩具の箱にょせて、床にうずくまった。はじめは、取っ手がないから戸棚の扉を内側から閉めるのは無理だと思ったが、扉と絨毯の隙間に指を差しこめば閉められることがわかった。ごく小さな手は七歳児の強みだ。七歳以上だったら、そんなことはできないから、部屋に入ってきた男に見つかっていただろう。少なくとも、ジュリアはそう言っている。

事実、男は部屋に入ってきた。最初に聞こえたのは、階段をあがってくる足音だった。彼女の部屋は階段をのぼったところにあったので、男は真っ先にそこに入ったのだ。

なかに入って、あたりを見まわし、そして出ていった。続いて、両親の部屋に入り、引き出しを開け、中味を床にぶちまけた。引き出しそのものを床に投げつける音も聞こえた。身も凍るような恐怖に、彼女の歯は一年前、海で泳いだときのようにカチカチ鳴った。そのときは、母親が大きなビーチタオルで身体を包んでくれたうえに、父親の上着をかけてくれたが、いまはそんなことをしてくれる人はひとりもいなかった。

男が階段を駆けおりる音がした。男は玄関のドアをこのうえなく静かに閉めた。近くで眠っている人を起こさないように、夜中にそっとドアを閉めるような感じだった。だが、母親は眠っていたのではなかった。すでに死んでいたのだが、フランシーンはまだ、そのことを知らなかった。というより、死がどんなものか知らなかったのだ。それでも、這うようにして階段を降り、玄関の床に母親が伸びているのを見ると、先ほどの男が母親を傷つけたことがわかった。母親がひどい傷を負っていることもわかった。

母親のわきにひざまずき、手をとって、あちこちに動かしてみた。奇妙なことに、このときは血が目に入らなかった。母親がもともと暗い色の髪で、絨毯が赤黒い色をしていたせいかもしれない。あとで、そこに血があったことを思い出したのは、母親の髪を撫でるのをやめると、指と手のひらが刷毛で塗ったように赤く染まっていたからだ。あとからやってきた人たち――制服を着た男や、警官や、看護婦――のなかにも、彼女は流れだした血のなかに座っていた、制服のスカートは血で赤く染まっていたと話すものがいた。

父親は間もなく帰宅するはずだった。父親が帰ってくるのはたいてい、七時か七時十五分まえだった。時計を見ると、針は彼女の理解を超えた角度を指していた。時刻がわかるのは、針が真上か真横を指しているときだけなのだ。彼女は母親のかたわらに座って時計を見ながら、どうして針が動くところは見えないのだろうと思っていた。それでも、少しのあいだ目をそらして、ふたたび時計に目をやると、針はちゃんと動いていた。

歯はもう、カタカタいわなくなっていた。実際、何もかもが止まっていた。世界も、人生も、止まっていた。だが、時間はべつだった。なぜなら、ふたたび時計に目をやると、一方の針が少しうえに動いて真横を、左の真横を、指していたからだ。右と左の区別はついたのだ。

父親の鍵は錠を外すとき、ネズミが床をひっかくような音を立てた。そのガリガリという音に続いて、玄関のドアが開き、父親が入ってきた。父親すなわちリチャード・ヒルはその場に立ちつくし、目を見ひらき、これまでに一度も聞いたことのない声をあげた。ふたたび話ができるようになったあとでも、フランシーンにはその声を言葉にすることができなかった。その声はあまりにも恐ろしく、ほかの声とは大きくかけ離れ、とても人間のものとは思えなかった。むしろ、孤独な動物が荒野であげる咆吼に近いものだった。

彼女は父親に話しかけることができなかった。何ひとつ伝えられなかった。といっても、声が小さいとか、嗄れているとか、出しにくいということではない。母親が咽頭炎にかかったときはそうなったが、フランシーンは声も言葉も失っていたのだ。口を開けて唇と舌を動かしても、何も起こらなかった。話し方を忘れてしまったか、一度も修得したことがないかのように。

リチャード・ヒルは娘を胸に抱いて、赤ん坊のように扱った。パパはここにいるよ、いま戻ったところだ、もう二度とひとりにしないからね、と言った。そのときでさえ、彼は娘に「もう心配しなくていいよ、これからはずっとパパがおまえを守ってあげるから」と話しかけることができたが、娘はそれに答えることができなかった。恐怖にすくんだ父親の顔と、大きく見ひらいた——後日、当人が言うには普段の倍になった——目を見つめるのが精いっぱいだった。

そして、心理学者による治療が始まった。といっても、このときはまだ、ジュリアには会っていなかった。フランシーンはのちに、このときの心理学者はなんと慎重で思いやりがあったのだろうと痛感した。警察も例外ではなかった。プレッシャーをかける人間はいなかった。ささやかな苛立ちを示すものもいなかった。心理学者が彼女に人形を与えて、それで遊ばせたり、その役を演じさせていたのは、こうした遊びのなかで〝あの晩の出来事〟が再現されることを期待していたからだが、彼女がそのことを理解したのは何年も経ってからだった。なるほど、そこにはいつも男性の人形か、女性の人形か、小さな女の子の人形があった。

フランシーンはもともと、人形遊びをするような子供ではなかった。

「この子は人形が好きじゃないんです」リチャード・ヒルは心理学者に言った。「人形はひとつも持っていません」

だが、人形は、それによって子供がその内面と経験を心理学者に明かす道具として認められていたのだ。与えられたのがウサギの人形だったら、フランシーンも無意識のうちに何かを明らかにしていたかもしれないが、そういう人形は一度も与えられなかった。警察の人間がやってきて、彼女に話しかけたこともあった。婦人警官は、それまで出会ったなかで一番親切で優しい人たちだった。あんまり親切で優しいものだから、疑いを抱いたほどだ。

あれこれ質問される理由はわかっていた。母親を殺した人間を捕まえる必要があったからだ。が、彼女には話すことができなかった。自分の名前を書くのがやっとで、読めるのは簡単な言葉だけだったから、意思の疎通《コミュニケーション》はほとんどなかった。それでも、一時期、警察が父親を疑っていたことも彼女にはわかっていた。彼らは二日のあいだ、凶行はリチャード・ヒルによってなされたと考えていたのだ。

なんといっても、彼は殺された女性の夫だ。家庭内殺人は家族によって引き起こされるのが相場だ。警察は彼を尋問し、油断なく扱った。そして、釈放した。二人の人間が――ひとりは面識のない人間だった――が、六時から六時四十分まで、ウォータールーから、彼とおなじ電車に乗っていたと証言したのだ。

「ミスタ・グレインジャーは、あなたの知り合いでしたね」担当の警部は彼に言った。「あなたは、帰りの電車で彼に会ったと言われた。その彼が進んで証言したんです、彼もあなたに会ったと」

「わたしはあの男に、奥さんの具合を尋ねました」リチャードは言った。「奥さんはこのところ体調を崩しているので」

「ええ、彼はいましがた、わたしたちにもそう言いました。むしろ、自発的に。彼はあなたに声をかけ、あなたは彼の奥さんの具合を訊ねた。もうひとりは、ミスタ・デイヴィッド・スタナーク。ミスタ・スタナークは、少なくとも、あなたの顔は知っているそうです」

「そういわれても、わたしには心当たりがありません」

ウォリス警部は、リチャードの言葉を無視した。「いずれにしても、彼は自らの意思で警察に出向いて、問題の電車であなたを見かけたと証言しています」

何年もあとになって、フランシーンが訊いたので、リチャードはこの経緯をすべて彼女に話した。ジュリアには、デイヴィッド・スタナークが自分のためにしてくれたことを語った。「彼は、わたしの命を救ってくれた」

「彼が救ったのは、あなたの命じゃないわ」と、ジュリアは言った。

「命じゃないとしたら、わたしの自由だ」

「現実には、彼が救ったのは、あなたの数日分の不愉快な思いでしょう?」

ジュリアはしょっちゅう、「現実には」と言っていた。命と自由を救われたリチャードを待っていたのは、忘却の淵、忘れられたものが行きつくところだった。沈黙と静止の日々だ。フランシーンはもはや学校に、リチャードは仕事に行かなくなった。二人は昼も夜も、日がな一日、いっしょに過ごした。彼は娘のベッドを自分の寝室へ運び、本を読んで聞かせ、けっして彼女をひとりにさせなかった。ほかに何をしてやれただろう? 彼は何でもするつもりだった。少しのあいだ、娘に埋め合わせをすることが、彼の生活のすべてになった。白いペルシャ猫を買ってやると、一時《いっとき》は役に立った。子猫を抱いたり、子猫がじゃれるのを眺めているうちに、彼女はわずかに微笑むようになったのだ。ところが、ある日、その猫は捕えた鳥を贈り物として持ち帰り、彼女の足元に置いたのだ。黒い羽根から血を滴らせている鳥の死骸を見ると、彼女は恐怖にうち震え、目を見ひらいたまま、手を握ったりほどいたりしはじめたので、その猫はよその家庭にもらわれることになった。そうするしかなかった。

家は三世紀近い歴史をもつ上品な〝紳士の〟コテージだったが、そこを買おうというものはひとりもいなかった。下見にやってくる連中は、格子づくりの窓にも、美しい庭にも、切妻壁をなかば覆っている緑と金と赤のバージニアヅタにも、その場所が郊外とはいえロンドンからわずか三十マイルしか離れていないことにも、ほとんど気づいていない様子だった。そこで起こったことを知ると、彼らは血に飢えた悪鬼のような目で家を眺めるか、「それを知ったうえで、ここに住めるだろうか」と自問しはじめた。血のあとを探すように床を凝視する女もいた。

結局、家は市場価値よりはるかに安い値段で売却された。


口がきけなかったし、読み書きの能力もごくかぎられていたので、フランシーンはほとんど誰とも意思の疎通がはかれなかった。ビデオ・カセットを見つけたことを父親に話したり、書いたりすることはかなわなかった。手渡すことはできたが、どういうわけかそうしなかった。いまより幼く、話すこともままならなかったのに、そのときでさえ、彼女はそのカセットには何かよくないことが隠されていて、その何かが父親を不幸にするような気がしたのだ。そう思ったのは、そのカセットがひどく注意深く隠されていたからだろう。

フランシーンは、隠し場所は自分が発見した自分だけのものだと思っていた。言いかえれば、父親はこのことを知らないし、ことによると母親も知らなかったのではないか、と思っていたのだ。煙突の壁には、その昔、この家の主人が夜間、かつらを外して保管していたことから〝かつら戸棚〟と呼ばれるようになった古めかしい戸棚があった。母親は、そこに裁縫箱とハサミをしまっていた。戸棚の床には板が隙間なく張ってあるように見えるのだが、板の一枚をある方法で押すと少し持ちあがるので、指でつかんで外すことができるのだ。しかも、その板のしたは小さなくぼみになっているのだ。

フランシーンが初めて隠し場所を発見したとき、そこには何も入っていなかった。ハサミが使いたくて戸棚のなかを探しているときだった。ふと床に手を置くと、秘密の板が傾いて持ちあがったのだ。

娘がハサミを持っているのを見ると、母親は怒りはしなかったが歓迎もしなかった。「ママのハサミを使うときは、そのまえに断ることになっているでしょう、フランシーン? あなたはまだ、ひとりでハサミを使える年じゃないのよ」

これがしてはいけないことだったのだろうか? 黙ってハサミを持ちだしたから、二階の部屋に行かされたのだろうか?

そうかもしれない。けれども、現実には、彼女は一度も、そのくぼみを隠し場所として使ったことがなかった。引っ越しの日まで、秘密の板は二度と持ちあげなかった。引っ越しの当日、自分のものを集めているときに、かつら戸棚をのぞいたが、母親の裁縫箱とハサミはなくなっていた。

リチャード・ヒルは前庭で引っ越し業者と話していたので、フランシーンを見ている人間はひとりもいなかった。そこで、彼女は問題のくぼみに手を入れ、ビデオ・カセットを見つけたのだ。正確には、ビデオ・カセットを入れる長方形のプラスチック・ケースを。

　ケースの外側には、写真と印刷された大きな文字がついていた。「への」という文字は読めたが、読めたのはそれだけだった。フランシーンは、そのカセットを自分で運ぼうと思っているバッグに入れた。大切なものが入っているこのバッグは、業者のヴァンではなく、父親の車に同乗させるつもりだった。

　引っ越した先は、以前の家とはまったく違うタイプの家だった。ひとつには、今度の家は二百年ほど新しかった。イーリングの広い通りに面した郊外型の大きな棟割り住宅で、道路には路線バスや車が始終、行きかっていた。家の左側には隣人が住み、右側には隣人の住む家があった。しかも、こうした家並みが通りの端から端まで続いていた。フランシーンの家は二一五番戸だった。そこは、男が玄関にやってきて、なかに通され、銃で誰かの母親を殺せるような場所ではなかった。

　新しい家に移った数日後に、フランシーンはふたたび話ができるようになった。

　それは事件の約九ヵ月後のことだった。フランシーンはそれよりずっとまえに、自分で運んできたバッグを開けて中味を取りだしていた。ビデオ・カセットは、ケースのなかをあらためることなく、ほかの本といっしょに本棚に立てかけておいた。だが、彼女と父親はいまだに、箱を開けて必要なものを取りだしていた。そんな折りに、彼女は、かつてはチョコレート・ビスケットが入っていた缶のなかに、櫛やブラシやヘアクリップにまじって壊れたシングル版のレコードが入っているのを見つけた。カム・ヒザーの「メンディング・ラヴ」だった。

　それを見て、リチャードは涙を流した。涙は頰を伝わった。「ママのお気に入りだ」彼は言った。「ママはこの曲が大好きだった。一度、これにあわせてパパと踊ったことがある」

　そして、九ヵ月のあいだひと言も発しなかったフランシーンが、きわめて明確に、ある種の驚きをもって言った。

「わたしが壊したの。これだったんだわ、わたしがした悪いことっていうのは」

　一瞬、リチャードは悲しみを忘れて大声をあげ、娘をつかまえて胸に抱きしめた。子供を仰天させるのは十中八九、分別に欠けることだが、彼には自分を抑えることができなかったのだ。結果においても、彼女がふたたび言葉を失うことはなかった。

「これがレコード・プレーヤーにのっていたの」彼女は言った。「ママは外すなら注意して外しなさいと言ったけど、わたしの注意が足りなくて、落として壊してしまったの。だから、二階に行かされたの。いま、思い出したわ」

「ああ、フランシーン」父親は言った。「パパのかわいい娘が口をきいている、ちゃんと話している」

　そして、ふたたび、心理学者が人形を持って訪れるようになった。親切で心優しい婦人警官も戻ってきた。彼らはフランシーンに車の写真を何百枚も見せ、男性の声が入ったテープを何十本も聞かせた。彼女の心の目には、道端の張りだした枝のしたに車が停まるのが見えたが、白黒写真を見ているようだった。赤、青、緑、いずれにしても車には色がついていたはずなのに、それが野原や空とおなじように薄い灰色に見えるのだ。それでも、男の——ウサギの毛のような——茶色い頭頂と、艶やかな茶色い靴ははっきりと見えた。

　フランシーンには、家の裏手にある大きな部屋があてがわれた。窓のむこうにはサマーハウスとブランコとリンゴの木がある庭がひらけ、その庭は隣家や裏の家の庭へと続いていた。新しい部屋には〝次の間〟と呼ばれる専用の浴室と、真新しい家具が揃っていたが、彼女は少しのあいだ、部屋の模様替えをするあいだ、表の小さな部屋を使うことになった。この間に何度か、窓をのぞいて玄関先に男性が立っているのが見えると、そこに男の頭と靴が見えると、「この人よ！　この男よ！」と声をあげた。

　一度は、郵便配達人だった。デイヴィッド・スタナークのときもあれば、隣人のピーター・ノリスのときもあった。こうしたことが起こると、父親はひどく動揺した。フランシーンは後日、彼が警察と心理学者に彼女への質問を中止するよう申し入れたことを知った。これ以上、娘に質問しないでほしい。この意見には、ジュリアも賛成だった。こうした質問はフランシーンのためにならない、心の傷になりかねない。捜査を打ちきってもらうしかない。

だが、彼らはそうしなかった。少なくとも、何年かは諦めなかった。なんとしても犯人を見つけだす、と担当の警部は言った。警察は、ひとつの説を立てていた。彼らが考えていた犯行理由すなわち殺害の動機に、リチャード・ヒルは手ひどいショックを受けた。拭いようのない屈辱感と罪悪感を覚え、こんなことなら聞かなければよかったと何度となく悔やんだ。

5

殺人事件の一週間後に、デイヴィッド・スタナークは頼まれもしないのにリチャードに会いにきた。玄関先に現われた彼は、リチャードと同年代のハンサムな男で、顔には気遣わしげな表情があった。彼は手を差しだして自己紹介におよんだ。「おなじ電車に乗っていた、あなたにとっては見覚えのない男です」

日頃は穏やかで控えめなほうだが、悲しみと困惑のさなかにあったリチャードはデイヴィッドを怒鳴りつけた。

「礼を言ってほしくてきたというわけだな？　そうなんだろう？　謝礼がほしいんだろう？」

デイヴィッド・スタナークは言った。「なかに入れてもらえませんか？」

「どういうことか、あんたにはわからないんだ」リチャードは言った。「誰にもわからない。わかるのは疑いをかけられた人間だけだ、それも、この世で一番――」声が先細りになると、彼は顔をそむけてから、つぶやくように言った。「愛している人間を殺したと疑われた人間だけだ」

「想像はつきます」

デイヴィッドはなかに入った。そして、二人は話をした。正確にいうと、リチャードが話し、それをデイヴィッドが聞いていた。こうした会話が二時間ほど続いたところで、デイヴィッドはリチャードに、自分も愛する女性を失ったことがある、しかも彼女は壮絶な死に方をしたと言った。だが、リチャードがデイヴィッドに、心の重荷となっている罪悪感と、それにともなう屈辱感について語ったのは、それから何カ月か経て、二人のあいだに友情が成立してからだった。

父親が仕事をしているときや出張しているあいだは、元看護婦のフローラ・ベイカーがフランシーンの面倒を見ることになった。

フランシーンは学校に戻った。正しくは、新しい場所で、新しい学校に通い、新しい友達をつくった。学校の授業には遅れていたが、もともと頭がいいので、すぐに追いついた。しかも、彼女はフローラが気に入っていた。フローラに娘の世話をさせ、同時に母親のかわりを任せたのは、リチャードの賢い選択だった。彼がくだした数少ない英断のひとつだ。

フローラは、たちどころに子供に好かれる女性のひとりだった。彼女が子供に好かれるのは、愛らしくて親切で辛抱強いうえに、自らも子供が好きで、子供と過ごしたり子供と話すことを楽しんでいるからだ。こういう人はけっして、子供を見くだすようなことはしない。どうすれば偉そうに見えるかわかっていても、そうするにはあまりにも純粋で、しかも、そのことをじゅうぶん自覚しているから、庇護者ぶったり、力を行使したり、階級をかさに着たりしないのだ。

フローラはよく、こんなふうに言った。「わたしはこの新しいビスケットが好きだけど、あなたはどう？　おまけに、もうひとつのビスケットより、お安いときてる。さあ、もうひとつ、召しあがれ。わたしはいただくわ」「いっしょにテレビを見ましょう。こういうことよ、あなたが〈イーストエンダーズ〉につきあってくれたら、わたしはあなたの〈お気に入り番組〉につきあう」

彼女は取引がじょうずだった。「ジグソーパズルのやり方を教えてくれたら、編み物を教えるわ。ジグソーはどうしてもコツが飲みこめないの」

「パズルなんて簡単よ！」

「編み物もコツさえわかれば簡単よ。じゃ、こうしましょう、あなたが学校で習った歌をうたってくれたら、わたしはお茶の時間にパンケーキを焼くわ」

ジュリア・グレグソンは、まったく別のものだった。彼女のことを「別のもの《ケトル・オブ・フィッシュ》」と言ったのはフローラだが、リチャードはこの言い方を嫌い、それではジュリアに失礼だと言った。だけど、ジュリアは魚に似ている、とフランシーンは言った。魚といっても、スーパーの棚にならんでいるヌルっとした死んだサバやタラではなく、元気に泳ぎまわる色鮮やかな美しい魚だ——たとえば朱文金か鯉のような。実際、ジュリアは高い額に長めの鼻をした、金と白と赤づくめの女性だった。輝くばかりの白い肌、輝くばかりの黄色い髪、大きくカーブした唇には深紅の口紅を塗り、爪にもおなじ色を塗っていた。

ジュリアを推薦したのは、デイヴィッド・スタナークだった。彼女は児童心理療法士、当人によれば幼児精神医学の専門家だった。デイヴィッドが、フランシーンを彼女に診せるようにすすめたのは、リチャードが何度か「娘はひどく無口で、いつも何かに没頭している、自分の殻から抜け出すことが必要だ」とこぼしていたからだ。初めのうち、リチャードは疑いを抱いていた。学校教育の熱心な代弁者である彼は、教員養成学校とカウンセラー速成コースの修了証書しかもたない女性に心のゆがみを治す技術があるのだろうかと疑問に思っていた。医学博士でなくても精神科の訓練を受けてなくても、自らを心理療法士と称し、その開業を望むものには誰であれ、それを許している法の抜け穴には以前から反対をとなえていた。だが、こうした思いは、ジュリアに会ったとたんに一変した。

彼女の態度はどこまでも自信にあふれ、言葉は心を落ちつかせ、タイミングは完璧だった。五分もいっしょにいたら、信頼せずにはいられなくなる女性だった。少なくとも、リチャードにはそう思えた。ほとんど無条件で、彼はフランシーンを彼女の手にゆだねた。

ジュリアとフランシーンは、人形で遊んだ。こうした人形から逃れることは不可能だ、とフランシーンはたびたび思った。といっても、バタシー公園をのぞむ心地よい居間で人形遊びをしていたときは、母親殺害に関する埋もれた記憶を明らかにすることは期待されていなかったようだ。ここでは単に、人形の動きや人形との相互作用をとおして、幼年期の深い謎を明らかにすることが望まれていたようだ。ジュリアはフランシーンを観察し、ときには気づいたことを書きとめた。彼女はフランシーンにいろいろなことを話したが、フローラと違い、自分はどんな本を読んでいるとか、どんなテレビ番組を見ているとか、どこに買い物にいくとか、夕食に何をつくるという話はしなかった。ジュリアはフローラと違って、どの子が好きなのとフランシーンに訊くこともなければ、自分の友達の話をすることもなかった。

ジュリアはよく質問した。「あなたはどうしてあれが好きなの、フランシーン？」

「好きだから好きなの」フランシーンはいつもこう答えていた。

「あなたはどうしてアイスクリームが好きなの？」

「わからない。ただ、好きなの」

「世界で一番起こってほしいことは何？」

答えはわかっていたが、フランシーンは言いたくなかった。

「お願いが三つかなうとしたら、あなたは何をお願いする？」

フランシーンの三つの願いは、あの男が来なかったことだ。彼が来なかったら、母親は死ななかったはずだから。あとは、両親ともう一度、あのコテージで暮らすこと。それにそう、フローラに隣りに住んでもらうことだ。が、このことはジュリアには言いたくなかった。言わなくても、ジュリアはわかっているはずだ。誰もが、わかっているはずだった。なぜなら、このころにはフランシーンは本が読めるようになり、いっぱしの読書家になっていたからだ。この日も、ジュリアのところに来るまえに、海賊の宝物を掘りだした男が彼らに追われる恐怖をつづった作品を読みふけっていたのだ。物語はいきいきと語られ、その多くは記憶に残っていた。「わが身の安全を願う」フランシーンは直接、台詞を引用した。「連中に殺《や》られるのはごめんだし、見つかるのもごめんだ」

　ジュリアはうなずき、心配そうな顔で、じきにお父さまがみえるから今日はこれまでにしましょうと言った。そして、父親がやってくると、ジュリアは彼と二人で静かに話しはじめた。その間、フランシーンはべつの部屋で、入念に選ばれた子供向けのビデオを見ていた。数分後に、彼は娘を車で家に連れて帰った。この日、彼女はいやというほど質問されていたが、父親はさらに質問した。おまえはジュリアが好きか？　ジュリアは、おまえを楽しい気分にさせてくれるかい？　パパがいないと寂しいか？

「わたしはフローラがいるから大丈夫よ」フランシーンは答えた。

　父親はグラスゴーへ出張し、フランシーンは学校に行った。下校時間になると、フローラが校門に迎えにきた。

「あなたは外が怖いわけじゃないわよね？」歩きながらフローラが訊いた。

「ええ。でも、どうして？」

「お父さんに言われたの、あなたは少しばかり外を怖がっているって」フローラは言った。

　家に着くと、フランシーンは自分の部屋に入って書棚から一冊の本を取りだした。その本はフローラがくれたロアルド・ダールの作品集で、まだ一度も読んでいなかったが、急に読みたくなったのだ。その横には、ビデオ・カセットのケースが立てかけてあった。

　そこに立てかけて以来、彼女はそのケースを一年以上、見ていなかった。そのころはまだ、満足に字が読めなかったが、いまでは何でも——少なくとも、印刷されたものであれば何でも――読めた。ケースを本の表紙のように覆っている透明ビニールのしたには、太い字が印刷されている色のついた紙がはさんであった。初めて見たときは〝への〟しか読めなかったが、いまでは〝インドへの道〟と書かれているのがわかった。そこには、ターバンを巻いた男と洞窟を背にした年老いた女性の写真もついていた。フランシーンはケースを開けたが、ビデオ・カセットは入っていなかった。

プラスチック製の小さな箱には、文字の書かれた紙がぎっしり詰まっていた。だが、そこに記されていた文字は活字体ではなく、筆記体だった。フランシーンは目を凝らしたが、一語も読めなかった。大人にはどうして手書きの文字が読めるのだろう、これからはもう手で書く必要がなくなるというのに？　フランシーンは一度ならず、不思議に思った。手で書くのは買い物リストと牛乳配達人へのメモぐらいよ、とフローラは言っていた。あとは全部、コンピュータがやってくれる。それなのに、この人は新聞販売所で売っているような紙にペンで字を書いている。しかも、あのコテージに住んでいた誰かが、この紙をこの箱に入れて隠したのだ。その誰かは自分ではない。フランシーンはなぜか、父親でもないと思った。だとすると、この箱から『インドへの道』のビデオ・カセットを取りだして、かわりにこの紙を詰め、かつら戸棚の床のしたに隠したのは母親ということになる。

フランシーンは書面に挑戦するのをやめた。そして、ビデオ・カセットの箱をもとあった場所すなわち書棚に戻した。

世のなかには、きわめて優れた頭脳と鋭い感覚に恵まれながら、まったく常識のない人間がいる。性格や状況に間違った判断をくだし、長期的視野に立つことのできない人間は、はなはだ賢くもあり、あさはかでもある。リチャード・ヒルも、こうした人間のひとりだ。

リチャードは、自分が妻と子供を殺したものと思っていた。二人を殺したのは、銃でも計画的犯意でも悪意でもなく、彼にいわせれば、彼自身の思慮に欠ける自惚れだった。

二人に死をもたらしたのは、自らの業績にたいする勝手な思いあがりだった。

事件を担当した警部はリチャードに〝犯行の動機〟を話し、そうすることでリチャードがどうにか保ってきた心の平静を破壊していたのだ。彼の妻にたいしてなされた凶行は麻薬がらみの犯行で、まず間違いなく、人違いと恐ろしい偶然の一致に起因していた。彼すなわちリチャードはドクター・ヒルと呼ばれていたが、彼の学位は科学博士で、家はオーチャトド・レーンにあった。もうひとりのドクター・R・ヒルは、十マイルほど離れたオーチャード・ロードに住んでいる医学博士で、彼は自宅に個人負担の患者が支払った金――警察は言明しなかったが、汚れた金――をごっそり置いていた。ヘロイン常習者と思われる犯人は犯行時、間違いなく薬をやっていて、そのために二人のドクターを混同した。おそらく、犯人はリチャードの住所を電話帳で調べたのだろう、と警部はほとんど謝罪するように言った。

それ以来、リチャードは名前のまえに〝ドクター〟をつけて電話帳に載せたことに深い罪の意識を感じてきた。なぜなら、そうする必要はどこにもなかったからだ。電話帳に職業と成功を載せたからといって、誰もがみな、彼がオックスフォードで博士号を取得したことに気づくわけではない。そうしたのは虚栄心からだった。自分が成しとげたことと、その功績にたいして与えられたタイトルに誇りと驕りを感じ、そのせいで、それを誇示したがために、妻を殺してしまったのだ。

ある晩、二人で酒を飲んでいるときに、リチャードはデイヴィッド・スタナークに心のうちを話した。けれども、デイヴィッドは彼を慰めるようなことはひと言も言わなかった。自分を責めるのはやめろとか、きみはひとつも恥じることはないとか、心の重荷をおろすべきだという言葉は一切なかった。リチャードはむしろ、そう言われることを期待していたのだ。そう思っていたから、デイヴィッドの「それは心に抱えて生きていくしかないものだよ、まあ、時間とともに薄れてはいくだろうが」という言葉には面食らった。

「それじゃ、わたしのせいでああなったというのかい？　わたしは罪悪感をおぼえて当然だと？」

「それなりに責任感のある人間がきみの立場に立たされたら、誰でも罪悪感を感じるだろう」デイヴィッドはそう言ったあと、辛辣な言葉を和らげようとしたのか、笑みを浮かべた。「きみは事実、犯人を家に導いた。きみのしたことが直接、犯人を家に導いた。きみはそれを虚栄心と呼んでいるが、好意的に判断すれば、きみの業績にはあってしかるべきプライドがあったという証拠だ。いずれにしても、それは犯人がきみの奥さんを殺害するという結果に終わった。しかし、自分たちの行為が何に結びつくか、結果を予測することはできない。予測できたら、ぼくたちは一歩も外出しなくなる。ペンを走らせることも、朝、起きだすこともなくなる。それはできない相談だから、答えは、自分の行動にはつねに慎重であるべきだということだ」

「七つの大罪を避けるとか？」リチャードは言った。

そうは言ったものの、デイヴィッドがうなずいて、牧師のような口調で「こうしたことが起こると、プライドがその七つに含まれているわけがわかる」と言ったのには閉口した。

以後、二人のあいだには冷たいものが生まれ、ときどき会ってはいたが、以前のようにはいかなかった。友情が修復されたのは、二人がともに結婚し、妻同士が親しくなってからだ。デイヴィッド・スタナークにはがっかりさせられたが、心の重荷をジュリアに打ち明けると、彼女はリチャードが期待していた以上の反応を示した。

ジュリアは――少なくとも、当人に言わせれば――児童心理療法士だったが、どんな種類の心理療法にも確かな信頼を置いていないリチャードにとってはどうでもいいことだった。このとき、彼の頭のなかでは、ふたつの考えが秤にかけられていた。ひとつは心理療法は馬鹿げているという思いで、もうひとつはジュリアは――これほどの美貌と理解力と落ちつきと自信を備えているのだから――腕のいい心理療法士に違いないという思いだった。彼は自分自身に、ジュリアは唯一、信頼に値する心理療法士だと言い聞かせた。

ジュリアは、彼をクライアントとして引き受けることにひとつも反対しなかった。子供より大人のほうが挑戦しがいがある。夕暮れどきに、ひとつだけ明かりをともした暖かな部屋で、すぐ近くに座っている大人の――しかも魅力的な――男から心の秘密を告白されるほうが、人形で遊んでいる子供を観察するより刺激に満ちている。他方、リチャードはリチャードで、ジュリアには何でも話せることに気づいた。彼女にはどんなことでも話せた。彼女は耳を傾け、けっして言葉を差しはさまなかった。片方の肘をソファの肘掛けに載せ、ほんの少し頭を片方に傾け、後退したやや小さな顎を手のひらに預け、きれいな魚のような唇をわずかに開いて、じっと話を聞いていた。そして、ときおり、リチャードの言うことはどれも理解できるというように、相づちを打った。あなたの恐れはよくわかる、弱さは理解できるし、過ちは許せるというように。

リチャードは彼女に、虚栄心から氏名のまえにドクターをつけて電話帳に載せたことと、そのために妻の死に責任を感じていることを話した。

「まず、理解してもらわなければならないのは」彼女は言った。「罪悪感は扱いにくいもので、しばしば、わたしたち人間が持ち歩くしかない汚れた手荷物であるということです。現実にはほど遠いことですが、罪の意識がなかったら、あなたは異様な人間になってしまいます。罪悪感から逃れるには精神病質者になるしかないと言われたら、あなたはどうします？　そうしますか？」

リチャードは彼女に、自分たち夫婦は妻が亡くなる数カ月前から離ればなれになっていたと言った。妻は彼に冷たくなり、彼はますます家族と離れて仕事に没頭するようになっていた。いまでは、そのことにも罪悪感を感じている。ジェニファーの求めに鈍感だったことにも、それを問わなかったことにも、話しあわなかったことにも。

「あなたにとって一番よいことは？」と、ジュリアが訊いた。

答えは考えるまでもなかった。「もとに戻すこと。過去に戻って、やり方を変えることです」

「でも、現実には、あなたにはそれができない。それは誰にもできません。もし、願いが三つ、穏当で実現可能な願いが三つかなうとしたら、何を望みます？」

「フランシーンを守ること」彼は言った。「娘がトラウマに悩まされることなく、無事に成長すること。自分が夜、以前のように眠れること」

「では、三つめは？」

この瞬間まで、リチャードは三つめに何を願うか考えていなかった。それを思いついたときは、暗い部屋に一筋の光が射しこんだような気がした。だが、いますぐ、それを口に出すことはできなかった。ジュリアの顔を見て、首を振りながら「いつか、話します」と言うのがやっとだった。

ジュリアは微笑んだ。顎から手を外して、彼の手に重ねた。「時間です、リチャード。来週もお目にかかりましょうか？　おなじ時刻に、おなじ場所で？」

「もちろん」

翌日には、フランシーンがフローラに連れられてやってきた。

「そろそろ、あの日のことを話してもいいころね、フランシーン」ジュリアは言った。

「あの日」がいつの日をさすのか、フランシーンはすぐにわかった。あの日のことは、ほとんど誰にでも話していたが、ジュリアには一度も話していなかった。できることなら、あの日のことはできるだけ自分から遠ざけて、過去のなかに葬り、夢にのみに現われることを願いたかった。ところが、ジュリアはそれは間違いだと言った。よく話しあう必要があると。

フランシーンは反抗的な子供ではなく、物静かで可愛らしい、何よりも父親の幸せを願っている子供だった。いやな顔ひとつせずにジュリアのところに来るのも、父親がそれを望んでいるからだが、あの日のことをジュリアに話すのはどうしてもいやだった。

「あなたはいずれ、あの男に見つかると思っているのね、フランシーン？」

そんなことは思いもしなかった。

「あなたがあの日のことを話したがらない理由はわかっているのよ。話したくないのは、あの男に見つかるのが怖いから。そうでしょう？」

泣きたくなかったが、フランシーンは思わず泣いてしまった。

ジュリアはフランシーンをつるつるした白い絹のブラウスに押しつけ、力いっぱい抱きしめてから、ゆっくりと愛情をこめて髪を撫でつけた。「わたしがついているから、あなたはもう怖いを思いをしなくていいのよ。お父さまが守ってくれるから、何も恐れることはないの。わかるわね？」

ジュリアは突然、仕事を辞め、自宅を売り、引っ越すことにしたのだが、リチャードがその動機を聞き及んだのは一年近く経ってからだった。その時点では、彼女のこうした行動は彼自身の目的にかなう、ありがたい偶然の一致に思えた。ある土曜の晩、彼はフランシーンと二人きりで夕食をすませ、ブリテンの「若い人のためのオーケストラ案内」のCDを聞き終えたところで、彼女に話しかけた。

「パパは、おまえに訊きたいことがある。大事なことだ」

「あの日のことで？」と、彼女は言った。

その言葉の重さに、彼は面食らった。過去がどれほど娘を苦しめているか、わたしは忘れかけていたのだろうか？

「いや、そうじゃない。あの日のことについてはもう、話すことは何にも残っていない」

彼女はうなずいたあと、ふと疑念にかられたかのように肩をすくめた。

「パパがおまえに訊きたいのは、そういうことじゃない。過去ではなく未来のこと、これからのことだ」ちょっと間を置いてから続けた。「パパが結婚したら、おまえはどう思う？」

「結婚？」

「そう、パパは結婚したいんだ。パパはけっして、死んだママのことを忘れない。これからもずっと愛しつづける。でも、もう一度、結婚したいんだ、おまえのためにも。じゃ、パパが結婚したいと思っている人は？」

「フローラ」

フランシーンの見当違いな返答に、リチャードはもう少ししで怒りだしそうになった。相手は子供だ。それにしても、このわたしがパーマ頭に赤い手をした野暮ったいデブと、ブリストルなまりのある元看護婦と、結婚すると思うなんて。「ジュリアだ」彼は怒りを抑えて続けた。笑みさえ浮かべたが、まっすぐ娘と向きあうことはなかった。「彼女にはまだ、訊いていない。訊くのは、おまえに許しをもらってからだ。じゃ、訊くよ、フランシーン、パパは、おまえの友達でもあるジュリアと結婚してもいいかい？」

再婚にしてもよいかと子供に訊く親は、子供がどう答えようと再婚するつもりでいる。そういうものだ。答えがイエスなら、事はよりスムーズに運ぶ。最初からわかっていたわけではないが、フランシーンは本能的にそう思った。五歳、年齢がうえだったら、自分にはとめられないと言っただろう。好きなようにすればとか、あなたの人生だからと。だが、彼女はまだ九歳だったし、何よりも父親の喜ぶ顔が見たかったのだ。

まえに一度、しゃべれなくなったことがあり、いまもときどきそうなるので、誰かに相談したことはなかったが、フランシーンは内心、またしゃべれなくなることを恐れていた。反面、朝、目が覚めたら、しゃべれなくなっていたということは一度もなかったし、いまもそうなっているわけではなかった。いま、黙っているのは、自ら選んでしていることだった。フランシーンは無言のまま、父親の顔を見てうなずいた。

6

大人になるまで、テディは週に一度、祖母の家に小遣いをもらいに行っていた。生まれつきなのか境遇がそうさせたのか、二人はいずれも冷淡な気質の持ち主で、ひとりでいることを好んだ。夫が死んだとき、アグネス・トートンは臆面もなく、これで気が楽になったと言った。これからはもう、つねに彼女と意見を異にし、ときにはささやかな注目を彼女に求める人間といっしょにいなくてもいいというわけだ。

こういう話はしなかったが、彼女はテディにお金をやった。テディは、アグネスが求める「ありがとう」以外は、何も言わずに帰っていくこともあった。アグネスは、彼がお金を手にするまえから、その言葉を求めた。テディが何も言わずに、締め金のように口を閉ざしたまま、彼女を見つめていると、紙幣をもぎとって背後に隠した。「なんて言うんだい？」

「ありがとう」

「ありがとう、お祖母ちゃん」

アグネスはテディを家に入れないこともあり、入れたとしても飲み物や食べ物は一切与えなかった。二人の会話は、近ごろでは、彼女が彼に学校がらみの質問を浴びせることと、グレックス家の動きを聞きだすこと、および彼の傲慢とはいわないまでも素っ気ない態度を非難することで成り立っていた。テディが十歳のとき、アグネスは七十代なかばになっていたが、彼女は元気ですばしこかった。招かれることはなかったが、ときおり娘のところにやってきた。だが、その日が週に一度、テディに小遣いをやる日にあたっていても、そこでは渡さなかった。小遣いは、祖母の家までもらいに行かなければならなかった。

こうして、傍目には無情な人間に見える二人のあいだに、ある種の関係ができあがった。どちらも人間性というものには——ただ漠然と軽蔑しているだけで——興味がなかったが、お互いのことはほかの誰よりもよくわかっているようだった。テディが十代になり、背が伸びて風采があがってくると、アグネスは彼にたいする態度を和らげ、ときには酷評でも威嚇でも嘲笑でもない言葉を口にするようになった。「今日は寒いね」とか、すっかり満足した様子で「おまえは父さんよりずっと背が高くなるよ」と言った。

それゆえ、テディが十八になって大学に通いはじめたとき、アグネスがそれまでの関係をフイにしたことは、傍目には不思議な行為すなわち通常の人間的理解を超える行為に映った。やろうと思えば、アグネスはテディにそれまでの二倍も三倍も小遣いをやることができた——事実、そのゆとりはあった——のだが、彼には奨学金があるからといって、小遣いを渡すのはやめると宣言したのだ。「あたしより、おまえのほうがたくさん貰っているんだから」と、彼女は言った。

テディは何も答えなかった。というのも、祖母の収入については考えたことさえなかったからだ。

「これからはもう、あたしを煩わせるんじゃないよ、いいね？」勝ち誇ったような調子で言った。

「煩わせないよ、たぶん」

「好きなようにしな」と、アグネスは言った。

この家はどうしてアセトン臭いのかとキースが言ったとき、アイリーンは自分も死んだ父親とおなじ糖尿病を患っているに違いないと思った。アセトン臭は彼女の息と、おそらくは毛穴から出ていると思われたが、ジミーは気がついていなかった。アイリーンは長いこと、自分は糖尿病ではないかと疑っていた。そして、トム・トートンの病状を見知っていたので、絶え間ない喉の渇きと、皮膚の乾燥と、疲労感が何を意味するか、ついに認識したのだ。猛烈な喉の渇きは、缶ビールとダイエット・コーラを交互に流しこむことで抑えた。目も以前ほど見えなくなっていたが、これにはブーツ（ドラッグストア）で買ったきた眼鏡で対処していた。

白いレースのベッドカバーを編みあげるには、ある程度の視力が不可欠だった。そうこうするうちに、物事を無視したり、問題がないふりをするだけでは、どうにもならないときがやってきた。彼女自身、どうにかしなければと思った。キースがアセトン臭いと言ったきり、家の男たちは誰ひとり、アイリーンの健康状態に関心を示さなかった。逆に示したら、彼女は驚いただろう。

ビールを飲んでいるのに体重が減ってきたのは、食欲がないせいだった。「これならまた、指輪を塡められるわ」ある夜、ジミーと「アロー、アロー」を見ながら言った。

「ねえ、この指を見て」

だが、ジミーは見なかった。見るかわりに、目のまえに突き出された手をひらりとかわした。その手は乾燥がひどく、皮膚は小麦粉の袋に浸したかのように薄片状にはがれていた。ジミーは反対方向に身体を預け、画面に見入って笑いころげた。

赤とグレーの手編みのスカートとジャンパーに、赤い手編みのケープと黄色い手編みの帽子という格好で、アイリーンは家を出た。バスで母親のところに行くつもりだった。途中、近ごろメディカル・センターと名前をあらためた診療所のまえを通りかかると、ふと気になって、そのまえで足をとめ、診療科目と診療時間および予約の取り方を記した案内板を目で追った。が、そのまま通りすぎた。なぜなら、彼女は十九年たったいまでも、テディが生まれるときにやってきた医師がそれまで健康診断を受けなかったことを軽蔑しつつ激しく非難したことや、助産婦が少しも打ちとけなかったことを覚えていたからだ。なかに入ったら何をされるかわからないとも思った。こうした知識は、テレビで仕入れたものだ。アイリーンが思い浮かべたのは、検査につぐ検査、こうるさい説教、屈辱感、それに禁煙命令だった。

バス停で、彼女は煙草に火をつけた。おなじくバスを待っていた女性が手をぱたぱたさせて煙を追いはらうと、アイリーンはその女性に罵声を浴びせて鬱憤をはらした。母親の家に着くころには、ひどく疲れていた。途中、猛烈な尿意を覚えて二度、公衆トイレを探したのでなおさらだった。

アイリーンの意図を聞くと、アグネスはわずかに説得を試みた。といっても、彼女は温かさや他人の運命にたいする関心がなかっただけでなく、説得力にも欠けていたので、厄介なことに深く巻きこまれることはなかった。「そんなことしたら、内臓がおかしくなるよ」と、彼女は言った。

「内臓じゃないわ。おかしくなるとしたら、脚よ」

「父さんの薬はもう効かないよ。五年もたっているんだから」

だが、アグネスには、娘がバスルームに注射器と注射液をとりにいくのを止めることができなかった。アイリーンは父親がたびたび注射をするのを見ていたので、そこに行くことが何を意味するのか、はっきりわかっていた。しかも、アグネスは国民保険サービスの看護実習生から廃棄するようにと言われたのに、トム・トートンが残していった大量の注射液を一本も捨てていなかったので、アイリーンはその一部を持ち帰って、注射器は自分で買えばいいと思っていたのだ。

薬戸棚を探していると、トルブタミンの貼り紙がしてある容器が見つかった。以前、治療法が静脈注射に変わるまで、父親にはこの経口薬が処方されていたことを思い出して、アイリーンは冷たい水道水でカプセルをふたつ飲みくだした。この薬が身体に悪いわけがない。自分で注射を打つのはもっと難しいけれど、さんざん見ているから、なんとかなるだろう。

このあと、アイリーンは母親のところに戻り、お茶を淹れてくると言った。自分のお茶には砂糖は入れないつもりだった。「つらいけど、少しは自分の健康を考えないとね」と言ったあと、どこかで聞いたような台詞だと思い、「ジミーのおかげよ、自分の健康を考えるようになったのは」と言いそえた。

キッチンでは、お湯が沸いているのに、立っていられなかった。椅子に座ると、めまいがして、目のまえが暗くなり、身体が震えだした。すべるように床に崩れ落ちて、昏睡状態に陥った。母親は、キッチンから戻らない娘をえんえんと待っているあいだに寝入ってしまい、五時間もたってから倒れている娘を発見した。

大学がイースター休暇に入り、自宅で過ごすようになったテディは、日中は家に誰もいないことを発見した。ジミーは妻の死を当局に届けるのを怠って、引き続き夫婦に支給される完全老齢年金を受け取っていた。それ以前から、彼に年金を受ける資格が認められていたのは六十五を過ぎていたからだが、折しも彼がその年齢になった時期に法律が変わり、パブは一日じゅう店を開けているようになった。結果、ジミーは朝の十時にパブに行き、夕方の六時か七時までそこに居つづけた。

キースは一年ほどまえから年金を受け取っていたが、働き者の彼はいまでも、たいていは意のままにできるお金のために、配管工として働いていた。彼すなわちキースはたいした稼ぎ屋で、たとえば前年には、休日に自腹でランザロッテへ出かけ、エゼルを自然の脅威から守るためにコンクリートの土台のうえに車庫を建てたほどだ。ロフトの水槽が漏れたり、トイレの貯水タンクが一杯にならないときに、電話一本で駆けつけてくれる腕のいい配管工にはいつでも仕事がある。昼間、家に誰もいないのはそれでだった。

そして、テディは生まれて初めて家を独り占めしたのだ。

友達を呼ぶこともできたが、友達はひとりもいなかった。テディにとっては、アルフレッド・チャンスが唯一、友達に一番近い存在だった。大学では女生徒たちに気に入られ、率直な気持ちを打ち明けられたが、彼は拒絶した。ひとりでいたいほうだし、自分でもそんなふうに考えるのが好きだった。家にひとりでいるとき、彼はまず、ある意味ではそれまで探索する機会がなかった家のなかを探索した。

家はひどく汚れているうえに、毛糸や毛糸でできた衣類がいやというほどあるので、そこいらじゅうに衣蛾がはびこっていた。木食い虫は居間の家具を食いあらし、テレビ台から幅木にまで穴をあけていた。目を閉じて、家がさまざまな害虫に食され、穿《うが》たれ、噛みくだかれているさまを思い浮かべると、彼らの略奪行為がそれぞれの動きをしめす一定の羽音や物音となって聞こえてくるようだった。テディはもう少しで、その音に聞き惚れそうになった。

浴室にはクモが、床にはシミがのたくっていた。汚れたカーテンにはテントウムシが赤黒く群がり、遠目にはかさぶたのように見えた。テディは、キースの部屋に入っていった。そうしたのは、とくに見たいものや調べたいものがあったからではなく、むしろ好奇心と屈折した嫌悪感からだった。一度も整えられたことのないベッドや、取り替えられることのないシーツを想像しただけでも、テディはそこに漠然とした喜びを感じた。アイリーンが死んでからは洗濯をする人間がいなくなったため、部屋の角には汚れた衣服が山積みになっていた。キースはいつも、ズボンとくたびれたTシャツがそれぞれ残り一枚になるのを待って、汚れ物の山をゴミ用ポリ袋に詰め、コインランドリーに持っていくのだ。

部屋はすえたタバコの煙と、汗と、ブルーチーズの臭いがし、洗っていないベッドリネンはひからびた、苦々しい、黄ばんだ臭いを放っていた。普通サイズの灰皿では用が足りないので、キースは古いパイレックスのキャセロールを使い、そのなかに灰を落としたり、吸い殻を突き刺していた。灰皿代わりのキャセロールは、ベッドに近い床のうえに置いてあった。テディはかがんで、ベッドのしたをのぞいた。ふと子供のころのことを、思い出したのだ。キースがそこにアルコールを隠していたことを。いまだに、キースはそうしていた。ウォッカは半瓶、ジンは一瓶、ビールは四缶入りパックのうちの三缶が残っていた。

キースは窓ガラスと高脚つき簞笥の前面に、赤と青のポストイットを貼りめぐらしていた。そこには顧客の電話番号と、配管工事に必要な品々を扱う店の住所が記してあった。そして、一方の壁には、キースが敬愛する英雄たちの(図書館の本から切り抜いた)写真がピンでとめてあった。早い話が、自動車の創始者であるカール・ベンツおよびゴットリープ・ダイムラーと、ヒットラー時代のドイツで自ら創作した国民車の横に立っているフェルディナント・ポルシェの写真だが、彼らのとりすました真顔とシミひとつない服装は、部屋の惨めさといい対照をなし、笑えるほどだった。

その隣りの部屋で、ジミーはいま、ひとりで寝ていた。彼のベッドは、弟のそれを大きくしただけだった。枕のひとつには鼻血がついていた。その色や形状から推すと、数週間前のものと思われた。それがハエを呼びよせるのだろう、閉じた窓にはハエが一ダースばかり群がり、ハチと見まがうほど大きなアオバエが一四、興奮した様子で部屋を斜めに突っ切っていた。テディは箪笥のなかをのぞいた。母親の衣類は、老いた羊の臭いがした。ごつごつした毛糸の表面には早くも虫食いのあとがあり、編み目のあいだにはウドンコカビを思わせる灰色がかった白い衣蛾の繭が見てとれた。

　母親が好んで使っていた色に、テディは魅力と嫌悪を同時に感じた。彼は、色彩についてはかなり知識があったし、多くを学んでいた。一例を挙げるとすれば、暗緑色のツタを背景にしたプリムローズや、ピンクのバラにとまる青い蝶は自然のなかでは美しく見えるが、美術や編み物のなかでは美しいものとして認められないことだ。アイリーンは黄緑色のわきに緋色を、黄土色の隣りに紫色を配し、明るい青緑色と桃色を、深紅色と淡い水色をそれぞれ競わせていた。こうした色の組み合わせに、テディは目に痛みをおぼえ、いま一度、怒りがこみあげてくるのを感じた。

　彼は化粧テーブルのところに行き、しばらくそこに立っていた。目を閉じて、両手をガラスの天板に押し当てていた。このとき、彼はベッドに背を向けていたが、ベッドは彼の心のなかにあった。あいつらはときどき、少なくとも一度は、あそこでセックスをしたに違いない。おれが生まれたのは結婚した五年後のことだから、案外、たびたびしていたのかもしれない。学校でみんなが話していたので、誰にとっても両親のセックスは想像しがたいものだとわかっていたが、テディの場合は、普通の子供より、なお想像しにくかった。何も想像できないことに、彼はぞっとした。四歳になるまで、おれはあそこで寝ていた。そのことは、ぼんやりと覚えている。ということは、あいつらはたぶん、おれのいるところでやっていたのだろう。

　テディは目をつぶりつづけた。彼は二十歳で童貞だったが、それを恥ずかしいとは思わなかった。誰かに訊かれたら、堂々と認めるつもりだった。いつだったか、新聞か何かに、「身を慎むこと」が、言いかえれば童貞を守りとおすことが流行っていると書いてあった。今度ばかりは流行を追いかけるのも悪くない。何のために、あるいは誰のために身を慎むのかといえば、結婚をその目的にするのは馬鹿げている。なぜなら、結婚とは、この寝室のことだから。あの連中と、煙と、衣蛾と、食堂の家具のことだから。それでも、自分は純潔を保っていけるような気がする——何のために？ そう、自分と同等の美しさと純潔をそなえた人間のために。

テディは急に顔をあげて、目を開け、鏡に映った姿を見つめた。ハエの糞がついた鏡は、その周辺を緑がかった潰瘍のようなものに囲まれ、銀白色の輝きを失いかけていたが、彼の美しい肉体をタフガイの彫像にしてくれるのはこの鏡だけだった。今回も、それまで同様、叔父のキースと似ているところは認められなかった。似ているところがあったら、テディは激怒してそれを拒絶しただろう。彼に見えるのは顔と胴体だけだったが、いくら見ても見飽きなかった。四角い顎、目、頬骨、完璧な鼻と口、絹のような黒い髪、すらりとした強靭な身体。臀部と骨盤は、そのなかにあるものをすべて収容するには狭すぎるように思われた。

だが、それは自惚れにすぎなかった。テディの頭には、自身の外見《ルックス》をよくしようとか、飾りたてようとか、あるいは利用しようという思いはひとつもなかった。彼はただ単に、自分を見つめることから喜びを引き出していたのだ、美しいものを見て喜びを得るように。大事な彫像を前庭に置いたり、みんなを家に呼んで大切な壁の絵を見せるつもりがないように、彼には自分を見せびらかしたり、他人に自分を押しつける気はなかった。彼は彼のものであり、彼がモノとおなじくらい愛している唯一の人間なのだ。

唯一、その完全な美しさを損ねているのは、左手の傷だった。彼には、左手の小指をまるめて手のひらに折りこんでいる癖がついていた。いまなら、両親が多少なりとも子供に責任を感じる時代なら、彼らは切り落とした指の先を探しだして救急治療室に持っていき、それとわからないように縫合してもらっただろう。こうした配慮あるいは関心のなさも、テディが彼らを憎んでいる理由のひとつだった。彼は視線をさげて、ごちゃごちゃした化粧テーブルの天板を見つめた。母親が死んでから、そこには指一本、触れられていなかった。埃ひとつ払われていなかった。以前のままになっている化粧テーブルは、強い愛着ではなく無関心が生みだした霊廟のようだった。

　メゾン・パーソン社の黒い豚毛のブラシには、やはり針金のような――しかし白くなりかけた――アイリーンの髪が絡みついていた。中味が古くなり、黄ばんでどろどろになっている香水瓶。暗灰色のグリスで歯と歯がくっついている櫛。かつてはテリー社のオールゴールド・チョコレートが詰まっていた箱。ヘアピンから、ヘアクリップ、脱脂綿のかけら、ハエの死骸、ボールペンの先端、さらには折れた爪まで入っているガラスの灰皿。これらがすべて載っているシミのついた黒ずんだレース編みのマットは中央にしわがより、房飾りのついた端がまるまっていたので、核爆発後の埃の海に浮かぶ島を思わせた。

　テディはもう少しで腕を突き出して、すべてを床に払い落としそうになった。払い落としても、親父は気づかない。長年、都合の悪いことには目をつぶってきたのだから、永遠にそうしているだろう。テディを思いとどまらせたのは、この箱には何が入っているのだろうという単純な好奇心だった。いまでも、もともと入っていたものが入っているとしたら、すっかりカビに覆われているはずだ。チョコレートとは名ばかりの、四角や半球や貝の形をしたチョコレートのお化けになっているだろう。

　だが、チョコレートはとっくのむかしに食されていた。アイリーンは、その箱に装身具を入れていた。剝げかかった真珠のネックレスにしろ、緑色のガラスのネックレスにしろ、スコッチテリア形のブローチにしろ、リュウマチを防ぐ――少なくとも、そう刻まれている――銅のブレスレットにしろ、テディは母親が装身具をつけているのを見たことがなかった。そこには一見、ビニール・コーティングした糸で織ったようなネックレスも入っていたが、テディはじきにその正体を見きわめた。要するに、あんたは装身具まで編んだというわけだ。

　中味をほとんどつまみだすと、箱の底から、さながらアザミのなかにランが埋もれていたかのように、指輪がでてきた。

もう何年もまえに、母親がブロードステアズの化粧室でしたように、テディも指輪の価値を確かめた。しかし、母親と違い、彼が見定めたのは金銭的な価値ではなく、その美しさだった。手のひらに指輪をのせ、ダイヤモンドに光があたるようにさまざまな方向に回転させると、大粒のダイヤは燦然と輝き、刻面に虹を浮かべて汚れた壁のそちこちに反射させた。けれども、台座の内側と肩の部分には、アイリーンの櫛についていたのとおなじ種類の油がついていた。金の指輪と繊細なつくりの受口にこびりついた黒っぽい油を見て、テディはうんざりした様子で口をゆがめた。出所はどこだろう？　あいつは一度でも、これを塡めたことがあるのだろうか？

ともかく、きれいにしたほうがいい。テディは、ダイヤの指輪をきれいにする方法を探そうと思った。いや、そのまえに、家捜しがすんだら真っ先に風呂に入ろう。

隣人たちは、悲劇が起こると世間の習わしにしたがって口さがないゴシップや心ない意見を放棄した。妻に先立たれたジミーが長くもたなかったのは、彼ら夫婦が愛しあっていたからだと言った。互いに相手がいないと生きていけなかったのだと言った。だが、ジミーは死んだわけではなく、パブで心臓発作を起こし、救急車で病院に運ばれたのだ。

それまで、ジミーはギネスを身体の正面に据えてカウンターのそばに立ち、ロンドン北部の人種関係について、正確にはブラッドフォード生まれのインド系新聞販売業者の所業について、誰彼とはなしに話していた。早い話が、この業者はジミーが店にたどりつくまえに《サン》紙を売りつくしていたのだ。「だから、言ってやったんだよ、そのパキ野郎に」ジミーは、自分が考えついたと思っている気の利いたあだ名を使った。「ここはカルカッタじゃないって。ここには、ヘビ使いもいなけりゃ、ウシとやるやつもいないと言ったら、やつは――真っ青に、いや、青くなるわけがない――毎度、フライドポテトといっしょに食っているカレーみたいな色になって……」

ジミーがつぎに何を言おうとしたにせよ、痛みがそれをさえぎった。彼はまず、右手で左の上腕をつかんでまえのめりになり、つぎにふたつ折れになって、弛緩しはじめた口から低い呻き声をもらした。その声がしわがれた叫びに達した瞬間、ジミーは膝を曲げて床に倒れこみ、ぶざまに手足を広げた。

グレックス家では電話のない暮らしが長く続いたが、十年まえに、もっぱらキースの配管工事のために、電話を引いていた。警官が玄関にやってきたのは、キースが電話で、浴室の天井から水が漏れているという女性と話しているときだった。水漏れを止めにいくべきか、病院に行くべきか、キースはジレンマに陥った。食堂に入っていくと、テディがベッドに腰掛けて、足掛け台のデザインを描いていた。

「一家の危機だ」キースはうめくように言った。「おまえさんは病院に行って、親父さんに会ったほうがいい。なんなら、バイクの後ろに乗っていかないか？　途中で降ろしてやるよ、おれはクリックルウッドに行くところだから」

「いいよ、せっかくだけど」テディは言った。「こっちは忙しくて、それどころじゃないから」

この足掛け台は、とてもいいものになるだろう。シンプルな線と、なめらかで光沢のある平面の賜物《たまもの》になるはずだ。テディは目を閉じて、醜悪なものをすべて排除した未来の暮らしを思い浮かべた。

7

数日後、テディは大学に戻ってジョイデン派に関する講義に出席した。この講義は客員教授によって行なわれるので、出席の義務はなかった。テディは出席するとさえ思われていなかった。〝芸術〟は彼の必修科目ではないのだが、マイクル・ジョイデン、ロザリンド・スミス、サイモン・アルフェトンの作品を――正しくは、日曜版の増刊に載っていた作品の模写を――見て感心したので、ミルズ教授がそれについて何というか聞きたかったのだ。

いつものように、テディはあらたに洗った髪と磨いた爪に、シミひとつない清潔な古着を合わせていた。新しい服を買うゆとりはないので、着るものが必要なときはオックスファムかスー・ライダーの店で買った。母親はいつも、こうした施設で買った古着を彼に着せていたので、彼自身、古着には慣れていたし、そもそも自分のファッションには興味がなかった。この日は、ポッター・ビルの講堂にいる誰もが着ているようなブルージーンズに、くたびれてはいるが真っ白いTシャツと、十二年前に誰かがCアンドA（衣料品のチェーンストア）で手に入れ、新品のままスー・ライダーに寄贈した濃紺のスウェットシャツを着ていた。

隣りに座った女生徒は値踏みするような目でテディを眺めたが、彼はこうした眼差しにも、慣れっこになっていた。彼女はかなりの美人だった。テディは他人の性格や態度や意見には関心がないも同然だが、顔立ちの善し悪しにはつねに注意を払っていた。彼女は角張った顔に均整のとれた小さな身体をしていたが、祖母の言葉を借りると〝店《たな》ざらし〟風情で、手垢のついた感じがした。この娘はまるで、男どもの汚れた手で何度となくベッドに転がされてきたみたいだ、キースのベッドのような強烈な匂いのするベッドに。そう思って、テディは内心ぞっとした。

「よろしく」と、彼女が言った。

テディは彼女に会釈した。

「あなたに会うのは初めてだけど」

彼は、ツバメの尾のような眉をあげた。

「これからは覚えておくわ」彼女は誘うような口ぶりで言った。「なかには一度、会ったら忘れられない人もいるのよ」

「そうかな？」これはテディがよく口にする質問だが、意味はほとんどなかった。なぜなら、彼の場合、覚えていられるのは毎日のように顔を会わせなければならない人間だけで、あとはすぐに忘れてしまうからだ。「それより、ひとつ教えてくれないか？」

彼女は早くも笑みを浮かべていた。「何でも訊いて！」

「指輪はどうしたらきれいになる？」

「何ですって？」

「ダイヤの指輪をきれいにするにはどうすればいい？」

「悔しいけど、知らないわ」彼女は怒ったように彼を睨みつけたが、頭のなかでは相変わらず質問の答えを考えているようだった。肩をすくめて続けた。「お祖母ちゃんはジンに浸けているわ。一晩、ジンの入ったグラスに浸けておくの」

壇上に講師が現われ、演台に歩みよった。

「わかった」テディは言った。「ありがとう」

ミルズ教授はどうやって絵のサンプルを見せるつもりだろう？　ボードに複製を張りだされたのでは目も当てられない、とテディは案じていた。だが、ありがたいことに、それにはスライドが使われることがわかった。講堂の照明がいくぶん暗くなって、スクリーンに最初の一枚が映しだされた。マイクル・ジョイデンの〈カム・ヒザー・ブルース〉だが、テディにとっては初めて目にする作品だった。ジョイデンとアルフェトンがかつて、そのメンバーと音楽に惚れこんでいたポップ・グループ〈カム・ヒザー〉は渦巻く色と強烈な光をつかってキャンバスに描かれていたので、不思議なことに、その絵からは彼らの演奏まで聞こえてくるようだった。

隣りの女生徒は「暗くてメモが取れない」というようなことをつぶやいたが、テディは無視した。ミルズ教授はこのとき、ジョイデンおよびアルフェトンと野獣主義《フォービズム》の影響ルのコンクリート壁にだらしなくもたれて、足元に楽器を投げだしていた。リードギターのマーク・サイルは大口を開けてのけぞり、黒い長髪を背中に垂らしていた。この作品が描かれたのは、ミルズ教授によれば、一九六五年だった。

「ママは、あの人たちのシングルを全部もっているわ」隣りの女生徒が耳打ちした。「カム・ヒザーの追っかけだったのよ——信じられる？」

テディは肩をすくめた。彼は、どんな種類の音楽にも関心がないのだ。どっちにしろ、彼らはもう、ひとり残らず死んでいるはずだ。絵のなかに記録された人間は、生身の人間とは違うのだから。こうして、つぎにアルフェトンの傑作、ジョイデン派でもっとも有名な作品が映しだされた。この作品はテート・ギャラリーに展示され、現代美術に関する文献という文献に登場し、上等なカレンダーにも進出していた。テディは過去に一度だけ、それも例の日曜版で見かけただけだが、彼がこの講演にやってきたのはほかでもない、この絵を見るためだった。

——彼らの作品に見られる原色をもちいた大胆なスタイル——について話していた。その影響は、ジョイデン派のなかではロザリンド・スミスにもっとも顕著に表われていますが、アルフェトンはマチスやルオーよりむしろ、ボナール、ヴァロトン、ヴュイヤールに影響されているようです。彼の作品は退行的、時代に逆行するレトロだとするむきもありますが、わたし自身はすこぶる現代的だと考えています——少なくとも、ホクニーやフロイトに比べれば。

テディは、こうした人々のことをほとんど知らなかった。ルシアン・フロイト（英国生まれの具象画家。精神分析学のS・フロイトの孫。一九二二〜）は知っていたが、どんなに評価されていようと、彼の作品は醜いと思っていた。アルフェトンの作品については、そのうちの一枚がニーズデンの郵便ポストの広告に転写されているのを見たことがあった。その「ハンギングソード・アレーの音楽」がいま、ふたたび、スクリーンに実物大で映しだされた。

これもまたカム・ヒザーを描いたものだが、今回、四人のミュージシャンは、レコーディング・スタジオのあるビ

〈オルカディア・プレイスのマークとハリエット〉。若い二人は、陽のあたる庭か中庭で木のようなものを背景にしていた。木といっても、そこには幹も枝もなく、あるのはカーテンのような葉っぱだけだった。唯一、それを背景にして、絵のなかの男女はわずかに離れて立ち、男の差しだす右手に女がそっと指を絡ませていた。黒っぽい長髪に口髭をたくわえた彼は濃紺のジャケットをはおり、カールした朽葉色の髪を長く伸ばした赤毛美人の彼女は髪とそっくりおなじ色の摂政時代風のドレスをまとっていた。互いに見つめあう男女の視線には、愛情と熱望がこもっているようだった。この作品には情熱がみなぎっているから、これだけの歳月をへても、無数の目にさらされ、繰り返し批評されても、二人の恋愛感情は相変わらず新鮮で、しかも永遠に続いているのだろう。

「マーク・サイルは——親御さんの世代なら間違いなくご存じのはずですが」ミルズ教授は言った。「カム・ヒザーの一員として一世を風靡し、この作品が描かれた一九六五年には早くもセントジョンズ・ウッドにあるこの家に移り住んで、都会のなかの田舎を楽しんでいました。事実、このツタか何かの蔓植物の陰には、ジョージ王朝風の家が隠れています。ハリエット・オクセンホルムは、近ごろの言い方をするなら、彼といっしょに住んでいたガールフレンドです。

といっても、この人たちのことは、ことさら気にかける必要はありません。サイモン・アルフェトンが彼らの友人であり、彼らがたまたま、後生の人間にとっては幸運きわまりない巡りあわせによって、彼のモデルになったことにおいてのみ、彼らは重要なのです。それよりも注目すべきは、アルフェトンの印象的な色使いと、微妙な光の扱い、強い感情や性的情熱をじつに効率よく伝える奇異な才能です。もちろん、彼の頭には、雛型あるいは見本として、レンブラントの『ユダヤの花嫁』があったはずですが、この点はあとで述べるとして、まずは光と色のはたらきに……」

テディは、テート・ギャラリーに出向いて本物と向きあうことにした。つぎに、彼は葉っぱと、葉っぱの彫り物について考えた。これは一種、グリンリング・ギボンズ（英国の木彫家）がやったことだが、テディが考えたのは現代の、今日のための葉だった。葉の彫り物をほどこした額縁あるいは鏡――そうだ、鏡を作ることにしよう。

講演が終わってふたたび照明が灯ると、隣りの女生徒は苦労してとったノートを見て、「あなたは、あの絵をエロチックだと思う？」と訊いた。

「ミルズはそう思っている」

「そうなの？ だったら、わたしもそう思うことにするわ。わたしはケリー、あなたは？」

「キース」と、テディは言った。

「その手はどうしたの、キース？」

彼は言った。「叔父さんに食いちぎられた」

今度は信じなかった。彼女はくすくす笑った。「よかったら飲みに行かない、キース？」

「個人指導があるから」と、テディは言った。

彼は立ちあがって、振りむきもせずに歩きさった。どうして嘘をついたのだろう、ただ「行かない」と言えばよかったのに？ 今度からはそう言おう。もちろん、テディには個人指導の予定も、書かなければならない作文もなかった。彼が所属している学科では、他人が何を書こうと書くまいと誰ひとり気にしていないようだった。彼はいまから家に戻って、長年やりたいと思っていたことをやる、少なくともやりはじめるつもりだった。叔父は出かけているはずだ。彼はゴルダーズ・グリーンのアパートに電動シャワーを取りつけにいったあと、病院にジミーを見舞うことになっていた。以前は兄にたいして、実際には誰にたいしても、さほど愛情を示さなかったのに、キースは近ごろ、熱心に兄の枕元を訪れるようになっている。だから、家で何をしようと、誰かに見られたり聞かれたりすることはないのだ。

何度もエンジンを復元された、シミひとつない、柔かい淡黄色のエゼルは、四本の鉄柱と微光をはなつプラスチック波板の屋根がついた新しいカーポートの床いっぱいに敷かれたコンクリートのうえに鎮座していた。この車はどうやら、キースが所有していたどの車より大きいようだった。

庭と平行に停めるには大きすぎて、ボンネットとすぼめた口を思わせるグリッドは奥のフェンスに、高い位置に後尾灯がついているヒレのような巨大なトランクはフランス窓に迫っていた。その横には、つまりキースが家にいるときは彼のバイクが停まっているところには、オイルのあとが長々と続いていた。大型車を入れるために作られたカーポートは、もとのコンクリートのたたきより、さらに広い場所を占めていたので、テディの道具は隅の隅に、二枚のフェンスが行きあうところに、押しやられていた。

彼はビニールシートを持ちあげて、溝にたまっていた前夜の雨を払いおとした。そのしたの箱から、さらに新聞紙のなかから、ノコギリと、ユミノコと、さまざまな大きさのノミと、ハンマーを取りだした。ミスタ・チャンスは斧のような無骨な道具は持っていなかったが、グレックス家にはそのむかし、祖母が薪割りに使っていた斧があった。湿気にあてられて刃はなまくらになっていたが、テディはその斧を流し台のしたに突っこんであるカビだらけのガラクタのなかから探しだした。

彼はつぎに、道具を食堂に運んで仕事に取りかかった。五時に始めて、七時半にはすべての椅子の脚と、腕と、背もたれを切り離し、ビニールシートをこじ開けていた。途中で手を休めて食事をとる気はしなかったので、彼はさらにミスタ・チャンスの砥石で斧を研ぎ、解体作業に取りかかった。すると、半時間もしないうちに、六脚の椅子は薪になった。隣人が壁を叩いたのは、このときだった。幾度か壁を叩く音に続いて、電話が鳴りだした。あいつらに違いない、とテディは思った。ミスタ・チャンスの家を買い、まわりの住人より自分たちのほうが上手だと思っている若いヤッピーの男女だ。壁を叩く音と電話は無視した。けれども、斧を使う仕事が一段落すると、テディはあらたにノコギリでサイドボードを切りはじめた。

九時にふたたび斧を振るいはじめると、隣りのヤッピー男が玄関にやってきてベルを鳴らした。さらに何度か隣人にベルを押させてから、テディはケニス・クラークの『文明論』を手にして——「威厳と忍耐」の章を開いて——ドアのところに行った。

「いい加減にしてくれないか？　どういうことなんだ、これは？」

「叔父さんが棺桶をこしらえているんだ」テディは言った。「締め切りに追われて」

隣人は、自分が嘘をつかれたり、かつがれたと思うと赤くなるくせに、それにどう対処すればいいのかわからないタイプの人間だった。「締め切りというと？」

「午後十時」テディは言った。「じきに終わるよ。おやすみ」

テディはドアを閉めて蹴とばした。彼の辞書には「すみません」という言葉はなかった。家具の解体に戻るまえに、彼は階上に行ってキースのベッドのしたからジンを探しだし、階下から持ってきたエッグカップに一インチほど注いだ。そのなかにダイヤの指輪を浸して、自分のベッドのしたに置いた。それから、倍の速さでサイドボードをぶち壊し、高さ四フィートの廃材の山をこしらえた。十一時二十五分まえにキースが帰宅したときには、台所で食事をとっていた。ベークトビーンズの大きな缶詰を開け、それを三枚めのトーストにのせて食べていた。

「ずいぶん遅い夕飯だな」と、キースが言った。

テディは何も答えなかった。

キースは酒瓶や缶ビールがごっそり入ったビニール袋をしたに置いて、マッチで煙草に火をつけ、そのマッチを床に落とした。「自分の親父がどうしているか、おまえは聞きたくないのか？」

「あんたはどう思う？」

「口のきき方に気をつけろよ。あいつが入院してから、おまえは一度も会いに行ってない、もう二月《ふたつき》になるっていうのに。やつは死にかけてるっていうのに、おまえはげんこつひとつ見舞ってやらない」

「そっちこそ、口に気をつけたほうがいいぞ」テディは言った。「それとも、うがいでもするかい？　青酸か何かで？」

彼は食堂に入って、バタンとドアを閉めた。だが、なかに入るとすぐに笑いだした。そして、その夜は犬のように眠った。犬というより、むしろグレックス家の一員のように。テディはときとして仲間はずれになったが、ほかの家族はみな、呆れるほどよく眠るのだ。翌日の夕方には、テーブルから脚を切り離して、天板以外はすべて斧で叩き切った。天板が見事なマホガニーだと気づいたのは、この日も遅くなってからだが、手遅れにはならなかった。彼は注意深く天板をばらし、板にして壁に立てかけた。

叩き切った木材はいまや、取り壊すまえのサイドボートとほぼおなじ大きさの山になっていた。これを片づけるには、出かけるたびに三、四片ずつビニール袋に入れて持ちだすしかない、とテディは思った。なんだか、死体を捨てにいくみたいだ――一日めは半分に切った脚、二日めは腕一本、そして最後に頭を捨てる。

ありがたいことに――それまでは、ありがたくもなんともなかったが――家にはビニール袋があふれていた。ビニール袋は台所の引き出しに詰まっているだけでなく、流し台のしたの戸棚を開けるとドサッと落ちてきた。こうした袋は、キースが酒を買ったときにセイフウェイでもらってきて、それっきり二度と持っていかないものだった。彼の生き方には、どんな形であろうとリサイクルの出る幕はないのだ。テディは地下鉄で大学に行くときに、脚の残骸を少しずつビニール袋に入れて持ちだし、ゴミ箱に捨てることにした。

ケリーの祖母が言っていたように、指輪はジンできれいになっていた。エッグカップのなかのジンの表面には、灰色がかった蠟のような塊がいくつも浮いていた――なかには、髪の毛が埋まっているものもあった。その臭いを嗅いで、テディはぞっとした。彼には、童貞のほかにも守っているものがあった。早い話が、アルコールはけっして口にしないという誓いだ。

指輪は、朝の光をあびてキラキラと輝いていた。テディは、母親のものになるまえは誰の持ち物だったのだろうと思った。グレックスの祖母さん？　まさか！　おおかた盗品だろう。といっても、あの親父に盗みをはたらくだけの勇気があるとは思えない。ことによると、おれの思い違いで、この指輪にはまったく価値がないのかもしれない。案外、クリスマス・クラッカーから出てきたガラクタだったりして?

だけど、ものすごくきれいなもので価値のないものなんてあるだろうか? いつか、女を見つけて、この指輪を彼女にやろう。

8

ジュリアと結婚した直後に、リチャードは警察から、フランシーンを面通しに出席させてもらえないかと頼まれた。

「しかし、娘は男の靴と頭のてっぺんしか見ていないんですよ」リチャードは抵抗した。

「そのことですがね」ウォリス刑事は言った。「うえから誰かを見たら、靴と頭のてっぺんのほかにも何か見えるはずですよね? ほかにも、いろいろなものが見える。たとえば、その人の手とか、背格好とか、肩とか」

ジュリアは、この計画をひどく質《たち》の悪いものととらえた。彼女に言わせると、フランシーンはすでにいやというほど動揺していた。あの子は心に傷を負って怯えているのに、面通しに参加させたりしたら精神に異常をきたすかもしれない。ここで初めて、ジュリアとリチャードは意見を戦わせることになった。勝ったのはリチャードだが、彼がジュリアに勝ったのはこれが最初で最後だった。ジュリアはため息をつき、悲しそうな顔でこう言った。「願わくは、わたしたちはいま、フランシーンのすでに傷つきやすくなっている人格が取りかえしのつかない深い傷を受ける将来について話しているのではありませんように」

言い争いはしたが、二人はフランシーンを連れて、面通しが行なわれるサリーの警察署にやってきた。犯人をすぐ近くで見ているという特異な背景から、フランシーンはとくべつな窓から、整列させられた八人の男を見おろすことができる部屋に案内された。その部屋の窓ガラスは片側からだけ透けてみえるので、彼女には彼らが見えるが、彼らには彼女が見えなかった。少なくとも、警察はリチャードにそう言った。

だが、ジュリアには普通のガラスのように見えた。「警察はいつもそう言うのよ、あなた」彼女は言った。「わたしたちを安心させるために」

いずれにしても、フランシーンには犯人を見分けることができなかった。それでも、四人は選びだせた。彼らの頭はいずれも、あの男の頭に似ていると言ったが、ひとつに絞ることはできなかった。整列させられた男たちのなかには面通しの結果を知らされたものはひとりもいなかったが、逮捕されたものもいなかった。

「でも、犯人はフランシーンを見ていたはずよ」と、ジュリアが言った。

「そこが片側からだけ透けてみえるガラスの利点じゃないか」リチャードは言った。「むこうからはフランシーンが見えないところが」

理論的なところが最大の取柄であるジュリアが言った。「それはどうでもいいことだわ。問題は、彼がフランシーンを見たかどうか？　相手は彼女が誰か知っているはずよ、警察側の唯一の証人だとわかっていて当然だわ」

「きみはあらかじめ、犯人はあのなかにいると決めつけている」

「それはそうよ、リチャード。犯人じゃなかったら、面通しの列に並ばされたりしないわ」

何がジュリアを一連の行動に駆りたてたのだろう？　あとになって、フランシーンは自分の胸にこう尋ねた。はじめのうちは、自問するには幼すぎたのだ。リチャードが何ひとつ質問しなかったのは、ジュリアは心からフランシーンの安全を気にかけているし、フランシーンはフランシーンで恐れを抱いていると考えていたからだ。ジュリアが保護システムに着手し、フランシーンを見えない繭にくるんで外界から隔離したのは、自らの良心と心理学の知識に従ったまでだった。

ことによると、ジュリアがこの保護プログラムを実行した裏には、ほかにも理由があったのかもしれない。たとえば、彼女には子供がなく、この状況は変わりそうになかったからか。それとも、彼女はすでに私財と仕事を失っていたから、すべてを継娘に賭けるしかなかったからか。いずれにしても、フランシーンがこのことに気づくのは十年後のことだった。

むしろ、このころのフランシーンをもっとも苦しめていたのは、フローラがいなくなってしまったことだ。あのまま、そばにいてくれたらよかったのに。せめて、ときおり訪ねてくる知りあいか、お手伝いさんでいてくれたら。リチャードとジュリアが外出しているあいだだけでも、ベビーシッターとしてきてくれたらよかったのに。だが、リチャードとジュリアは夕方から家を空けることがなかった。二人そろって出かけたことは一度もなかった。というのも、ジュリアは、父親も母親もいない家にフランシーンを置いていくことは危険だと考えていたからだ。だから、フローラは去り、フランシーンは泣いたのだ。

「いつでも会いに来て」フローラは言った。「そんなに遠くないんだから。ミセス・ヒルに連れてきてもらえばいいわ」

ところが、なぜか、ジュリアには時間がなかった。いつも、フランシーンの世話に追われていた。だが、リチャードにはこっそり、フランシーンはフローラときっぱり別れるべきだと言っていた。「実際のところ」彼女は言った。「あの地方なまりが自分の娘にうつったら困るでしょう

?」

元依頼人の弁護士からジュリアのもとに届いた手紙をリチャードが読んだのは、フローラが去り、九歳になろうとしていたフランシーンが面通しで犯人を見分けられなかったこの時期のことだった。リチャードは妻宛ての手紙を誤って読んだことを認めて謝罪したが、しおらしく罪を認めながらもなお、その手紙の意味するところを知りたがった。

「ひとりの恐ろしく執念深い、しかも錯乱しているとしかいいようのない男がついに、わたしに勝利したということよ。この男は思いどおり、わたしを心理療法の仕事から追放したのだから、誰が見ても彼の勝利は完璧だわ」

詳しく説明されると、リチャードは妻にまさるとも劣らぬいきおいで憤慨した。その男の息子はかつて、ジュリアのところで心理療法を受けていた。悲劇が起きたのは、すなわち十歳になるその少年が首を吊ろうとして幸運にも失敗したのは、少年がジュリアのところから帰宅した直後だった。そこで、少年の父親は、ジュリアを相手どって訴訟を起こすと脅してきたのだ。自分には裁判を起こす用意がある、息子の心がジュリアによって直接、傷つけられた証拠を示すこともできると息巻いたが、最後には、ジュリアが彼に二千ポンド支払い、同時に仕事を辞めるという条件をのんだのだった。

「きみは裁判で戦うべきだった」と、リチャードは言った。

「そうね。でも、わたしには強さがなかったの。勇気がなかったのよ、リチャード。あのころは、ひとりだったから――」

もっとも、ジュリアは、裁判に証拠を提示することに吝かではなかった著名な心理学者についてはひと言も触れなかった。同様に、少年が父親の弁護士のまえで、自分を襲った恐怖つまり広場恐怖症と繰り返される悪夢はジュリアの質問と暗示が引き起こしたものだと証言していることは一切、伏せていた。

「でも、わたしにはまだ、自分の知識をいかすことができるわ」彼女はきわめて陽気に言った。「その恩恵に浴す人たちがいるから。そう、あなたとフランシーンが。フランシーンに一生を捧げると言ったら、メロドラマのように聞こえるかしら？」

どんな子供にも世話は必要だから、フランシーンも最初は、大多数の子供より入念に世話をされているにすぎなかった。たとえば、彼女の父親と継母は、自分たち以外の人間にはけっして彼女を託さなかった。友人として相応しいかどうか、ジュリアがフランシーンの学校友達を調べたこともあれば、フランシーンの寝室にベビーモニターを取り付けたこともあった。この装置は、フランシーンが自室で立てる物音を——悪夢にうなされる声から、眠れずにいることを示す音まで——ひとつ残らず、ジュリアとリチャードの寝室に伝えるものだった。フランシーンが読むものはすべて、ジュリアによって検閲された。フランシーンがやり終えた少しばかりの宿題にも、ときには作文にも、ジュリアはそこに心の歪みが表われていないかと念入りに目を通した。フローラはフランシーンに個人の領域《プライバシー》をたっぷり残しておいたが、ジュリアはひとつも残してやらなかった。

フランシーンを思いきった行動に駆りたてたのは、ジュリアがビデオ・カセットの箱を見つけたことだった。ジュリアにしては珍しく、このときはカバーに記された文字とイラストを見ただけで、中味はあらためなかった。「『インドへの道』は素晴らしい読み物だから、きっといい映画になっているはずよ、フランシーン」ジュリアは言った。「でも、本にしろ映画にしろ、あなたにはまだ早いと思うの。こういうものは、ちゃんと理解できるようになるまで取っておいたほうがいいわ」

「見たいわけじゃないわ。ただ、持っていたいだけなの」と言って、フランシーンはケースに手を伸ばした。

「よかったら、わたしが階下に持っていって、ほかのビデオといっしょにしましょうか？　そのほうが安全でしょう？」

「ここに置いといても大丈夫よ」フランシーンはできるだけきっぱりと言ったが、言ったとたんにひどく驚いたのは、ジュリアが先端を赤く塗った指を箱から離して、顔に色鮮やかな笑みを浮かべたからだ——いつものように、赤い唇と、白い歯と、飾り物の魚を思わせる青い目を総動員して。

もちろん、フランシーンの言ったことは真実ではなかった。ビデオ・カセットの箱と中味は、安全とはほど遠いところにあった。彼女が学校に行っているあいだに、ジュリアが部屋にやってきてビデオ・ケースを開けるのを阻むものはひとつもないし、彼女には当然、手書きの文字が読めるのだから。

このころには、フランシーンにも手書きの文字は読もうと思えば読めたはずだ。

だが、彼女はどういうわけか、読む気になれなかった。箱の中味に恐れをなしたのだ。といっても、その恐れは、グリム童話の挿し絵にたいする恐れとはまた違った。グリム童話なら、分厚い本のどこに挿し絵があるかわかっているから、その部分を読んでいるときは注意深く、一〇二ページから一〇四ページまで、まとめて三ページめくればすむのだが、カセット・ケースの中味はある種の嫌悪感を抱かせるだけだから、ショウガの匂いがするものはどれも口にしたくないと思うように、忌避したくなったのだ。

折しも、フランシーンはこのころ、子供向けのギリシャ神話を読んでいた。神話のひとつには、貴重な箱を開けて地上に害悪を放ったパンドーラのことが書かれていた。自分がカセット・ビデオの箱を開けても、パンドーラとおなじ結果になるとは思えなかったが、十歳のフランシーンにでさえ、ふたつの状況がよく似ていることはわかった。それでも、彼女はこの日、カセット・ケースの蓋を開け、すでに黄色くなりかけていた紙の束を取りだしたのだった。そして、初めて、自分が目にしているのは手紙だとわかったのだ。

一番うえの紙には住所はなかったが、三年半ほどまえの三月の日付が記されていた。フランシーンは、「愛しい人へ」で始まる手紙を読みはじめた。このころにはもう、こうした手書きの文字を読むのは難しいことではなかったが、それでも読みすすめることはできなかった。どういうわけか怖くなって、何が怖いのか自分でもわからなかったが、読みつづけることができなくなったのだ。目が焦点を合わせるのを拒み、前傾した文字がぼやけて薄黄色の紙面に黒っぽい筋となって現われると、フランシーンは手紙を箱のなかに戻して蓋を閉め、一度ではカチッと閉まらなかったかのように、力いっぱい押しつけた。

家には暖炉がなかった。通りにはゴミ箱があったが、そこへはひとりで行ったことがなかった。ジュリアの愛情のこもった、油断なく警戒している目から逃れられる場所は、学校しかなかった。フランシーンは、彼女が通っている私立学校の生徒なら誰もが背負っていく紺地に黄色い縁取りがしてあるバックパックにビデオ・カセットの箱をしのばせて登校した。そして、朝の休み時間になると箱から手紙を取りだし、ブレザーのポケットに入れて校庭に出た。生徒は全員、芝生と遊技場と砂場とミニ動物園のある校庭に出ており、親友のホリーは大きな声で「モルモットの赤ちゃんを見においでよ」と言っていた。

途中、フランシーンは、スイング式の蓋のついた赤紫色に塗られたゴミ箱のまえを通らなければならなかった。校庭のそのあたりにゴミ箱があるのは、生徒に正しいゴミの捨て方を教えるためだった。そのまえを通ったとき、フランシーンはゴミ箱の蓋をあげ、素早く手紙を押しこんだ。

ホリーが相変わらず自分の名前を呼んでいたので、フランシーンは彼女に手を振って、身体を縮めてまるくなっている、まだ目も開いていない赤ちゃんモルモットと、三毛猫のような色をした太った母親モルモットを見にいった。

翌朝、ジュリアに校門で降ろしてもらった――彼女に教室までついてくるのをやめさせるのは一苦労だった――ときも、フランシーンはスイング式の蓋のついた赤いゴミ箱のまえを通らなければならなかった。ちらっと肩越しにジュリアの車が走り去るのを確かめてから、フランシーンはゴミ箱の蓋を開けてなかをのぞいた。ゴミ箱は空になっていて、なかには新しいゴミ袋が用意されていた。

リチャードはときおり、ジュリアは警戒しすぎだと思った。フランシーンには、ひとりで自由に過ごす機会がない、親の監視なしに成長する機会がないと思った。だが、彼には何を信じるべきか、あるいは考えるべきか、ほとんどわかっていなかった。ことによると、あの子は危険にさらされているのかもしれない。妻を殺した男はまだ捕まっていないない。彼はおそらく、いつかフランシーンが詳細を思い出し、それを口にすることを恐れながら、いまもどこかで生きているのだろう。それをべつにしても、フランシーンはほぼ間違いなく、精神的外傷とも心的外傷とも呼ばれる痛手を受けているのだ。現代の考え方に照らしてみると、フランシーンのような体験をした子供が無傷でいられるとはまず考えられない。

たとえ、リチャードにはその傷が見えなかったとしても、フランシーンはダメージを受けていたはずだ。彼には見えなかったかもしれないが、目に見えないということは必ずしも傷がないということではないのだから。リチャードの心は中途半端な信念と、さらなる自責の念に引き裂かれていた。ジュリアと口論をする気はしなかった。彼女のいきすぎた警戒を諫めようとも思わなかった。自分が番犬を呼んで去らせたら、彼女の警告はどれも根拠のあるものだったとわかるのではないだろうか？　彼が思い出すのは、予言は正しかったのに誰にも信じてもらえなかったカッサンドラーの話だった。

そんなわけで、フランシーンが学校を変わることになったときも、ジュリアの意向が尊重され、近所の子女が通っている——フランシーン自身、気に入っていた——公費助成型のグラマースクールは却下され、シャンプレーンという、ひどく学費のかかる上流階級向けの私立女子学校が選ばれたのだ。ホリー・ド・マーネイがそこに通っていたので、ジュリアはホリーの母親から、その学校に関するありとあらゆる情報を仕入れた。シャンプレーンは、ウィンブルドン・コモンのはずれにあるジョージ王朝風の大邸宅のなかにあり、ヒル一家が住んでいる場所からはずいぶん離れていた。しかし、ここの生徒は最高学府に進むという模範的な記録を誇っていた。前年には、六年生の九五パーセント弱が大学に進み、そのうちの十二人はケンブリッジもしくはオックスフォードに進学した。

クラスは小さく、教師の資質は高かった。生徒のなかには——ここではけっして児童と呼ばない——伯爵の孫娘もいれば、タイの王女もいた。校庭ではラクロスが行なわれたが、サッカーも行なわれた。シャンプレーンには大きな温水プールと、スカッシュ・コート、それにクレイと芝の二種類のテニス・コートが設備されていた。新しい科学実験室には三万ポンドの大金が投じられたという噂だ。そのため、学費はとくべつ高く、その支払いはヒル家にかなりの犠牲を強いるものと思われた。が、ジュリアは反対しなかった。そのために夏休みに海外に行けなくなっても、二台めの車はもとより新しい服が買えなくなっても、彼女はこうした犠牲を、フランシーンの安全のために支払わなければならない代償として受け入れたのだ。

学校側は寄宿舎に入ることを奨めていたが、フランシーンは寄宿させてもらえなかった。彼女が寮に入ったら、ジュリアは一瞬たりとも安心していられなかっただろう。新聞は近ごろ、ある男が学生寮に侵入して女生徒を強姦したと報じていた。レイプが可能なら、殺人も可能なはずだ。というわけで、フランシーンは通学生になった。通学生になることは、少しばかり冷遇されている少数派の一員になることを意味した。早い話が、内輪のジョーク、カルト的な行動、秘密クラブ、個人的儀式といったものから、締め出しをくらうのだ。ほかの生徒がフランシーンの過去とオーチャード・レーンの家で起こったことを知らなかったら、彼女はそれほど注目されなかったはずだが、ほかの生徒はこのことを知っていた。なぜなら、ジュリアが校長の職にある——ここではなぜか、最高行政官と呼ばれている——女性に、フランシーンの身に起こったことを、彼女が登校するまえに、集会で全校生徒と教職員に話すよう強く求めたからだ。

「ひとえにフランシーンを守るためよ」ジュリアはリチャードに説明した。「話を聞けば、ほかの子たちは彼女のために気を配るようになるわ。彼女を守るのを手伝ってくれるはずよ」

リチャードには、十代の若者がそんなふうに考えたり行動するとは思えなかった。無論、ジュリアにもそのことはよくわかっているはずだった。なにしろ、彼女は心理療法士になるまえは教師をしていたのだから。

「教室にいるときは、まだ安心していられるけれど」ジュリアは続けた。「心配なのは、彼女がグラウンドに出たときのことよ。だから、教室の外では、彼女の友達に監視役をつとめてもらうわ」

フランシーンには、通学生の友達がたくさんできた。彼女が友達の家に行くことを許されるのはずっと先のことだが、友達がヒル家にやってくることは許されていた。ひとたび、フランシーンの友達がやってくると、ジュリアはその子を入念に調べた。こうした生徒の母親に電話をかけて昼食に誘いだし、そこで相手の家庭について尋問することもあった。夫の——ときには本人の——職業や、子供の数や、犯罪と刑罰にたいする意見を尋ねるのだが、最後の質問には刑務所の存在をどうとらえているか、死刑の再導入を望んでいるか否かも含まれていた。

それでも、質問された母親たちはあまり気にしていないようだった。ジュリアは質問の動機をけっして明かさなかったので、シャンプレーンに子供を通わせている親たちは、ジュリアはむしろ、彼らの家系、言いかえれば彼らが上流階級に属していると主張している根拠に、あるいは政治的信条に関心をもっていると思っていた。ふるいにかけられた結果、フランシーンはひとりか二人、友達を自宅に招いて——ときには泊まらせても——よいことになった。けれども、友達や友達の家族と出かけたり、学校の遠足に行くことは許されなかった。ある年、シャンプレーンは四年生をルツェルン湖に連れていき、翌年には、やはりフランシーンぬきで、五年生をコペンハーゲンに連れていった。彼女が国立劇場を訪れるときは、学友ではなく、ジュリアが同行した。

フランシーンは反抗期にあったので、多少は反抗した。どうして、わたしはこんなふうにガードされているの？目的は何なの？「監禁されているより、誰かに襲われたほうがいいわ」とさえ言った。

きっかけは、フランシーンが二人の学友と、そのうちのひとりの母親と、バレエを見にいくと言いだしたことだった。これにたいして、ジュリアはにべもなく「ノー」と言ったのだ。公共の乗り物で夕方のウエスト・エンドに？大丈夫よ、ミランダのお母さんがついているから。フランシーンは、その晩はミランダの家に泊めてもらい、着いたら電話を入れるつもりだったのだが……

「あなたは自分が特別な立場にあることを実感しなければいけないわ、フランシーン」

「わたしには忘れることも許されていないの？」

「あなたは、わたしがこの状況を好んでいると思う？」ジュリアは言った。「自分を喜ばせるためにこうしているとでも思うの？」

「そうは言ってないわ。ただ、自分が危険にさらされているとは思えないの——誰が、わたしを狙っているというの？」

そこで、ジュリアはリチャードに「絶対にしない」と約束していたことをしたのだった。要するに、フランシーンに持論を聞かせたのだ。

フランシーンは青くなって震えだした。「でも、わたしは彼の顔を見ていないのよ。何も見てないわ」

「あなたが分別のある行動をとっていれば、何も心配することはないのよ、フランシーン。これまでどおり、わたしたちにあなたの面倒を見させていれば」

「なんとかして、わたしが彼を見ていないことを当人に知らせることはできないの？　たとえば——そう——新聞に載せるとか、警察に働きかけて知らせてもらうとか？」

「馬鹿なことを」

どうして、彼女はそんなことをしたのだろう？　つまり、ジュリアは。なぜなら、彼女は、自身の警戒にたいする自身の釈明を信じていたからだ。犯人は、フランシーンが彼を見分けることができると思っている——だから、彼はフランシーンを追いかけている。この説を信じないで、警戒を怠ったら、彼女は邪悪な女か馬鹿のどちらかになっていただろう。ジュリアは、そのどちらでもなかった。意地の悪い継母でもなかった。はじめのうち、しかも長いあいだ、彼女は持論に自信を持っていたが、しばらくすると、その動機はぼやけ、目的は混乱してきたのだ。

たとえば、ジュリアは自らが保護者であることの意味をめったに自問しなかった。とくに運動神経がよいわけでもない五十近い彼女にフランシーンが守れるとは思えないし、潜在的な襲撃者に彼女が侮りがたい脅威だと思わせるのも無理な話だ。ジュリアは一度も武器を持ったことがないし、持ちたいとも思わなかった。夜、彼女もリチャードも眠っているときに、フランシーンが自分の部屋にひとりでいたら、侵入者は容易にそこに入っていただろう、学校の寮に忍びこむよりやすやすと。

ベビーモニターは、ずっとまえに外されていた（穏やかで禁欲的なフランシーンは耐えに耐えたあと、ついに抗議の声をあげ、モニターの取外しを要求したのだ）。しかも、ジュリアは、フランシーンが学校でどんなふうに過ごしているのか、よく知らなかった。期待と信頼をよせていたが、フランシーンが昼休みに校庭に出るのか出ないのか、自由時間には何をしているのか、たまには授業をサボることがあるのかないのか、本当のところはわからなかった。実際には、多くの生徒が授業をサボっていたのだが——そう、例の伯爵の孫娘でさえ。

こうしたことはどれも、漠然とわかっていた。フランシーンを重い障害のある子を施設に入れるように監禁するか、あるいは外の世界に出すか、決めなければならない時期が近づいていることもわかっていた。だが、この質問はいささか重すぎて、ジュリアのなかに残っていた良心と常識を崩壊させたのだ。彼女にとって、フランシーンは自分が管理しているもの、言いかえれば意のままになるはずのものだった。なんといっても、彼女はフランシーンを救い、幼年期から思春期をへて一人前の女性になろうとしているこの時期まで守りとおしてきたのだ、いまさらどうして手放すことができるだろう？

そればかりか、彼女はこの時期まで、フランシーンのために自分を犠牲にしてきたのだ。誰かにそうしろと言われたわけではなく——リチャードは彼女に結婚してくれと言ったにすぎない——もっぱら自分の意思でしてきたことだが、犠牲にはかわりなかった。結婚した当初は、ひとりぐらい自分の子供がほしいと思ったし、それだけの若さもあった。が、子供を産んでいたら、多少なりともフランシーンを見捨てることになっただろう。教師か心理療法士か、ふたつの職業のうち、ひとつは続けられたかもしれないが、そうしていたら、フランシーンを無視することになっただろう。学期中は来る日も来る日も、ジュリアは混みあった道を十マイル運転してフランシーンを学校に送りとどけ、十マイル運転して家に戻り、また十マイル運転して彼女を迎えにいき、さらに十マイル運転して家に帰ってきた。夕刻から、夫と二人だけで外出したことはただの一度もなかった。出かけるときはいつも、フランシーンがいっしょだった。

結婚生活もまた、犠牲になったもののひとつだった。ジュリアはフランシーンのために、リチャードとの結婚生活を台無しにしていた。というのも、ジュリアが約束を破り、フランシーンに持論を話したことがリチャードに知れると、夫婦のあいだは以前のようにいかなくなったからだ。ジュリアの持論は茶番めいたものだが、フランシーンはまだ十五だし、それでなくても傷ついている子に――八つになるまえに一生分の苦しみを味わっている子に――こうした重荷を背負わせることにはとても賛成できない、とリチャードは思った。そして、あらたにジュリアのことを支配欲に取りつかれた、悪意に満ちた、略奪者として見るようになったのだ。悪意のほかに、彼女がフランシーンに持論を聞かせる理由があるだろうか？　あの子はほんの少し自由を欲していただけなのに、無礼とはいわないまでも少しばかり直接すぎただけなのに、ジュリアは故意にあの子を恐がらせる話をして反撃したのだ。

「悪意？」ジュリアは言った。「悪意ですって？　わたしはフランシーンを愛しているのよ。わたしの望みはただひとつ、あの子に幸せな人生を送ってもらうことよ、この不完全な世界のなかでより幸せに生きてもらうことだわ」

「そういう姿勢はいずれ、改めざるを得なくなるだろう」リチャードは覚めた口調で言った。「フランシーンはまさに成長のさなかにあって、すっかり成長したら必ず離れていくんだから。このことは、きみも認めるしかないだろう？」

だが、ジュリアはまったく違う見方をしていた。フランシーンのためにすべてを捧げてきた彼女に、どうして自分から身を引いたり、そのための道を用意することができるだろう？　ほかにもひとつ、そこには考慮されるべき事情があった。

いまさら、フランシーンを手放すわけにはいかなかった。この期におよんで、フランシーンを諦め、彼女が親しい友人をつくり、自分すなわちジュリア以外の大切なものに興味を抱くのを傍観することはできなかった。なぜなら、ジュリアは自己犠牲と自己否定でもって継娘を購ってきたからだ。それだけの代償を払って、フランシーンを自分のものにしてきたのだ。なるほど、フランシーンは彼女の継娘だが、同時に彼女の所有物であり、怯えた子供から彼女が創りだした少女でもあった。

ある意味では、フランシーンは自分で産んだ子供より自分の子供に近い存在だった。だから、ジュリアは彼女をつなぎとめるために闘っていたのだ。

9

ある夜、面会にやってきた弟と一時間ほど病室のテレビを見たあと、ジミー・グレックスは世を去った。最後まで残っていた動脈の一本が塞がったために、言いかえれば血管の内側を覆っていた物質が厚みをまし、糸のように細い管を髪の毛ほどの幅に狭め、最後にはすっかり詰まらせたために、ジミーは血液と呼吸と酸素を求めてもがき苦しみながら死んでいった。ときに、彼は六十七だった。

隣人たちは、ジミーは妻の死後、生きる希望をなくしたといった。彼の弟は役所に死亡届けを出し、葬儀屋を呼んで葬式の用意をととのえ、火葬が終わると、少数の選ばれた人々を家に招いてビールとウィスキーとポテトチップスをふるまった。そこには彼の息子も出席していたが、彼は実質的には無言のまま、いまや自分のものとなった家をしキースは温和なセイウチのようにも見えたが、その目は相変わらず鋭く、眉はメフィストフェレスのように外に向かって開いていた。

「この家はおれのものだ」彼は言った。「おれの持ち物、おれのものだ。そんな顔をすることはない。したいなら、すればいいが。この家は全部、おれのものだ。親父は、おれにこの家を遺した。生涯不動産権はおふくろが持っていたが、おふくろが死んだとき、その権利はおれに復帰した。『復帰』っていうのは専門用語だ。オーケイ？」

「嘘言え」と、テディは言った。ほかに言いようがなかった。

「なら、説明してやる。説明してやるいわれはないが、説明してやる。そうしてやるのも悪くない。あいつの霊が救われるよう祈ってから言うが、かわいそうなおまえの親父は、おれの親父の子じゃなかった。親父とつきあいだしたとき、おふくろはすでに身ごもっていた。あとは聞かなくてもわかるだろう？　親父は、このことは問題にしなかった。が、家を買うことについては、そう、どこかで線を引

げしげと眺め、たいした財産ではないと思いながらも、どんなものであれ、それが自分のものになったことを喜んでいた。

みんなが帰ったあとで、テディはキースに言った。「あんたをいますぐ追い出す気はないから、心配しなくていいよ。あんたが生涯、ここを住処にしてきたことはわかっている。だけど、いずれは出ていってもらおうと思っている、たとえば、クリスマスまでに」

十月のことで、イーストコート大学ではテディの最終学年が始まったところだった。二人はこのとき、家具がぎっしり詰まった居間にいた。家具はいずれも、かぎ針で編んだ色のついた上掛けで覆ってあり、肘掛け椅子には背覆いが、長椅子にはショールがかけてあった。埃をかぶったコーヒーテーブルのうえでは、思いがけず誰かが届けてくれた百合の花輪がしおれていた。キースはかなりしおれていたものの、シーヴァス・リーガルでたちまち生き返ってしゃんとなり、テディにむかって緩慢な笑みを浮かべた。垂れさがった顎と、すっかり白くなった長い口髭のせいで、

かなきゃならなかった、わかるだろう？」

「そんな話、誰が信じるものか」と、テディは言った。

「そいつは残念だ。信じる信じないはそっちの問題だ。証書は銀行に預けてある、あれが何よりの証拠だ。とはいえ……」響きが気に入ったとみえ、キースはおなじ言葉を繰り返した。「とはいえ、おれはおまえほど腐っちゃいない。いやはや、おまえには呆れるよ！　しかも、おまえは甥っ子というか半分は甥っ子だから、これについては疑問の余地はなさそうだから、おれはおまえを、おまえがおれに突きつけたような条件で追い出そうとは思わない。おまえはクリスマスにおれを追い出す気だったが、おれはどうかといえば、おまえが大学に行っているあいだは置いてやるつもりだ。これでどうだ？」

キースは、さらなる説明を拒んだ。彼の父親がジミーの父権のことを語ったのは、ジミーが二十三、彼が二十一のときだった。父親のグレックスは寛大な男で、うえの息子を自分の子として育てた。が、しかし、財産とその相続に関しては違った。節約し、長年かかって抵当を外した家は、嫡子《ちゃくし》のものにならなければならなかった。

「おれは遺言状を書いて、この家を親戚の誰かにやってもいいと思っている」キースは言った。「どこかに従兄弟がごろごろいるはずだから。おまえにやってもいい。いい子にしてたら。少しばかり尊敬を表したら。家のなかを掃除するとか、おれに目覚めの一杯を持ってくるとか」ひとり受けして笑いだした。

「どうして誰も言ってくれなかったんだろう？」

「誰も言ってくれなかったって？　馬鹿いうんじゃないよ。おまえの親父とおふくろはわかっていた、おまえが忘れてるだけだ。おれはあの二人をここに住まわせてやった、いまはおまえを住まわせている。それがわかっただけでも、ありがたいと思え。普通なら、おまえから家賃をもらってもいいんだぞ」

テディは急に席を立ち、後ろ手にバタンとドアを閉めた。彼は食堂に入って、床に積みあげた木材のそばに座った。彼はそれまで、今夜がだめなら明日にでも、居間と両親の寝室を片づけはじめようと思っていた。誰かを呼んで片づけさせてもいい。中古家具のディーラーに来てもらえば、寝室にある揃いの家具とボコボコになったソファにも値がつく。それがいま、できなくなったのだ、おそらくは永久に。

テディは、醜さに圧倒されたような気がした。一点か二点、食堂にあるものを除くと、この家には醜いものしかないので、彼にはこうした例外が、言いかえれば薄い色の木枠に入っている彼自身が描いた絵や一列にならんだ本を支えている彼自身が彫刻したブックエンドが、いまでは痛々しく思えた。かつてサイドボードがあった場所には仕事台をはじめ、二本のカンナ、ノコギリ掛け、ハンマーおよびドリルが置かれていたが、そこにある道具は醜いわけではなく、単に実用的なだけだった。あたりにはいつにもまして煙草の臭いが充満し、食堂のなかまで浸透してきたが、窓を開けるには寒すぎた。テディはこれまで、この家はひどくしけた家だが自分のものだと思っていた。自分にはこの家しかない、と思っていた。ただ、自分のものになっていないだけだ。いまは、キースのものになっている。キースは、この家のなかにあるもっとも醜いもののひとつだ。彼の膨れた身体や気力のない顔を見るたびに、煤で汚れた手や黄ばんだり折れたりしている歯を見るたびに、テディは腹が立った。

少しのあいだ、テディは出ていくことを真剣に考えた。でも、どこへ行けばいい？　彼が通っている大学には超満員の寄宿舎が二棟あった。そのどちらかに住むこともできたが、三年生のための枠はなかった。ひとり用の寝室でさえ、部屋を借りることはとうてい不可能だった。彼がもらっている奨学金では、最低限の生活費と移動費をカバーすることもできなかった。そこで、テディがふと思い出したのは——重要なことだが、当人はさほど気にとめなかった——彼は生まれてこのかた、新しい衣服を買ったり買ってもらった経験がないことだった。外国に行ったこともなかった、ロンドンの映画館にも、バーガーキングより高級なレストランにも。

彼がかろうじて立てていた計画は、当然、家を売るということだった。中味をすっかり出して掃除し、外壁にペンキを塗って売りにだす。家の価値は、ロンドンのどこにでもある三〇年代に建てられた棟割り住宅とおなじくらい低いはずだが、それでも売れば何万ポンドかになるだろう、たぶん四万ポンドぐらいに。

　といっても、この家はキースのものだ。

　ダイヤの指輪は、ドアの内側にひっかけてあるジッパーのついた、もう一枚のジャケットのポケットに入れてあった。テディはいま、それを手のひらにのせて、じっと見つめた。その価値はまだ、誰にも値踏みしてもらっていなかった。ためしに宝石商に売りにいったら、盗んできたと思われるのが落ちだ。質に入れてみてもいい。質入れの実体にはまるで明るくなかったが、町には質屋があり、テディはそうした店を目にしていたので、そこに行けば指輪の値段のほぼ半額をもらえると思ったのだ。値踏みさせるにはいい方法だ。売るつもりはないのだから。

　何があっても、指輪は売らないつもりだった。どっちにしろ、お金はそれほど深刻な問題ではなかった。なんとかやっていける、いつもそうしてきた。キースに食べさせてもらっているあいだは、餓死することもない。しかも、物をつくりつづけることができる。物をつくり、物をつくることを学び、大学の課程を終えて学位を取れる。

　学位を取るには、提出物すなわち独自の技術を例証する工芸品をつくらなければならなかった。大半の生徒は、コーヒーテーブルかデスクを作った。テディの知りあいでもある生まれつき木彫りの才能のある生徒は、人魚の船首像を作るといっていた。テディの才能は象眼細工にあったが、自分では装飾家具にも優れた適性があると思っていたので、鏡のフレームをつくることにした。そうだ、カエデかクルミの淡い色の枠に、ヒイラギとイチイを塡めこんで、青と灰色と金色で色づけしよう。

　もし、ここにいなくてもいいなら！　ここにいると、このうえなく醜いものか、低俗なものしか目に入らない。窓の外では、あのエゼルでさえ、ビニールですっぽりと覆われている――ビニール葺きの屋根と四本の支柱でできたビニールのシェルターで。キースのバイクのハンドルバーには、黒いビニールのゴミ袋がかぶせてある。おなじく、サドルにも。割れ目から灰色がかった草が生えているコンクリートのうえを転がっていく袋もあれば、金網のフェンスにぴったり張りついて、さも隣家に逃れようとしているかのように、編み目から角を突き出しているものもある。まるで、ビニール袋の倉庫だ。テディはカーテンを閉めた。

キースは居間で眠っていた。兄を亡くしてから、彼はまえにもまして飲んでいた。自分の分はもちろん、ジミーの分まで飲んでいたといえる。寝ることはめったになかった。どんな仕事をしてきたにしろ仕事先から戻って、バイクにゴミ袋をかぶせると、キースはビニール袋をふたつさげて居間に直行した——小さくて持ち運びに便利なほうには配管道具が、もう一方にはその晩に飲む、お気に入りのシーヴァス・リーガルとギネスが入っている。そして、テレビをつけ、ウィスキーか缶ビールの栓を開け、数時間ぶりに煙草に火をつけるのだ。なぜなら、得意先では煙草を吸わせてもらえないから。

テディの視線に気づくと、キースは説明した。「ここには酒を置いときたくないんだよ、そう、仕事に出ているあいだは。おまえさんを追い出すまえに大事なシーヴァスを空にされたら、ざまないだろう?」

テディは何も答えなかった。答えることなどなかった。テディが一滴も飲まないことは、当人同様、キースも承知しているのだ。どういうわけか、キースはテディにたいして、以前は彼の両親より好意的だったのに、二人がいなくなってからは悪態をつくようになった。口ぎたない言葉を吐き、絶えず不機嫌な顔をするようになった。が、テディは気にとめなかった。原因を推測することもなかった。キースがそうなったのはなぜか、じつは慕っていた兄を亡くして寂しい思いをしているからなのか、それとも自分のことを気にかけ、ときには言葉をかけてくれる人間がいないことに不安を抱いているからなのか、いずれにしても、テディにとってはどうでもいいことだった。ときおり、彼は開いている戸口からキースを眺めた。とりわけ、ウィスキーとギネスが効いているときには、関心や同情や哀れみからではなく、いわば抗《あらが》いがたい嫌悪感から、そうするのだった。

そういうときはたいがい、十分か十五分、そこに突っ立って、じっと見つめていた。キースにかぎらずキースを取りまくものを眺めて、部屋の惨状に魅せられていた。フックのかわりに、キースの道具袋に入っているクリップや締め金で固定されているカーテン。毛皮のようにあつく積もった埃。一度も空けられたことのない灰皿。皿も、缶詰の蓋も、ガラスの水差しも、煙草の灰と吸い殻であふれている。こわれて傾いている家具。カーペットは一見、花模様だが、くすんだ灰色の地にうかぶ黒っぽい模様は、じつは、飲み物のシミだ。捨てられたランプシェード、結んだ導線からさがる裸電球。テディは最後に、キース自身に目を向けた。

彼のいびきは、十六年前よりひどくなっていた。ラッパのような大きな音をあげながら、つまり高いびきをかきながら、キースは数分ごとに、まるで電気を流されたかのように、びくっと身体を動かした。それから、また、いつもの周期的ないびきに戻った、彼の鼻腔を勢いよく通りぬけ、ひしゃげた警笛のような音をあげる長く退屈ないびきに。

一度――といっても、一度だけ――彼は完全に正気づき、はっとして、「何を見てやがる？」と言った。

そういうことは二度と起こらなかった。キースは、お気に入りの混合物ですっかり酔っぱらっていた。椅子の肘から腕を垂らし、大口を開けてふんぞり返り、虫の食った緑色のセーターに覆われた太鼓腹を開発業者が穴を掘った緑の丘よろしく聳えさせていた。ビールはいつも、グラスを使わずに缶からじかに飲んでいた。ウィスキーはヨーグルト鉢に注いでいたが、テディは鉢の出所に心当たりがなかった。どう考えても、この家の住人がヨーグルトを食べていたとは思えなかった。キースはいつも、膝にビニール袋をひとつ抱え、足元にふたつ並べていた。いちいち袋からウィスキーを取りださずに、そのまま、つまり袋ごと瓶を持ちあげて、鉢に注ぐのは毎度のことだった。

夜中になっても、テレビはつけっぱなしになっているだろう。キースは一晩じゅう、そこにいるのだ。そして、用を足したくなったら、わざわざ階段をあがってバスルームに行くことはせず、千鳥足で前庭に出ていくのだ。テディはしばしば、匂いでそれとわかった。反面、隣りのヤッピーたちは猫の仕業だと思っていた。キースはいびきをかいたあと、またしても電気ショックを与えられたかのように激しく身体を引きつらせた。偶然にも、テレビでは救命救急ものをやっていて、登場人物たちは担架に乗せられた患者に心臓刺激ショックをほどこしていた。テディはテレビのスイッチを切り、そしてベッドに入った。

10

マーク・サイルがハリエット・オクセンホルムを家から追いだしたとき、彼らの絵は描かれてから二年になり、すでに大喝采を浴び、高値で買われていた。

このとき、ハリエットは「まだ自分を愛しているか」と一度余計に訊き、マークにもとより少ない自制心をすっかり失わせたのだった。彼は、ハリエットの頭を思いきり殴った。その勢いは、彼女が壊れたシャンデリアのしたに、言いかえればシミだらけのカーペットのうえに、大の字に倒れこむほどだった。つぎに、彼は彼女の髪を、例の豊かな赤い巻き毛をつかんで部屋から引きずりだそうとしたが、髪が抜けたので、かわりに肩をつかんで引きずりだした。

このときにかぎって、家にはカム・ヒザーの仲間も、ロード・マネージャーも、マークが一晩——あるいは応接間のソファで一時《いっとき》——セックスを楽しむために連れてくる追っかけもいなかった。ハリエットが致命的な質問をしたのは、そこには自分とマークしかいなかったから、言いかえれば束の間とも永遠とも思える「二人だけの世界」に立ち戻ったからだ。

ハリエットは気絶していたわけではなく、手間を惜しんでいたのだった。されるがままに家から引きずりだされたのは、自分で歩くより楽だったからだ。それでも、石段に叩きつけられるのはいやだったから、玄関を出たところで立ちあがった。そこで、マークに押されてよろけたが、足場を失うことはなかった。彼がなかに戻ってドアをバタンと閉めると、彼女は敷石のうえに座って髪が抜けたところをさすった。指には血がついていた。マークは彼女を傷つけていたのだ。

季節は秋で、壁を覆っている葉は緑色から淡い黄色や、暗赤色がかった黄金色に変わっていた。二階の窓がぞんざいに開いて、ちぎれた葉っぱや折れた巻きひげがひらひらと落ちてきた。マークは彼女の服を投げはじめた。空飛ぶブーツの直撃を避けるには、頭を引っこめるしかなかった。赤いドレスは、あのドレスは、大きな深紅の蝶か色づいたバージニアヅタの葉のように軽やかに、しかも楽しげに、舞い降りた。続いて、段ボールの箱が降ってきた。

ハリエットは立ちあがって、大きな声でマークに言った。

「スーツケースぐらい投げてよ！　自分のものをこんな箱に入れて運ぶのはごめんだわ」

マークがそうするとは思わなかったので、彼女は瓶入りのベビーシャムがかつて入っていた箱に自分の持ち物を入れはじめた。そもそも、一度でも、あの人がベビーシャムを飲んだことがあった？　そこへ、スーツケースが蓋をばたばたさせながら飛んできて、ひとつしかないバラの茂みの真上にドサッと落ちた。彼女はそれを両手でつかみ、棘でひっかき傷をこしらえた。

巷ではチーズクロース（目の粗い薄地の綿布）が流行りはじめていた。ハリエット自身、つねに流行の最先端にいたので、彼女の服は脆弱で、彼女とおなじように頼りない感じのものが多かった。そうしたものをスーツケースに詰めていると、指から血が滴って薄布に絞り染めのようなすじをつけ、頬には涙が流れおちた。じきに、彼女は声をあげて泣き出した。

ふたたび二階の窓が開き、そこにはマークの姿と、窓敷居のうえに危なげに載っている紅白の大きな陶器の鉢が見えた。こうしたヴィクトリア朝の水差しと鉢のセットも大いに流行っていたので、これもまたハリエットにとっては当然、持っていなければならないものだった。何もかも買ってやったように、マークはそのセットをハリエットに買ってやり、いままさに、その中味を彼女の頭のうえに空けようとしているのだった。彼女は必死に立ちあがり、鼻を鳴らしながら、スーツケースを引いて歩きだした。門に行きついたところで、水が滝のように落ちてきた。そのあとを鉢が追いかけ、敷石にあたって大きな音を立てたので、向かいの住人が前庭に出てきた。

ハリエットは、彼らと目を合わせなかった。彼らは以前から、マークの問題行動を警察に訴えていたので、今回もそうするものと思われた。けれども、それは彼女の問題ではなかった。それでなくても、お金はないし、行くところはないしで問題だらけだった。彼女の両親はシュロップシャー——より正確には、ロング・マインドに近い村にあるマナーハウス——に住んでおり、家族は母親にいわせれば〝身分のある人々〟だった。両親は必ずしも娘を追い出したわけではないが、彼女がパブリック・スクールを放校になって、どこであれカム・ヒザーのあとについていき、ハンギングソード・アレーのスタジオのまえで寝袋を広げ、そのうちマークのところに転がりこみ、どれほどマークを崇拝しているか新聞に語った結果、彼らは多かれ少なかれ、コリング・マナーでは彼女を歓迎しないことを明らかにしたのだ。〈オルカディア・プレイスのマークとハリエット〉がその年の王立アカデミー賞に選ばれても、彼らの態度に変化はなかった。

そのときは、両親が自分に会いたがっていようといまいと、おかまいなしだった。会いたがらないのはむしろ救いだった。というのも、あれこれ煩わされずにすむからだ。が、こうなってみると、両親は役に立つ存在に思えた。行くとしたらコリング・マナーしかないし、そこに行けば両親も彼女を引き取るはずだから。といっても、汽車賃もバス代もないのに、そんなことを考えて何になるだろう? ハリエットは一文無しで、ヒッチハイクする元気もなかった。あとはもう、カムデン・タウンまで歩いて、ウィルモット・プレイスで空き家を不法占拠している友人の慈悲にすがるしかなかった。

　自分は歓迎されているのか、うんざりされているのか、どうなのか、ハリエットには判断しかねた。いずれにしても、彼らは四六時ちゅう何かでハイになっているので、夢うつつでぼうっとしており、ひどく年老いたゾンビーのようにゆっくりと歩きまわるか、そこには自分にしか見えないものがあるといった目で部屋の隅を見つめていた。自らストームとアンサーと改名していたテリーとジョンは、アンサーがすでにジイザーという女と占拠している部屋にある予備のマットレスをハリエットに提供したが、泊まるのは二晩か三晩だけにしてくれと言った。なんでも、そこはストームの指導者《グル》のための場所で、このグルは近々、ハートルプールの住み家《アシュラム》からこちらにやってくるとのことだった。

　ハリエットは、スーツケースをひとりで二階まで運ばなければならなかった。もっとも、運んでもらえるとは思っていなかった。マットレスは床に広げてあったので、彼女はそのうえに座った。部屋にはもうひとつ、アンサーがジイザーと二人で使っている――やはり床に広げられた――マットレスがあるだけだった。窓には、カーテンのかわりにインド製のベッドカバーがかけられ、一方の壁には奇妙な文字と赤い絵の具で「十四のマンバンタラ(ヒンドゥー教でいう人間の祖による支配時代)と、ひとつのクリタ(ヒンドゥー教でいう黄金時代)がひとつのカルパ(ヒンドゥー教でいう劫波)をつくる」と書かれた大きな紙が貼ってあった。

　正午に朝食というか朝食として通るようなものをとってから、ハリエットは何も食べていないので、ひどくお腹が空いていた。ストームとアンサーとジイザーは、食べ物を分けてくれるかもしれないし、くれないかもしれない。それをいうなら、彼らは何も食べないつもりかもしれない。かたや、ハリエットはアルコールが飲みたくてたまらなかった。その他もろもろの道楽にくわえて、彼女にはマークといっしょに飲む癖がついていたが、こういうことは、マテ茶やボルド茶について話していないかぎり、ここでは問題にならないので黙っていた。

　その気になれば通りに立つこともできたが、何から始めていいのかわからなかった。ただ単に、ドレスアップして、誰かが近づいてきたら、「どう?」と声をかければいいのだろうか? ことによると、商売がたきのポン引きか常連にボコボコにされるかもしれない。遅かれ早かれ、トラックをつかまえてM1経由でコリング・マナーにむかうつもりだけど、そのときも途中で何か食べなければならない。マークが窓から投げたものを拾い集めていたときは、動揺のあまり、自分が何をスーツケースに詰めているのか、よくわからなかった。いずれにしても、彼が金目のものを投げた可能性はあった。しかし、宝石の類はもらったことがなく、唯一、価値があるのは金のブレスレットだったが、それはまだオルカディア・プレイスの引き出しのなかにあると思われた。ハリエットはがっくりしてスーツケースをほどき、蓋を持ちあげた。

　チーズクロース。いつの間に、こんなにたまったのだろう? シャツといい、トップといい、ベストといい、パンツといい、もともとあったロングドレスとジャケットがいっしょになって子供を産んだかのようだった。血の滲んだ、クリーム色の、しわだらけの冴えないかたまりは、二度と目にしたくなかった。おなじく、ブーツも、二足の靴も、どういうわけか紛れこんだ傷ついた赤い葉っぱも。そのしたには、サイモン・アルフェトンが彼女を描いたときに着ていたドレスが、細かいプリーツの入った、彼女の髪とまったくおなじ色の絹のドレスが入っていた。ブレスレットもなければ、時計もなかった。こうなると、マークが以前、その赤いドレスにひと財産つぎこんだのは正解だった。というのも、そのドレスをデザインした人物はフォルチュニー(一八七一～一九四九。プリーツづかいを得意とするベネチア生まれのデザイナー)といい、その作品には骨董的価値があったからだ。ハリエットはいまになって、サイモンがマークにそれを買わせたことを思い出した。それよりまえに、サイモンは彼女と彼自身の絵のためにそのドレスを探してきたのだ。

誰かがこれを「おさがり」で買ったのなら、誰かがまた「おさがりのおさがり」で買うかもしれない。何件か知った店があったので、ハリエットは朝になったらあたってみようと思った。スーツケースにはもう何も入っていなかったが、ジッパーの締まった奥の仕切りはべつだった。そこには何も入れる気がなかったから、彼女ははじめから開けなかったのだ。いずれにしても、このスーツケースは彼女のではなく、マークのものなので、彼が何か入れ忘れていることも考えられた。あの人が最後にこれを使ったときの煙草の残りでも入ってないかしら？　いまは無性に煙草が吸いたかった。

ハリエットはジッパーを開けて、小さな悲鳴をあげた。仕切りのなかは、お金であふれていた。それも、札束ではなく、ばらの紙幣だった。彼女は気絶するかと思った。力が抜けて、首が茎のように伸びていくような気がした。目をつぶって十まで数えてから目を開けると、お金はまだそこにあったので、彼女はもう一度、数をかぞえはじめた――今回はお金の枚数を。

当時はまだ、ポンド紙幣が使われていた。いわゆる一ポンド札だ。仕切のなかにあった紙幣の大半は一ポンド札だったが、五ポンド札もあれば十ポンド札も数枚まざっていた。ハリエットは数えた。お腹が空いていることも煙草を吸いたいことも忘れて数えた。何かを数えることにこれほどの喜びを感じたのは生まれて初めてだったから、数えおわったときにはひどく残念な気がした。けれども、総額については残念な気はしなかった。二千と九ポンドについては。

ハリエットの多幸感は一時間ほど続いた。階下に降りていくと、アンサーとジイザーがキッチンでハッシシ・ケーキを焼いていた。ひとつすすめられたが、彼女は辞退した。このときばかりは、心のありように変化をもたらすものは一切、お断りだった。いまのままでいたかった。「ちょっと出かけてくるけど」彼女は言った。「何か買ってきてほしいものはない？」

返事のかわりに彼らは例のぼんやりした奇妙な笑みを浮かべたが、ハリエットがキャリー二台分の買い物をして戻ってくると、彼らはそれぞれ煙草を一本ずつ、ワインをグラス（ひび割れたカップ）に一杯ずつ受けとった。ハリエットは朝になったら出ていくと言った。

「べつに急ぐことはないよ」アンサーが言った。「尊師は木曜まで来ないから」

「わたしも住むところを見つけないといけないから」と、ハリエット。

マークに殴られたところがひりひりしたので、バスルームの――これほどみすぼらしいバスルームには久しく入ってなかったから、こういう場所があったことさえ忘れていた――湿った鏡をのぞくと、はじめは鮮やかなピンク色をしていた頬がバージニアヅタとおなじ色に変わりつつあった。ハリエットは、いましがた買ってきたワインの瓶とチョコレートを持って部屋に戻った。すると、彼女の幸福感はたちまち懸念に取ってかわられた。どうして、あんなところにお金があったのだろう？

ハリエットに考えられる答えはふたつあった。ひとつは、マークがあらかじめ、彼女が困らないようにと、わざとそこに入れておいたというものだ。彼は家じゅうに、引き出しやベッドのしたに、お金を置いていた。そのやり方は当人同様、かなりエキセントリックだった。ことによると、餞別がわりに現金をつかんで仕切りに詰めたのかもしれない。でも、もしそうなら、ブレスレットも入れるはずじゃない？　そもそも、階上から水をまいて追い立てたりする？

どう考えても、マークが最後に柄にもなく寛大なところを見せたとは思えなかった。もっともらしい解釈は、最後に遠出をしたときに――たぶん、一月《ひとつき》まえにスペインに行ったときに――そこにお金を入れておいたことを単に忘れているというものだった。ひょっとすると、引き出しやワードローブといっしょで、このスーツケースは彼の「銀行」のひとつなのかもしれない。いまは忘れているけれど、すぐに思い出すに決まっている。わたしが二千ポンド持っていったと知ったら、マークは必ず追いかけてくる。少なくとも、彼の用心棒が。ほかのミュージシャンはボディガードを雇っていたが、マークは用心棒を雇っていた。そのうちのひとりは、用心棒《ヘヴィー》とはよくいったもので、ハリエットがこれまでに出会ったなかで一番、体格のいい男だった。だったら、姿をくらましたほうがいい。

　ハリエットが見つけた部屋は、ノッティングヒル（ロンドン西部の西インド諸島からの移民が多い地区）のラドブローク・グローヴ――移民のあいだでは〝グローヴ〟と呼ばれている――にあり、女家主はハリエットが百ポンドの敷金を差しだすと身元照会を省略した。ここなら誰にも見つかる心配はなかったが、ハリエットは出かけるたびに神経質になった。寂しくもあった。

　ハリエットの友人はすべて、マークの友人でもあった。サイモン・アルフェトンのことは最初から好きだったし、サイモンにはずいぶん惹かれていたが、連絡を取るのは控えた。彼はマークと親しいから、マークに話すかもしれない。そうなったら、マークは鉄砲玉のように追いかけてくるだろう、瞬く間に減っていく二千ポンドのあとを。外にいるときは気をつけてもよさそうなものだが、彼女は相変わらず、うまくお金を使っていた。チェスタトン・ロードに戻って買い物をすると、元気がわいて寂しさが半減した。たとえば、ブーツやフロア・クッションを、ヒットチャートに載った最新のレコードや《ヴォーグ》、《フォラム》、《コスモ》を、ゴールドのマニキュアにインド製のドレスを買うと。なんとなく変装したほうがよいのではと思い、カツラまで買ったが、地毛が多すぎてうまくおさまらなかった。

　ハリエットは十五のときから、こんなにも長くセックスなしで過ごすのは初めてだった。この禁欲生活は、女家主が家にペンキを塗らせるまで、二カ月続いた。要するに、ペンキを塗りにきていた男がある日、梯子にのってハリエットの窓に現われたのだ。オットー・ニューリングは、元戦犯のドイツ人と金髪のイギリス女性のあいだに生まれた子で、上背があり体格もよかった。その髪はジークフリートを、顔立ちはポール・ニューマンを思わせた。年は、ハリエットより下だった。彼女が二十四であるのにたいし、オットーはまだ十八だったから、彼は彼女の長い男性遍歴のなかで、単に若いだけでなく乱暴なプレーが得意なジャンルに入る最初の恋人になるはずだった。

窓のところで、さも気のあるような素振りを見せてから、ハリエットは彼に敷居をまたいで部屋に入ってくるようにと言った。

オットーは、サイモン・アルフェトンのことも、〈オルカディア・プレイスのマークとハリエット〉のことも知らなかった。はっきりものが言えない彼は、かぎられた知性と、かぎりない精力の持ち主だった。そういうところは、ハリエットにぴったりだった。彼女はときどき、彼とサン・イン・スプレンダーに飲みにいった。彼のホンダの後ろに乗ってクラクトンまで行った。わたしがオットーといっしょにいるなんてマークは考えもしないだろう、と彼女は思った。

ハリエットが例の赤いドレスを着て、あらたに購入した美しい装飾品のつまったビバのバッグを持ってホランドパークのアヴェニューを歩いていたとき、マークのお金は残り五百ポンドを切っていた。唯一、彼女が実行した節約は、タクシーに乗るのをやめたことだった。向こうから引き紐につないだ犬を連れてやってくる男は、ハリエットが二度と目を向けないタイプつまり年輩の男だった。確かに、彼は四十にほど近く、後退しつつある髪に眼鏡をかけていた。反面、ハリエットが男の犬に注目したのは、その犬が自分の髪とおなじ色をしたアイリッシュ・セッターだったからだ。が、しかし、その毛色もまた、店の正面に自分の姿を映してみるというお気に入りの気晴らしから彼女の注意をそらすほどではなかった。

男は彼女に声をかけた。一度も会ったことがないのに、彼女の名前を口にした。「ハリエット」

男が満足そうな口調で言ったので、彼女は用心した。

「で、マークはどうしている?」と、彼は訊いた。

人間の属性というものがわかっていたら、ハリエットは男の言動に「思いがけない発見」すなわち運よく何かを発見したときの反応を認めたはずだ。男の笑みと眉の動きを見ればわかって当然だが、自分のことしか頭にないハリエットはすぐさま、彼は自分のあとをつけてきたのだと思った。例のお金を取り返しにきた私立探偵か執行人かもしれない、とさえ思った。だから、甲高い声で「何がほしいの？」と言った。

「ああ、いや」男は言った。「悪かった。しかし、きみはハリエットだろう？　オルカディア・プレイスのハリエットだろう、アルフェトンの？　きみのことは、どこで会ってもわかるよ」

「それだけ？」ハリエットはほっとした。

「わたしはあの絵に三年、惚れこんでいる。あの絵というより、あの絵に描かれている女性に」

図々しいんじゃない、とハリエットは思った。が、口にはしなかった。そして、今度はきちんと、あらたな関心を持って、男を見つめた。それほど悪くなかった。とても背が高くて、かなりの年齢にもかかわらず、お腹は突き出していなかった。きれいな手と、ほどほどの歯並びと、美しい犬を持っていた。彼女は、その絹のような赤い頭を撫でた。「この子の名前は？」

「オハラ」

「ほんとに、マークに頼まれてきたんじゃないの？」

男は吹きだした。「わたしは彼が何者なのか、それさえ知らないんだよ――ポップ・ミュージシャンだって？」

「彼はすごく有名よ」ハリエットは憤慨して言った。

「だろうね。彼のことはあの絵を通して知っているだけで、とくに詳しいわけじゃない。それよりどうだろう、二人でお茶を飲みにいくというのは？」

「お茶よりお酒のほうがいいわ」

プリンス・オヴ・ウェールズはいましがた、店を開けたばかりだった。二人ともテキーラ・サンライズを注文し、男はその作り方をバーテンに教えた。オハラのまえには、水の入ったボウルが置かれた。男はハリエットに、自分はフランクリン・マートンといい、カムデンヒル・スクェアに住んでいると言った。すると、ハリエットは耳をそばだて、そこのアパートに住んでいるのかと訊いた。いや、家に住んでいる、と男は言った。きみはと訊かれて、ハリエットは答えに詰まった。他人に話すようなことは何もなかった。彼女は単に、アルフェトンが描いたハリエット・オクセンホルムにすぎなかった。

「谷間の百合かい？」

何のことか、ハリエットにはわからなかった。むしろ、ちょっとイカれていると思った。でも、お金は持っている。彼女はけっして相手の職業を尋ねなかった。というのも、どんなことをして生計を立てているかには、あまり関心がないからだ。マートンが人々の世話をやいて彼らの安全を保っていると言っても、ハリエットは「だったら、ソーシャルワーカーに違いない」と思ってがっかりしたほどだ。

「保険会社で働いている」と、彼は言った。

「まあ」

「しかも、結婚している」

「そう」

ハリエットは、屈託のない無邪気な笑みを浮かべた。結婚しているのにどうして、わたしを誘ったりするの？　いずれにしても、彼女に関するかぎり、結婚は壊されるためにあった。彼にはお金があったし、彼女は、数週間もすれば、ふたたび貧乏になるはずだった。

「きみほどフォルチュニーのドレスが似合う人はいない」彼は言った。「急いで犬を置いてくるから、そのあと夕食につきあってくれないか？」

ハリエットは男の不自然な笑みのなかに奇妙な冷たさを認めたが、このときは、不吉なものだとは思わなかった。

11

それはいつもそこにある。ほかの女の子たち、つまり友達のミランダやイザベルやホリーにも、回顧すべき人生八年めの記憶がある。こうした記憶は永遠に思い出されるもので、ミランダの場合は誕生日に両親から子犬を贈られたことだ。ホリーのそれは馬から落ちて脚を折ったことで、イザベルにとっては弟が生まれたことだ。フランシーンにもまた、母親を殺されたという思い出がある。

なぜ、詳細に思い出せることと思い出せないことがあるのだろう？　この疑問に満足のいく説明をしてくれた人がいただろうか？　人はなぜ——明らかに——記憶を偽るのだろう？

自分の部屋に行かされ、そこで待っているという状況はひたすら、退屈で苛立たしいものだった。そんななかで、フランシーンはアカタテハを捕まえて窓の外に放したのだ。アカタテハはありふれた——おそらくは英国でもっとも一般的な——蝶々で、その図柄やシンボルマークはいたるところで使われている。たいていの人々はシリアルの袋や、本の表紙や、泡立て溶剤についているアカタテハに目をとめないようだが、彼女は違った。いつだったか、Tシャツにもちいられているのを見たこともある。ほかに覚えているのは、ドアベルが鳴ったことと、戸棚のなかに隠れ、その扉を七歳児の細い指で閉めたことだ。

けれども、「やめて！」という叫びや悲鳴は記憶になかった。フランシーンがこのことを知っているのは単に、あなたは警察にそう話したのよ、とジュリアに言われたからだ。ジュリアは、フランシーンの記憶が消えないようにしていた。そのじつ、フランシーンは母親を見つけたことも、母親のそばでうずくまっていたことも、自ら血に染まりながら父親の帰りを待っていたこともまったく覚えていなかったが、ジュリアは継娘には現実を直視させたほうがいいと言っていた。だから、そこで何があったのか、思い出させたのだ。そうしなければ、こうした記憶はすべて抜け落ちていただろう。

ジュリアはまた、犯人はあなたに見られたと思っていると言っていた。ジュリアは長年、そう言いつづけていた。なるほど、フランシーンは犯人の頭のてっぺんと靴の先端を見ていた。反面、父親はフランシーンに何度となく、いままではもう百回を越えているはずだが、犯人はおまえを捜していたのではないと言っていた。犯人がおまえを追いかけたというのは、まったくの戯言、完全な作り事だと繰り返していた。いずれにしても、犯人はヘロインを常習していたのだから、もう死んでいるだろう。彼はもうひとりのドクター・ヒルの家だと思って、フランシーンの家に入ったのだから。

フランシーンは犯人を恐れていなかったし、実際に恐れたこともなかった。彼の正体も、居所も、その後についても、知りたくなかった。「わかったところで生き返るわけではない」、これは死因を突き止める際にしばしば発せられる決まり文句だが、フランシーンはこの言葉をかみしめ、犯人がわかったところで、彼を罰してつぎなる犠牲者を出さないようにしたところで、自分の母親は戻ってこないのだと思った。

ジュリアが得意としていた心理療法のテクニックは、受診者に三つの願いをどのように使うか尋ねるものだった。一度、彼女はフランシーンとリチャードにその質問をしたことがあったが、仕事をやめてからは二度としなかった。もう一度、訊かれたら、フランシーンはこう答えただろう。ひとつめは、あの日がこなかったことで、それが不可能なら、あの日を忘れることだ。ふたつめは、オックスフォードに進学すること。そして、三つめは――それを口にするには、彼女はあまりにも優しすぎた。

人前では言えなかった。三つめの願いは、ジュリアがいなくなることだった。ジュリアが物理的に傷つくことは望んでいなかった。死はうんざりするほど目にしてきたから、フランシーンは何よりもジュリアが死ぬことを恐れていた。反対に、何よりもジュリアに望んでいたのは、彼女がハンサムなお金持ちと知りあって、彼と出奔することだった。

これは、ホリーが言いだしたことだった。セックスにまつわる情報はたいがい、ホリーが発信源なのだ。「彼女は太っているし若くもないけれど、いまでもすごくきれいだから」ホリーは言った。「どこかのおじさんが夢中になるんじゃない？」

「太ってないわ」と、フランシーン。

「馬鹿いわないで。少なくともサイズ十六よ、彼女は。太った大きなサカナ。むかしは金魚だったけど、いまじゃイルカだわ。いつか、クジラになるんじゃない？」

「イルカとクジラはサカナじゃないわ、ホリー」

「だったら、海洋生物ね。彼女は太った大きな海洋生物だわ」

唯一、ジュリアとうまくやっていく方法は、彼女に同意することだった。言いかえれば、彼女に黙従しながら、やりたいことをこっそりやるという方法だ。自分にできる範囲で。それ以外の方法でやっても、口論や議論といった性質を帯びたことを始めても、ただ疲れはてるだけだった。

なるほど、こちらは十六で彼女は四十九かもしれないが、先に消耗するのはこちらなのだ。フランシーンはすでに、ジュリアに多くを語らない域に達していた。口にするのは「はい」と「いいえ」と「ありがとう」だけで、あとは微笑んでいた。

それでも、ジュリアを黙らせることはできなかった。彼女はたびたび、さまざまな変化をもたせて、こんなふうに言った。「ねえ、フランシーン、どうしたの？　わたしが何かした？　もし、あなたを慌てさせるようなことをしたのなら、何をしたのか、ぜひ聞かせて」

「あなたは何もしてないわ、ジュリア」フランシーンはいつも、こう答えた。

「だって、わたしが何かしたのなら、それを明らかにして、きちんと向きあうというか、それについて徹底的に話しあったほうがいいと思っているからよ」

「でも、そういうことは何もないのよ、ジュリア」

「あなたはとても若いのよ、子供といってもいいくらい。そう、わたしにとっては子供だけれど、あなたはたいてい年齢より老けて見えるわ。老婆のように振る舞うから。自分では気づいていた?」

　フランシーンは答えなかった。それなら、若い娘のように振る舞ったら、ジュリアは気に入るのだろうか? ミランダのように、今度のボーイフレンドは都合、四人めの男だと得意そうに話したら、ジュリアは気に入るのだろうか? あるいは、ケイトのようにデスクに幻覚剤をしのばせていたらどうだろう、フランシーンの場合はチョコレート菓子だが? フランシーン自身、同年齢の人間より、いろいろな意味ではるかに老成していると感じていた。実際、彼女は同年齢の誰よりも深く傷つき、多くを失い、普通なら生涯、見ることのないものを目の当たりにし、誰にも言えないような恐ろしい夢にさいなまれ、運命によって引き離されてきたのだ。

　そのうち何が、フランシーンをして、たとえばアカタテハを目にしたとき、艶やかな黒い羽をいろどる赤い筋を血のはねかかった跡に見せ、殺された女性のところから飛んできたかのように思わせるのだろう? 警察から親切で物静かな講師がやってきて非常時に支給されるピストルを示したとき、身体を震わせ、少しのあいだ言葉を失い、その場に凍りついて目を見ひらいていたのは、学校じゅうでフランシーンだけだった。

　声はすぐに戻ったが、フランシーンは言語能力の再喪失、すなわち母親を殺されたあと何カ月も続いた悲惨な状態に逆戻りすることを恐れていた。ふたたび口がきけなくなることを恐れていた彼女は長年、朝、目が覚めると真っ先に大きな声で自分に話しかけていた。自分の名前と日付と曜日を告げるのだ、「フランシーン、きょうは六月十四日、木曜」と。

　こういうことはもうしていないが、言葉を失う夢はいまでも見ていた。最近、見たのは博物館にいる夢で、奥のギャラリーに入っていくと、そこにはさまざまな武器が展示されていた。矢じり、投げ槍、銛《もり》、鉾《ほこ》、棍棒、カービン銃、手榴弾。名称はもちろん、こうした武器のことは何も知らなかったが、フランシーンは呻きながら目を覚ますと、その声が父親の耳に届かないように口にシーツを詰めた。

　ずっとこうなのだろうか? これが運命なのだろうか?

ジュリアに働きかけて「解放命令」を引きだしたのは、父親の尽力に違いなかった。学校は公共の乗り物で通うには遠すぎたが、ジュリアにとっては送迎を続けるいい理由になっていた。なるほど、生徒の大半は車で送ってもらっていたが、帰りは友達といっしょに帰っていいことになっていたし、友人の家に泊まることも許されていた。こうしたことはフランシーンには許されていなかったが、いま、それが変わったのだ。いまでは、ホリーとミランダとイザベルの家に、彼女たちの同行と監督つきで、行くことができた。三人を家に呼ぶこともできた。フランシーンは、もうひとつの呪縛から解放され、彼女たちと出かけてもいいことになった——ただし、暗くなるまえに帰宅すれば。

ジュリアは、理想的な母親だった。家を申し分のない状態に保ち、日頃からフランシーンにニールズ・ヤード社の新しいハニカム石鹸や、メモ帳、カルヴァン・クラインの香水、ペーパーバック、CDといったささやかなプレゼントを買っていた。フランシーンは一日おきに、ベッドシーツと浴室のタオルをきれいなものに替えてもらっていた。テーブルにはいつも好きな食べ物が用意され、朝は起きなければならない時刻よりずっと早く起こされ、夜は彼女のためにつくられたホット・ドリンクで終わった。

ジュリアとフランシーンは何度も、何時間も、真剣に話しあった。フランシーンが自分自身に責任をもつようになるのは、ジュリアに言わせると、非常に責任の重いことだった。それは時間をかけて徐々になされなければならなかった。そんなふうに言われると、フランシーンはあたかも自分が過去に罪を犯し、仮釈放になっているような気分になった。

「わたしを傷つけようとしている人なんていないわ、ジュリア」フランシーンは穏やかな口調で言った。「いないことは、あなたもわかっているはずよ。以前はいたかもしれないけれど、いまはいない」

「いるとは言ってないわ」ジュリアは言った。「もう、そんなふうに考えてないわ、その危険は過去のものだから。わたしが恐れているのは、あなたのことなのよ、彼のことじゃなくて」

「どういう意味？」憎むべき展開になった。

ジュリアは説明した。彼女の考えでは、継娘は純真で傷つきやすく、脆弱で自分の面倒さえ見られない、世情に暗い存在だった。これまでの経験と、ひとつの恐ろしい体験が、彼女をそうさせたのだという。ある特定の男にたいするジュリアの恐れはいつしか、女性を襲うか拐かすか犯すかしてテレビや新聞に取りあげられた多数の男にたいする恐怖に取ってかわられていたが、このことには言及しなかった。ジュリア自身、気づいていなかったのかもしれない。

にもかかわらず、彼女はフランシーンに、見知らぬ男たちの習性と欲望について講義した。両親に嘘をつかないこと、時間に正確であること、約束を守ること、友達を慎重に選ぶことについて講義した。使徒パウロを引用し、「悪しき交際は良き習慣を腐敗させる」と言った。

クリスマスには、ほかのプレゼントといっしょに、携帯電話を贈っていた。若い人たちはちょっとした専門技術を要するものに目がない、とジュリアは思っているのだ。いわば、順にボタンを押したり、アンテナを伸ばしたり、器用に番号をあやつらなければならないものに。しかし、ジュリアの趣旨はいうまでもなく、フランシーンがこれを使って自宅に電話をかけ、居所を知らせることにあった――とりわけ、帰りが遅くなりそうな場合には。携帯電話のような責任をもって行動する機会を与えてくれる「おとなの持ち物」は、フランシーンに歓迎されるはずだった。ジュリアに言わせると、フランシーンが携帯電話を持つことは彼女の緩やかな変身過程における次なる重要なステップだった。

フランシーンは丁重に礼を言い、いつか取扱説明書を読んでみると言った。説明書は読まれたとしても、電話は一度も使われなかった。彼女はこんなふうに言った。挑戦したけれどうまくいかない、挫折した。せっかくもらったのに申しわけない、あれこれ考えてくれたジュリアの気持ちを傷つけたくない。よかったら、あなたが使ってみて。

二月のある日、フランシーンはホリーと出かけたとき、約束していた時刻より一時間遅く帰宅した。まだ夕方の六時だったが、一時間、遅れたことには変わりなかった。もちろん、玄関の鍵は渡されていなかったし、それにはジュリアが同意するはずがなかったから、フランシーンは仕方なく呼び鈴を押した。すると、ジュリアは身体を震わせ、顔をひきつらせながら、彼女をなかに引きいれ、そして手をあげたのだった。

強打ではなかった。他人の顔を叩くことになっても、過去に一度も叩いたことがなかったら、その攻撃は容易にかわされる無益なものになるだろう。フランシーンは身をかわしたが、かわしきれずに首の横を叩かれた。首にあたったジュリアの手をそのままつかんで、フランシーンは何も言わずに、いまや泣きだした継母をじっと見すえた。顔に涙をほとばしらせながら、ジュリアはうめき声をあげた。

「父には言わないでおくわ」と、フランシーンは言った。「パパ」でも「お父さん」でもなく、「父」だった。父と言ったのは、このときが初めてだった。

「すまないと思っているわ」ジュリアはすすり泣いた。「どうしてこんなことをしたのかしら？　ひどく怯えていて、もう少しで頭がへんになりそうだったの」

「もう、へんになっている」と言いたいところだったが、フランシーンは誰にたいしても、そういうことは言わなかった。「わたしに暴力的なことをしてはいけないのよ、あなたは」彼女は言った。「言ってもいけないわ。わかるでしょう？」

このあと、彼女は二階の自室に行ったが、リチャードが帰宅すると、ふたたび階下に行き、玄関の鍵がほしいといった。

「てっきり、持っているものとばかり――」彼はうそぶいて、ちらっと妻の顔を見た。

そこで、ジュリアが言った。「言ってくればよかったのに。どうして黙っていたの？」

「玄関の鍵は持っていて当然だ」リチャードは言った。「わたしのスペアを使いなさい。わたしはまた、コピーしてもらうから」

フランシーンはミランダとディスコに行ったが、ディスコはあまり好きになれなかった。ほかの子たちが騒音に浸る喜びを徐々に植えつけられる十代のあいだ、彼女は不自然な静けさのなかで生きてきたので、ミランダと行ったディスコはあまりにも騒がしく、ホリーと彼女の従兄弟といったクラブは退屈だった。家では、長年にわたり、食事をしながらワインを飲むことに慣れていたので、バカルディやブラックカラントはいうに及ばず、アルコールの入ったレモネードを飲むと胸が悪くなった。それでも、ホリーの従兄弟には好感をもった。確かに、いっしょに踊るまでは。予想していたように、身体をくまなく触れられるまでは。

フランシーンが満足のいくAレベルを取得して、オックスフォード大学へ進むことをすすめられると、リチャードは彼女を誇りに思った。もちろん、彼女なら入れるだろう。彼は何度も、彼女は学年で一等のいい子だと言われてきた。そして、娘の知能がその身に起こった出来事に左右されなかったことに驚きをおぼえた。美しくて聡明な娘は何ひとつ損なわれていないように見えた。父親も娘も、彼女の母親が殺されたことにはもう何年も触れていなかった。フランシーンは忘れることを学んでいたし、ことによるともう忘れているのかもしれない。リチャードの目には、彼女は精神的に安定した幸せな少女に映った。とくに活発ではなく、むしろ静かで控えめなほうだが、これが彼女の気質なのだ。わたしにはおそらく、ミランダやホリーのような逞しい「はねっかえり」——リチャードは自分だけに古風な言葉を使った——は好きになれないだろう、悪賢く色目をつかう浮気娘は。

フランシーンが何不足なく、通常の生活に適応しているのはおおかた、ジュリアのおかげに違いない。いまになって、それがわかった。フランシーンを庇護したのは何よりも賢明なことだった。一時は行き過ぎもあったが、それもいまは終わった。フランシーンは玄関の鍵を持っている。フランシーンは徐々に外の世界に引きだされ、いまではそのなかで完璧に振る舞っている。確信をもてることがあるとすれば、それはフランシーンが差しだされたドラッグや、しつこくせがむ若い男にたいして、きっぱりとノーと言えることだ。少しでも法に背く行為については、いうまでもない。

この点はジュリアに感謝しなければならなかったが、残念ながら、リチャードはすでに彼女を望んでいなかった。愛していないことは確かだった。それでも、感謝せずにはいられなかった。彼はいまになって、ジュリアが誰よりもよくわかっていたことに思いが至ったのだ。ジュリアは、フランシーンの案内星だった。だからこそ、フランシーンがジュリアを間接的に批判するようなことを言ったとき、彼は驚いたのだ。このとき、家には彼とフランシーンしかいなかった。ジュリアはフランシーンをひとり家に残していくことはなかったが、このころはリチャードとおなじく、ひとりで出かけることがあった。彼女はいま、母校の同窓会に出かけていた。

フランシーンはさっきから、肘掛け椅子のなかでまるくなって小説を読んでいた。だが、リチャードがちらっとそちらを見ると、彼女は本を読んでいるのではなく、顔をあげて部屋のむこうを見つめていた。彼は目をそらして、数分後にもう一度、そちらを見たが、彼女はまだ、読書に戻っていなかった。どうかしたのかと彼が訊くまえに、彼女は口早に無理のある声で、「わたしは大学に行けるわよね？」と言った。

意外な言葉だった。「もちろん、行けるとも。どうして、そんなことを訊くんだい？」

フランシーンは答えなかった。「ジュリアがわたしを止めたりしない？」

「ジュリアはきみを愛しているんだよ、フランシーン。彼女は、きみにとって一番いいことを望んでいる。いつだって、彼女はそうしてきた」

少しのあいだ、フランシーンが黙っていたので、リチャードは心配になった。娘が動揺を見せるたびに、彼のなかで近ごろは休眠している罪悪感が生き返るのだ。虚栄心から電話帳にあんな記載をしなければ、単にR・ヒルと載せていれば、プライドの奴隷になっていなければ、愛する妻のジェニファーは、この日までずっと愛していたに違いない妻は、いまも生きているはずだし、娘は普通の幸せな少女に成長し、ジュリアはこの家にいなかったはずだ……

「どういうことだい？」と、彼は言った。

フランシーンの大きな黒い瞳は少しばかりまぶしすぎた。

「ひとりで出かけることも、ひとりで家にいることも許されていないのに、どうやってオックスフォードに進めばいいの？　暗くなるまえに家に帰らなければいけないのに？　進学したら何もかも自分でしなければならないのに？」

彼女は言いそえた。「わたしはただ、訊いているだけよ、皮肉を言うつもりはないの、そう聞こえるかもしれないけれど」

この点でも、ジュリアはフランシーンをしっかり訓練している——彼の頭に浮かんだ言葉は「仕こむ」だった。徐々に、フランシーンを人生と、外の世界と、社交上のしきたりに慣れさせている。それとも、彼女は？　本当にそうしているのだろうか？

「どうやって、ひとりで暮らしていけばいいの？　大学に入ったら、ひとりでやっていくわけでしょう？　本当に自分で自分の面倒を見させてもらえるのかしら、ジュリアのような監視なしで？」

リチャードは新聞か何かに、両親や後見人や選ばれた同伴者に付きそわれて大学にやってくる学生がいると書かれていたことを思い出した。ぞっとするような発想じゃないか、ええ？　彼は試すように言った。「なんなら、一年、待ってもいいんだよ」

これはジュリアの提案だった。まえの晩に、彼女は首尾よく夫に持ちかけていたのだ。「フランシーンは来年の十月にオックスフォードに進学させましょう、一年、間を置いて。みなさん、そうしているし、そうするのが流行だから」

「家でのらくらさせておくのかい？　何もさせずに？」

ジュリアは答えなかった。「で、その一年が終わるころに、こうするというか、こうしたらどうかと思っていたの――いっしょに暮らせるように、みんなでオックスフォードに引っ越したらどうかと」

「じゃ、わたしはどうすればいいんだ？　毎日の通勤はどうなる？」

だが、少し考えたあとで、リチャードはジュリアの提案の最初の部分を受け入れたのだった。フランシーンは一年、休みをとるべきだ。本人がそうしたいと言うなら。しかし、彼女は何も答えていなかったので、彼はもう一度、持ちかけた。

「ホリーはそうするつもりよ」フランシーンは慎重に答えた。

まさか、このわたしがあのあばずれホリーに感謝することになるとは！ リチャードは微笑んだ。

12

木片の詰まった最後のビニール袋を持ちだして食堂が空になると、テディは掃除に取りかかった。カーテンを取りはらって両親の寝室に投げこみ、床を掃いて、フランス窓を洗った。壁にはすでに自分の作品が何枚もかかっていたが、彼はそこにもう一点、マホガニーの食卓でこしらえた額に入れた素描をくわえた。食卓の残りは、背の低い丸テーブルに作りかえられていた。テディは、厚い光沢材と埃に覆われていた表面をカンナで削り、マホガニー本来の黄金色がかった朽葉色をそのまま残し、縁に黒檀とカエデを——誰も見ていないときに大学から盗んできた木材を——塡めこんでいた。部屋にあるのは、このテーブルと、ベッドと、ブックエンドにはさまれた本だけだったが、残りのスペースは仕事台と道具で占められていた。

キースは、警官がやってきてジミーが病院に運ばれたと告げた日以来、その部屋に入っていなかった。それがいま、どうして入ってきたのか、テディにはよくわからなかった。たぶん、キースはその夜、最後の呼び出しからオドビンズ経由で戻ってみると、フランス窓から明かりが漏れていたので不審に思ったのだろう。明かりは厚いビロードのカーテンでさえぎられることなく、窓から外のコンクリートに流れこみ、そこへよろよろとバイクでやってきたキースをくっきりと照らしたに違いなかった。

テディは部屋の明かりを消した。キースはすでにバイクのライトを消していたし、隣家にはひとつも明かりがついていなかったので、彼が門をくぐったときには、中庭は真っ暗闇だった。隣りのヤッピーたちは出かけているに違いない、とテディは思った。つまずきながら、キースがよたよたと裏口にやってくる音がした。ひとたび、彼が家のなかに入ると、テディはふたたび明かりをつけて下絵の作成に戻った。これが一月のことで、彼がいま、下絵を描いている鏡は四月末日までに完成して提出しなければならなかった。

キースは、ドアをノックしなかった。ノックすることなど、彼には思いつきもしなかったはずだ。テディは、彼がドアを開ける様子を耳で聞いていた。彼は取っ手をまわしてから、一歩後ろにさがり、狙いを定めて思いっきりドアを蹴飛ばした。ドアはぱっと開いて、取っ手は後ろの壁にあたった。奮闘して疲れたのか、キースは棒立ちになって肩で息をしていた。重くて持っていられないとでもいうように、さげていたビニール袋を床に放りだした。ここへは何か言いにきたはずだが、そのことは言わずに、あんぐりと口を開けた。「家具はどうした?」

「何がどうしたって?」テディは言った。

「馬鹿いうんじゃないよ。家具といったら、ここにあった親父の食卓と椅子とサイドボードに決まってるだろう。おまえはあの家具をどうした? あれをここに運びこむには、チャンス爺さんがいったんバラして組みなおすしかなかったんだぞ」

「だったら、運びだしようがないだろう?」

キースはビニール袋を取りあげて、キッチンに引きあげた。と同時に、そこでウィスキーをがぶ飲みしてきたらしく、手の甲で口を拭きながら戻ってきた。「おまえがあの家具を売ったんなら、おれはおまえを訴える。あれはおれのものだ、この家にあるものが全部おれのものであるように」

「家具には脚がついている」テディは言った。「ということは、歩けるってことだろう？　ほかに、脚がついている意味があるかい？　あの家具はドアをすりぬけて、通りに出て、バスに乗って、いまごろはエッジウェアの古物屋で暮らしているさ」

　キースが拳をあげて――かつて、ジミーがよくやっていたように――迫ってきたので、テディは立ちあがった。彼はキースより三インチほど背が高いうえに、歳は二倍も三倍も若かった。「やるだけ無駄だよ」と、彼は言った。

　ややあってから、キースが表側の部屋に入っていく音がした。テレビがつき、ギャング映画から流れる衝突音と銃声と断末魔の苦しげな叫びがあたりに広がった。耳をすますと、缶ビールの蓋をはがす音が聞こえた。いよいよ、じわじわと正体をなくしていくキースの夕べが始まったのだ。

　鏡の枠には、ある種の幾何学模様を填めこむつもりだった。どんな模様にするか、テディはまだ決めていなかった。十字形はいいとしても、円に十字はいただけない。オクソ（キューブ形の固形牛肉エキス）・ビルのような外見にはしたくない。案外、三角形もいいかもしれない、薄く色づけした自然色の木材にシンプルな三角を填めこむのも手だ。セイヨウカジカエデやヒイラギは、淡黄色と緑色の塗料によく染まる。他方、並行する象眼には、ごく明るい色調のアプリコット、ゴールド、ベージュ、オリーブを使うのが一番だろう。彼は下絵を描きあげると、アルフレッド・チャンスの絵の具箱を探した。

　キースが戻ってくるとは思っていなかった。彼が一瞬、ドアの外でためらっていたのは、蹴飛ばす力をかき集めていたからだろう。ドアが勢いよく開いて、またしても反対側の壁にあたった。キースの手には、蓋の開いたギネスの缶が握られていた。「おまえには、ここを出ていってもらう」と、彼は言った。

テディは絵筆を置いた。「なんだって？」

「聞こえただろう。おまえが少しばかり世間のルールに従っていたら、品行方正にしていたら、夏まで置いてやってもいいと思っていた。けど、誰がもう置いてやるものか。おまえはおれの家をめちゃくちゃに壊している。おまえみたいな厄介者には出ていってもらう。いいな？　わかったか？」

「誰が誰を追い出すって？　あんたがおれを追い出そうというのか？」

「そうだ」キースは言った。「おれと、必要なら法律が追い出すのさ」彼はさらに、パンチを繰りだすような格好で缶ビールの半分をテディの絵に浴びせかけ、手際よく色づけされた鏡枠の下絵のうえに泡立つ茶色い水たまりをこしらえた。

テディはひと言も発しなかった。ほとんど動きもしなかった。ギネスを浴びせられるまえからそうしていたように、彼はいまも顔色ひとつ変えずに、しっかりとキースを睨みつけていた。しかし、キースにはこの冷酷かつ受動的な態度が、どんな凶暴なリアクションより、こたえたに違いなかった。というのも、彼は視線を落として、威嚇するようにビールの残りをあおり、背を向けて部屋から出ていったからだ。

テディは、キッチンにボロ布を探しにいった。流しのしたのボウルに入っていた布きれは十中八九、母親が編んだものだった。彼はその布を感傷に浸るどころか、何の感情も持たずに見つめ、そこに母親のトレードマークともいうべき編み間違いと真っ赤な縁取りがあることに気づいた。布きれは掃討作戦という本来の目的にはかなったが、もちろん、下絵はだめになった。テディはテーブルを隅々まで拭いてキッチンペーパーで乾かし、さらに床を拭き、下絵をまるめて屑かごに捨てた。

布きれを戻しにいったときに、彼は表側の部屋のドアに近づいて聞き耳をたてた。テレビの音量は小さくなっていた。あらたに缶ビールの蓋を引きはがす音と、何やらシーヴァスのネジ蓋をゆるめるような音がした。彼が意を決したのはこのときなのか、それとも一時間後なのか？　あとで自問しても、彼には答えられなかっただろう。一番いいのは、たぶん、あれこれ考えすぎないことだ。行動しろ、何も考えずに。

彼の部屋は、酵母臭のある濃厚なギネスの匂いがした。もう一枚、描くべきか、やめておくべきか？　絵を描くことは、彼が知っているもっとも楽しい時間の過ごし方だった。三十分かそれ以上、彼は下絵を描いていたが、今回は水彩絵の具による色づけはしなかった。このあと、新しい下絵を厚紙でできたフォルダーに入れ、鉛筆をその箱にしまうと、彼はもう一度、テーブルに磨きをかけ、フランス窓のそばに立った。

夜は、ひどく暗かった。それはまさに、太陽もしくは太陽の一部が四時に沈み、それから何時間も自然の光に見放されてきた真冬の救いようのない暗黒だった。テディは、隣りのヤッピーたちが家に帰ってくる音を耳にした。カチッと明かりのスイッチを入れる音が聞こえ、続いて部屋の明かりが不意に鋭い音を立てたので、彼は自分の部屋の明かりを消した。それからしばらくは、黒い袋のなかにいるような感じだったが、じきに、外にあるものが形をとりはじめた。というのも、少し離れたところには街灯がともっていたし、隣家からこぼれる明かりがあたりを黄色がかった色に染め、フェンスの柵と柵のあいだにある黄色い横木を鮮やかに浮きあがらせたからだ。

テディの目にはカーポートの輪郭と、エゼルの後部が——安心していられないほど近くに着地した宇宙船か何かのように——窓のすぐ先に迫っているのが見えた。どこから射しこむのか、バイクにかぶせてあるゴミ袋には一筋の青白い光が射していた。どこまでも暗い赤紫色の空。隣りでは、二人が明かりを消しはじめた。寝室にむかう彼らの動きにあわせてきしむ階段。テディは時計を持っていなかったし、持ったこともなかったが、時刻は夜中の十二時をまわり、十二時半に近いと思われた。

廊下に出ると、すべてが闇に包まれていたので手探りで進むしかなかった。目印は、居間のドアのしたから漏れる一筋の薄明かりだった。テディは耳をすました。それから、静かにドアを開け、なかに入った。明るいが音をしぼったテレビ画面では、太ったコメディアンが深夜の放送には相応しくないと思われるジョークを飛ばしていた。他方、キースは肘掛け椅子の背にもたれていた。目をつむって大口を開けていたが、テディの訪問に敬意を表すかのように不意にひとつ、轟くような大いびきを放った。

灰皿にはたどりつけなかったものの、キースが最後に吸っていたタバコの吸いさしは、テーブルのうえで自ら燃えつきていた。ほの暗いなかで見ると、燃えつきた吸いさしは灰色の毛皮をまとったイモムシのようだった。テーブルの表はどこもかしこも、あたかも誰かが焼絵を試みたかのように、幼虫の形をした焦げ跡で覆われていた。テディは近づいて息を吹きかけ、灰のイモムシが仄白い埃になって消えていくのを眺めた。キースは身じろぎひとつしなかった。彼はそれまでにギネス三缶と、この日あらたに封を切ったのだとすればウィスキーをボトルに半分ほど空けていた。

あとはもう一枚、適当なビニール袋を探すことだった。

ビニール袋には驚くほど多くの名前がついているが、テディはそれらを嫌悪しているがゆえに、個々の名前と、その意味するところを把握していた。ポリシーン、ポリエチレン、ポリプロピレン、ポリエステル、ポリスチレン、ポリビニール——いま求められているのは、ポリシーンの袋だった。居間の床には、キースが捨てた赤や黄色や白や緑色の袋がたくさん落ちていて、なかには一枚の袋に一ダース近い袋を詰めこんでビニール・クッションのようにしてあるものもあった。

もちろん、テディは一番奥の袋を引っぱり出した。継ぎ目のある大きめの黄色いその袋は、セルフリッジ百貨店のものだった。キースのような人間がどうやってセルフリッジの袋を手に入れたのだろう？　どう考えても、彼があの店に行ったとは思えない。持っていった袋がばらばらになったか、さもなければ何かを家に持ちかえるために、顧客のひとりにもらったに違いない。ポリシーンは滑らかで、つるっとしているうえに厚みがあるから、高級品市場むけの極上プラスチックと呼ばれているのだろう。普通は両側に紐を通す穴が開いているのに、セルフリッジの袋のてっぺんにはおなじ素材でできた丈夫なバンドがトラックスーツのウエストバンドよろしく通っていた。しかも、ふたつの開放口からは持ち手になる細いバンドが突き出しているので、これを引けば袋の口はしっかりと締まるようになっていた。これこそ、テディが求めていたものだった。理想的な袋だ、と彼は思った。

つぎに、彼は考えるのをやめて行動を起こした。何も気にしないで、ただ行動した。まず、テレビを消して、暗がりのなかで静けさに耳を傾けた。沈黙のむこうから遠巻きに聞こえるのは、ノースサーキュラー・ロードを行きかう車の音だった。テディはクリップを外してカーテンを開け、すぐ近くではなく横町の角にある街灯の光を取りいれた。キースはいびきとはまた違う、ごぼごぼいう音を立てた。頭を左に動かしたが、すぐにまた元の位置に戻した。

テディは黄色い袋を両手で取りあげ、その口を開いたままにしておいた。キースの身体に触れるのはいやだったが、触れないわけにはいかなかった。髪の毛とウールのセーターに触れたのはほんの一瞬だったが、テディは手が触れると大きく息を吸った。それから、キースの頭に黄色い袋をかぶせた。

ある程度のもがきは覚悟していたが、キースはもがかなかった。そうするには、あまりにも酔いがまわっていたのだ。テディは袋のバンドをできるだけ強く――しかも破損することなく――引っぱった。このあと、彼は背を向けたが、部屋から出ていくことはなかった。

窓のところに行き、終生その窓から目にしてきた通りを眺めた。一直線にのびる道路――その暗い路面はいま、街灯で黄色く染まっている。ずんぐり低い漆喰の家々――どの家も、ポーチではなく玄関のうえにはケチなひさしがついている。金網状のフェンス――その先には、ほんとなら庭があってしかるべき場所には、隣人たちの乗り物が居座っている。古びた乗用車、塗りなおされたヴァン、オートバイ、足踏み自転車、トレーラーハウスの隣りには最上級の帆がついたヨットまである。

その眺めに、テディはいつもの嫌悪感をおぼえた。彼の場合、慣れが無関心につながることはないので、その眺めにいままた、あらたな憎しみを感じた。少しのあいだ、キースと彼の身に起こっていることをほとんど忘れていた。少しでも機会を与えたら、人間は彼らが触れたり接したりするものをすべて見苦しいものに変えてしまうだろう。それが人間の本性だとしたら、両親とキースは人間以下だ——あいつらは醜いものを見つけてきて、ますます醜くしていたのだから。

その通りを一匹の猫が突っ切って無理やり門をくぐりぬけ、ついに安全を手に入れると、今度はぶらぶらと玄関ステップに近づいて、そこにうずくまり、毛づくろいを始めた。きれいな生き物だ——すらりとした大きな体に、何色かわからないが淡い色の毛皮をまとって、どこまでも超然としている。人間は犬を交配させ、ひどく不格好な生き物を、悪い冗談としかいいようのない代物をつくってきた。そうやって、犬を笑い種にしてきたのだろうが、猫にはそれがきかなかった。猫は永遠に猫のままだ。テディは、人間が猫を改悪できなかったわけを考え、その必要がなかったからだと思った。なぜなら、人間は醜さの追求に全力を注ぐようにできているからだ。先ほどの猫が窓敷居に近づき、開いている明かり採り窓をすりぬけて、なかに入ってきた。

テディは、自分の部屋に戻った。あえて明かりをつけるようなことはせずに、暗がりに座りこんだ。キースのことは考えていなかった。彼のことを考えないでいるのはじつに簡単だったが、鏡のことと、大学を出たあとのことについては、そう簡単にはいかなかった。卒業したら、どうやって食べていこう？　たとえば、家具をつくって食べていくとか？　しかし、それだけで生活費を稼ぐのは無理だろう。だったら、家具をつくりながら、ほかにも何かしなければならない。

テディは、明日から始めることにした。明日から広告を出すのだ。いくらかかろうと、その費用はなんとかして捻りだすつもりだった。彼は立ちあがって、ドアに吊るしてあるジャケットのポケットを探った。暗がりのなかでさえ、ダイヤはかすかな光を放っていた。この指輪は、護符のようなものだ。きつく握りしめると、切り落とした指に石が食いこんだ。広告費はどうしてもつくらなければならなかったが、その指輪を売ってつくる気はなかった。

三十分ほど経ったと思われるころに、テディは居間に引き返して、黄色いビニール袋のバンドをゆるめ、キースの頭からそれを抜きとった。頭から袋が抜けるのと同時に、髪を束ねていた青い輪ゴムが外れた。暗くてよく見えなかったし、見たくもなかったが、触ってみないわけにはいかなかった。キースの首と両手首を触って脈をさがしたあと、テディは奮起して彼のセーターとシャツのしたに手を入れ、心臓があると思われる場所に指を触れさせた。が、何もなかった。血液はすでに循環を止め、キースは死んでいた。

エゼルがきて以来、フランス窓は満足に開かなくなっていた。車の尾部は、家の裏手から二フィートと離れていなかった。テディは掛け金を外して、少しばかり窓を開けた。にやにや笑っている巨大な口を思わせるエゼルのトランクには、鍵がかかっていた。まさか鍵がかかっているとは思いもしなかった。ということは、いま一度、キースのポケットを探ったり、キースの衣類を捜しまわらなければならないということだが、いやでもそうするしかなかった。

鍵はなかったが、現金はかなりあった。しっかりと見たわけではないが、紙幣の多くが緑色ではなく赤褐色と紫色をしていることがわかれば、それでじゅうぶんだった。両手に続いて、いまでは全身が震えていた。キースを殺したときは何ともなかったのに、大金を手にしたとたんに震えだすとは。そもそも、人間はどんなものだと言われているんだ? その答えがわかり、自分がつねに信じてきたことが確認されると、テディは不意に噴きだした自己嫌悪のなかで自分自身にこう語った――人間は堕落した低俗な生き物だ、彼らは物質主義に傾倒している。

テディは階上に行った。鍵はどこかにあるはずだった、キースの部屋のどこかに。嫌悪感をつのらせながら、彼は戸棚に入っているキースのきれいな――というより、比較的きれいな――服と、床に積みあげられた汚れた服をつぎつぎと探っていった。上着のポケットから、ズボンのポケット、革のバッグ、古びたキャンバス地のバッグ、さらには高脚つき簞笥の引き出しのなかに転がっているガラクタまで調べた。ベッドのしたをのぞき、寝具のあいだと枕のしたを探し、灰色の下卑たカーペットをめくった。少なくとも、震えはとまっていた。どういうわけか、鍵を見つけるという差し迫った状況が震えを鎮めたのだ。

居間に戻ると、死んだキースと目を合わせないようにしながら――あの目はいつ、どんなふうに開いたのだろう？――テディは道具袋と、アルコール類が入っている袋を調べ、つぎに家具に注意をむけた。居間には引き出しのついた家具はなく、あるのは本を入れるための棚だけだったが、その棚には――いかにも、この家らしく――屑やガラクタが詰まっていた。だが、鍵はどこにもなかった、テーブルのうえにも、テレビのしたの段にも。つぎはキッチンだ、鍵はあそこにあるに違いない。どうして、いままで忘れていたのだろう？

ここには、役に立つものや価値のあるものはひとつもないのだろうか？　鍵を捜しているさなかにも、彼を驚嘆させたのは引き出しや戸棚を、水差しや壺を、はてはティーバッグが考案されてから使われたことのないティーポットを、ピン、ペーパークリップ、輪ゴム、安全ピン、ヘアクリップ、ネジ、画鋲、ティッシュペーパー、折れた鉛筆、ビスケットのかけら、のど飴、爪やすり、銅貨、靴紐、それにアスピリンでいっぱいだった。そこには鍵も入っていたが、捜している鍵はなかった。流しのうえの戸棚を開けると、プラスチック・ボウルの一群が落ちてきた。

鍵は、キースの部屋にあるに違いない。どういうわけか、さっきは見落としてしまったのだろう。キッチンの時計――家にひとつしかない時計――を見ると、時刻は一時三十分をまわったところだった。明るくなるまでにはまだ六、七時間あったが、瞬く間に過ぎていく時間はテディを不安にさせた。もし、鍵が見つからなかったら？

テディはふたたび、キースの寝室に入っていった。カーペットのしたは前回ものぞいたが、今回あらためて巻きあげると、ゴキブリが四方八方に逃げだした。いっぱいになったパイレックスのキャセロールを蹴飛ばすと、煙草の灰と吸いさしがそこいらじゅうに散らばった。いま一度、引き出しをあらため、ブーツと、汗くさいトレーナーと、外出用の靴のなかをのぞいた。テディの怒りは、普段は絶えずくすぶっている状態から爆発するまでに時間を要したが、いままさに爆発の瞬間が訪れた。自動車を発明した男たちのいかめしい顔に、厳然と窓を睨みつけているその眼差しに、テディは突然、激しい怒りをおぼえ、壁から雑誌の切り抜きを引き剝がしはじめた。最後まで残ったのはフェルディナント・ポルシェの肖像だったが、この一枚はほかの切り抜きより簡単に剝がれた。後ろの壁には石膏をえぐりとった穴が開いていたのだから、簡単に剝がれる必要があったのだ。しかも、そのなかには、裸婦をかたどった小さなピンク色の人形がさがっているキーリングに通した車の鍵が入っていたのだから。

キースがそこに車の鍵を隠していた理由については、あれこれ考えるまでもなかった。テディは運転できないし、日頃からエゼルにたいする嫌悪をあらわにしていたが、キースは自分がいないあいだにテディが勝手にエゼルを乗りまわすと思っていたに違いなかった。テディは鍵を手にとって階下にむかった。フランス窓を開けたままにしておいたので、彼の部屋は凍えるほど寒かった。ひとつでも明かりをつけるとやばいことになると思い、身体を震わせながら、暗がりに目を慣らした。それから、車のトランクを開け、蓋を持ちあげた。思ったとおり、なかはじゅうぶん広かった。

キースは重かった。人間は死ぬと体重が増えるんだろうか？　そうなのかもしれない。死人の目を閉じることになっているのはどこかで見聞きしてわかっていたが、実際にテディがそのことを知ったのはテレビ映画でだった。いずれにしても、頭ではわかっていたが、キースの瞼に触れる気にはなれなかった。じきに、彼のことは見なくてもよくなる。暗がりのなかを、輪ゴムが外れてばらばらになったキースの長髪で床を掃きながら、テディは彼の死体を表側の居間から奥の部屋へと引きずっていった。そうやってフランス窓のところまでくると、自分にはキースを床から肩に担ぎあげてトランクに入れるだけの力がないのではと一瞬、不安になった。とはいえ、テディはこの夜の出来事から大事なことを学びつつあった。彼が学んでいたのは、そこにぜひやらなければならないことがあるときは、大変な労力を要する仕事があるときは、それが絶対に必要なことであれば、それをやるのは無理ではないということだ。

キースは十七、八ストーンあるに違いなかった（一ストーンは六・三五キログラム）。彼を持ちあげようとすると、テディの心臓はいまにも破裂しそうになり、肩は外れそうになった。キースに引き具をつければ楽に動かせるのだが、この家にロープがないことはわかっていた。息を整えながら、テディは隣家の窓を見あげた。どの窓も暗く静まりかえっていた。それでも、バイクにかぶせてあるつるつるしたビニールには、かすかな光が射していた——どういうわけか、その光はいつもそこにあり、なぜか、銀色がかっていた。

これまでは、わざわざ調べにいくような面倒なことはせずに、遠くから眺めていたにすぎなかった。だが、テディはいま、そのものに近づいていった。目はますます、暗がりに慣れつつあった。光を反射していたのはシートではなく、巨大なビニール袋だった——厚さは数ミリ、大きさは二・五メートルかける二・五メートルといったところだろう。

引きずって音を立てないように注意しながら、テディはバイクからビニール袋を外して、フランス窓のなかに運びいれた。キースの死体を転がして袋のなかに入れるのは、どちらかといえば簡単だった。このあと、テディはてこの要領で袋を肩に担ぎあげ、エゼルのトランクの縁まで運んでいった。ひとたび、袋と死体がトランクのなかにおさまると、テディはこの場所を可能なかぎり密閉することが衛生的で、おそらくは賢明なやり方だと思った。といっても、この家には粘着テープがあるのだろうか？　あるとは思えなかった。

つぎに、彼はキースの道具袋のことを思い出した。あのなかには、配管工事に必要な器具が入っている。はたして、道具袋のなかには、がっしりした黒いテープが一巻き入っていた。本来の使用目的はテディの知るところではなかったが、ことによるとパイプの接続部に巻きつけるものかもしれないが、そのテープは彼の目的に適いそうだった。テディは開いている袋の端をひとつにまとめて、そのまわりに黒いテープを二十回、巻きつけた。こうして、キースの死体は処分されたのだった。その間、テディは物音ひとつ立てなかった。そして、いま、彼はトランクの蓋を静かに閉め、さらに鍵をかけた。

どこか遠くのほうで時計が二時を報じ、氷のように冷たい空気をうち震わせた。テディは二十一年間、生まれてからずっと、この家で暮らしてきたが、その音に気づいたのは今回が初めてだった。このときほど、彼の意識が覚醒し、感性が鋭くなったことはなかったのだろう。彼はなかに入って、フランス窓を閉めた。

13

テディは風呂に入った。これが大仕事のあと、彼が最初にしたことだった。キースの死体を始末したあとベッドに直行していたら、眠れなかったかもしれない。実際、深更に何度か目を覚まし、しばらく起きていたのだった。夜が明けるずっとまえに、半ば眠ったまま、いまだ夢から覚めやらずに暗い壁に目をやると、サイドボードというよりサイドボードの頂部飾りと、シュガースティックを思わせる物々しい円柱と、曇ったガラスと、怪物像《ガーゴイル》のような彫刻が浮かびあがった。テディには、それがひとつの建物に、子供時代に考えていた不吉なお化け屋敷に見えた。凸凹状の狭間は塔に、頂部飾りは尖塔に、緑色のガラスは窓に見えたが、闇の奥では何かが震えていた。恐怖に悲鳴をあげると、すっかり目が覚めて正気づき、もはや闇のむこうには何も見えなくなった。サイドボードは消え、部屋にあるのは彼のベッドと道具とテーブルだけになった。

このあとすぐに記憶がよみがえって、テディは自分がキースに何をしたのか思い出した。厚いビニールにくるまれて接合用テープでとめられ、金属の棺すなわちエゼルのトランクに納められているとはいえ、キースの死体はテディの枕元からわずか五、六フィートのところにあった。だが、彼には、その様子を思い浮かべることができなかった。何ひとつ想像できなかった。あれは自分がやったことだろうか？　本当に自分がやったのだろうか？　起き出して居間とキースの部屋をのぞきにいこうと思ったが、かわりに窓のところに行って横町の明かりをじっと見つめた。明かりといっても、その光がこちらに届くことはなく、庭とカーポートとフェンスは濃密な闇に包まれ、空は暗い赤褐色に染まっていた。そのうちに、テディはふと、寒けを感じて身震いした。ベッドに戻り、慌てて毛布と上掛けを身体に巻きつけた。

翌日は、土曜日だった。眠るつもりはなかったが、テディは遅くまで寝ていた。彼を目覚めさせたのは、青く晴れわたった冬の空を照らす太陽の光だった。あるいは、電話だったかもしれない。警察からだったらどうしようと思いながら、彼は電話をとりにいった。隣りのヤッピーたちから通報を受けて警察がかけてきたのだとしたら？　だが、その電話はキースにかかってきたものだった。電話をしてきた女は、給湯栓が閉まらないので至急、配管工が要るとのことだった。

「ミスタ・グレックスは引退しました」と、テディは言った。ある意味では本当のことだ。

「引退した？」

「ええ。誰でも最後には引退するものです、ミスタ・グレックスのような仕事中毒でも」テディは――昨夜以来、信じられないほど――この状況を楽しんでいた。「ミスタ・グレックスは引退して、リップフックのコテージに引っ越しました」

案の定、顧客は関心を示さなかった。「それじゃ、あなたが来てくれない？」

「そうはいかないんです」彼は言った。「ぼくは工芸家ですから。イエローページをあたったらどうです？」

電話を切るが早いか、彼は笑いだした。気分は、真夜中に目が覚めたときとは比べものにならないほど、信じられないほどよかった。この話は、キースにかかってきたどの電話にも使える。だけど、リップフックなんて場所があるんだろうか？　こっちは思いついた名前を言ったにすぎない。本当のところはわからないが、調べたほうがよさそうだ。そう思う間もなく再度、電話が鳴ったので、テディはまたしても、キースは配管工の仕事とロンドン北部の住まいをあとにしたと言った。

この状況は当分、続きそうだった。なじみの客や、見こみのある客から電話で呼び出されることもあるだろう。といっても、キースがどうなったか、あるいはどこにいるか、勘ぐる人間はひとりもいないのだ。先々、面倒なことが待っていることは自分でもわかっていた。たとえば、いつまでも死体をあの場所に置いておけるか？　この家を引き継いで、自分の家のような顔をして住みつづけることは可能だろうか？　いや、いまはむしろ、自分のものだ。それにそう、もろもろの費用はどうやって払えばいい？

キースの寝室で、テディはページの隅が折ってある使い古したイギリス諸島の地図を見つけた。自動車競技に参加する際に、キースが使ったものに違いなかった。テディはその地図でリップフックを探し、その場所がサセックスのミッドハーストからそう遠くないことを発見した。偶然にも、テディはキースに絶好の隠居先を見つけていたのだ。

テディはさらに、瓦屋根のついたずんぐり低いバンガローや、鉄道客車のような近ごろ流行りだした小さなコテージを思い浮かべた。抜け目のないキースなら、おそらく後者を選ぶだろう。そして、エゼルのための波形アスベストの車庫とともに、建設用ブロックで縁取られたコンクリートのうえにコテージを設置するに違いない――もし、ここにエゼルがなければ、そのなかにキース自身が入っていなければ。

テディはあれこれ空想するのをやめて、部屋の片づけを始めた。まず、窓ガラスと高脚つき箪笥からポストイットを剝がした。キースの衣服でビニール袋を三枚いっぱいにし、空き瓶と空き缶で二枚、自動車関係の雑誌と煙草のカートンでさらに三枚満杯にした。六足の靴は、雑誌が入っていたボール箱に詰めた。キースの死体から剝ぎとった紙幣にふたたび注意を向けたのは、片づけが終わってからだった。わずかに部屋に残っているのは、いましがた裸にしたキースのベッドと高脚つき箪笥と椅子だけで、ビニール袋とボール箱はすでに玄関先の石段に運ばれ、月曜の朝の廃品回収を待っていた。

テディは、その金を数えた。五百六十五ポンドあった。またしても手が震えていたので、震えが止まるまで拳を握って深く息を吸った。金の一部は広告費にあてようと思った。建具および家具職人としてサービスを提供するのだ。それにはどうすればいいのかわからないが、誰かに聞けばわかる。

テディには、朝顔形のヒレのついたエゼルの後部が以前より窓に近づいたように思えた。車の運転を習わなければ、と思ったのはこのときだった。あの金は、運転を覚えるために使うしかないだろう。あの車はいつか、そう遠くないうちに、自分で駆逐しなければいけないのだから。

その夜、テディはふたたび夢を見たが、今度のはサイドボードがお化け屋敷に変わる夢ではなかった。今回、夢のなかで変わったのは、眠っている彼の大脳から六フィートのところにあるエゼルのトランクに詰まっているものだった。トランクの中味はゆっくりと、何週間か何カ月かのあいだに、蠟人形のようなものから骸骨へ、骸骨から一袋の塵へと変わり、ついにテディが黄色い怪物のような車を駆ってロンドンを離れ、リップフック目指してサリーとサセックスを通りぬけ、道端に車を停めてトランクを開けてみると、袋のなかには干からびた虫のような小さなものが入っていたので、彼はそれを親指と人指し指でつまんで溝に投げいれるという夢だった。

二月中旬には、鏡の制作に取りかかっていた。材料にクルミではなくカエデを使うことにしたのは、色合いと木目がとても美しかったからだ。その模様は、幾房もの波打つ金髪を思わせた。テディは注意深く、このうえなく慎重に作業を進めた。象眼にする三角形は、完全を目指して何分の一ミリに至るまで正確にカットした。新鮮な空気のなかで、彼は誰にも邪魔されずに静かに作業を進めていた。居間はべつとして、煙草の臭いはもう、どこにも残っていなかった。キースの高脚つき簞笥はすでに階下に運ばれ、その表面を覆っていた脂と焦げ跡はサンドペーパーできれいにこすり落とされていた。テディはそのうえにマホガニー色の染料を薄くほどこし、さらにフランスワニスを重ねていた。

ふたたび、今回は両親の寝室から、廃品回収に出すものを袋や箱に詰めこむと、テディは通りをくだって新聞販売所に行った。ドアの横のガラスケースには、彼が探しているような広告は見あたらなかったので、販売員のすすめる《ハム・アンド・ハイ》と《ニーズデン・タイムス》の二紙を購入した。

《ハム・アンド・ハイ》には、お目当てのものが載っていた。小さな広告欄の〈各種営業〉案内は、建築、装飾、煙突掃除、園芸および造園、健康、美容などと、専門ごとに分かれていた。ハウスクリーニングの項では、ある業者が「小さな片づけから大掃除まで。衣類、半端物、何でも高値で買い取ります」とうたっていた。「ガラクタ処理」の広告もあったが、客が支払う料金以外、金額については何も記載されていなかった。つぎの項には、「迅速な合格」を「競争料金」で請け負っている自動車教習所の広告が載っていた。「迅速な」というのは都合のいい言葉だ、六週間とも二年ともとれる、とテディは思った。けれども、片方からの入金でもう片方の支払いができることを期待しつつ、家庭清掃業者と自動車教習所に電話をかけた。

このあと、テディは予想外な業種に出くわした。「売ります」の項は、広いスペースを占めていた。「マッサージ」もしかりだ。大工の「売り」はたくさんあり、数えてみると十二件もあった。彼らはキッチンの据えつけとドアの交換はもちろん、棚や衣装戸棚の取りつけまで提供していた。なかには、机専門の家具職人を自ら名乗っているものもいた。二人一組で仕事をしている女の建具屋が出したの広告もあった。

女性に戸棚をつくらせることにどんな利点があるのか理解できなかったので、テディはその広告に漠然とした苛立ちをおぼえた。だが、あとの広告は、彼を元気づけるものばかりだった。どうやら、みんなはこういうことをして、生計を立てているに違いない。そうでなかったら、どうして広告を出す必要があるだろう？　そもそも、自分はたいがいの連中より、いい仕事ができるはずだ。

鏡が完成したら、自分自身の広告についやせる時間がたっぷりできる。そう、五月になれば。五月になったら、連中のひとりがやっていたように自分から専門家を名乗って、そのころには取れているはずの学位も記載しよう。「使いやすい、頼りになる仕事」を添えるのはどうだろう？　いや、ここは「徹底した、確かな仕事」にしたほうがよさそうだ。

といっても、これだけ金があれば当面は食べていける。テディは、《ハム・アンド・ハイ》を丁寧にたたんで、磨きなおした高脚つき箪笥の一番うえの引き出しにしまった。

「マックス・アンド・メックス清掃サービス」は、主寝室の家具を運びさり、その代金としてテディに五十ポンド手渡した。少なくとも百ポンドにはなると思っていた彼は抗議したが、業者は「こいつを売ってもたいした値にはならないし、うちの儲けはどうなる？」と言った。《ハム・アンド・ハイ》を引き合いに出し、自分たちがやっていることは「ガラクタ処理」ではないと念を押した。

まれにだが、祖母がぶらりとやってくることがあるので、居間の家具を一掃するのは危険だと思われた。最後にやってきたのはたしか、クリスマスのまえだった。実際、マックス・アンド・メックスがやってきた翌日にも顔を出したから、居間の家具はそのままにしておいて正解だった。

テディは他人の思考プロセスにはさほど関心がなく、感情にはまったく興味がないので、アグネス・トートンが夫とひとり娘と義理の息子に先立たれたことに、孫のほかにはひとりも身内がいないことに、どのような反応を示してきたか、一度も自分の胸に訊いたことがなかった。つまるところ、彼には彼女しかいないのだが、このときも尋ねはしなかった。きちんと片づいた居間と磨かれたキッチンを祖母がしげしげと見ているあいだ、彼はただ、漠然とした胸騒ぎをおぼえたにすぎなかった。

「キースはよくやるね」と、彼女が言った。

キースは、兄と義理の姉を亡くしたあと一度は片づけたものの、ここ数年来の散らかりように我慢できなくなったというのが、アグネスが唯一、思いついた答えだった。彼女はいそいそと部屋を渡り歩いて、物珍しそうにあたりを見まわした。肘掛け椅子のクッションを持ちあげて、煙草の灰や汚れたティッシュはないかと内側まで詳しく調べた。関節炎で変形した指を勝手口の桟に走らせ、何もついてこなかったことに戸惑いを見せた。「キースはじきに、おまえを追い出すと思うよ」彼女は言った。「彼には、その権利があるから。この家は、最初から、おまえの父親のものじゃなかったから。おまえは知らないと思うけど」

「がっかりさせて悪いけど、じつはもう知っているよ」

「がっかりさせるとはどういうことだい？　あたしには何の関係もないことだよ」

「それはないだろう？」テディは言った。「こっちは、お祖母さんのところで間借りしようと思っていたのに」

アグネスの返事は、けたたましいドアベルの音でかき消された。テディは十分もまえから、自動車教習所の教官が訪れるのを首を長くして待っていたのだ。彼はドアを開けて、男を招き入れた。これでやっと、祖母さんを追い出せる。

ところが、彼女はテディの部屋に入ってきた。フランス窓のまえに立って、そこから外を眺めていた。唯一、テディが持っていた子供向けの本は、アグネスがくれた動物の寓話集だった。祖母さんはあの本の挿し絵に似ている、と彼は思った。たとえば、帽子と外套をまとったヒキガエルか、モグラの主婦に。彼女は振りむいて、この人にあたしを紹介するつもりはないのかい、とテディに言った。彼が黙っていると、自分から手を差しだして、「ミセス・トートンです、この子の祖母の」と言った。

「お会いできて光栄です」教官は言った。「ダモンと呼んでください」それから、エゼルのほうを見て、「あれが、あなたの車ですか？」とテディに訊いた。

「いえ、この子の叔父のです」と、アグネス。

「外に出て、間近に見てもかまいませんか？」

おおいにかまうところだったが、テディはやっとの思いで「かまいませんよ」と言った。そして、三人は裏口から外に出た。ダモンより半世紀ばかり年輩なのに、アグネスは彼より足早に進んだ。一月が暖かくなかったように、三月のこの日も暖かくはなかった。凍りつくような冷たい風が顔にあたるので、アグネスは円錐形の赤い帽子をつかんでいるしかなかった。

「それじゃ、キースはバイクで出かけなかったんだね」と、彼女が言った。

誰にとっても明白なことを指摘しているだけなのに、脅威をはらんでいると思われるのが、この手のコメントだ。テディには、バイクが彼に危険をもたらすものに思えた。もしキースが仕事に行ったのなら、祖母はそう考えているはずだが、バイクは彼の手元にあってしかるべきだ。あるいは、キースのかつての客たちが信じているように、彼がすでに引退しているのなら、バイクは彼のところにあるか、すでに売却されているだろう。いずれにしても、この庭にないことは確かだ。

だが、アグネスは自らの憶測にこう答えた。「無理もないね、この寒さだもの」と言ってから、悪意をこめて続けた。「というか、バイクに乗るのはもう無理なんだよ、歳が歳だから」

車の運転を習えばバイクにも乗れるようになるのだろうか、とテディは思った。だが、いまはそんなことを尋ねている場合ではなかった。いつの間にか、ダモンはぞっとするほどエゼルに接近して、崇めるように車体を眺めていたのだ。実際、片方の手はトランクの蓋に置かれていた。

「ううむ、美しい。デビュー当時は、百二十マイルも夢じゃないといわれていました」男は言った。「いまでも走れますよ、この調子なら。どこもかしこも、じつにいい状態に保たれている」まるで馬のことを話しているようだ、とテディは思った。「ただし、当時の燃費は万人向きではなかった」

「貧乏人の車だった?」と、テディが言った。
「というと?」
「これを持っていると貧乏から抜けだせない」
「そう、そう。ずばり、そのとおりです」

臭いはどうだろう? 大丈夫、何も臭わない。このところ、ひどく寒かったから、なかは冷蔵庫なみに冷えているに違いない。テディは、アグネスがウサギのように鼻を動かしたような気がしたので、「そろそろ引きあげませんか?」と言った。

ダモンは、アグネスを自宅まで送ると言った。が、彼女は辞退した。自分が乗るのは孫の運転する車だけだ、孫はハンドルを握ったこともないけれど、と言った。なるほど、彼女の歳で骨折しても何の得にもならない。

テディは教習場の車に乗りこみ、ダモンがイグニッション・キーをまわしてギアをニュートラルから一速に入れることを説明したところで、運転免許を取ればバイクにも乗れるのかと訊いた。乗れません、とダモンは言った。何のことかわからないがグループDタイプは乗れないと言って、テディが乗れるようになる車両を数えあげはじめた。そのなかには、車椅子と数トンまでの大型輸送車が含まれていた。テディはイグニッション・キーをまわしてクラッチを切り、そしてエンストさせた。

テディは四月中旬には、鏡を完成させて、学校に提出していた。当人は、この作品に惚れていた。というのも、彼には、〈オルカディア・プレイスのマークとハリエット〉やダイヤの指輪のような、どこまでも美しく、欠点のないものや装飾品や絵画に惹かれる傾向があるからだ。完成した鏡は、細心の注意を払いつつ、発泡ビニールシートとポリスチレンで——これも大嫌いなビニールの一種だが、ここではどうしても必要だから——しかたなく包んだ。イーストコート大学で卒業作品として展示されたあと、持ち帰って売るなんてことができるだろうか? これを手放すことができるのだろうか?

キースのバイクは、いそいそと売ってしまった。ある日、ヤッピーたちの友達がやってきて、あのバイクを売ってほしいと言ったのだ。その友達は、隣りの窓から中古のエンフィールドを見ていたら、「持ち主は引退して引っ越したから、売ってもらえるかも」とメグジーに言われたそうだ。

「メグジーに？」

「隣りの」友達は驚いて言った。「メグジーとナイジェだ。知っているだろう？」

テディはいま知ったばかりで、はじめから知っていたわけではなかった。あいつらはどうして知っているんだろう？　メグジーはどうやって、このことを知ったんだろう？　例の作り話を聞かされたキースの客のひとりから、なんらかのかたちで、漏れつたわったに違いない。さいわい、バイクの登録証は、キースの数少ない書類を処分するまえに見つけだして手元においてあった。そして、値段をつけることになったが、キースからバイクを売るように頼まれているふりをしなければならないので、無理のない値段を示した。問題のエンフィールドは、丘とおなじくらい年季が入っていた。テディが生まれてからこのかた、キースは三回、車を買い換えたが、バイクはずっとおなじものに乗っていた。

自分が何をしているのか、さもわかっているような顔で、テディはきっぱりと百ポンドと言った。そう言ったとたんに、相場より安く見積もっていたことに気づいた。メグジーの友達は、満面に笑みと意気ごみをたたえたのだ。どうやら、キースのエンフィールドには一種、その古さに価値があると思われたが、いまさら値段は変えられないし、目のまえからそれが消えてなくなるのかと思うとテディはそれだけでおおいに救われた。というのも、そのバイクは、彼にはどんなバイクもそう見えるのだが、ひどく忌まわしいもの、言いかえれば見るも煩わしいものだったからだ。

エゼルも簡単に厄介払いできれば！　四月の終わりは暖かかった。日射しが強まり、気温が上昇していくなかで、テディはトランクの中味に対する不安をますますつのらせていった。昼間は大きな黄色い車のまわりをうろつくような真似はしなかったが、夜になって通りが闇に包まれ、メグジーとナイジェが寝室の明かりを消すと、フランス窓を開けて炎のような形をしたフィンに顔を近づけた。

嗅覚はとくべつ優れていたが、何か臭うのか、臭うような気がするのか、自分でもわからなかった。キースはよく、フォード・エゼルはとくに作りのいい車だと言っていたから、トランクも密閉式になっているに違いない。空気はさわやかで、夜は涼しかった。臭いはあったが、それはグレックス家以外の、どの家の庭にも植わっているサクラやスモモの花の香りとディーゼルの混ざった臭いだった。テディは窓を閉め、繰り返しおとずれる悪夢に起こされるまで眠った。闇から浮かびあがった木造のお化け屋敷には、以前より銃眼と小塔と狭間胸壁が増えていた。大きさはドールハウスほどだが、部屋の壁を押しのけるには十分だった。しかも、本来の固さを失い、震えたり膨らんだりしているらしく、その前面と塔は水没したイメージよろしく打ち震えていた。

中央アーチのしたの大きな扉が開き、なかから誰かが——あるいは何かが——現われたとき、テディは叫びながら目を覚ました。現われたのが誰であれ、彼には見えなかったし、見たくもなかった。それは単に、小さくて不明瞭な人影にすぎなかった。テディは横になったまま、深く息を吸って、現実に帰ったことを喜び、先ほどの叫びが隣家のメグジーとナイジェに届かなかったことを祈った。

六月には、運転免許試験を受けて合格した。免許を取ったとたんに、テディは教習所のダモンに電話をかけ、もう一レッスンしてもらおうかと本気で考えた——もちろん、今回はエゼルに乗って。

けれども、この計画には恐ろしい欠点があった。仮に臭いがあったら、庭では認められなくても、内部には浸透しているかもしれない。とりわけ、エゼルを動かしたら、トランクのなかの死体も動くのだから。自分でもダモンでもない人間が細長い庭に車を戻すことになるかもしれないし、路上駐車を余儀なくされるかもしれない。エゼルは馬鹿でかい車だから、ダモンはこのクラスの車に乗ったことがないはずだ。それに、もし——最悪のシナリオだがじゅうぶん起こりうる——ちょっとした事故に巻きこまれたら？　こうした事故は、自分やダモンの過失ではなく、単に後続車がスピードを出しすぎてエゼルの後部に突っこんで起こるかもしれないのだ。何の意図もなく突っこむことで。

それ以上に、テディはダモンか誰かに電話をかけ、「友達をつくる状況」に自分自身を置くことに二の足を踏んでいた。最初の一歩は、つぎの一歩につながる。ためしに二人でエゼルに乗れば、帰りにパブで一杯やることになり、そこからここに戻ってくるか、あるいはダモンのところに招かれる。物事はそんなふうに進んでいくものだと、少なくともテディは思っていた。しかも、彼はそういうことを必要としていなかった。彼自身の人生に友人を介入させ、あれこれ発見されたくなかった。それなら、ひとりでエゼルを街から出すしかないだろう。いつか、そのうちに。そのときになったら、トランクの中味はもちろん、車そのものを片づける手を考えなければならない、この淡黄色の動く棺桶から自由になる方法を。

ダモンはエゼルを美しいと言い、ナイジェはある日、フェンス越しに「名車だ」と言った。だが、テディにとっては、その車はサイドボートとおなじくらい、あるいはそれ以上に、恐ろしく醜いものだった。というのも、サイドボードは自然の素材つまり木でできていたが、エゼルはねじ曲げられた金属でできているうえに不快な色が塗ってあるからだ。あれはゲロの色だ、と思ってテディは自分自身を苦しめた。下水の色か、アルコール飲料の色か、さもなければ小便の色だ。早いところ厄介払いしたいと思ったが、それとおなじくらい、トランクのなかにあるものがどうなっているのか確かめたいと思った。

死体はビニールで密閉してある。といっても、あのビニールには縫い目があったから、気密状態ではない。気密状態でないと、どんな違いが生じるのだろう？　臭いがするのだろうか？　それとも、単に接合用テープがゆるむだけなのだろうか？　どれくらい、ひどい状態になるのだろう？　テディには見当もつかなかった。ハエがたかった肉のようになるのだろうか？　キースが生きていたころのゴミ箱みたくなるのだろうか？　死体はどんな臭いがするのだろう？

だが、テディが臭いよりも何よりも恐れていたのは、なかをのぞくことだった。自分が見るであろうものを恐れていた。いつか見た夢のなかでは、トランクを開けると干からびた灰色の人形が現われただけだったが、現実はこの夢とは違うはずだから。

14

はじめのうち、フランクリン・マートンはハリエットにつぎからつぎへと贈り物をしていた。たくさんの宝石と、これはいうまでもないことだが、オセロットのコートを贈った。毛皮の着用は間もなく公然と世間から憎悪されることになるのだが、七〇年代のはじめにはまだ、そうした傾向はなかったのだ。できることなら、マートンは彼女のために〈オルカディア・プレイスのマークとハリエット〉を買いたかったのだが、あいにく手が届かなかった。マートンは誰の水準から見ても金持ちだったが、その絵はすでに彼の財力を超えていたのだ。

かわりに、彼は邸を購入した。その邸はオルカディア・コテージと呼ばれていたが、郵便局にはオルカディア・プレイス7aとして知られていた。マーク・サイルが手放したあと、貸しに出され、ついには売りに出されたのだ。

「奇妙な世界に住んでいるものだね」フランクリンは恋人に言った。「邸は買えるのに、邸を描いた絵は買えない。しかし、これには何か奥深い真実が隠されているに違いない。しかし、どんな真実だろう?」

「わからないわ、フランク、わかるわけないでしょう? わたしはただ、うまくいけばいいと思っているだけよ」

ハリエットが言わんとしていたのは、「あなたがその家を買ったら、マークにわたしの居所が知れる」ということだった。それを口にしなかったのは、フランクリンは例の二千ポンドのことをこれっぽっちも知らないからだ。けれども、偶然にも、これが奇妙な偶然だとしたら、フランクリンがオルカディア・コテージを購入したその日にマーク・サイルは死亡していた。すでにヘロインをたっぷりやっているところへ、習慣にしたがってLSDを角砂糖にのせて吸引した結果、彼らしくなく反応し、ビーチ岬から飛び降りて死んだのだ。

どこで葬儀が行なわれるかわかっていたら、ハリエットはそこに出向いていただろう。そうやって、新聞に自分の写真を載せていただろう――彼女はもはや、自らの命を危険にさらすことなく、堂々と紙面を飾ることができるのだから。《デイリー・メール》紙の第一面を飾ったのは、サイモン・アルフェトンが葬儀に参列したことと、〈オルカディア・プレイスのマークとハリエット〉をテート・ギャラリーが非公開価格で購入したことだった。

邸については、フランクリンは彼女のために購入したのだと言った。名義は彼のものになっていたから、本気で彼女をそこに住まわせるつもりだったのだろう。彼は邸内に自分がとくに好んでいる十八世紀の家具を備えつけ、膨大な時間をかけて、申し分のない住まいにした。ハリエットは意見を求められなかった。結婚もしていなかった。アンシア・マートンは、フランクリンとの離婚を拒んで五年間、彼を待たせたが、その後は彼女の同意は求められなくなった。

フランクリンの邸を見ると、人々は「わぁ!」とか「おお！」と言った。邸は高い塀に阻まれてほとんど見えなかったが、通りを行く人々は煉瓦のアーチに填めこまれた錬鉄のゲートの隙間からなかをのぞくのだった。そして、淡いグレーの玄関扉と、浅い玄関ステップに植わっているゲッケイジュと、緑や赤や黄色のツタのあいだからのぞくデラ・ロッビア風の小さな円形浮き彫りと、三月から十月まであリとあらゆる場所を占めている花々を目にするのだ──花壇を満たし、窓台の植木箱からこぼれ、まるい石鉢の縁からあふれでる花々を。

庭木の面倒は、フランクリンが見ていた。彼はちょっとした園芸家だった。背後のバージニアヅタを利用して、春夏には赤いホウセンカとオレンジ色のベゴニアと紫色のペチュニアを、秋には白いキクを見事に際だたせた。マヨルカの鉢には、ベツレヘムの星と種類の異なるチューリップを植え、マーク・サイルのスーツケースが落ちてきた円形の花壇にはジンチョウゲを移植した。反面、ハリエットは庭園には興味がなかった。注目すらしなかった。ハリエットの場合、関心があるのは自分自身と、自分の外見と、ある種の若い男にかぎられていた。

ハリエットがこの邸を受け入れ、ここに引っ越してきたのは、感傷的な理由からではなかった。ここが申し分のない邸宅で、ここに住んでいれば安全だし、面倒を見てもらえるからだ。マーク・サイルと同棲していたころも、その後も、この邸の美しさに心を打たれたことは一度もなかった。なにぶん、彼女の最大の関心事は自分のことだから。いまとなっては大昔のことだが、彼女は十四のときから、鏡のまえを通るたびに、そのなかをのぞいてきたのだ。オルカディア・コテージの鏡は日に何度となく、彼女自身のうっとりするような姿を映してきた。チェスタトン通りの鏡もまた、二十三年におよぶ彼女の結婚生活を通してコテージの鏡が日々そうしてきたように、頻繁にその姿を映してきた。

フランクリンが出勤前にハリエットの性癖をこきおろしたのは、いまだに夫婦で休んでいる四柱式寝台のなかで彼女がひとり起きあがって化粧台の鏡をのぞきこんでいるのを目にした朝のことだ。彼女の白い小さな顔のまわりには、すでに染めているとはいえ、いまだに衰えることのない見事な赤毛が扇のように広がっていた。「きみはいつも自分の姿を見ている」フランクリンは苛立たしげに言った。七十にほど近い彼はいくぶん枯れて萎びてはいたが、相変わらず活発だった。「その歳で鏡をのぞいてもいいことはないだろう？」

「いつも鏡を見ているわけじゃないわ」と、ハリエットは言った。こんなふうに言えば、相手は「自分が間違っていた」と錯覚するはずだった。「自分のことはもう見ていないわ、誰もわたしを見ないようにね。鏡をのぞいているのは、あなたのほうでしょう？」

「髭を剃るときだけはね。しかし、きみはどうやら、鏡に映るものが気に入っているようだ」おかしくて笑わずにはいられないというように、少しばかり笑った。「いや、気に入っているに違いない。いやはや、素晴らしいことだ」

「いい加減にして」ハリエットは言った。

ハリエットも一時はフランクリンに好感をもっていた。ホランドパーク・アヴェニューで出会った瞬間から一年か二年は、この男は大金持ちに違いないという思いに目が眩んでいたのだ。とはいえ、愛情をもったことは一度もなかった。彼とオルカディア・コテージで暮らしはじめた五年後にはすでに、彼との結婚には何の興味もなくなっていた。それでも結婚したのは、ほかにどうしようもなかったからだ。フランクリンはハリエットの食事券であり、家主であり、衣服の購入者にして、彼女がかつてこのコテージから持ちだしたスーツケースの中味すなわち大金を継続的に、しかも立て続けに充塡してくれる人物だった。ハリエットはときおり、彼はまだ自分を許していないと感じることがあった。彼がいまだに許していないのは、彼女がアンシアから彼を奪ったことではなく、結果的にオハラと彼を引き離したことだ。

フランクリンは彼女のコーヒーと、《タイムズ》、《デイリー・テレグラフ》、《ファイナンシャル・タイムズ》、それに《ハム・アンド・ハイ》を持って寝室に戻ってきた。ベッドサイド・テーブルにコーヒーを置き、彼女の目のまえに新聞を置いた。いかにも彼らしいやり方だった。まず、彼女を侮辱し、つぎになだめるのだ。彼女は新聞をじっくり読むというより、むしろ特定の記事をちらっとのぞくほうなのだが、彼はそのことを知らないのだ。それとも、知ってはいるけれど、知ったことではないのだろうか？

ハリエットはフランクリンを観察した。結婚して以来、二人で暮らすようになってからずっと、彼は夜、ベッドに入るまえにズボンのポケットを探り、中味をひとつ残らず化粧台のうえにあけた。そこには必ず白い大判のハンカチと家の鍵、車の鍵、ふたつ折りにした小切手帳、それに小銭が載り、ときには電車の切符や名刺が加わることもあった。こうしたゴミを銀のヘアブラシや、香水の細口瓶や、イヤリングがさがっている銀の枝のついたツリーのあいだに置かれるのが、ハリエットはたまらなくいやだった。

ほかにも、フランクリンには腹立たしい癖があった。肘掛け椅子やソファに座るまえに、クッションをひとつ残らず床に投げるのだ。それも、彼が自ら購入し、そこに置くと言いはっていたものを。それを拾いあつめるのは、ハリエットの仕事になった。彼女はいま、彼がさまざまなものをポケットに戻すのを見ていた。ポケットが膨らんで垂れてくると、ハンツマンの高級スーツも形無しになった。

彼女は顔をそむけ、《ハム・アンド・ハイ》のサービス欄に目を転じた。

ハリエットの男漁りは、オットー・ニューリングで始まった。彼が最初だった。そうなったのはおそらく、それまではマーク・サイルが彼女の性欲を満足させていたからだろう。あるいは、彼に拒まれることで彼女自身が解放されていたせいかもしれない。マークは注文の多い、しきりと要求する、手に負えない男で、いくらハリエットが彼に従おうと、精いっぱい彼を喜ばせようと努力しても、相変わらず女を漁りつづけた。彼が目をつけて事におよんだ女は何十人いや何百人もいたはずだ。反面、オットーが求めるのはセックスだけで、バイクで出かけたときの費用は自分の分は自分で払う、まさに割り勘にしていた。おまけに、彼はセックスに飽きることも、疲れることもなかった。関係が続いているあいだは忠実だった。

フランクリンが現われると、ハリエットはオットーとの関係を絶った。これほどわかりやすい話はない。かくしてオットーは消え、何年間かは彼に代わるものもいなかった。というのも、ハリエットには自分のほしいものが、第二のオットーを求めていることがわかっていたからだ。若くて逞しい男性的な職人――頭のほうはどうでもよかった。要するに、このことは当人もあっさり認めていたが、彼女自身、頭はあまりよくないのだ。他方、フランクリンはセクシーでもなければ、見てくれもさほどよくなかったが、頭はよかった。彼も、彼の友人もこぞってインテリだから、ハリエットが彼らをセックスの対象として見ることはまずなかっただろう。

フランクリンは、家のなかのことはすべてハリエットがやるものと思っていた。家事さえ、彼女に期待していた。ひとたび結婚したら、ということだ。結婚するまえは、彼女はそれまでどおり彼の女神だった。オルカディア・プレイスの聖像に祭りあげられ、毎日のように贈り物をされ、無限の犠牲を支払われてきた。その後、二人がささやかな結婚式をあげた――ハリエットはフォルチュニーのドレスに黒い帽子で臨んだ――あと、彼は変わった。何かを引用して、「男は求婚するときは四月だが、結婚したら十二月だ」とさえ言った。そう言ってから、言葉の毒をやわらげるように微笑んでみせた。

アンシアへの支払いは、かなり負担になっている。カムデンヒル・スクェアの家を維持するのも楽ではない。少なくとも、フランクリンはそう言った。いずれにしても、ハリエットにできるのは掃除と洗濯ぐらいだった。あとは、必要に応じて、電気工、配管工、内装業者、屋根職人、大工といった職人を家に呼ぶことだった。

「犬を飼っていたら、自分で吠えるようなまねはしないだろう?」と、フランクリンは言った。

「悪いけど、わたしはアイリッシュ・セッターじゃないわ」ハリエットは言い返し、彼がひるむのを見て楽しんだ。

料理をしろと言われれば楽しんでやったはずだが、彼は彼女に料理をさせなかった。きみにはできない、衛生面で問題がある、自分は食中毒にかかるつもりはないと言った。

当時はサルモネラやリステリアは知られていなかったが、彼が言わんとしていたのはそういうことだった。だから、食事は外でとった。当時、ロンドンには日常的にレストランに通っている人間などほかにいなかったから、二人はいわば流行を生み出したようなものだった。

フランクリンが微笑んだり笑い声をあげるのは、とくべつ聞き苦しいことを言うときにかぎられていた。笑顔ですべてを帳消しにするのだ。「休暇は、きみとはべつべつに過ごすつもりだ。春と秋には、ひとりで出かけようと思っている。きみはきみで好きにするといい」と言ったときもそうだった。

「わたしは結婚を望んではいなかった。それでも結婚したのは、わたしが信義を重んじる人間で、きみがわたしの愛人だったからだ。こういう考え方は時代遅れだというものもいるが、わたしはあえて反論する。目に見える変化は表面的なものにすぎない。わたしの残り物をほしがる人間はどこにもいないはずだから、わたしはきみに免じて、きみと結婚することが信義にかなうことだと考えたのだ」

その結果がこれだった。翌日か、翌々日には、フランクリンの書斎に新しいカーペットがしつらえられた。カーペット職人は太った六十男で、その助手は痩せた十六歳の少年だったから、とても役に立ちそうになかった。だが、その際にドアが外れ、もとに戻すにはドアの底を四分の一インチほど削らなければならなくなると、カーペット職人は相応しい大工の名前をあげて、その電話番号を残していった。はたして、その大工は二日後にやってきた。

ことによると、彼はオットーの弟かクローンだったのかもしれない。名前はレニー、歳は二十歳くらいだった。職人にお茶を出すことになっているのは承知していたが、男を夢中にさせて抑制を失わせようというときにお茶ではどうにもならないことも、ハリエットにはわかっていた。蝶番にドアが取りつけられると、彼女はレニーと自分のためにドライマティーニをつくった。彼にはドライマティーニが初めてなら、ジンも初めてだった。アルコールは、ハリエットの愛嬌とあいまって、驚くべき効果をあげ、二人は三十分後には三杯めを飲みおえてベッドのなかにいた。

その後、レニーは二カ月ほど、週に何度かやってきた。そんなある日、彼は——もし彼女が気づいたとしたら——むしろ不機嫌な口調で、彼女に会いにくるには昼食ぬきで来なければならないと言った。

だが、すべてを終わらせたのは、ハリエットが「たかが労働者の分際で、レニーって呼ばれるだけありがたいと思いなさい」と言ったときだ。

少しのあいだ、ハリエットは恋人なしで暮らした。彼女がイライラしはじめるのと同時に、フランクリンはあることをして彼女の不満を解消した。コンピュータを買ってきたのだ。必ずしも原型ではないが、かぎりなく原型に近いものだった。アンシアが再婚したので、フランクリンはもはや、金の使い道に——適度にさえ——慎重になる必要がなくなったのだ。このコンピュータは手に余る大きさで、フランクリンは机のうえを占領されただけでなく、必要な電力を確保するために壁にあらたにコンセントを取りつけるはめになった。「電気工を手配してくれ」と、彼は言った。

「どうやって?」

「訊かれても、わたしにはわからない。家のなかのことは、きみの専門だ。まえに頼んだ男をあたってみたらどうだ?」

まえに頼んだ電気工は転居もしくは死亡していた。いずれにしろ、彼の番号をまわすと、「この番号は現在、使われていません」のアナウンスが流れたので、ハリエットは新聞を見た。そして、小さな広告のなかに、求めているサービスを提供する男を見つけた。「どんな電気工事でも、大小にかかわらず引き受けます、スティーヴン」その番号に電話をかけると、スティーヴンがやってきた。彼はレニーよりさらに若く、色黒で痩せてはいたが、それ以外は申し分のない相手だった。

八〇年代から九〇年代のはじめにかけて、オルカディア・コテージには若い職人がつぎつぎとやってきた。といっても、むろん、フランクリンから依頼があったわけではない——コンセントを増やすにしろ、ドアの底を削るにしろ、蛇口の座金を取りかえるにしろ、その数はかぎられている。

かたや、ハリエットはすっかり遊びあきて厚かましくなった。少しばかりガス臭いとか、シャワーの水切れが悪いとか、自ら呼びだした男のために仕事をこしらえるようになり、しばらくするとその手間さえ惜しむようになった。

もちろん、毎回うまくいくとはかぎらなかった。オルカディア・コテージの玄関ステップにやってきた誰よりもハンサムなテレビ・エンジニアは同性愛者だったし、健康そうな電気工がじつは女性だと知って驚いたこともあった。ハリエットは電話で呼び出した相手に必ずしも魅力を感じるわけではなかったが、彼らは概して彼女が求めるものであり、彼女もまた彼らが求めているもののようだった。以前に比べると近年は断られることが多くなったが、なぜそうなったのかハリエットには理解できなかった。だから、彼女はまえにも増して一心に鏡をのぞくようになったのだ――この理由は到底、フランクリンには言えないが。

つまるところ、彼女はまだ五十を越えたばかりだった。まわりからは十歳は若く見えると言われていたし、彼女自身すらりとした体型を保っていた。そもそも、彼女のような色の髪に生まれついた人間はみな、はじめから染めていると思われるので、実際に染めはじめても誰にも気づかれないから、そのぶん運がいいのだ。ハリエットはさっと髪に指を走らせ、鏡のなかの自分をとくと見つめた。そのまま、首をめぐらせて憧れの眼差しでうえを見あげ、片方の白い腕を差しのばし、わずかに口を開けて目に見えないもうひとつの顔を見つめると、そこにはいま一度、オルカディア・プレイスのハリエットが映った――そっくりそのまま、何ひとつ変わらずに。

それより、《ハム・アンド・ハイ》に戻ろう。造園師はどうだろう？　それほど名案とは思えない。庭師は中産階級の人間かもしれないし、女性かもしれない。それにまた、誰かを呼んでフランクリンが丹精こめて手入れしているこの庭を見せたら、これだけの庭を造りかえるなんて、ここの主人はどうかしていると思われる。二重ガラス？　いや、オルカディア・プレイスの窓は二重ガラスにできない。こういうときは、新聞ではなく、イエローページをあたったほうがいいのかもしれない。といっても、イエローページにはどこか官僚的で堅苦しいものがある。やはり、めったに裏切らない小さな広告が一番だ。

「ご要望に応じて、パイン、チェリー、オーク等の硬材を格安価格にて敷設します」というのはどうだろう？　その番号をまわすと、ザックという男が応えた。ハリエットは、その響きが気に入った。ザックは仕事にあぶれているらしく、熱意あふれる声で、当日の正午きっかりにうかがうと言った。その特徴的な発音から、ハリエットにはザックがとくべつ相応しい相手であることがわかった。声の響きは、歳が若いことを物語っていた。

ハリエット自身、フランクリンもおなじようなことをしているのではと疑念を抱くことがあった。そっくりおなじではないけれど、彼にもガールフレンドのひとりや二人はいる。たとえば、彼はべつべつに休暇を過ごしたいと言っているし、相当な額のお金を使っている。ところが、ザックのような若い男に電話をかけ、彼が週に二度、何週間か通ってくることが保証されると、フランクリンのことはもう気にならなくなった。よその女と遊びたければ遊べばいいわ、こっちは痛くも痒くもないんだから。反対に、ひとりでいたり、最新の出会いが不発に終わると、夫のことが気になりだした。夫の浮気相手は誰だろう？　もし、それがよく知った女性いわゆる友人だとしたら？　そう思いながら、ハリエットは仲間や、彼の仕事上の知人や、サイモン・アルフェトンの親戚で一度か二度、夕食に招いたことのある女性や、路地に面したアパートに住んでいるミルドレッドなにがしの顔を思い浮かべた。

しばらくしてから、ハリエットは立ちあがった。ベッドを裸にして、加熱乾燥用戸棚からきれいなシーツを取り出した。入浴と洗髪と着替えは、あたりに掃除機をかけ、少しばかり埃を払い、庭の花を摘んで花瓶に挿してからにしようと思った。氷があることをその目で確かめ、ジンの瓶とグラスを忘れずに冷蔵庫に入れておくつもりだった。ハリエットはいまだかつて、こうした準備をおざなりにしたことがなかった。相手の若い男たちにも、いい思いをする価値があるのだから、彼女が彼らに与えることのできる最高の時間を過ごす資格があるのだから、これでこそフェアというものだ。それにまた、ハリエットは、彼らがあたりをひそかに観察しながら玄関ステップをのぼって、なかに入ってくるときに浮かべる用心深い驚きの表情を見るのが好きだった。

彼らにとって、それは生涯最良の体験になるに違いなかった。結婚して、ハウンズロウの公団に住むようになって、しみじみと思い出すものに。

15

ジュリアには、おびただしい数の友人がいた。もちろん、女性の。彼女に言わせると、既婚女性にとっての男の友人は、配偶者の友人であってしかるべきだった。言いかえれば夫が同席しているときにのみ出会うべきものだった。だから、デイヴィッドとスーザン・スタナークは、「わたしたちの」友人なのだ。ジュリア自身の友人は、人生というハイウェイの途中で出会った同世代の女性であり、こうした出会いは人生の早い時期に集中していた。なかには、学校時分から続いている友人さえいた。

PRコンサルタントのローラは、ジュリアと誕生日が二日しか違わないから、正真正銘の同世代だ。ローズマリーとは最初から、教員養成学校に入ったその日から、うまが合った。高級ドレスショップで仕入係をしているノエルは、彼女の最初の夫の義妹にあたる。内務省勤務のジョスリンとは、ノエルの結婚式で出会い、出会った瞬間に——ジュリアの言葉を借りれば——意気投合した。近ごろ知りあったデラは、フランシーンの友人イザベルの叔母で、仕事はしていない。それほど高くない階級に属していたら、彼女は主婦と呼ばれていただろう。

こうした女性たちは全員、現在結婚しているか過去にしており、ノエルとスーザン以外はそれぞれ子供がいた。ジュリアは彼女たちと昼食をとったり、電話で長いこと話しあった。ときには、友人のひとりを自宅に招いて昼食をふるまうこともあった。彼女たちと夕方から外出することもあったが、そういうときはいつも、リチャードが帰宅してフランシーンのそばにいることになっていた。

女友達との会話は、子育ての難しさ、とりわけ自分の子供が思春期に入ったときのそれに関係していた。彼女たちは全員、ここ数年のあいだに四十代後半に達したか、あるいはいままさに達しつつあった。ジュリアは母親ではなく継母にすぎないが、友人たちは彼女の意見を重んじる傾向にあった。なんといっても、彼女は児童専門の心理療法士をしていたのだから。あるいはまた、彼女たちは、ジュリアが——当人がたびたび語るところによれば——実の子をもつのを諦めてフランシーンに一生を捧げてきたことに、一種の寛大さを感じざるを得なかったのかもしれない。

まわりの人間はみな、その継娘のことを非常に難しい子供だと思っていた。個人的にその証拠を目にしたものはいないが、自ら子供を育てた経験から、子供というものは家で両親といるときは不作法で手に負えない怪物であっても、他人の目にはこのうえなく魅力的に映るものだと承知していた。ジュリアは周囲に、フランシーンは大目に見てやるべきだ、自分はけっして彼女を責めてはいない、彼女は悪くない、何よりも彼女は傷ついた子供なのだ、と語っていた。ジュリアの使命は、いつか普通の暮らしができるように精魂こめてフランシーンを導くことだった——ただ、それだけだった。

「実際のところ」ジュリアはスーザンに言った。「わたしがいなかったら、あの娘は朝から晩まで自分の部屋にこもっているわ。好きにしていいと言ったら、週末はずっとそうしているはずよ。だから、わたしは、彼女が彼女自身のなかに消えるのをやめさせなければならないの」

ジョスリンにはこう言った。「自己責任なのよ、あの娘に欠けているのは。たとえば、そう、あの娘は玄関の鍵を持っているのに、もちろん持っているわ、めったに使わない。わたしが玄関ホールで待っていて、ドアを開けるのをあてにしているの。当人はそのほうが安心なんでしょうけど、これはわたしに頼りきっている証拠でもあるわ」

子供のいないノエルは、これとは違う説明を受けた。

「ひとりでやっていけるようにするには、一般に考えられているのとは違って、当人にその力量を超えるような重荷を負わせることではなく、日々、少しずつ自信を構築させることなの」

「どうやって？」と、ノエルは言った。

「ひとつのやり方としては、当人に一連の小さな義務を課して、その範囲を拡大させながら責任をまっとうさせ、ついには日常生活を管理する技術を確立させることだわ」

「まあ、あなたがそういうなら」ノエルは言った。「それはそうと、今週は知る人ぞ知るデザイナーの新作が入ることになっているの、よかったら木曜日にのぞきにこない？」

一年間、休みをとることはジュリアの望むところだったが、いざそういうことに決まると彼女のまえにはあらたな不安が広がった。学校にいるあいだは、フランシーンは毎日、ほぼ一日じゅう、管理されていた。家に帰ってからは宿題をすませるか、監視つきで友達のところに行っていた。けれども、休みに入れば、彼女はこうした束縛から解放され、意のままに暮らすことになるのだ。何もせずにぶらぶらしているはずだが、もし働きたいと言いだしたらどうなるのだろう？　仕事に就きたいと言いだしたら？　そんなことになったら目も当てられない。

「ホリーは仕事を見つけたわ」フランシーンが言った。「八月から始めるんですって。これまではMPを手伝っていたんだけれど、もちろん無給で、それがきっかけになったの。このMPには診療所があって、そこでホリーは幹部職員に会って、これからもそこで働くことになったの」

「でも、そこで何をしているの？」と、ジュリアは訊いた。

フランシーンは、それは知らないと白状した。「でも、わたしもそういうことがしたいわ」

「だめよ、あなたは。気持ちはわかるけど、だめよ。勤務時間を守ることも、そういう人たちに会うことも、あなたにとっては経験のないことでしょう？　あなたはそういうことにはまるで向いてないわ」

「わたしは何か仕事がしたいの。一日じゅう家にいるのは無理だから」

「あら、どうして？」ジュリアは言った。「わたしはいられるわよ」

なぜなら、わたしは十八だから、とフランシーンは思った。その意味するところは、わたしは若いけれど、公式に大人として認められているということだ。あなたは五十だから、わたしとはわけが違う。それを声に出して言わなかったのは、失礼にあたることは一切、避けていたからだ。

「わたしはてっきり」ジュリアは言った。「あなたはAレベルを取ることに専念しているものと思っていたわ、仕事のことなど考えずに」

フランシーンは読みさしの本に戻った。そして、チェーホフの「手紙」をしばらく読みすすんだが、じきに活字が目に入らなくなった。それでも、心のなかには、できるものなら実現したい将来の計画があった。言及するものはひとりもいなかったが、彼女の過去すなわち幼いときに起きたことは学校では周知の事実になっていたので、人生のつぎなる段階で出会う人々にはそこのことを知られまいと決意していたのだ。訊かれたら答えるだけにするつもりだった。計画のもうひとつの面は、父親からというよりはむしろジュリアから逃げ出すことだった。といっても、ひとたび学校と試験が終わり、家にいることになれば、ジュリアが何時間も彼女のそばにいるようになることはわかっていた。ジュリアは彼女を連れまわし、図書館や博物館や映画や劇場に同行し、彼女と食事をともにし、徹底的に彼女に話しかけるだろう。

ホリーは喜んで助言したものだった。「法的には、あなたは大人よ。投票権もあるし、実際、二年まえから結婚できる年齢になっているわ、あなたはしたくないでしょうけど」

「もちろん、結婚なんかしたくないわ」フランシーンは言った。

「あなたの意地悪な継母のやっていることは、誰でも知っていることよ。みんな、お見通しで、みんな、あなたに同情している。でも、これからはあなたも自己主張しないといけないわ。つまり、あなたはただ、自分はあれこれすると言いさえすればいいのよ。止めても無駄だと言って、それをやればいいの。なんなら、一晩じゅう外にいればいいわ。あなたは大人なんだから。自分の好きにしていいの」

「ただ、言いさえすればいいなんて」フランシーンは言った。「あなたはさも簡単なことのように言うのね、誰でも何でもできるみたいに」

「ええ、誰でも何でもできるわ」

「でも、ジュリアは意地悪な継母じゃないわ。悪意はないのよ、彼女が望んでいるのは、わたしにとって一番いいと思われることなの。彼女が望んでいることは、わたしが望んでいることじゃないけれど」

その違いは、いまはAレベルの取得が迫っていたので、それほど重要ではなかった。ジュリアがいようといまいと、フランシーンは家にこもって試験に備えなければならなかった。反面、ここ数カ月間は、みんなと何ひとつ変わらない生活を送ることになるはずだった。というのも、友人たちはみな、すでに夜の外出をやめ、フランシーンとおなじように部屋から離れられない人になっていたからだ。言いかえれば、フランシーンはついに、ほかの娘と同等になったのだ。

それがジュリアにどんな影響をもたらすか、フランシーンは計算していなかった。ひとつも予想していなかったのは——どうして予想できるだろう?——近ごろ継娘が見せるようなった「不意に放棄する」という穏やかな反抗にたいするジュリアの反応だ。彼女の顔に浮かんだのは、明らかな満足感と、自分の縄張りにフランシーンのそれを取りこんだというあらたな喜びだけだった。自分がAレベルのために猛勉強しているから、ジュリアは父親とおなじように満足しているに違いない、とフランシーンは思った。

事実、ジュリアは満足していたが、それはフランシーンが勉強していたからではなく、ジュリア自身がそれなりに鋭い洞察力を備えていたからだ。彼女は、フランシーンの知能指数が高いことはじつに素晴らしいことだと考えていたし、フランシーンが読書のための読書を愛してやまない生来の学者であることも見抜いていたのだ。いわば、フランシーンは勉強せずにはいられない人間なのだと。

「近ごろは、男子より女子のほうが一生懸命、試験勉強をしているそうだ」リチャードは言った。「じきに世界は女性のものになる」

ジュリアは、いつもの悲しげな笑みを浮かべた。その身体は、かつては彫像のようだったが、いまでは肉付きのいい堂々たるものになり、顔と腕と胸はいっそう白くなっていた。皮膚は年齢とともに薄くなるものだが、ジュリアのそれはますます厚く、透明になっていくように思われた。染めてはいるものの、頭髪はよりブロンドに、爪はより赤く、長くなっていた。しかし、これほど大きな身体と鮮やかな色に恵まれていても、ジュリアには悲しみが似合うので、リチャードはいつかどこかで見たことのある彫像を、死んだ子供のために涙を流しているニオベの像を思い出すのだった。

「でも、フランシーンのものにはならないわ」と、ジュリアは言った。

「もちろん、なるとも」ふと空想に耽って、リチャードは頬を紅潮させた。「わたしには見えるんだ、あの娘がいつか――女子大の学長とか政府の高官とか――いずれにしても卓越したことをしている姿が」

少しのあいだ黙っていたが、ややあってからジュリアは言った。「わたしはあの娘がかわいくてたまらないの、自分の子供のように愛しているわ」

「わかっているよ」と、彼は言った。

「それこそ、意見が大きく分かれるところだわ。たとえは古いけれど、あなたは相変わらず前フロイト世界というか前心理学世界といってもいいようなところに住んでいるわ。

わたしが開業していたころ、あなたはフランシーンをわたしのところに連れてきたけれど——だからこそ、わたしたちは出会ったわけだけれど——あなたはそのことを記憶喪失にかかった人間を医者に診せるようなものだと考えていたはずよ。医者はただ患部をランセットで切開しさえすればいいし、治療はすぐに効果をあげると。でも、人の心は傷ついた指とは違う。感情はそう簡単には癒えないわ」

「きみの意見には同意しかねるよ、フランシーンに少しでもトラウマの徴候が見られるなら、同意しただろうが。わたしに見えるのは、少々おとなしくて本好きな面だけだ」

　ジュリアは微笑んで、彼の手をそっと叩いた。「いつか、彼女はノーマルになるわ。そうなるように面倒を見るから、わたしに任せて。あの子は仕事をしたがっているのよ、一年、休暇をとっているあいだに。あなたは聞いていた？」

「仕事がしたいだって？」

「あの退屈なホリーが自分で何か見つけてきたから、フランシーンも何かしたくなったのよ。実際、あの年頃の子はとても感化されやすいから。なんなら、わたしが知りあいをあたって、何かよさそうな仕事を見つけてきましょうか？」

「見つかりそうかい？」

「家から近くて」ジュリアは考えこんでいる様子で言った。「厳しくない仕事。かわいそうに、あの娘たちにはもう、遊び相手もいないのよ。はっきりいって、フランシーンはベビーシッターに向いていないし」

「向いていない？」

「あの子には『耐えられない』ということよ。でも、なんとかするわ。老人用の介護施設《ナーシング・ホーム》もだめね、恐ろしい光景をいやというほど目にすることになるから。でも、この件はわたしに任せて」

　リチャードは言われたとおりにした。彼は新しい仕事についており、この仕事には出張が不可欠だった。今回、予定されているチューリッヒでの四日間や、一カ月後にフランクフルトで開かれる会議には、何事も優先させるわけにはいかなかった。そもそも、どこに仕事の予定を狂わせるような事態があるというのだ？　ジュリアは、いつものように、フランシーンに愛情を注ぎ、こまごまと気を配っているし、フランシーンは――彼は入念に言葉を選んだ――おとなしく従っている。「言われるままになっている」という言葉も適当ではないだろう。彼女はもっぱら、気だてのいい優しい娘なのだから。できるだけいい成績でAレベルをパスしようと精いっぱい、集中しているのだから。

スイスへの出張旅行は平穏無事に終わった。帰りのヒースロー行きの飛行機のなかで、リチャードはふと、帰宅したとたんに大混乱を目の当たりにするという恐怖に襲われた。憤慨して涙を流している四人のフランシーン、頑として譲らない女看守のジュリア、猛然と相手を非難しあっている二人。こういうことは、彼の知るかぎり、今回が初めてだった。それは自分でもよくわかっていた。自分が想像の糸を紡いでいることはわかっていた。ときには、こうした想像がひどく疎ましく思えることもあったが、そう思いながらも、彼は座席の背に頭を預けて目をつぶり、ますます現実から離れていく空想に耽ることにした。

ジェニファーは生きている。あの男は家に入ってこなかったし、彼女を殺してもいない。なぜなら、わたしは電話帳に、いま現在そうなっているように、R・ヒルと記載されているだけだから。傲慢の罪に陥りやすい見栄っ張りではなく、控えめで素朴な人間だから。そういう人間なら、ただ単に博士号を持っているからといって、自分のことをドクターと呼ぶ気にはならないだろう。だから、ジェニファーはいまも生きていて、わたしたち一家はまだ、あの家で暮らしているのだ、サリー州の郊外にあるあの美しいコテージで。もちろん、ジェニファーも歳をとったが、彼女はむしろ年齢を重ねてますます美しくなっていく。ことによると、そこにはもうひとり子供がいるかもしれない。いてもいいではないか？　このことについては、二人でときおり話していたのだから。正しくは、彼女がわたしに冷たくなった最後の年までは。といっても、わたしはいま一度、彼女を振りむかせていたはずだから、もうひとり子供が生まれていたかもしれない。おもちゃで遊んでいる子供と、Aレベルにむけて猛勉強しているフランシーンがいてもおかしくない。生まれ育った家で、本当の母親と暮らす、恐ろしい記憶とは無縁のフランシーンがいても。

空想のなかでリチャードはコテージに入っていき、ジェニファーを抱きしめて口づけをした。言いようのない恥ずかしさをおぼえたが、一度か二度、こうした空想のなかでジェニファーと寝て、実際に興奮し、奇妙なことに、満足したことがあった。といっても、この日はキスをしただけだった。それから、フランシーンにキスをし、三人で立ち話をしていると、夢のなかの小さな娘が駆けつけ「パパ、パパ」と抱きついてくる……。

シートベルト着用のランプが点り、座席を元の位置に戻すよう指示された。その十分後に飛行機は着陸した。M4を走る車のなかで、リチャードはふたたび先ほどの恐怖に襲われたが、家のなかに入ってみると何もかも――ふたつめの家庭も、さほどロマンチックではない結婚生活も――うまくいっていた。

ジュリアは、ニュースであふれていた。オーストラリア在住の友人フェリシアが休暇を利用してやってくる、ローズマリーとその夫はクジで相当な額をあてた、ノエルは中古のデザイナーブランドを扱う店を開きつつある――ジュリアには女友達がたくさんいて、リチャードにはひとりひとり覚えていられなかった。フランシーンのことを尋ねると、ジュリアが答えるまえに、本人がテキストを手に戸口に現われて笑顔を浮かべた。

「ランプの匂いがする」と、リチャードは言った。

フランシーンはとっさに考えた。「夜更けまで苦心していたから？　そう、ものすごく頑張っていたから、まともに見えないわ」彼に近づいて、キスをした。「いい旅行ができた？」

「期待したものになったよ」

「わたしには、一年間の休みが必要になりそうよ」とフランシーンが言うと、リチャードは彼女が自分とジュリアを喜ばせるためにそう言っているような気がして、必ずしも歓迎できない気分になった。「もう、へとへとよ。六月が過ぎたら、二度とテキストなんか見たくなくなると思うわ」

「みんなで休暇をとるべきだわ、リチャード」ジュリアが言った。「どうかしら？　たとえばそう、八月に？　あなたは一月《ひとつき》、休みがとれるんでしょう？　みんなで一月《ひとつき》、休暇をとりましょうよ」

「そうだね、考えてみよう」

「で、どこか静かな人目につかないところに行きましょう、何もかも忘れて。それこそ、フランシーンが望んでいることだわ」

ホリーはフランシーンに、ボディピアス——臍に通したリングと、腰につけた耳飾り——を披露した。ミランダが入れ墨をしていることと、イザベルがダイヤの鼻ピアスをしていることは知っていたが、ホリーのボディピアスにはショックをおぼえた。それでも、フランシーンは驚きを顔に出さなかった。

「乳首にも開けたかったのに、あの男は開けようとしなかったわ。どうして断られたと思う？　彼に言わせると、原因はわたしのアクセントにあるんですって。お上品な声じゃなくて、上流階級のアクセントがいけないんですって。もう頭にきちゃう。こうなったのはダサい学校に通ったせいよ、あそこはイートン校とおなじくらいイケてないわ。これからは話し方を変えようと思っているの。エスチュアリー・イングリッシュ（英国の若者が話すくだけた英語）のテープを買って、普通の話し方を勉強するつもりよ」

「そのピアスを開けたのは男の人なの？」と、フランシーンは訊いた。

「それはそうでしょう？　見て楽しむのも男だもの。というか、彼はこれを見て、すごく満足そうだったわ、ほんとよ」

ホリーの新しいボーイフレンドはクリストファーといい、彼女は統一試験を控えているのに毎晩、彼と出歩いていた。反面、クリストファーがイーストコート大学で最終試験と必死に取り組んでいなかったら、そのことで悶々としていなかったら、彼女はまず、Aレベルのようなつまらないことに精を出さなかっただろう。

「彼に会ってみたいわ」と、フランシーンは言った。

「あなたはときどき、意地悪な継母のようになるわ。ほんとよ。何もかも超越した百歳のお婆さんみたい」

「わたしがクリストファーに会いたいと言ったから？」

「じゃなくて、その口調と言葉遣いのせいよ。ああ、そんな顔しないで。悪かったわ。じゃこうしましょう、イーストコートで卒業作品が展示されるときに、わたしといっしょに行って、そこでクリスと双子の弟に会う――彼の弟は美術を専攻していて、展示会に作品を出すことになっているの。あの弟はクリスにそっくりだし、あなたに夢中になるはずよ――素敵だと思わない、あなたとわたしが双子の兄弟とデートすることになったら？」

フランシーンはかぶりを振った。「考えてもみて、ジュリアがなんというか」

「そうね、彼女のことを知らなかったら、何も考えつかないけど」ホリーは言った。「ここはひとつ、バルザックになるしかないわね――彼女のことを思い描くバルザックに」

「バルザックで思い出したわ、勉強しなきゃ。明日の朝、フランス語があるの」

フランシーンは、試験で心に傷を負ったことがなかった。試験に出るのは予想された問題だから、ひとつも恐れることはなかった。けれども、最後の試験に臨み、すべてが終わったときに、ジュリアが学校の外で彼女を待っていたのには驚いた。ジュリアの話では、彼女はこの日、呼び出しを受けて校長と会っていたとのことだった。校長との面談は、彼女に言わせると、フランシーンを喜ばせるものだった。

「大事なのは、早いところ学校から連れ出して、Aレベルにパスさせて、休暇をとらせることです。しかも、彼女はすこぶる成績がよかった。だから、あと二週間、正式な学期末まで――校長先生がおっしゃったのよ――ここでぶらぶらさせていても何の意味もありません」

だから、フランシーンには、卒業祝いのパーティはおろか、友達と校内をぶらつくことも許されなかったのだ。好きなときにプールに行ったり、テニスをしたり、同窓会のプランを立てる自由もなかった。「休暇はどこに行くの？」と、フランシーンは訊いた。

「そんなに慌てないで。行き先は、アウター・ヘブリディーズ諸島の小さな島よ。そこにあるのは、海鳥の舞う砂浜とヒースの丘だけなの」

フランシーンは、「わたしは行かない」と言おうと思った。ジュリアには、わたしを囚人のように家に閉じこめておくことができないように、力ずくで家から引きずりだすこともできないのだから。だが、家に戻ってみると、ジュリアはすでに荷造りをすませていた。玄関ホールには、家族全員のスーツケースが並んでいたのだ。ジュリアは早くも、留守宅の見張りをノエルに頼み、ミルクと新聞の配達を止めていた。それどころか、無駄にする時間は一分たりともなかった。一家はこの日の夕刻に、ヒースローで父親と合流して、グラスゴーに飛ぶことになっていたのだ。

出かけるまえに、フランシーンはホリーのところに電話をかけたが、誰も出なかった。つぎにミランダのところにかけると、こちらは留守番電話になっていた。

16

封書はまず送られてこなかった。送られてくるのは、公共料金の請求書かダイレクトメールがほとんどだった。テディが玄関マットから拾いあげたのは、左上の隅にイーストコート大学の名前とワシの紋章が赤く印刷された淡黄褐色の封筒だった。学位認定の通知ではなさそうだ。それにしては早すぎるし、いずれにしても、こういう形で知らせてくることはないだろう。彼はいぶかりながら封を開け、少しのあいだ、わけがわからないまま書面を眺めていた。つぎに、その内容を理解し、さらに実感した。

思ってもみなかったことだった。もちろん、大学が毎年、装飾芸術《オーナメンタル・アート》で学士号を取るために提出された作品のうち最優秀作品に賞を授けていることは知っていた。知ってはいたが、自分には関係がないと思っていた。しかし、彼はいま、自分が提出した鏡がホノリア・カーター・ブラック賞を獲得したことを知ったのだ。この賞には、百ポンドの賞金がついていた。

賞金は取るに足りない――とは言うものの、いくらかでも貰えればありがたい――が、賞は名誉のあるもの、おおいに自慢できるものだった。生まれてこのかた、テディは一度も賞をとったことがなかった。それどころか、褒められたことも励まされたこともなかった。彼が通っていた学校は「平等を確立することに」に血眼になっていたので、教師はクラスじゅうの生徒におなじことがいえる場合には、誰かひとりの生徒に「よく頑張ったね」と言うわけにはいかなかったのだ。そこでは「競合せず」がスローガンに掲げられていたから。家庭ではどうかというと、テディの祖母は「褒めると子供は増長する」と考えていたし、両親はそういうことさえ考えていなかった。

テディには奇妙なことが起こりつつあった。それは、初めて体験することでもあった。彼はいま、いきなり幸運に恵まれた人間がおしなべて感じることを、言いかえれば誰かにそれを伝えたいという欲求を感じていた。誰かに何かを話したいと思ったことなど一度もなかったが、いまは自分に語りかけるだけでは不足だった。こうした内面的なやりとりでは――彼に言わせればこれが会話なのだが――飽きたりない気がしたのだ。

話したくても、ミスタ・チャンスはとっくの昔に死んでいた。つぎに、祖母のところに行くことを考えてみたが、テディははたと顔をしかめた。会って何を話せばいいんだ、お互いに？　ダモンには、運転免許試験に遅れて以来、電話一本かけていなかった。少しまえにはメグジーがフェンスの向こうから顔をのぞかせて、ナイジェのバースデー・バーベキューに誘ってくれたが、テディは「忙しいから」と断っていた。それからというもの、彼はこの暑い土曜の昼下がりに部屋のなかに座って、いまはサマーハウスとして使われているミスタ・チャンスの作業場と、煙とバーガーやソーセージの焦げた匂いが立ちこめる庭に目を凝らしながら、彼らは隣家の車についてなんと言っているのだろうと思っていた。連中はおそらく、あの車に注目して、あれこれ推測しているはずだ。反面、誘いを断ったことは少しも後悔していなかった。いずれにしても、みんなと行動をともにできないのだから。現に、いまもこうして、自分の命を守るために、メグジーとナイジェに受賞のニュースを伝えることができないように。

テディは自分だけが受賞し、自分だけがそのことを知っているという思いに満足していたはずだが、ほどなく、ほかにも知っている人間がいることがわかった。いくらかでも関係のある人間は誰でも知っていた。というのも、イーストコート大学の卒業作品展が開かれているキングス・ロードのシュニール・ギャラリーに行ってみると、ありとあらゆる種類の人間から「おめでとう」と声をかけられたからだ。会場には、たまたまやってきた学部長とオーナメンタル・アートの主任をはじめとして、それまではほとんどテディに目をとめることのなかった卒業予定者がおおぜい詰めかけていた。ここで初めて握手を求められて、テディは、まったく気持ちのいいものではないが、目新しい経験をしたと思った。どう振る舞えばいいのかわからなかったが、謝辞をつぶやきながら、あちこち動きまわった——遠くにちらりと見える自分の鏡に近づきたい一心で。

ここで何をしているのかわからない見ず知らずの女がテディに、受賞作は壁際のコーナーに個別に展示されることになっていると言った。ホノリア・カーター・ブラック賞の受賞者は毎回、最高にいい場所をもらっているわ。しかも、自分の作品にきちんとライトがあたっているかどうか考えるの——あなたはどうかしら？

そんなことは考えなかったし、どうとも思わなかった。

「これでいいと思います」と、テディは言った。

「それじゃ、プライベート・ヴューの前日に、もう一度、見にきてもらえない？」彼女は笑みを浮かべた。今年の受賞者は、すごくハンサムで、うぶで、しかも才能に恵まれている。「そのときなら、作品の向きを変えられるから」

「いえ、このままで結構です」と言って、テディはその場を離れ、賞金がいつ、どこでもらえるのか教えてくれそうな人間を探しにいった。

タンクにガソリンが入っているかどうか調べた。さいわい、タンクはほとんど満杯だった。ガソリンを買うゆとりはないが、タンクに入っているぶんを使い果たして、この車をどこかに乗り捨ててくるわけにもいかなかった。彼はさらに、ダモンが「エゼルは燃費が悪い」と言っていたのを思い出した。だから、遠出をする気はなかった。ただ、近所をひとまわりするつもりだった。

エゼルの操縦は、ダモンのフォルクスワーゲン・ゴルフとは大違いだった。まず、エンジンが停止した。かと思うと、激しく振動して、とてつもなく威勢のいい大きな生き物のように飛び出した――まるでチータのように。それでも、テディは冷静だった。冷静でいるようにと自分に言い聞かせた。問題はコツをつかむことで、彼はまたたく間にそのコツをつかんだ。エゼルをバックさせ、ついには制御する術を身につけ、大きく開いたダブルゲートを抜けて静かな通りに出た。日曜の早朝のことだった。

冒険せずに、テディは近所をひとまわりした。エゼルを二度、エンストさせたが、二度ともすぐに復活させた。開

受賞に刺激されて、テディは新聞に広告を載せるための電話をかけた。しかし、その費用を支払うには、ある程度、お金を残しておかなければならなかった。自分に時計を買った以外は、できるだけ倹約してきたが、「マックス・アンド・メックス」から受け取った五十ポンドはすでになく、キースの死体から奪った金も残りわずかになっていた。小さな広告の原稿を書いているとき、テディはなんとかしてそのなかに「ホノリア・カーター・ブラック賞受賞」を入れたいと思った。しかし、入れても、読者には何のことかわからないだろう。入れれば、それだけ費用がかさむ。しまいにはあっさりと、「家具・建具職人、装飾芸術学部卒。ご希望にあった家具の製作と据えつけを承ります。適正価格にて」とし、自宅の電話番号を入れた。つぎに、家具・建具職人のまえに「若手」を入れ、学部卒を「学部新卒」にすれば、いっそうアピールすると思った。そして、この短い広告文を三週間、載せてもらうことにした。

行くあてはおろか、これといった理由もないまま、テディは気合いを入れて車庫からエゼルを出した。真っ先に、

いたゲートを抜けて、がらんとした庭とガレージに戻ってくると、今回は自信をもって、そこからふたたびエゼルを出した。さらに、今回は途中で駐車して、日曜版を買い、苦もなくエンジンをかけた。カートン入りの牛乳を運んでいた男は振りむいて、テディが通りすぎるのを見ていた。犬を連れた女は、かすかに光る淡黄色の巨大な魚雷を思わせるものに目をみはった。ルルルルっとうなりをあげる、何対ものヒレに銀色の目と鱈《たら》のような口をした生き物に。この五カ月のあいだ、誰もエゼルにスポンジやハタキをあてていないので、そこにはもはや艶も輝きもなかった。そこで、テディは無事、二度めの帰宅を果たすと、すぐさま掃除に取りかかった。

車を汚れたまま放置しておくと最後には人目を引く、とテディは考えた。それに、当面は、合法的にエゼルを手元に置きたいと思った、至近距離から接触できるように。彼は台所から、スポンジと、水の入ったバケツふたつと、ボロ布をとってきた。ホースを使わずにエゼルを洗うには、ずいぶんと時間がかかった。とりわけ、テディは途中で仕事を投げ出す質《たち》ではないので、なおさらだった。

テディには、臭いは一切、感じられなかった。彼に感じられないということは、誰にも感じられないということだ。ビニールはその長所を生かし、車はその目的にかなっていた——それが棺桶にすぎないとしても。テディは一歩、大きく前進したような気がした。エゼルを車庫から出して、そこに戻した。しっかり運転できる。つぎに必要なのは、適当な場所を探すこと、ひとりで運転していけて車ごとキースの死体を捨てられる場所を見つけることだ。池か、貯水池を——海はどうだろう？　これが甚だしい空想であることは、テディ自身、わかっていた。しかし、車ごと池に飛びこむわけにはいかない、水没した車から生きたまま脱出するのはまず無理だ。それに、どこにそんな便利な場所があるだろう、誰にも怪しまれずに利用できる場所が？ブレント貯水池？　だめだ。とても考えられない。たぶん、死体を捨ててから、折りを見て、車を売ることになるだろう。キースがこの車を買ったロンドン南部の業者に買い戻してもらうことに。

には、精神病質者はしばしば、家族のひとりを殺害することで、その経歴をスタートさせるとあった。ということは、自分も精神病質者になるのだろうか？　このあと、テディは再度、キースの死体について考えはじめた。その捨て方について。

それには、あの死体をもう一度、運び出すしかない？　仮に誰かを殺して、死体をそこに入れることができるとしたら、運び出すこともできるはずだ。テディは自分自身にそう言い聞かせて、エゼルの淡いレモン色の車体を雑巾でごしごしこすった。入れたんだから、出せないわけがない。そうこうしているうちに、隣人のナイジェが母親とおぼしき女性を連れて庭に出てきた。そして、テディに満足そうな笑みを送った。そんな二人を見て、テディは軽蔑をこめてこう思った。人間はいずれにしても、他人が手仕事に励んでいるのを見るのが好きなんだ、わけても不快な仕事をしているのを見るのが。

「そちらが済んだら、うちにきて、わたしの車もきれいにしてもらえないかしら？」連れの女性が大きな声で言った。

「コーヒーを飲みにこないか？」と、ナイジェが言った。テディは「ありがとう」と言ったが、忙しくてそれどころではなかった。エゼルの掃除を終えてドアに鍵をかけると、そのまま家のなかに入って、途中で買った新聞を読みはじめた。殺人を犯すタイプの人間について書かれた記事には、精神病質者はしばしば、家族のひとりを殺害することで、その経歴をスタートさせるとあった。

鏡の位置とライトのあたり具合には満足していると言ったのに、彼はふたたび、ギャラリーにやってきた。それも、プライベート・ヴューの当日に。無関心な人間には他人の感情を察する能力に限界があり、テディのそれもきわめて低かったが、ふと気がついてみると、鏡を熟視する来訪者の表情をぜひ見たいと思っていた。彼らが浮かべる賞賛と、おそらくは切望の表情を。

テディは、大学総長の講演を聞くにはちょうどいい時間にやってきた。副総長は学者だが、総長は連続ものの探偵ドラマに出演して名声を得たテレビ俳優だった。彼の話し方は、雰囲気はいうまでもなく、非常に芝居がかっていたが、完璧なタイミングで発せられるロイヤル・シェークスピア・カンパニー調の英語はどこまでも美しく、話の主旨を忘れさせるほどだった。このあと、テディはおびただしい数の人間を見て驚いた。それでも、彼らの反応が見えるように、鏡の真横ではなく、その近くに立った。

そして、彼女を目にしたのだ。彼女もまた、テディが嫌っている生き物、つまり人間のひとりだった。だから、少しのあいだ、彼には彼女が人間であることが信じられなかった。どこにでもいる醜い人間――彼女の横にいる男や、その男の双子のきょうだいにあたるケリーのボーイフレンドや、その友達が連れている娘――とは違う。彼女は天使か蠟人形に違いない。さもなければ、彫像か幻覚だ。ほの白い卵形の顔、黒く輝く瞳、ふくよかな赤い唇――あの美しいオブジェは、いまあらたに展示された工芸品だ。しかも、どの作品よりもすぐれている。最優秀賞を取ってしかるべき傑作だが、オブジェであることには違いない。

テディは目をつぶって、心のなかで身体をぶるっと震わせた。ぼくはおかしくなったんだろうか？　彼女は人間だ。ふたたび目を開けると、彼女も彼を見ていた。そして、目と目があった。彼には、こういう目を見た経験がなかった。こんなにも大きくて深く澄んだ素敵《スイート》な目は見たことがない。そう思いながら、自ら「スイート」という言葉をもちいたことで、彼はいま一度、自分の正気を疑った。というのも、ここにいる連中と違って、彼はそれまで、味のひとつを説明するとき以外、この「素敵な」という意味の学生語を使ったことがなかったからだ。彼女はほの白い額に手をやって、眉にかかる黒髪をそっと払いのけた。それから、彼にむかって微笑んだ。彼は微笑み返そうとしたが、うまくいきかけたところで集団が移動したため、彼女の顔はさまざまな顔――ブタ顔、サル顔、醜い顔、未完成な顔、双子、ちりちりパーマの娘――にさえぎられ、ついには見えなくなってしまった。

テディは、人混みを肩で押しわけて進んでいった。みんなはそれぞれ、飲み物――ワイン、ミネラルウォーター、フルーツジュース――を手にしていたので、不意に押しのけられた娘はオレンジジュースをドレスに撒いてしまった。もちろん、彼女は怒りの声をあげたが、彼は見向きもしなかった。展示会をアレンジした女性を探して、「誰ですか、あの人は?」と訊いた。

「えっ、なんですって?」

「あの白いドレスを着た、長い黒髪の人は?」

「残念だけど、わたしの知りあいじゃないわ。お客さんのひとりよ」

　ケリーなら教えてくれるはずだ。ケリーを探していると、双子の片割れと、その友人は見つかったが、ケリーの姿はなかった。テディはそれまで、こうした連中とは一切、つきあいがなかった。ずっとまえに、彼らの挨拶や友情の申し出を無視したこともあったので、いまでは彼らに疎まれていた。それでも、テディは、彼らに訊かずにはいられなかった。たぶん、あの連中はいまでも口をきいてくれるだろう、こっちから話しかければ。「誰だい、きみの兄さんといっしょにいた娘は?」

　双子の片割れはためらった。彼は肩をすくめ、温かいとは言えない口調で言った。「兄の恋人かい? ホリーのこと?」

「長い黒髪の人だよ」

「よく知らないけど、ホリーの友達だと思うよ。でも、どうして?」

　この瞬間に、テディはすっかり途方に暮れてしまった。こういうときには、どう振る舞えばいいのか、彼には見当がつかなかった。それをいうなら、自分が望んでいることさえ、わかっていなかった。熟視することだ、と彼は思った。そばに行って、眺めて、そして愛《め》でることだ。つぎに、彼の頭に浮かんだのは、祖母がフランス窓のところでダモンに出会ったときのことだった。そのとき、アグネスが言ったことを思い出し、それをまねて言った。「彼女に、ぼくを紹介してくれないか」

　双子の片割れは、おかしな出来事をさんざん見てきた人間が「世の中にはまだ、こんなこともあったのか」と言うように、首を振った。「ほんとに、きみはたいしたやつだよ、グレックス。どうして、とっとと失せろと言わないのか、自分でもわからない。来いよ、こっちだ」

　お目当ての三人は、テディの鏡のまえに立っていた。とたんに、テディは内臓が勝手に動きだし、そのうちのいくつかは宙返りをしたような気がした。こんなことは後にも先にも感じたことがなかった。彼はどうやら、息をのむか鼻を鳴らしたようだった。というのも、彼女が振りむいたとたんに、彼はふたたび、その目と、わずかに開いた赤い唇と、百合のように白い肌がもたらす効果をたっぷりと経験したからだ。しかも、今回は、彼女のすべてが目に入った。華奢な身体、長い脚、両手をまわすとつかめそうなウエスト。手首と足首は、子供のように細かった。

双子の片割れが言っていた。「ホリー、ジェイムズ、こいつがその鏡をつくった男、つまり受賞者だ。グレックスっていうんだけど、ファースト・ネームは思い出せない」

彼女が――ただひとり、ものの数に入る彼女が――言った。「それなら名札に載っているわ、クリストファー」彼のほうを見た。「そうよね、テディ?」

「ああ」

「あなたの鏡は、素晴らしくゴージャスだわ」

そう言ったのは、彼女ではなく、ホリーという胸の大きな娘だった。ホリーはちりちりにパーマをかけ、目のまわりを緑色に塗りたくっていたが、その声は信じられないほど大きく、発音《アクセント》は、彼女のそれについで、上流階級のものだった。テディはただ、うなずいただけだった。本当は彼女にそう言ってほしかったのだが、彼女は笑みを浮かべたにすぎなかった。

ホリーが言った。「もう、何万ポンドも賞金をもらったんでしょう?」ありがたいことに、彼女はその返事を待たなかった。「ところで、あなたはこの鏡をどうするつもり? 誰かに売るとか、ママにあげるとか?」

いままでは、誰もがテディに注目していた。好奇心と、冷やかしと、悪意に満ちた彼らの顔は、彼の人間嫌いをいっそう強めた。そうしなかったのは、内気で控えめな彼女だけだった――早くも目をそらして、恥ずかしそうにうつむいている彼女だけだった。小さな白い花のようなその手には、ソーダ水の入ったグラスが握られていた。みんなの名前はわかっていたが、彼が唯一知らないのは、唯一知りたいと思っているのは、彼女の名前だった。うつむいた彼女の頭頂には、なめらかな黒髪を二分する一筋の分け目が白い隘路のように続いていた。それを見て、彼が思い浮かべたのは、そのうえに淡い色の花輪を載せることだった。

彼は深く息を吸った。「ぼくの女にあげようと思っている」

乱暴にそう言って、彼は冷やかし半分の反応を牽制した。そういう反応はひとつもなかったが、漠然とした緊張が走った。

ホリーは、厚みのある口をすぼめた。「ぼくの女って、どういう意味？　すごく変わった言い方だわ。ガールフレンドのこと？」

「ぼくの女だ」彼はきっぱりと言った。それから、「彼女がぼくのものになったら」と言いそえた。さらに低い声で「ぼくは彼女の顔をまともに見る」と言ったが、頬と首がかっと熱くなるという馴染みのない感覚をおぼえて、彼は顔をそむけた。みんなのなかで唯一、彼女の名前だけ聞かされていないことを思い出したのは、彼らから何ヤードも離れて、人混みに紛れてからだった。


あんなふうに立ち去るなんて。彼女は消えてしまった。もう、彼女に会えない。ぼくのところおいで――心のなかで彼女に言った――みんなから離れて、ぼくのところにおいで。こんなときは、どうすればうまくいくんだろう？　テディには経験も、戦略も、知識もなかった。彼は引き返し、彼女の姿を求めて、人混みを押しわけて進んでいった。人々の背中や、脚や、腕や、頭や、尻や、巨体に行く手を阻まれながら、鏡のしたに置かれたテーブルと、ケリーの絵と、ジェイムズの鋳鉄のまえを通りすぎた。すると、目のまえに突然、彼女が現われた。

この人混みのなかで「孤立」できるとしたら、いまがその瞬間だった。ケリーと、双子の兄弟は、どこかべつのところにいた。そこには、互いに顔を見つめる彼と彼女しかいなかった。そこはまさに、人類という海に浮かぶ二人きりの島だった。「純白のハトがカラスの群れとともに現われるように、かの女性は男たちのむこうから現われる」これこそ、この言葉は知らなかったとしても、テディの感じたことだった。この言葉を質問に入れていいかどうか、それもわからなかったので、彼は単刀直入に訊ねた。「きみの名前は?」

彼女は片手をあげたが、唇にはもっていかなかった。

「フランシーン。フランシーン・ヒル」

つぎは何を訊く? 電話番号に決まってるだろう。ふたつめの質問に彼女が答えると、彼はその番号を何度も繰り返して、心に焼きつけた。

「お友達が待っているから」と、彼女は優しく言った。謝っているようにも聞こえた。

もう、行ってもいいよ、ぼくはかまわない。いずれにしても、テディの手には負えなかった。もはや限界だった。彼女の目にすっかり心を食べつくされて、めまいを感じていたのだ。「それじゃ」と、彼は言った。

「あれは本心なの? あの鏡を誰かにあげるというのは?」

「そうだよ」

「そう。それじゃ、また」


家に帰ったときには、聞き出した電話番号の半分は頭から抜け落ちていた。そうなったのは、書くものも書きとめるものもなかったうえに、頭がくらくらしていたからだ。9932だったか3329だったか、最後のほうは判然としなかったが、交換局の番号は覚えていた。電話帳には、ヒル・R、9233と記されていた。いざ番号を突きとめると、今度はどうしていいのかわからなくなった。テディは、自分のベッド――四つのときに両親からあてがわれて以来、いまだに使っているキャンプベッド――に横たわって、彼女のことを考えた。

あんなに美しいものは見たことがない。肉体として具現された完璧なオブジェだ。それでいて、人間が形づくったり描いたりしたどんな人工物よりも優れている。テディは、彼女が自分といっしょにいるところを思い浮かべたが、うまくいかなかった。ここは、彼女のいるところじゃない。ここに呼んできたら、両親のガラクタに埋もれたダイヤの指輪のようになってしまう。「フランシーン」彼は声に出して言った。「フランシーン」初めて聞いた名前だが、その響きは持ち主とおなじように美しかった。フランシーン。

お金と立派な家があったら、彼女のために台座をつくって白い布で覆い、白と黄金に塗った椅子に彼女を座らせたかった。彼女の指にダイヤの指輪を塡め、髪とドレスに花屋で買った小さな白いランの花を飾るつもりだった。彼女のドレスは、マーク・サイルのハリエットがオルカディア・プレイスで着ていたような、細いヒダのあるチュニック風のロングドレスだが、色は赤ではなく、彼女の肌とランの花とおなじ色、つまり混じりけのない白だ。そして、彼女はあの鏡に自分の顔を映して、そこに映ったものを愛でるのだ、ぼくとおなじように、ぼくがそうしたように。

フランシーン。

不意に雲が切れ、夕日がエゼルのヒレに反射して目映い光を放ったので、テディは目を開けているのがつらくなった。その光は、炎となってトランクの蓋を駆けあがり、後ろの風防ガラスを焼きつくすかに思えた。だから、彼は現実から目をそむけて、枕に頭を埋めた。フランシーン。

17

「じつはね、あなたの仕事が見つかったの！」

ジュリアはいつもの晴れやかで、どこか陰謀めいた笑みを浮かべて言った。両手の指を組みあわせ、背中をまるめたその姿には、素行の悪い子供におもねった両親に通じるものがあった。どうしても悪い子でいたいなら、その悪さを有意義な方向に向けさせて、とでも言っているようだった。フランシーンは微笑み返したが、おざなりなものだった。

「ノエルのところで。あなたはあの店で、ノエルが新品同様の豪華なブランド衣料を売るのを手伝うのよ。週に三日、それ以上は来てもらう必要はないけれど、ありがたいことに、ノエルはあなたにお給金を払うと言っているわ。ホリーはお金をもらってないそうだから、あなたは彼女のワンランクうえをいけるわ。どうかしら?」

フランシーンは幼いときから、大人の「どうかしら?」は「どうして、ありがとうと言わないの?」という意味だとわかっていた。けれども、いまはむしろ抵抗を感じた。どこに、ホリーのうえをいく必要があるのだろう? フランシーンはうなずいて言った。「わかったわ、ジュリア、やってみる。その仕事なら、わたしにもできそうだから」これで家から逃げ出せる、と思った。

「もちろん、できるわ。そう思うことが大切よ。あなたが手伝うようになったら、ノエルはどんな高価な商品でも格安で分けてくれるはずよ」

フランシーンは四十五歳向きにデザインされたジーン・ミュールやキャロライン・チャールズの中古などほしくなかったが、口には出さなかった。反面、自分がノエルの店で忙しく立ち働いているところを想像すると、思わず笑みがこぼれた。ジュリアはそれを喜びの表われと受けとめた、あるいは興奮の表われとさえ。

「取柄は」彼女はリチャードに言った。「自宅からとても近いことよ。ノエルの店は表通りの端にあるということ。二階の窓からのぞけば、あの子がお店に入っていくのが見えるわ」

リチャードはうなずいた。少なくとも、フランシーンは仕事を始める。これで、空白の一年を埋めることができる。彼の場合、二、三日に一度、まとめて向きあうだけなら、ジュリアにたいして寛容な態度をとることができた。慈しみさえよみがえった。さらには、フランシーンにプレゼントを持って帰り、彼女の近況を訊ね、彼女が行ったことのない場所について話していると、この娘の友達には寛大でなければ、と自分を諭すこともできた。以前のように定期的に顔を合わせていないと、こうしてフランシーンと離れていると、自分の娘はいままさに、この年頃の子供たちが学ばなければならないことを学んでいるのだと確信することができた。言いかえれば、家庭や家族から離れて外の世界に馴染む術を。

反面、ジュリアが監督者と案内人を続けていることには何の懸念も抱いていなかった。少なくとも、とりたてて検討したいと思うことはなかった。フランシーンが無事でいられるのはジュリアのおかげだ、とフランシーンはロンドン一安全な娘だ、とリチャードは何度となく自分に言い聞かせた。気がつくと、オックスフォードに移り住むことを考えはじめていた。この国にいるときは自宅から職場に通えるが、ヒースローとの往復にはひどく時間がかかっている。オックスフォードは、住むには便利な場所だ。イーリングとおなじように。いや、それ以上に。あそこなら、フランシーンは安全だから、ジュリアも満足するだろう。

しかし、どんな危険が潜んでいるというのだ？　この疑問が生じると、リチャードはすぐさまそれを封じこめた。「ジュリアは何でも知っている」と、いくら自分に言い聞かせても、彼には不安を抑えることができなかった。何につけても。

衣服は、フランシーンにとっては面白いものではなかった。こうなったのはおそらく、衣類にすこぶる関心のあるジュリアがなんとかして彼女に――十二のときから今日に至るまで――ジャンパースカートや、パールのついたスカートや、可愛らしい木綿のスモックを着せようと躍起になっていたからだろう。とはいえ、フランシーンは父親から自由に使える衣服代をもらっていたので、ホリーやミランダやイザベルとの外出が許された日には、そのお金でジーンズと革のジャケットと中古の軍用防寒上着とドク・マーテンズのブーツを買った――ほかの娘たちとおなじように。ほかにも、フランシーンは二着の黒いドレスと、一着の白いドレス――プライベート・ヴューに着ていったドレス――と、お気に入りの半端物――おかしな形の小さなジャケット、ちっぽけなトップ、ミニスカート――を持っていた。これが、彼女のワードローブの限界だった。

フランシーンがジーンズにヒョウの絵のついた絶滅危惧種のTシャツで店にやってくると、ノエルは厳しい目で彼女を見定めて、「モスキーノの棚にあるもの」に着替えるようにと言った。少しは歩みよろうと思い、フランシーンは飾りのない黒いズボンを探したが、サイズの合うものはひとつもなかった。

「どれもこれもダブダブよ、ノエル」

ニュー・デパーチャーズの経営者は引き締まった身体に、鷲鼻と、白みがかった金髪と、ナーバスなエネルギーを備えた女性だった。彼女はかなり不愉快そうに、「お客様には思いやりのない態度をとらないようにして」と言った。ノエルが相手にしているのは、「お客様」であり「客」ではないのだ。「普通サイズの女性は、若い娘にサイズ六のヒップを見せつけられても、あまり嬉しくないのよ、覚えておいて」

あいにく、フランシーンは顧客に何かを見せつける機会には恵まれなかった。というのも、店にやってくる顧客の大半は、展示と説得をひとりでこなしているノエルに迎えいれられ、おおいに敬意を払われるからだ。フランシーンは、勤務時間の大半を作業場で過ごしていた。そこで、商品として持ちこまれた衣服を受け取るのだ。ここでの彼女の役目は、きずといたみを詳細に調べることだった。少しでもきずのあるスーツやドレスは、ニュー・デパーチャーズでは不適格になった。フランシーンには完璧なものに見えても、価格はノエルに決めてもらうしかなかった。持ちこまれた服がまだクリーニング店のビニール袋に入っていたとしても、その買い取り価格はつねに低いので、ノエルはじつに二百パーセントもの利益をあげることができた。

ときに、ドレスやスカートの裾がほつれていたら、それを修理しなければならなかった。フランシーンが縫い物はできないと言うと、ノエルは激怒した。「高い授業料を払って、いったい何を教わってきたの？」

「数学に、フランス語に、英文学に、歴史」と、フランシーンは言った。我慢が試されたが、彼女は丁重に答え、さらに微笑んでみせた。

「いやみを言うことはないのよ」と、ノエルは言った。

朝、ノエルの店に着くと、フランシーンはジュリアが彼女を見張っている窓を振り返った。遠くて、ただカーテンに動きが認められるだけで、ジュリアの顔は見えなかった。それでも、五時にノエルの店を出るときには、ふたたびカーテンが動くのが見えた。いまも、ジュリアはわたしをじっと見つめながら、待ちかまえているのだろう。

ジュリアはフランシーンに、あたかも小学校に通いはじめた子供に母親が訊ねるように、仕事はどうかと訊ねた。

あなたは一日、立ちどおしで疲れているはずだから、早寝しなさい。今週は、夕方から出かけるのは賢明じゃないわ。実際、ジュリアはかなり得意げに、フランシーンのいわゆる友達は誰ひとり誘いの電話をかけてこなかったと言った。

「学校を卒業したからには、あなたも覚悟しないといけないわ、こういった友達のなかには、あなたとつきあわなくなる人もいれば、毎日のように会わなくなる人もいることを。これが世の中というものよ、フランシーン」

「いまは電話をかけると気が滅入るのよ、わたしも、あの人たちも、お互いに」

ジュリアの微笑みには、同情と一抹の哀れみが感じられた。「あの人たちは自分たちのほうが社会的に一段上だと思っているんじゃない？　そう思っているとしても、わたしは驚かないわ。学校は偉大な地ならし機だけれど、いったん離れてしまえば……」

傍目には、ジュリアは平静に見えた。内面の不安はひとつも表わさなかった。リチャードが家にいたら何もかも話していただろうが、あいにく彼は週末までブリュッセルだった。事の始まりは、一本の電話だった。その若い、男の、アクセントからするとブレント・クロスの出身と思われる声は、フランシーンと話したいと言ったのだ。前置きもなく、礼儀を装うでもなく、考えられないほど唐突に、「フランシーンと話したいんです」と。

「どなた様でしょうか？」ジュリアは長々と引きのばして冷ややかに言った、いわば氷柱のような口調で。

「彼女を呼んでくれませんか？」

「継娘は近くにおりません」と言って、ジュリアは電話を切った。

たぶん、この電話とあの車とは無関係だろう。家のまえの通りは、もちろん、いつも車であふれている、停まっている車と走りすぎていく車で――そうでない通りなどあるだろうか？　といっても、あれは屋根のない、あるいは柔らかい屋根を折りたたんだ、二人乗りの真っ赤なスポーツカーだった。それが、高らかにラジオを鳴らしながら、通りを走っていったのだ。あの車は朝の十時に通りをくだっていき、十一時にもう一度、上ってきた。そして夕方の四時に、開けはなった窓と屋根からロックをまき散らしながら、戻ってきたのだが、フランシーンが帰宅したときには、すでに通りから消えていた。

それ以来、電話はかかってこなかったし、車も戻ってこなかった。だから、そのことはもう忘れてもよさそうなものだった、その男さえ現われなかったら。前回同様、電話とその男を結びつける理由はどこにもなかった。例の赤いスポーツカーを運転していたのは、あの男かもしれない——あの車を運転していたのも、黒い髪の若い男だった——といっても、確かなことは言えない。通りの向こう側にいるその男をジュリアが最初に見かけたのは、昼時のことだった。

家のほぼ真向かいには、待合所つきのバス停があった。その男は先ほどから、待合所のなかに座って本を読んでいた。あるいは、読んでいるふりをしていた。彼がやってきてベンチの中央に座ったのは、ジュリアがたまたま窓から外を眺めているときだった。

ジュリアは十分ほどまえに、フランシーンが昼休みに何をしているのか自分がまるで把握していないことに気づいたところだった。本人かノエルに訊けばわかることだが、家の窓からノエルの店のドアを見ているだけでじゅうぶんだろう。ことによると、フランシーンはひとりで外出して、どこかのカフェで昼食をとっているのかもしれない。あの娘には何が起きてもおかしくない、誰と出会っても。

ジュリアが見たのはフランシーンではなく、若い男だったのだ。そして、この光景こそが、ジュリアの世界を一変させたのだ。彼女はこれまで、フランシーンに関連のある男たちのことを考えてきたが、その対象はフランシーンの母親を殺した男と、継娘に身体的危害をおよぼしかねない精神病質者にかぎられていた。だから、いま、恐ろしい思いが頭に浮かんだのだ。遅かれ早かれ、フランシーンは男を惹きつけ、男に惹きつけられる。

ジュリアから見ると、フランシーンは魅力的ではなかった。あまりにも細い身体と濃い色の髪は、ジュリアが理想も、ほしいものを手に入れること以外、関心がないといっているようだった。ジュリアは彼を睨みつけ、立ち去るように念じたが、思いどおりにはならなかった。

バス停にはさらに二人の人間がやってきて、うちひとりはベンチに座った。つぎにやってきた女性はさも座りたそうな顔をしたが、若い男はまたしても身体の位置を変えようとしなかった。左右の脚を膝のうえで交差させ、だらしなくベンチの半分を占領したままだった。ジュリアは、そこに出向いて注意しようと思った。若い男のところに行って、立ち去れといい、どうして年配の女性を座らせるだけのマナーがないのか訊くつもりだった。そうしようと思っているところへ、バスがやってきた。あとからやってきた三人はそのバスに乗ったが、彼は乗らなかった。

ジュリアはこの状況を憎み、そして恐れた。でも、わたしに何ができるだろう？　あの男には座っていたいだけ座る権利がある。ジュリアは日がな一日、窓のところに通いどおしだった。だが、彼は四時には立ち去っていた。バス停の若い男と例の電話あるいは赤いスポーツカーとのあい

とする美しさとはかけ離れていた。それに、あの娘はまだ幼い——少なくとも、これまではそう思っていた。けれども、ジュリアはいま、フランシーンがけっして幼くないことを、初恋の相手を見つけるにはゆっくりしていると見なされる年齢すなわち十八になっていることを実感したのだ。

苦悩と恐怖が熱い潮流となって全身に広がり、どっと汗が噴き出した。ジュリアには、フランシーンを恋人のいる若い女性として思い描くことは不可能だった。こうした未来を直視できないことは自分でもわかっていた。考えただけでも吐き気がした。とりわけ恐ろしいのは、フランシーンには十中八九、性的魅力が備わっていることだった。損害を受けた人間や、情緒的に障害のある人間はたいがいそうだ。「そうなったら、あの娘はおしまいだわ」誰もいない部屋に向かって、ジュリアは大きな声で言った。「そして、わたしはあの子を失う」と、自分の胸にささやいた。

ベンチに座っている若い男は、危険な人物に見えた。あまりにもハンサムで、あまりにもくつろいでいた。あたか

だに関連があるとする根拠はどこにもなかったが、ジュリアには「ひとつはある」と思えた。しかも、それはフランシーンに関係していると考えられたので、リチャードが戻ってくる金曜日がひどく待ち遠しく感じられた。

翌日の午後、若い男は戻ってきた。不安のあまり、ジュリアは吐き気を覚えた。彼は本を読みながら、ときおり家のほうを見ていた。ジュリアは最後に、フランシーンがニュー・デパーチャーズを出る三十分まえに、通りを横切り、彼に近よって言葉をかけた。彼は顔をあげ、ジュリアを冷ややかで無表情な黒い目で見つめた。

「自分がいま何をしているのか、あなたはわかっているの？」

「座って」彼は答えた。「本を読んでいる」

「それは見ればわかるわ、盲人じゃないから。なぜ、ここでそうしているの？ あなたはバスを待っているわけじゃない、わたしはずっと見ていたのよ。それとも、あなたには帰る家がないとか？」

ジュリアにむけられた彼の凝視には、落ちつきを失わせるものがあった。彼女は、この男はタイミングの妙技を身につけた俳優ではないかという奇妙で不条理な印象を受けた。彼は黙りこんで、長々とした間をつくりだすことを恐れなかった。そして最後に、「失せろ」と言った。

ジュリアには、その言葉が耐えられなかった。顔を真っ赤にして、「あなたがあと三十分そこにいたら、警察を呼ぶわ」と言った。

家に帰る途中、フランシーンは誰も目にしなかったし、何も耳にしなかった。反面、深く考えこんでいた。ノエルの店に我慢していられるのは、あと一月《ひとつき》がいいところだ。けれど、わたしは我慢しているしかない。なぜなら、あの店を嫌っていることや、ひどく退屈していることを父に話したら、ジュリアはまず、いつもの自説を結果的に立証する言葉を口にするはずだから——それでなくても、彼女はいつも、「フランシーンは外の世界に適していない、ちょっとしたアルバイトにも耐えられない」と言っているのだから。

こうなると、今回の「空白の一年」計画に不本意ながら従った自分が悔まれた。フランシーンがこの計画に従ったのは、ホリーがすでに一年の休暇に入っていたからにすぎない。どういうわけか、自分も休みをとれば、ホリーといっしょにいられる、二人で何かしたり楽しんだりできると思ったのだが、いざそうしてみると、ホリーは憲兵隊の仕事とクリストファーとのデートに忙しく、フランシーンとはほとんど話をしなかったし、めったに会わなかった。言いかえれば、フランシーンは彼女自身の弱さと一時の衝動から、ジュリアの罠にはまり、もう一年、監禁状態に近い、退屈な人生を送るはめになったのだ。

　フランシーンは、ジュリアが彼女を見ているに違いない窓を見るのを拒んだ。その窓から、ジュリアは笑顔で手を振っているはずだった——彼女がまだ広い通りを渡るまえから。ジュリアをいじめるつもりはなかったし、そう思ったことはともかく実際にいじめたことは一度もなかったが、フランシーンにも停車しているヴァンやトラックの列の後ろを歩いてジュリアの視線を避けるぐらいの意地はあった。

当然のことながら、やがて通りを渡らなければならなくなると、フランシーンはバス停から数ヤードのところにある横断歩道を利用することにした。

　誰かがバスを待っていた。自分が先に彼を認めたのか、彼が先に自分を認めたのか、あとになってもフランシーンには判然としなかった。おそらく、同時に認めたのだろう。

「ハイ」と、彼は言った。

「ハイ、こんにちは」

「きみは……」言いかけて、もう一度、言いなおした。

「きみは覚えているかな、ぼくが誰か？」

「あの鏡をつくった人でしょう？」

「そう」

　彼はじっと彼女の顔を見ていた。

　フランシーンはそれまで、誰かにこれほど熱心に見つめられたことがなかった。彼はあたかも、彼女をじっと見つめて記憶に焼きつけ、将来の不足に備えているかのようだった。「あなたは」彼女はためしに訊いた。「この近くに住んでいるの？」

彼はかぶりを振った。「ここへは、きみに会いにきた。きみがどこで働いているかわかっていたから、ここでずっと待っていた」

「ずっと待っていた？」フランシーンは顔が火照るのを感じ、その熱さにどぎまぎした。

「きみの家にいる女の人のことだけど、彼女、窓からこっちをじろじろ見ているよ」彼は言った。「さっきは外に出てきて訊いたんだ、ぼくがここにいるわけを」

「あなたがここにいるわけを？」

「だから、失せろと言ってやった。ちょっと、きみの家に行ってもいいかな？」

フランシーンの恐れは、表に現われたに違いなかった。彼はまたも熱心に彼女を見つめたが、その顔にあるのは微笑みではなく、一意専心の硬い表情だった。と、そこへ、バスがやってきた。たとえ彼には悟られなかったとしても、フランシーンはすぐさま、そのバスがジュリアの視界から自分たちを隠してくれるものと思った。バスからは男性客がひとり、ついで年配の女がゆっくりと時間をかけて降りたった。

「番号を書いたら」彼は言った。「かけてくれるかい？」

自分が何をされているのかわからないうちに、彼女は左手をつかまれ、カーディガンの袖口をたくしあげられた。彼の小指の先がないことに、第一関節で切断されていることに、気づいたのはこのときだった。つぎに、彼が手首にボールペンで数字を書きはじめたので、彼女はしっかりと手を差しだして指を伸ばした。彼がそこに記したのは電話番号だった。

「かけられないわ」彼女は言った。「どう考えても無理よ」

「頼むから、かけてくれ」

バスが発車すると、フランシーンはその後を、飛び出してきた自転車を避けながら、走って道路を渡った。カーディガンの袖を、ボールペンの字が隠れるところ、すなわち手のなかほどまで引っぱりおろした。玄関のドアが開いたのは、フランシーンがそこに着くか着かないうちだった——ジュリアはよく、冗談でこういうことをするのだが。

フランシーンは一瞬、ジュリアに腕をつかまれ、家のなかに引きずりこまれるのではと思った。継母との距離と差しだされた手から、そんな印象を受けたのだ。が、ジュリアは自分を制して一歩後ろにさがり、フランシーンの背後に腕を伸ばして素早くドアを閉めた。「誰と話していたの?」

嘘をつくのは容易だった、見知らぬ人に時間を訊かれたとか、チズウィック行きのバスはどれか訊かれたと言うのは。「このあいだ行ったプライベート・ヴューで会った人よ」

「つまり、彼はあなたに接近したのね、フランシーン? そうなんでしょう?」

「違うわ、ジュリア、そうじゃないの。わたしはきちんと紹介してもらったわ」

「彼は二度も、あたりをうろついて、この家を偵察していたのよ。そう、赤いスポーツカーでやってきて。外に行って話をしたら、とくべつ不作法だったわ。お父さまはショックを受けるはずよ」

フランシーンは、二階の自分の部屋に行った。窓からバス停を見たが、もちろん、彼はとっくにいなくなっていた。こんなときはどうすればいいか、友達はみな、わかっているはずだが、フランシーンにはわからなかった。友達に訊けば、こぞってアドバイスしてくれることもわかっていたが、フランシーンは誰にも訊きたくなかった。だから、自問するしかなかった。自分は彼が好きなのか? 彼と親しくなりたいのか? 彼は若くてハンサムだ。利口そうだし、話し方もいい。

彼女は目をつぶり、額に手をあてて考えた。もし、彼に触れられたら、肩を抱かれて手をとられ、唇を重ねられたら、悪い気はしないだろう。手をつかまれて、手首に番号を書かれたときも、いやな気はしなかった。肌が触れた瞬間には、いまだ経験したことのない、ささやかな興奮さえおぼえた。でも、電話は? わたしはあの番号にかけて、彼と話したいのだろうか? フランシーンは袖をめくって、彼が記した番号をじっと見つめた。洗い落として、なかったことにしよう。そう自分に言い聞かせていると、階段のしたからジュリアの声がした。

「フランシーン？」

ジュリアの場合、厳しい態度をとったり指図がましい口をきいたあとは、いつもこうだった。いじめておいて、十分後にはおもねるのだ。

「フランシーン？」

「何？」フランシーンはドアを開け、手すりから顔をのぞかせた。

「お茶がはいったわ。じつは、早めに食事をとって、二人で映画を見にいけたらと思っているの。どうかしら？」

フランシーンがもちいたフレーズは、ほかの相手にはもちいないし自分でも嫌っているものだが、気持ちを的確に表わしていた。「悪くないわね」

このあと、彼女はバスルームに入って手と手首を洗ったが、そのまえに電話番号を書き写しておいた。大事をとって、三カ所にそれぞれ。

18

テディの集中力は、いつもは素晴らしいのだが、この一週間はひどく低下していた。原因は、フランシーンに肉薄したことだった。彼はそれまで、こうした感情を抱いたことがなかった。どうして、彼女のことを忘れられないのだろう？　目を閉じると彼女の顔が見えたり、黒髪の娘とすれちがうたびに彼女の顔を探してしまうのはなぜだろう？　彼女をそばにおいて四六時ちゅう眺めていること以外、自分が彼女に何を求めているのか、彼にはそれさえわかっていなかった。電話が鳴るたびに、何かが胸壁を叩くのを感じてどきっとした。

いつしか、ぱっと受話器をつかんで息もつかずに話しはじめるのがテディの癖になっていた。その女から電話がかかってきたときも、彼はおなじことをした。相手は上流階級のアクセントのある甲高いよく響く声で、彼の広告を見た、頼みたい仕事があると言った。壁のくぼみ《アルコーブ》に戸棚と棚を取りつけてほしい。来てもらえないだろうか？ こちらはハリエット・オクセンホルム、住所はNW8、オルカディア・プレイス7a。

テディは喜ぶべきだったが、彼が感じたのは「これでいくらか稼げる」という思いだけだった。女の名前を聞いてピンとくるべきだったが、テディにとって唯一、意味があるというか心に響く名前はフランシーン・ヒルのみだった。彼は目を閉じて、フランシーンの白い手をつかみ、白い手首に電話番号を書いているときの自分を思い浮かべた。彼女の手は柔らかくて温かみがあり、しかもさらさらしていた。肌触りは絹のようだった。どうして、彼女は電話をかけてこないのだろう？

テディはつぎに、彼自身が彼女の番号をなかば忘れていたことを思い出した。あのときは書くものがなかったから、頭で覚えているしかなかった。それでも、電話帳で彼女の父親の名前を探して、番号を見つけたのだ。ことによると、彼女は手首に書かれた番号を洗い落としたのかもしれない。さもなければ、家から出てきて自分に質問した女が力ずくで、彼女にそうさせたのだろう。テディの場合、暴力は想像に難くなかった。

もう一度、あのバス停に行って、試すというのはどうだろう？ そんな屈辱的なことはできない。あの女に会うのは二度とごめんだ。でも、彼女が働いているあの店に行って、誘い出すことはできる。どうやって？ ただ、いっしょに飲みにいこうと言えばいいんだ、散歩でもしようと言えば。彼女は断るかもしれないが。

そのときは、エゼルで行くべきだろうか？ セントジョンズ・ウッドへはエゼルで行くべきか？ いや、やめたほうがいい。どう考えても、エゼルでどこかに出かけるのは無謀だ。ちょっと事故を起こしただけで、すべてが終わりになる。そう、タイヤがパンクしただけでも。それなら、地下鉄に乗って、ジュビリー・ラインで降りたほうがいい。

そう思って家を出ようとしたときに、電話が鳴った。とたんに心臓が高鳴った。時刻は一時をまわったところだった。テディはどういうわけか、フランシーンが電話をかけるとしたら、あの店から休憩時間中にかけると思っていたのだ。といっても、かけてきたのはフランシーンではなく、キースの番号を知っていた女で、彼女は台所の天井から水が漏ると訴えていた。

「彼は引退して、リップフックに引っ越しました」と、テディは言った。

地下鉄にはフランシーンによく似た娘が乗りこんできたが、その娘はフランシーンの粗末な安価版だった。偉大な絵画のお粗末な複製か、オークに似せたベニヤでこしらえた戸棚のようだ、とテディは思った。この娘の爪には嚙んだあとがあるし、右頰の真ん中にはほくろがついている。おまけに、膝は骨張っている。本当のところ、フランシーンに似ているのは、髪の毛と黒い瞳だけだ。その点、フランシーンは完璧だ。裸にして強いアーク灯を浴びせ、全身くまなく探しても、シミやほくろはひとつもないだろう。テディはいつか、自分の目で確かめてみるつもりだった。

彼はセントジョンズ・ウッドで地下鉄を降りて、グローヴエンド・ロードをくだり、アルマ・ガーデンズを横切った。オルカディア・プレイスは、どこよりも住宅街と思えないところに、言いかえればメリナ・プレイスのはずれにひっそりと佇んでいた。こういうところがロンドンにあるとは思いもしなかったので、テディは少しのあいだ立ちつくしていた。そこは郊外のどこかを、田舎町の片隅か、写真集に載っている田舎町を思わせた。しかも、ひどく静かで、車の往来は遠くかすかにハチの羽音のように聞こえるだけだった。羽毛のような葉に鋭い葉、艶やかな暗緑色の葉に淡い薄緑の葉、黄みがかった金色の葉に淡くて優しい黄色の葉、オルカディア・コテージは多種多様な葉っぱが織りなす高い塀に遮られて、外からは何も見ることができなかった。テディは鉄製の門を開け、なかに入った。

なかはどこもかしこも、名前のわからない花であふれていた。唯一、テディが知っているのはバラだが、そこには赤、白、ピンク、それに重厚な香りのバラがふんだんにあった。窓辺の植木箱とバスケットには、ピンクや紫のラッパ形の花と青い小菊、それに細長い銀白色の葉があふれていた。そこにある花はいずれも、積み重なってさざめく艶やかな、いくぶん黄みがかった緑の天蓋を背景に咲いていた。言いかえれば、コテージの正面はほとんど、この植物で覆われていたのだ――厚地のカーテンか、わずかに揺れる重厚なスクリーンで覆われているように。

あの葉っぱの壁はまえに見たことがある、どこで見たんだろう？　そうか、あの絵だ、あれはこの家を描いたものに違いない。ほかでもない、このオルカディア・プレイスを。まえに見たことがなかったら、いまごろはすっかり心を奪われているはずだ。テディは近づいて目を凝らし、積み重なった葉と、這うように煉瓦に絡みついている純金の巻き毛に手を触れた。それから、淡い灰色のドアを指ではじき、ガラスの部分を調べてみると、そのガラスは彼がこれまで見てきたものとは大違いで、むしろ青く澄んだ水を凝結させたものに近かった。

テディが呼び鈴を鳴らすまえに、彼女はドアを開けた。またしても、女に見張られていたとは。まったく、女たちはどうなっているんだ？　早々とドアを開けた女は、電話の声は派手で甲高かったが、こういう格好をするには歳をとりすぎているように思えた。彼女はテディの身体をくまなく、まさぐるように眺めた。

「入って、テディ」長年、彼を知っているような口ぶりだった。「こう暑いと、飲み物がほしくならない？」

ハリエット・オクセンホルム、彼女は電話でそう名乗っていた。この名前を聞いたとたんに鳴ってしかるべき鐘が、あいにく集中力の低下で鳴らなかった鐘が、いまになって鳴りだした。あの赤い髪はそっくりだし、鼻もよく似ている、でもまさか……。いずれにしても、テディは自ら身を危険にさらそうとは思わなかった。冒険したあげく、何のことかわからないと彼女に言われて馬鹿面をさらす気はなかった。それにまた、テディはホールを二歩、進むまでもなく、彼にとってはより重要なものに、言いかえれば彼を取りかこむものに、すなわちこの家に圧倒されていたのだ。

そこは彼がこれまで見てきたなかで、どこよりもはるかに美しい場所だった。ホールの広さ、自分が通された部屋の大きさ、窓、壁、カーペット、花、家具――そのすべてが、テディを驚嘆させた。唯一、彼が訪れたことのあるこういう場所は、その昔、チャンス夫妻に連れられて行ったヴィクトリア・アンド・アルバート博物館だった。しかも、ここにあるような椅子や敷物や花瓶はそこでしか見られない、と思っていたのだ。彼は熱心にあたりを見まわした。あちこちに首を巡らせ、ついには天井を見あげ、その目を中庭に通じる細長い窓へと転じた。

人間がここに住んでいる。女が住んでいる。しかも、彼女は現実に存在する、髪を赤く染めた、鼻の長い、ありきたりな中年女ときている。唯一、ここに存在していいのは、この場所に相応しいのは、完璧な美しさを備えた人間だけだ。この釣りあった美しさのなかに安座させていいのは、フランシーンをおいてほかにいない。白いドレスに身を包み、あのクリーム色の錦織りの椅子にかけ、金と白に塗られた椅子の肘に白い手を預けているフランシーンだけだ。

「あなたは何がいいのかしら?」ハリエットという女が言っていた。「素敵なシャルドネを冷やしておいたから、飲み頃になっているわ。もちろん、もっと強いお酒がいいなら、そっちにしてもいいけれど?」

テディは身震いして、現実に戻った。どうして、彼女はぼくにアルコールをすすめているんだろう? 少しのあいだ、彼は自分がそこにいるわけを忘れていた。夢のなかにいるようだった。仕事をしにいった先で、まったく違うことをしにきた人間として扱われる夢だ。「戸棚を置こうと思っている場所を見せてください」

「そのまえに一杯、飲みましょう」

彼は相づちを打って要求に応じた。「じゃ、水を」

彼女が失望したことは明白だった。だが、テディにはそれが理解できなかった。万一、誰かを家に呼んで飲み物をすすめるようなことになっても、二人で水を飲めば金がからないから、自分としては大いに助かるのに。金は、この女にはそれほど大事なものではないのだろう。ごっそり持っているに違いない。テディは、水の入ったグラスをぼんやりと受け取った。彼女の顔は見なかった。彼女は、この家のなかでもっとも魅力のないもの、断然、魅力に欠けるものだった。いつの間にか、彼女はばかでかいグラスに自らワインを注いで、グラスの縁越しに独特のやり方で彼を見つめていた。テディは唐突に、「家のなかをざっと見せてもらえませんか？　ここ以外のところを？」と言った。

「あなたは家を見たいわけ？」その口調は暗に、彼が突拍子もない頼みごとをしたと語っていた。

「ええ。いけませんか？」

　彼女はうなずいた。「いいけれど、こういうことを頼まれるとは思わなかったわ」

　そう思わなかったのは、ぼくのことを学のある工芸家ではなく、粗野な労働者階級の職人として見ていたから？

テディが冷ややかな目を向けると、彼女はあわてて言った。

「もちろん、案内するわ。ええ、喜んで。ここが食堂で、戸棚はあのアルコーブに入れたいと思っているの」

　彼は、サイドボードのうえの絵を見つめた。その絵は、静物画というより静物画に近いものだった。というのも、黒いテーブルのうえにはオレンジとチーズのほかに、白いハツカネズミが描かれていたからだ。ネズミの表情からは、チーズにたいする憧憬と、恐れと、用心深さを読みとることができた。「あれは、サイモン・アルフェトンの作品ですか？」

　この問いに、彼女は仰天した。やっぱり、ぼくを無知な肉体労働者と見なしていたわけだ。絵のなかのネズミのように、彼女は困惑していた。それでも、描かれたネズミが絵から解き放たれ、外の世界に存在できたら、おそらくはそうしたように、彼女はその絵に近づいた。

　それから、テディの腕に、袖が終わって肌に触れられるところに、手をそえた。「アルフェトンの作品を知っているの？」

「多少は」

「それなら、わたしが誰かわかったはずよ。オルカディア・プレイスのマークとハリエット」

「家はわかりました」彼は言った。「あなたがあのハリエットですか？」

「どうやら、あなたはあの絵を知らないようね、口ほどには」彼女は手を引っこめた。「せめて、飲んでくれたらいいのに」

「ぼくは飲まないんです。何があるんですか、あの先には?」彼はホールの端にある階段脇のドアを指さした。

「地下室に通じる階段があるのよ。一度も使われたことのない階段が」

「ぼくは何もかも見たいんです」

彼女はドアを開け、苛立たしげに言った。「昔は石炭置き場だったの、外からここに石炭を入れてもらっていたわけ。これでいい? 見るようなものはひとつもないわ」

テディは階段と、その先に広がる薄暗がりをのぞきこんだ。彼女は明かりをつけてくれなかったが、彼には洞穴と、石の床と、差し錠で固定されたドアが見えた。彼は食堂に引き返して言った。「いまからアルコーブの寸法を採ります。ご要望があれば、それに沿って下絵を描きます。時間はかかりません、一週間かそこいらです」

もう彼を止めることはできない、と彼女は思った。彼は寸法を採って後ろにさがったあと、もう一度、寸法を採った。それから、食器戸棚の扉と壁の鏡板を見てうなずき、ようやく巻き尺をしまった。

テディは、彼女に触られたことが気に入らなかった。できることなら、茶色い、しわの寄った、赤いマニキュアを塗ったその手をつかんで、持ち主に突き返してやりたいと思った。けれども、彼はこの仕事がほしかった。彼女について階段をのぼり、二階に案内されると、彼は途中で足をとめ、絵画や凝った張出し窓からの眺めに目を向けた。二階には、寝室がふたつ、浴室がふたつ、あるだけだった。もっと部屋数があると思っていたが、主寝室はどこまでも大きく、その大きさは周囲をクリーム色の絹と白い薄絹で飾られた豪華な四柱式ベッドに及んでいた。ベッドの天蓋には、ニンフと、神々と、角に花輪をつけた白い牛が描かれていた。

あのベッドのなかで身体を起こせば、白い化粧テーブルのうえの曲線と渦巻き模様のついた鏡に自分の姿を映すことができる。フランシーンには、それが可能だ。ほかのみんなは、この家に圧倒され、おとしめられるだろう——フランシーンのほかはみんな。この背景に相応しいのは、彼女しかいない。そう思って、テディはフランシーンがそのベッドに裸で——彼女自身の長い黒髪と、彼がその指に塡めようと思っている指輪のほかは何も身につけずに——横たわっているところを想像した。実際に若い女性の裸体は見たことがないが、そういう絵はたくさん見てきた。フランシーンの裸体は、そういう絵より素晴らしいだろう。

ひとたび階下に戻ると、ハリエットはいま一度、テディに酒を飲ませようとして、彼の腕に手を伸ばした。だが、彼はその手を蛇のようにするりとかわして立ちあがり、さも目的ありげにホールに入って、下絵は今週中に届けると約束した。郵便配達人が郵便受けの隙間にカードを落としたのは、このときだった。テディはかがんでカードを拾い、自分の手が彼女の手に触れないように注意しながら、彼女に手渡した。

通りに出ると、今度は羨望という不慣れな感情に襲われた。テディはあの家と、あの家のなかにあるものがほしいと思った。彼が抱いた感情は、金のない美しい若者の多くに通じるものだった。言いかえれば、醜い年寄りが享受している恩恵に若くて美しい自分たちが浴せないのは不公平だという思いだ。

現実にではないが、彼自身の家はオルカディア・プレイスとの比較で傷ついていた。これからは、自分の家がますます惨めなものに思えてくるに違いなかった。途中で、彼は象牙色と焦げ茶色の艶だし塗料と艶けし塗料を買い、自宅の模様替えを始めた。フランシーンをここに連れてくるわけにはいかない、こんな状態ではとても呼べない。皮肉にも、彼がそのことを痛感したのは、フランシーンではなく広告に反応した女から電話がかかり、上等な家具の制作ではなく、いままさに自宅でしていることを、つまり家のペンキ塗りを頼まれたときだった。より正確にいえば、ひとつの部屋にペンキを塗ってくれと言われたのだ。テディはこれを侮辱と受けとめ、いまにも悪態をついて断りそうになったが、すぐにお金のことを考えた。高い手間賃を要求できるし、自分には雇い主を見つける必要があるのだと思った。

その日は午後いっぱい、翌日は日がな一日、テディは自分の部屋と居間の壁に取り組んでいた。ローラーでペンキを塗りはじめるまえに、壁を洗い流した。表面の埃と汚れをごしごしこすって何もない状態に戻すことは、心の慰めになった。フランシーンは電話をかけてこなかった。テディは望みを捨てかけていた。その夜、彼が見たのは、サイドボードの夢ではなく、彼自身が世の中から醜いものを一掃している夢だった。夢のなかで、彼は巨大な電気掃除機のような機械でもってオートバイと、網状のスチール・フェンスと、プラスチックの板金をなぎ倒し、それらを機械のなかに吸いこませた。さらに、ガソリン・スタンドとディスカウント・ショップの店頭を襲って粉々にし、どぎつい青と赤と黄色とクロム顔料を一掃した。彼は、人間にもおなじことをするつもりだった。年寄りと、醜い人間と、醜い若者と、不格好な群衆を一掃しようと思っていたが、まさに彼らに掃除機を向けた瞬間に、一台の車から年配の痩せこけた男が現われて、テディは目を覚ましたのだ。

電話をかけてきたのは、ミセス・トレントという女だった。彼女は少しもハリエット・オクセンホルムに似ていなかったし、ブロンデスベリー・パークにある彼女の家もオルカディア・プレイスとは大違いだった。光沢のあるピンク色のブロケードとニスのかかったクルミまがいのベニヤでできた、ずんぐりした応接セットを押しこんであるトレント家のみすぼらしい居間を見まわしてから、テディは見積もりとして最初に思いついた金額を提示した。だが、この見積もりは低すぎたに違いなかった。というのも、彼女はいそいそと承知したからだ。仕事はいつから始めてもらえるかしら？　水曜日から、と彼は言った。

このあと、彼はシェニール・ギャラリーに行き、鏡の購入について問い合わせがなかったか訊ねた。問い合わせは一件もなかった。彼自身、心から売りたいわけではなかったが、八百ポンドの値がついたら売ってもいいと思っていた。そこからセントジョンズ・ウッドまではかなり距離があったが、他方、こちらは帰り道の途中にあったので、彼は地下鉄を降りてオルカディア・プレイスまで歩いていった。ただ、見るために。最初にそこを訪れたときには、羽根をたたんだ一組の天使をあしらったメダイヨンや、軒下に連なる青と緑のタイルには目をとめなかったし、門柱にタカの頭が載っていることも記憶していなかった。

ほかには誰からも電話がなかった。テディは電話帳でニュー・デパーチャーズの番号を調べて、フランシーンの自宅の番号を書いておいた紙に書きとめた。その週末はずっと、ペンキを塗ったり、エゼルを掃除したり、下絵を描いたりしながら、フランシーンのことを考えていた。といっても、テディが思いを巡らせたのは、フランシーンの心境でも、考えでも、行動でもなかった。彼女が自分のことをどう思っているかでもなければ、彼女と例の自分を叱りつけた太った金髪女との関係でもなかった。彼が考えていたのはもっぱら、フランシーンの容貌と、匂いと、声の響きだった。ふと気がつくと、彼女を銃眼のついた屋根や白い台座に座らせて、戸棚のための下図ではなく、彼女の顔を描いていた。満足のいく下図が描けたのは、七回、描きなおしたあとだった。

19

ノエルはさながら、愛人のいる女中をまえにしたヴィクトリア朝時代の女主人のようだった。その物腰や口調が当時のものだとわかったのは、フランシーンがこの時代の小説をたくさん読んでいたからだ。彼女は黙って聞いていたが、おとなしく従っていたわけではなかった。話によると、前日つまり火曜日に、若い男がニュー・デパーチャーズにやってきて、彼女に面会を求めた――庶民のアクセントで、自分には好きなところに行って好きなことをする権利があるとでも言うように。そして、ノエルに伝言をたくしていった――彼は何様のつもりかしら？　あなたもそうよ、フランシーン、あなたは何様のつもり？　ノエルの館で一種の密通を続けることは最初から不可能よ。

「伝言の内容は？」と、フランシーンは訊いた。

ノエルは不愉快そうに笑った。「ジュリアに伝えてあるから、彼女に訊いて」

ジュリアには訊かなかった。かわりに、父親に訊いた。父親はこの週はずっとロンドンにいたので、フランシーンはその夜、彼が帰宅するのを待って、自分宛ての伝言はないかと訊いたのだ。このとき、ジュリアはキッチンで夕食の支度をしていた。

リチャードは眉をしかめた。「おまえはこの青年を知っているのかい、フランシーン？」

「もちろん、知っているわ」いつになく、フランシーンはきっぱりと言った。彼女らしくないこの言い方に、リチャードは気遣わしげに顔をあげた。「彼は、ホリーのボーイフレンドの友達――というか、知りあいなの。二人は大学でいっしょだったの。いずれにしても、ホリーのボーイフレンドよ、わたしたちを引きあわせたのは」

「わたしたちを？」リチャードの放った言葉は、悪い兆しのようにいつまでも宙を漂っていた。

「彼が、あの人をわたしに紹介してくれたの」

「驚いたというしかない。わたしには、彼は粗暴な男のように思われる。ジュリアに言わせると、おそろしく評判が悪い。おまえは彼が気に入っているのか？」

「伝言の内容は？」フランシーンはあらためて尋ねた。

「それはまあ、電話をくれというような」リチャードは憂鬱そうだった。「番号は、おまえに伝えてあるそうだが、本当はどうなんだい、フランシーン？」

この質問には答えなかった。ジュリアが入ってこなかったら、答えていたかもしれない。ジュリアが着ているジーン・ミュールの青いクレープドレスを見て、フランシーンはそのドレスがノエルの店に――彼女が手伝いに行くようになったその日からずっと――掛かっていたことを思い出したのだ。そのドレスは、フランシーンが骨折ってゆっくりとボタンを付けかえたものだった。それを着たジュリアは、三原色――赤、青、黄――のぶつかりあい以外の何物でもなかった。

「ノエルは二度とあの男をお店に入れないから」ジュリアが言った。「その点は安心して。お店に入るときはベルを鳴らすしかないけれど、彼女はあの男を見かけたらドアを開けないそうよ。そうすると約束してくれたわ」

フランシーンの頭に浮かんだのは、二人の老いぼれ魔女という言葉だった。これはホリーの言ったことだし、普段はここまで露骨な言葉で考えることがないので我ながらショックを受けた。「わたし自身、あのお店で働いていても、ちっとも楽しくないわ」と、彼女は言った。

ジュリアは返事をしなかった。「さあ、お夕食にしましょう」

「もう少し続けてみないか、フランシーン？」リチャードは懇願するように言った。「機会を与えてもいいだろう？まだ、一月《ひとつき》しか勤めてないんだから」

「そうよ、条件が完備していないからといって誰も彼もが仕事を辞めてしまったら、世界はじきに行き詰まってしまうわ。さあ、お夕食にしましょう」

リチャードは自分が抱いている感情の正体に気づいたが、そういった感情には、あるいはそういった感情を抱いている自分には、さほど魅力を感じなかった。そのじつ、彼は嫉妬していたのだ。下層階級なまりのある、近ごろ大学と称されるようになった単科大学に通っていた生意気な若造に。それは独占欲ともいえるもの、言いかえれば大事な娘を失うことへの恐れでもあった。反面、リチャードは自身の感情を認めることで、ジュリアをあらたな目で見るようになった。ジュリアの言うとおりだ、ジュリアはわかっている、理解している。これからも、彼女はわたしのために娘を守り、娘をわたしのそばに置いておくだろう。守護者の甲冑を身にまとい、旗をはためかせて、敵に立ちむかうだろう。

一度は愛したことがあるのだから、もう一度、ジュリアを愛してみよう。彼女から遠ざかったことで、わたしはすっかり元気を取り戻し、彼女への思いをふたたび目覚めさせたのだ。二人とも、フランシーンがいま、これまでどんな半生を送ってきたにせよ、人生でもっとも難しい年頃に達していることはわかっている。換言すれば、これまで一度も試されたことのない警戒が求められているということだ。なんなら、いまからオックスフォードで暮らすことを検討してもいい、この家を売って、クリスマスまでに引っ越す――。

ジェニファーはよく、摩訶不思議なやり方でリチャードの考えを見ぬいていた。彼が事前の会話とはまったく関係のない、ふと頭に浮かんだことを話そうと思っていると、彼女はいつも、彼がそれを言いだすまえに、まさに彼が言おうとしていたことを口にしたのだ。こういうことはジュリアとのあいだでは一度も起こらなかったが、それがいま、起こったのだ。その結果、彼女は彼の歓心を買った。

「ねえ、あなた、わたしはそろそろ、オックスフォードに行って家捜しを始めるべきじゃない？　もちろん、そのときはフランシーンを連れていくわ。いつか、彼女が休みの日に」

「わたしも、ほとんどおなじことを考えていたところだ」と言って、リチャードは自分から――かなり離れたところから――ソファのうえを移動して、ジュリアのすぐ隣りに座った。

「新居を選ぶうえでフランシーンに発言権を持たせるということは、とてもいい考えだと思うわ。これこそ、わたしが彼女にすすめている〝責任能力の段階的発達〟の重要な部分よ。なんといっても、彼女は、わたしたち同様、そこに住むことになるんですもの、大学のある三年間も、そのあとも。あとはそう、できるだけ街の中心部に近いところがいいわね？　わたしたちは彼女を遠くにやりたくないし、彼女も遠距離通学はいやでしょうから」

「そういうことなら、わたしがフランクフルトに行っているあいだに、下見に行ってくるといい」

リチャードはジュリアの手をとって、しばらくそのままにしていた。

もしノエルが騒ぎたてなかったら、ジュリアがこれほど独裁的でなかったら、父親があれこれ質問しなかったら、ホリーが電話口で「鏡をつくった人のことは忘れた」と言ってジェイムズを薦めようとしなかったら、フランシーンはテディ・グレックスのことをそれほど真剣に考えなかったかもしれない。おそらく、彼はひそかに忘れられ、自分を崇めた最初の男としてのみ記憶されただろう。

だが、こうした人々の反対はいやでも、フランシーンに彼のことを考えさせた。彼らの反感が、彼女の同情を呼び起こしたのだ。自分とおなじように話さないという理由で誰かを非難するのは、言語道断だ。お店に入って質問したからといって、その人を追放するのはひどすぎる。フランシーンは、テディが言った奇妙なことを思い出した。たとえば、あの鏡は自分の女にやって顔を映してもらう、と言ったことを。あるいは、彼がバス停で彼女を待っていたことを——一日、彼女を見るために、何時間も待っていたことを。

フランシーンはもっぱら、彼のことを考えるようになった。左手の小指は切断されていたけれど、いったい何があったのだろう? 袖を押しあげて手首に電話番号を書くなんて、どうしたらあんな素敵なことができるのだろう? 肌が触れあったときのことを思い出すと、身体が震えたが、いやで震えたわけではなかった。ある日の午後、フランシーンはノエルの店でふと、それこそ何の脈絡もなく、彼は素晴らしくハンサムだと思った。そう思ったのは、このときが初めてだった。奥の作業場で、とりわけアイロンがけが難しい白い木綿のシャツにアイロンをかけていると、店のベルが鳴った。表のベルはいつも、ノエルがドアを開ける音で迎えられたが、このときはドアの開く音がしなかった。誰もなかに通さなかったということだ。

もちろん、確かなことは言えないし、確かめるつもりもなかったが、ベルを鳴らしたのはテディだと思った。彼がやってきて、そして追い返されたのだ。フランシーンが初めて不安に駆られたのは、このときだった。大人たちが彼を拒みつづけたら、彼は訪ねてくることに疲れて、最後には音をあげるかもしれない。彼は彼で、あの人たちはわたしに替わって彼を拒んでいると思うだろう——彼とおなじように、このわたしも彼を一掃したがっていると。

このあいだのように、彼はバス停で待っているかもしれない、とも思った。けれども、彼は待っていなかった。とたんに、フランシーンは胸に痛みをおぼえた。大切なものを失ったような気がした。そのあと、ホリーが——ずいぶん久しぶりに——電話をかけてきて、彼女とクリストファーは近々パーティを開く予定で、そこにはジェイムズも来ることになっているので、フランシーンにも来てほしいと言った。父親は彼らのことを知っているし認めてもいるので、娘が誰とどこに行こうとしているのかわかっていたら、彼女をそこに行かせたはずだが、彼はこの日の午後、出張に出たところだった。ジュリアにありとあらゆることを約束すれば、許しが出たかもしれないが、さまざまな制約——タクシーに乗ること、家に電話を入れること、何があっても単独行動はとらないこと、十二時までに帰ってくること——を思い浮かべると、自分が哀れなシンデレラに思えてきて、わざわざ約束する気にはなれなかった。それに、ジェイムズのことはよく知らなかったし、自分が彼を好いているのかどうかもわからなかった。

テディのことはどうなの？　実年齢と実体験を越えた知恵は、頭をいっぱいにするものがあれば、友達づきあいや関心事や仕事がたくさんあれば、テディのことは一晩で忘れられるとささやいたが、フランシーンにはそういうものがなかった。あるのは、テディにしか埋められない空間だけだった。彼とはあれっきり会っても話してもいないのに、頭のなかはすでに、名字を省いてテディと呼んでいた。心のなかではすでに、自分がどう思っているか、一方的に話しかけていた、周囲から彼と自分が——自分たちが——不当な扱いを受けていることや、そうした世間に彼と協力して立ち向かっていることを。

ジュリアのことはよくわかっていたが、フランシーンはオックスフォードに家を買うという彼女の案に父親を承服させる力があるとは思っていなかった。だが、この案にはその力があり、父親を承服させたのだった。ほどなく、不動産業者から仕様書やパンフレットが届くようになり、フランシーンはあちこちの家について自分の意見を求められた。

ある面では、それはフランシーンがオックスフォードに進むことを意味しているので、好ましいことに思えた。彼らは目下、彼女がオックスフォード大学に進むことを真剣に考えているのであって、彼女に調子を合わせているわけでも、この大学に進むのは賢明ではないとか実際的ではないと諭す準備をしているわけでもないのだから。だが、べつの面では、それは警告を発していた。ジュリアの存在がますます、学校に通っていたときよりなお、近くなるという警告だ――彼女の好きなようにさせたら、ほんの目と鼻の先に。うまく説得して手に入れることができたら、ジュリアはカレッジの門の向かい側にある家を買うだろう――さまざまな物件の立地条件から、フランシーンにはそうなることがわかっていた。あの用務員宿舎が売りに出されてさえいれば、とフランシーンは皮肉をこめて思った。

ある日、二人はオックスフォードで家を見てまわった。フランシーンは繰り返し、意見と好みを訊かれた。

「大事なのは、あなたも、わたしたち同様、その場所を気に入ることなのよ、フランシーン。だから、あなたは意見を言わなければいけないの。これは人生における重大な決断のひとつよ、あなたの歳では普通は経験しないけれど。だからこそ、わたしたちは、あなたがこれに向きあうことが大切だと考えているの」

フランシーンは向きあったが、ジュリアは毎回、あなたがいいという家は遠くて交通の便が悪い、と切り返した。

「わたしとしては、ウッドストックに住むつもりはないわ」ジュリアは言った。「でも、気にしないで。今日はこれくらいにしましょう。なんなら、明日、出直してもいいし」

午前の郵便配達で、フランシーンのAレベルの結果が届いた。三科目ともAで通っていた。最高の結果だった。ホリーは二科目がAで、一科目はBだったが、それでも彼女自身、歓喜に酔いしれて、おしみなく「おめでとう」を連発した。フランシーンはフランクフルトにいる父親に電話をかけ、会議から彼を引き出して話したいと思ったが、ジュリアはその動きを察して舌を打ち鳴らし、ヒステリックに彼女を呼んだ。「あなたはどこまでも、自分自身の小さな宇宙の中心なのね」と言ったが、言った本人はうわの空だった。

午前の便には、デイヴィッド・スタナークの死を伝える親族からの手紙も含まれていた。死因は首吊り自殺だった。この件について何か新聞に載っていたとしても、ジュリアはそれを見ていなかった。手紙には、デイヴィッドは二カ月前に妻スーザンに捨てられて以来、すっかりふさぎこんで自殺をほのめかしていたが、周囲は本気にしなかったと書かれていた。ジュリアは激しい動揺をおぼえた。罪悪感をもおぼえたのは、スーザンには長いあいだ連絡をとっていなかったからだ。ジュリアには、もし自分が彼女と話していたら、あるいはデイヴィッドと話していたら、自分が彼らの結婚生活のカウンセラーになっていたら、この悲劇は避けられたという確信があったのだ。

首を吊ることは、自殺のなかでも恐ろしい方法だ。どうして、薬やアルコールでは、あるいは車の排気ガスでは、いけないのだろう？　デイヴィッドは自己嫌悪のあまり死の瞬間まで自分を罰したかったに違いない、とジュリアは彼女なりの心理学的手法で考えた。といっても、最後の瞬間は、詳しいことはわからないがロープか何かで舌骨が折れた瞬間は、このうえなく忌まわしいものになっただろう。

彼女はリチャードに知らせたいと切に思ったが、このことを彼と論じたくてたまらなかったが、あいにく彼はフランクフルトだった。

フランシーンは、ニュー・デパーチャーズに出かけていった。危機が訪れたのは、そこで働くのもあと二週間というときだった。

問題は外見なのか品性なのか、彼女にはどうしてもはっきりしなかった。ノエルを喜ばせ、かつジュリアと面倒なことにならないように、フランシーンは着実に自分自身の外見を軽く扱うようになり、ますます中年女性のような格好をするようになっていた。髪を束ねて結び、ジーンズのかわりにドッカーズを穿き、アイシャドーとマスカラをつけるようになったのは最近のことなのに、それもやめてしまった。ノエルはまだ満足していなかったが、フランシーンには自らを醜くする方法はもう見つけられないようだった。

試着したアルマーニのパンツスーツのウエストがしまら

ないことに腹を立てた客は、フランシーンに向きなおって、彼女は拒食症だと言った。きついパンツと格闘しながら、「絶対に餓死するわよ」と叫んだ。

「まだ十八ですし、もとから痩せているんです」と、フランシーンは言った。冷静に、しかし優しく言ったのに、声には怒りのかけらもなかったのに、客からは無礼にもほどがあると咎められた。ノエルからも非難された。

「いまのは、お客様より自分のほうがきれいだと言っているようなものだわ。どうして、あんなことをするの？」

その答えはいくつも思いついたが、フランシーンはひとつも口にしなかった。黙って作業場に戻り、ドアの内側にかけておいたジャケットをつかんだ。

「どこに行くつもり？」

「雇ってもらったことは感謝しているけれど、見てのとおり、わたしには向いてないわ、ノエル。それに……」フランシーンは深く息を吸った。「このお店も、わたしには向いてないと思うの。今週のお手当をもらうつもりはないわ。さようなら」

ノエルはぱっとドアを開け、通りをくだっていくフランシーンに後ろから声をかけた。「ジュリアにとっちめられるわよ、この小悪魔が！」

こんな女がテディを乱暴者呼ばわりしたのかと思うと奇妙だった。フランシーンは家まで走りつづけた。そうやって、これが本当の自由だと思えるものを満喫した。自由！こんなにも自由を感じたことはなかった。玄関に着くまえに、ジュリアがドアを開けた。ノエルは罵声を浴びせた直後に電話をかけたに違いなかった。

そして、つぎつぎと悪口がロをついてでた。フランシーンは恩知らずな怠け者で、反抗的で自分本位な未熟者だ。上級試験の結果がどんなによくても、立派な大学で人生のあらたな一歩を踏みだすのは見てのとおり無理だから、一年間、休みをとらせておいて、本当によかった。何があったのか、自分はいやでも父親に話すことになるけれど、聞かされたほうはさぞ失望するだろう。そして、いまは、フランシーンを自分の部屋に行かせて、夜までそこにいさせることが一番だと考えている。

フランシーンは肘掛け椅子に座った。そして、どこまでも冷静に、「馬鹿なことを言わないで、ジュリア」と言った。

ジュリアは目をみはった。それから、砲弾の雨を避けるかのように、両手で顔を覆った。

「わたしは十八歳よ、もう子供じゃないわ。もちろん、自分の部屋に行くつもりはないわ、自分がその気になるまでは」

ジュリアの答えはフランクフルトに電話をかけることだったが、その答えは報われなかった。リチャードは外出していて、聞こえてくるのはホテルの留守番電話サービスだけだった。ジュリアはつぎに、フランシーンが自分と父親を悲嘆に暮れさせ、自分の人生を破滅させたというようなことをうめくように言った。とはいえ、その言い方は、自分は首を吊った友人のひとりほど混乱していないと言っているようだった。それから、部屋をあとにして、ばたんとドアを閉めた。

ああ言った手前、フランシーンはさらに十分間、椅子に座っていた。そのあと、キッチンのドア越しに聞こえるジュリアのすすり泣きに少しのあいだ耳を傾けてから、二階の自分の部屋に行き、ジュリアにもらった携帯電話を探した。使い方を覚えるには少しの時間と少しばかり説明書を読む必要があったが、フランシーンはすぐに複雑な操作をマスターした。つぎに、彼女はテディ・グレックスの番号を打ちだして待ちかまえた。が、応答はなかった。

20

ハリエットを目覚めさせるのは、邸内のどこかほかの場所から聞こえてくる耳障りな音よりもむしろ、化粧テーブルのうえをまさぐる音だった。薄暗がりのなかに、彼女はフランクリンの姿を見つけた。彼は、先端に明かり採り窓を開けるフックのついた棒を手にしていた。

「どうかした?」

「静かに」彼は言った。「階下に誰かいる」

初めて夫から夜中にそう言われたときは、恐怖のあまり悲鳴をあげたものだが、それは二十年もまえのことだった。そのときも、そのつぎも、そのまたつぎも、階下には誰もいなかったのだから、今回もそうだろう。フランクリンは、誰にも聞こえない音を聞いたのだ、ブザーや衝撃音はもとより電話のベルより小さな耳鳴りのようなものを。しかも、彼はほかの人よりよく音を聞きそこなう。馬鹿な老いぼれ。ハリエットはひとり心のなかで、さげすむようにこの言葉を繰り返した。

フランクリンはキャメルのナイトガウンを着て、胴を紐で結んでいた。棒を手にしたまま、彼はこっそりと寝室のドアを開けた。以前、似たような状況で、ハリエットが明かりをつけると、フランクリンは闇を取り戻すまで、顔をしかめて宙を殴りつけ、音を立てずに地団駄を踏んだものだった。ハリエットはじきに、彼が階段を降りていく音を耳にした。ほかには何も聞こえてこなかったが、彼はやがて、いつもの申し立てを司令官口調で口にした。「動くな。じっとしていろ。わたしには武器がある」

その結果、反応がないと——あったためしはないが——彼を明かりをつけるのだ。ハリエットは寝室の照明をつけた。

「自分でもわかっているんでしょう?」夫が戻ってくると、彼女は言った。「有能な泥棒にかかったら、二秒でやられてしまうわ。あなたは年寄りなんだから」

「確かに、わたしはベッドのしたに隠れているほうがよさそうだな、おまえが侵入者にレイプされているあいだは」

と言って、フランクリンはわけ知り顔で笑った。

ハリエットはしばらく、目を覚ましたまま横になっていた。すぐ横のベッドサイド・キャビネットには、テディ・グレックスの下絵と説明書の入った封筒が載っていた。朝になったら、彼に電話をかけて、出向いてもらい、今回の計画について話そうと思った。もちろん、本当は計画などないし、ご自慢のジョージ王朝様式のアルコーブにニーズデン出の若造が戸棚をつくるつもりでいることを知ったらフランクリンは癇癪を起こすはずだから、この話は何から何まで実行不可能だった。それでも問題にならないのは、ハリエットはこの話を本気で考えていないから、言いかえればテディ・グレックスだけが本気で考えているからだ。ハリエットはもう一度、彼に本当の目的をわからせるチャンスを与えて、それでもだめなら、下絵と解雇通知を差し出すつもりだった。

だが、折しもいまが夜中で、夜にはいつも物事が違って見え、より絶望的で憂鬱な気分になるせいか、ハリエットは内心、わたしはテディ・グレックスのことでひとつミスを犯していたとつぶやいた。考えてみたら、断られるのは今回が初めてではなかった。ハリエットの申し出は、四回に一回の割合で断られてきたのだ。というのは、彼女は長年、若い建築業者を数知れず――全員を束ねて協力させたら（ときには彼女自身、笑いながら、こんなふうに考えることがあった）、家具の備わった百エーカーの住宅が建つほど数多く――楽しませてきたのだが、そこにはつねに彼女の誘いを拒むものがいたからだ。ひとりか二人、二人か三人、三人か四人、そこにはつねに誘いを拒むものがいたのだ、臆病であったり新婚であったり同性愛者であるために、あるいは妻や恋人に忠実であるために。ということは、ただ単にわたしに魅力を感じない男もいるのかもしれない。

テディ・グレックスは、このカテゴリーに入るように思われた。そうだとしたら、どうしようもない。その後まもなく、ハリエットは眠りに落ちた。目を覚ますと、フランクリンがガラスの破片を持ってベッドの脇に立っていた。

深夜の騒ぎはどうやら、何者かが塀越しに石を投げいれ、裏のガラスを割ったことに原因があるようだった。裏側の窓には差し錠がしてあるため、単に迷惑なだけで、危険はなかった。

「どうして、そんなものを見せるの？」ハリエットは言った。「わたしには直すつもりはないわよ」

「ことによると、わたしはおまえの喉を切るつもりかもしれない」フランクリンは陽気に笑って、本気でないことを示した。「ともかく、ガラス職人を頼んでくれ」

「えっ？」

「窓枠にガラスを塡める職人だ」

これもひとつの考えだ。テディ・グレックスがだめなら、ガラス職人がいる。ハリエットは鏡を見つめ、そこに映っているものにすっかり満足した。テディに電話をして、ヘアサロンに行き、なんならセントジョンズ・ウッドの目抜き通りで新しい服を買おう。ウエスト・エンドやナイツブリッジに行っている時間はなさそうだから。もし、テディが来ることになったら、たとえばそう、二時に来ることになったら、ガラス職人には一時半に電話をかけよう。そうすれば、二人がかち合うことはないから。

フランクリンがハリエットのために新聞と紅茶を運んでくると、彼女はふと、彼が自分に誠実であったかどうか訊きたくなった。でも、そんなことを訊いて何になるの？偽りの返事をされるか、おなじ質問を投げ返されるだけよ。

ハリエットはふたたび、鏡のなかの自分を見つめた。《ハム・アンド・ハイ》にはガラス職人の広告も載っているかもしれないと思い、鏡を見つめたまま新聞を広げた。フランクリンが鏡のまえに立ち、ポケットにハンカチと鍵と小銭と折りたたんだ小切手を戻しはじめると、今度は彼の頭を避けて、自分の肌がどれほど白いか髪がどれほど赤いか見つめなおした。

「おまえはどうして、いつも自分のことを見ているんだい？」初めて訊くような口ぶりで訊いた。

「自分のことは他人のこと以上に見えないから」

フランクリンは笑った。「まえに言ったように、わたしは来週、休暇で出かける。だから、いまからクリーニング店に行って自分のものを取ってくる。おまえは昨日、それを取りにいくことになっていたのに、なぜか取りにいかなかったから」

「ひとりで出かけるの、フランキー？」

「どうして、そんなことを訊くんだ？　一度でも、わたしがおまえに訊いたことがあるか？」

ハリエットは、鏡に映った自分に口を尖らせた。「いつか、近いうちに」彼女は言った。「あなたはここに戻って、わたしが出ていったことに気づくことになるかもしれないわ」

「そうだな」と、彼は言ったが、そんなことはないと思っていた。「しかし、おまえが戻ってみたら、わたしがいなくなっているかもしれないぞ」

「わたしが何も言わずに突然、立ち去ったら、あなたはどうするつもり？」

フランクリンはにやにやした。年配の痩せた男にはよくあることだが、彼が微笑むと骨張った顔が死神のそれになった。「ガラス職人に電話を入れるのを忘れるなよ」と言った。

夫が出かけると、ハリエットはガラス職人ではなく、テディ・グレックスに電話をかけた。二時なら、好都合です。下絵を見た感想は？　ハリエットはろくに下絵を見ていなかったが、電話で自分の意見をのべるのは気が進まないと言った。それについては、彼がきてから、二人で話そうと言った。

担当のヘアドレッサーは、ハリエットの髪に最新のトロピカル・マホガニーを塗りつけたが、その間に、髪の根本がところどころ灰色から白に褪色していると言った。そう言われたので、ハリエットは自分の髪が一本残らず紫色の染髪料で覆われているのを見てほっとした。隣りの店で、彼女は白いパラッツォ・パンツと、白とピンクと翡翠色のトップを買い、それを着たまま、それまで着ていた服を店のバッグに詰めて家に持って帰った。

この日、《ハム・アンド・ハイ》にはガラス職人の広告はひとつもなかったが、イエローページにはたくさん載っていたので、最後にはケビンというファースト・ネームをもつ男を選んだ。ケビンという名前の男はたいてい、見こみのある候補すなわち三十以下だった。お目当てのケビンは家を空けていたので、ハリエットは彼の留守番電話にメッセージを残したが、彼女にとってはこのほうが都合がよかった。すぐに来ると言われたら、まごつくはずだから。

あらためて生身のテディ・グレックスを見ると、遠い日の感情が目を覚ました。わくわくするような興奮が、若いときによく感じたあの感覚が、ハリエットの身体を駆けぬけた。彼はじろじろ彼女を見ていたが、彼の表情を読むことはできなかった。ハリエットとしては、彼は魅了され、自分を崇めていると思いたかった。

だが、彼はまたしても飲み物を断った。彼に言わせると、要点は二人でいっしょに下絵を見て、どれにするかは彼女が決めることだった。ハリエットはわざと下絵を二階に置いてきた。これには彼を寝室に連れこむという下心があったのだが、彼は彼女だけをそこに行かせた。彼の態度は一分ごとにますます冷たく、よそよそしくなっていくように思われた。下絵をとって階下に戻ってくると、彼は破れた窓のそばに立って舗装された一角を、言いかえればガレージの裏と路地に通じる門を眺めていた。「どうしてこんなことに？」と言って、破れた窓を示した。

「誰かが夜中に石を投げいれたに違いないわ」

彼はうなずいた。「板で囲う必要がある」

しかし、彼はその理由も、自分から囲うとも言わなかった。彼女は彼のそばに立って、窓を調べるふりをした。彼はかがんで、床から何かを拾いあげた。彼が拾いあげたのは、ずっとまえに、どこか遠くの浜で、海によって削られたなめらかな小石だった。二人の頭が触れたのは、彼女がかがみ、彼が立ちあがろうとしたときだった。仮にも時間を無駄にしていることをハリエット自身に告げるものがあるとしたら、それは彼のこのときの反動だろう。彼はぱっと離れて小石を握りしめたのだ、あたかも彼女に投げつけるかのように。

どこまでも無神経なわけではないので、ハリエットは赤面して食卓につき、ものうげに下絵を広げた。たとえハリエットより観察力が劣っている人間でも、他人をセックスの対象としてのみ見る傾向が少ない人間でも、自分の作品を見たとたんにテディの目が輝き、その顔に崇拝にも似た表情が広がるのは見落とさなかっただろう。しかし、その崇拝が彼女にたいするものでないことは明らかだったし、それでなくても彼女はすでに侮辱され、傷ついていたのだった。彼女は出し抜けに言った。「やっぱり、違うわ。こういうものじゃないのよ、わたしがほしいのは」

彼女に向けられた彼の視線は、感じのよいものではなかった。そこには軽蔑と、あからさまな反感がこもっていた。

「えっ？」

「これはわたしが望んでいるものじゃないと言ったの」

「そんな、これはあなたが頼んだものですよ」

「そう言われても困るわ。わたしが考えていたものと違うんですもの。違うどころか、似ても似つかないわ」ハリエットはなかば楽しんでいた。「デザインがとくにいいわけでもないし」彼女は続けた。「わたしはこういうことには詳しいの。あなたにもわかるはずよ、この家を見させすればば。あなたのデザインは――そう、この家の基準に達していないのよ」

今度は彼が赤面する番だったが、赤くはならなかった。真っ青になって、完璧な――一本だけ先が欠けて変形している――長い指を握って拳をつくった。そして、立ちあがった。ハリエットはなぜか、彼が言葉を返すとは思ってなかったので、彼が口をきいたのには驚いた。その口調は怒りに満ちた冷たいものだった。「裏から出ていってもいいですか？ 路地に車を置いてきたので」

「どこからでも、お好きなように」彼女は言った。「わたしにはどうでもいいことだわ」

それでも、彼女は裏から出ていく彼を、途中で何か盗みだすのではとでもいうように見張っていた。といっても、舗装された小さな中庭には、セイヨウネズが植わっている石のかめと重くて持ちあげられない白い鋳鉄製のガーデンセットのほかには、盗みだすようなものはなかった。彼は門を開けると、肩越しに不機嫌そうな顔を見せてから、路地に出て後ろ手に門を閉めた。

ほどなく車のエンジンがかかる音がしたので、彼女はそれを待って門のところに行き、差し錠をかけた。家の背面は、正面よりなお厚く、いまでは赤く色づきはじめたバージニアヅタに覆われていた。この植物にはどれほど葉っぱがついているのだろう？　何十万——いや、何百万、何千万だ。十四の人間の祖による支配時代《マンバンタラ》と、ひとつの黄金時代《クリタ》が、ひとつの劫波《カルパ》をつくる——ハリエットは心のなかで繰り返した。けれども、こんなふうに考えるのは彼女らしくなかった。何枚、葉っぱがついていようと、わたしの知ったことではない。そう思って、彼女は家のなかに入り、手近な鏡で自分の容姿をチェックした。

いつだったか、結婚したてのころに、フランクリンは鏡を見ている彼女に「鏡を見ても本当の自分は見えない」と言ったことがある。誰でも鏡を見るときは多少、口を尖らせたり、微笑んだり、顎をあげたり、おなかを引っこめたり、肩を怒らせたり、大きく目を見開いたり、表情をやわらげて白痴のような顔をする。だから、鏡を見ても始まらないのだ、さっと身なりをチェックして、ズボンやスカートのジッパーがしまっていることを確かめるとき以外は。

彼がそう言ったにもかかわらず、ハリエットはいまもそうしているように鏡を見つづけ、彼が引き合いに出したことをことごとく実行したあげく、半ば目を閉じて口のまわりの線をぼやけさせ、首を横切る二本の筋を片方の手で隠した。そうすると、鏡には好ましい像が、五十過ぎにしては驚くほど若い女が映ったので、彼女は電話のベルが鳴るまで自画自賛していた。

電話は、ガラス職人のケビンからだった。明日、昼前に行ってもいいですか？　そうしてもらえるとありがたい、とハリエットは言った。声からすると、彼は十九かそこいらだ。

21

　彼らは、間道沿いのパブに入った。フランシーンの家からもっとも近いこの店は、三〇年代に建てられた赤煉瓦づくりの、いわゆる郊外幹線道路沿いの街道ナイトクラブで、外見は立派だが、なかはひどく手狭なうえに、スロットマシンと煙と騒音がうずまいていた。

　彼は彼女に、この店は醜い、こういう店が建てられ、いまだに持ちこたえているのは罪悪だと言った。こういうところは取り壊されるか、一掃されたほうがいい。この店とおなじくらい、あるいはその半分ぐらい、忌まわしいものはことごとく破壊されてしかるべきだ、ブルドーザーで徹底的に跡形もなく。人間がありとあらゆるところで目を楽しませるには、感性を満たすには、美しいものにのみ存在が許されるべきだ。

　彼女が話を聞いて相づちを打ったのは、彼がうまく話したし、こういうことをよく知っているように見えたからだ。しかも、彼は気づいていなかったが、彼女にはなぜか、これが彼の口説き方で、彼の美しいものへの賞賛は自分にたいするそれだとわかったのだ。

「ああ、わたしもどこか、きれいなところに住んでいればよかったのに」彼女は言った。「残念だわ。あなたはどう？」

　彼女には、そんなふうに——どんなふうにも——考えてほしくなかった。彼は首を振った。彼女を相応しい場所に連れていくことができないのかと思うと、どっと怒りがこみあげた。自分には恥じいる必要のない場所はどこにもないのかと思うと。

「昔は住んでいたのよ」と、彼女は言った。そして、そこで起こったことによって本来の美しさが損なわれてしまったコテージのことを考えた。「あなたはお家《うち》に住んでいるの？」

　ほかにどこに住むところがあるだろう？　人が住んでい

るところが家ではないか？

「つまり、ご両親といっしょに？」

「両親は死んだ」

「お気の毒に」彼女は言った。「わたしにもわかるわ。母を亡くしているから」

母親がどんな死に方をしたか、それを彼に話すつもりはなかった。戸棚に隠れていたことや、男の足音と銃声を聞いたことを打ち明けるつもりはなかった。彼に友情を感じたら、それが友情であることがわかったら、何もかも明らかにしようと思った。そして、彼女は大学に行くまえに一年間、休みをとっていることではなく、それまでしていた仕事と将来の仕事について話しはじめた。彼は聴いているだけで、質問はしなかった。だから、彼女は、彼が聴いているのは彼女の言葉や考えではなく、彼女の声、すなわちその音色と響きと、テレビドラマに出てくる女優のようなシャンプレーン校の美しいアクセントだとは思いもしなかった。

「ジュリアには、女友達と出かけると言ったのよ」彼女は言った。「友達のホリーといっしょだと。ホリーのことは覚えているでしょう？」

「ぼくが？」

「ほら、展示会で」

「ああ」と言って、彼は言いそえた。「あのときの、ブスか」

フランシーンはショックを覚えた。「そんな、彼女はとてもきれいよ。みんな、そう言っているわ。男の人にはすごく魅力的なのよ」

「きみと彼女とでは」彼は真顔で言った。「なんていうか——お姫様とヒキガエルだ！」

これを聞いて彼女が笑いだすと、ややあってから彼も笑ったが、こんなふうに感情を表わすことは少ないらしく、彼の笑みはどこかゆがんでいた。じきに、二人は歩いて帰りかけたが、途中、小さな公園に立ちよってベンチに座った。秋にはまだ間のある穏やかな夕暮れだった。彼は何も言わずに話しかけられるのを待っているように見えたので、彼女はそもそも自分から彼に電話をかけたわけを思い返した。電話をしたのは、誰か信頼して何でも打ち明けられる、せっかちな学校友達ではない、誰かいままでにない、誰か――つぎの言葉はふと頭に浮かんだ――自分のことを大切にしてくれる人を必要としていたからだ。だから、彼女は暗くなりかけた公園のベンチに彼と座って、ジュリアが彼女を閉じこめて自警団の役を果たしていることを彼に話したのだ、ジュリアが彼女の動きに目を光らせながら熱心に彼女に取りいろうとしている現状を。そして、最後にはジュリアと父親が何らかの方法を見つけて彼女を屋内に監禁し、オックスフォードへの進学を妨げるのではないかと恐れていることを。

彼は途中で言葉をはさまなかった。耳を傾けて、ときおり相づちを打った。彼女は、ホリーやミランダが示す受け入れがたい解決法が示されると思っていたが、彼はなんの解決法も示さなかった。そんな彼が、彼女には、心理療法士の鑑《かがみ》のように思えた。聞き上手で、受けとめ上手で、すべてを吸収して理解すればなおよろしい。本物はこちらで、ジュリアのような人たちではない。歩きつづけるうちに、彼は彼女の手をとって握った。まさに望んだときに望んだことをしてくれたのは彼が初めてだ、と彼女は思った。

別れぎわに彼がキスをしたら、彼女は怖がっただろうし、おそらくはショックを受けただろう。キスはしなかったが、彼は、何ひとつ疑っていないかように、あたかも神か運命によって定められているかのように、「明日、また会おう」と言った。

「どこで？」と、彼女は訊いた。

「ここで。いま、ぼくたちがいるところで。この木のしたで。七時に」

ジュリアは、玄関ドアのすぐ内側で待っていた。フランシーンが着くまえに、ぱっとドアが開いた。ベルを鳴らしたり鍵を差しこむまえにドアが開くことにはつねに、不吉な兆しというより災いの前触れに近いものがあった。このときは、叱責が待っているものと思われた。実際、待っていたのは叱責だった。ジュリアは甲高い声で、「どうやって帰ってきたの？　タクシーの音は聞こえなかったわ」と言った。

「歩いてきたのよ」

「地下鉄の駅から歩いてきたということ、フランシーン？　それはしてはいけないことよ。暗くなってからは。それくらい、わかっているはずよ。もう少し大人かと思っていたわ。タクシー代が足りなかったら、運転手にひと言、わたしを呼んでくるあいだ待ってくれと言えばいいのよ。そしたら、わたしがお金を払うから」

フランシーンは自分の部屋にあがった。

ミセス・トレントが壁の色に選んだのは、さえない薄緑と汚い黄土色だった。テディとしては、そんな色は塗りたくなかったが、塗るしかなかった。彼がはじめて身をもって学んだ教訓は、お金をもらって他人のために仕事をするときは、言われたとおりにしなければならないということだった。要するに、費用を負担する人間がすべてを決めるのだ。

ペンキを塗りながら、彼は考えた。ハリエット・オクセンホルムはすでに彼の記憶から消えかかっていたが、ときには驚異の源として思い出すこともあった。彼女がアルフェトンの描いたハリエットでありうることは、彼にはいまでも驚きだった。とはいえ、彼により大きな関心をもたせたのは、彼女の家に下絵を置いてきたことだった。ゆとりがあれば、彼は下絵をコピーしていたはずだが、現実にはそうしなかったし、手元にないものをコピーするわけにもいかなかった。だから、彼はそれを取り戻すために、あの家にもう一度、行きたいと思ったのだ。

どうやら、彼女はひとりであそこに住んでいるようだ。そのほかにも住人がいるという話はひとつも出なかった。そのうちに楽しい空想が始まり、フランシーンをオルカディア・コテージに連れていくと、そこは二人だけのものになっていた。ハリエットはどこかに去ったあとで、その場所は自分たちのために残されていたのだ。フランシーンは寝室の、あのベッドに横たわっていて、ぼくは彼女に……。テディには、それ以上、空想を追いかけることができなかった。というのも、彼は彼自身の、長いあいだ認められなかった、強靭な若い男の要求と欲望に圧倒されたからだ。彼の身体は彼の手に余るものに、言いかえれば肉体がすべてになり、心は赤熱と赤光以外の何ものでもなくなったのだ。

彼は自ら冷静さを取り戻して、深く息を吸った。オルカディア・コテージを手に入れることは、考えてはいけないことなのだ、不可能なことをくよくよ考えても意味がない。考えなければいけないのは、あの場所を利用することだ。つまり、いま頭に浮かんだ方法が実行可能かどうか自問することだ。

仕事から戻ると、彼は一休みするかわりに家の掃除を始めた。家は、彼の目にはまだ、ひどいものに映った。といっても、ここ以外に、彼女を連れていくところがあるだろうか？ 車があればもっと簡単なのにと思いながら、彼は掃除機を片づけてフランス窓のところに行った。高いヒレのついたエゼルの尾部は、夕日に照らされて深いゴールドに光っていた。たとえ、キースという荷物が積まれていなくても、俗悪なエゼルにとくべつ優雅な彼女が乗っているところは想像できない。唯一、自分に残された道は、こいつを売って、これほど金のかからない車を買うことだ。

それにはまず、トランクの中味を出さなければならない。車を見つめているうちに、いざとなったら怖くてトランクを開けられないのではと思った。怖くなるに決まっている、と自分でもその思いを認めた。あの晩から、六カ月いや七カ月が経っている。その間に起こったことは？ 腐敗に決まっている。だけど、腐敗ってなんだ？ 彼は、母親が死んだときに、祖母が「これなら、虫に食べられることはないから」と言って火葬を希望したことを思い出した。あのビニール袋のなかはどうなっているだろう？ 虫がわいているとか、中味が溶け出しているとか？ 彼はうなじの毛が逆立つのを感じた。あのトランクは開けられない——だけど、いつかは開けるしかない。

反面、エゼルをずっとこのままにしておいて、トランクには手を触れずに、永久に見張っていようとも思った。そうすれば、十年か二十年後には、いつかトランクを開けた日には、ビニール袋の中味は乾いた灰色の骨になっているはずだから。だが、これはもうひとつの夢にすぎなかった。骨にならないことは自分でもわかっていたし、一生、自分をこの場所に縛りつけることもできなかった。じゃ、彼女はどうなんだ？　あんなものがベッドの数フィート先にあるこの場所に彼女を連れてくるのか？

彼は家を出て、木陰で彼女と落ちあうと、前日とは違うパブに連れていった。彼の幼年時代、彼の両親、彼の友人、彼の知人、彼女は彼にまつわるすべてを知りたがった。ジミーとアイリーンについては事実は語れても話はつくれなかったので、彼はかわりにキースの話をした。キースの車と、キースが崇拝していた偉大な自動車考案者のことを。その叔父さんはどこにいるのかと訊かれたので、リップフックに退いた、近ごろリップフックにバンガローを買ったと言った。

「でも、車を置いていったんでしょう？　彼はそのうち、車を取りにくるんじゃない？」

もう少しで、テディは身震いしそうになった。腐敗の段階にある灰色の骨張ったキースがのそのそと門を抜け、あの車に乗って……。

「リップフックのことは、とてもよく知っているのよ」彼女が言った。「母が生まれた場所だから。むこうには親戚もいるわ」

彼女の顔にふと影が差したように見えたが、彼はほっとした。そう思ったのは単に、彼女がそれっきりリップフックのことを話さなくなったからで、その理由を突き止めることにはまるで関心がなかった。彼は何も言わずに、じっと彼女の顔を見つめた、赤い花のような閉じた唇と、大きな黒い瞳と、中央で左右にわかれて顔の両側になめらかなカーテンのようにさがっている黒い髪を。手を握ってもよかったのだが、彼女に触れたら自分を抑えられなくなり、どこにでもいる酒飲みのまえで彼女を引きよせて抱きしめるかもしれないから、それさえできなかった。

「あの鏡のことだけど」彼は言った。「展示会が終わったら、いっしょに取りにいってくれないか？」

「明日と明後日は行けないわ、どうしても無理なの」

「ぼくが言ってるのは土曜のことだよ」

「いいわよ」彼女はちょっと考えてから、幼い女の子のような調子で言った。「でも、そのときは、あなたの家と例のクレイジーな車を見にいってもいい？」

もはや、ほどこす術はなかった。彼女と二人きりになる必要があるのに、ほかに二人きりになれるところがあるだろうか？　彼には、なんとかして彼女と二人きりになり、自分が彼女を欲しているのとおなじくらい彼女に自分を欲してもらう必要があったのだ。そのためにはどうすればいいのか、彼は何も考えていないようだった。だが、彼は木立のしたで、彼女と前夜わかれて、この夜また会ったところで、こうした状況を単純にする大切なことを理解したのだ。自分も相手も若く、どちらも見映えがする場合は、言葉はさほど重要ではないし、賢さや経験もたいして意味をなさない。何よりも必要なのは、相手を見つめることだ。見て、望んで、そして触れることがすべてだ。これに続くのが、互いに相手に飲みこまれたい——さらには同化したい——という思いに、二人を同時に駆りたてる一種の電流なのだ。

キスは、こうして生まれた行為のひとつだった。彼は唇を離したくなかった。相手がすっかり自分のものになるまで続けていたかったし、彼には、言葉はなくても、彼女もおなじ思いでいることがわかっていた。やがて、大きな流れが、二人を溺れさせるような波が迫ってくるのが感じられた。唇を引き離したのは、彼のほうだった。腕の先まで彼女を押しやってもなお、彼はあえいでいたが、その間、彼女もあえいでいた。

彼は彼女の目を見つめ、彼女は彼の目を見つめた。二人とも、競走してきたかのように息を切らしていた。彼は両手で彼女の顔をそっと包むようにして、おやすみの言葉をつぶやいた。そして、走りだした。地下鉄の駅にむかって飛ぶように通りをくだっていくその姿は、自分とおなじくらい口づけを切望していた娘を抱きしめた若者というより、犯罪をおかして現場から逃げていく罪人のようだった。

土曜日のことは、まだ打ち合わせていなかった。どうしようかと思っているところへ、彼女から電話がかかった。この週末は、父親が家にいることになった。父親は電話で、自分と継母を郊外の友人宅に連れていきたいと言ってきたが、自分はイザベルと約束があるからいけないと断った。継母はキャンセルするようにと説きつけているが、自分にはキャンセルするつもりがない。父親には、自分はもう、彼やジュリアの後ろについて出かけるような歳ではないと言ってある。

それは、テディのあずかり知らない世界だった。こういう人々は、彼の理解を超えていた。フランシーンにテート・ギャラリーで会う約束をしたあと、彼はミセス・トレントのところに行った、彼女の居間を薄い緑色に塗るために。彼自身の家は——他人に自慢できるものではないが、彼はこの家を自分のものだと思っていた——これ以上、きれいになりようがないほど、きれいになっていた。どこもかしこも、さっぱりしていた。汚れはすっかり洗い流され、窓はきらきら光っていた。しかし、彼女をここに連れてこられるのだろうか？　いや、どうしても連れてこなければ。といっても、窓の向こうにエゼルと例のトランクの中味があるうちは、彼女をここに呼ぶのは一度だけにしたほうがいい、今度だけに。あとは、できるだけ早く、やるべきことをやろう。それがすんではじめて、この家は本当にきれいになり、ぼくは自由になるのだから。

22

バスの待合所に、恐ろしい声をしたあの若者が座っている。わたしとノエルが近づくなと警告したのに、彼はまたしてもあそこにいる。ジュリアは窓から、彼をじっと見つめた。彼女には、彼が〝問題の男〟であることを確かめる必要があったのだ。もちろん、彼女のいう〝問題の男〟は、声も、外見も、マナーも、横暴な態度も、その男が備えているものはすべて〝問題がある〟という意味だ。といっても、フランシーンに電話をかけてきたのはあの男だろうか、ノエルの店に電話をかけてフランシーンと話したのは？

仮に車を持っているとしたら、彼はなぜ、待合所で待っているのか？　この謎は簡単に解ける、バスを待っているのではなく、フランシーンを待っているからだ。自分の車はどこかに停めてきたのだろう。ジュリアはコートをはおり、駆け足で大通りを渡りはじめたが、反対方面に行く車があったため通りの真ん中で足止めをくらい、運転手に怒鳴られるはめになった。

このときには、若者はすでに立ちあがって、待合所の壁に貼ってあるバスの時刻表を読んでいるふりをしていた。ジュリアはベンチに座って、彼を観察した。もう一度、彼を再確認したかったのだ。前回は気がつかなかったが、彼の黒い髪は巻き毛で、目は茶色だった。たぶん、アジア系かアジア系のハーフだろう。言葉にロンドンなまりがあることは、なんの意味もない。おおかた、この国で生まれたに違いない。ピンストライプの濃紺のスーツに、白い開襟シャツを着ている。馬鹿げた組み合わせだ、とジュリアは思った。

名前を訊きたいと思ったが、ジュリアにはそれだけの図太さがなかった。フランシーンを救うためなら、あるいは害悪から彼女を守るためなら、ジュリアは何事も厭わなかったはずだが、見知らぬ人間に近づいて名前を訊くことにはやはり、気力をくじくものがあった。訊かなければならないときがきたら訊こう、いますぐ訊くことはない。

若者の姿をしっかり記憶に刻むと、ジュリアは横断歩道のすぐ先にある角を曲がって、幹線道路から脇道に入っていった。そして、若者の赤いスポーツカーを探しはじめたが、見つけるまでには相当、歩かなければならなかった。かなりきつい上り坂になっている脇道をのぼりきって丘のうえまでくると、はたしてそこには赤いスポーツカーが一台停まっていた。それでも、どこかに停めてあるずだと思っていたから、彼女は驚かなかった。

あたりには誰もいなかった。人より車の多い通りには、よくあることだ。ジュリアは窓という窓をのぞきながら、スポーツカーのまわりを一周した。ダッシュボードには小冊子と鉄道の時刻表が置いてあり、そのうえに中味の入った封筒が載っていた。封筒に記されていた名前はミスタ・ジョナサン・ニコルソン、住所はＳＷ６フルハムだった。

ジュリアは探偵仕事の成果に気をよくして家に戻ったが、反面、おおいに気をもんでいた。フランシーンはどこで、この男と知りあったのだろう？　何人もいる友達のひとりが、ホリーかミランダか誰かが、二人を引き合わせたに違いない。ジュリアは内心、フランシーンがノエルの店を辞めた日に生まれて初めてジュリアに勝利をおさめ、自分の部屋に行けと言ったのに逆らったことを認めていた。それ以来、フランシーンは出かけたいときに出かけるようになり、これまでどおり早めに帰ってくることがジュリアの支配にたいする唯一の譲歩になった。なぜ、こんなことになってしまったのだろう？　どうして、こうなるまで放っておいたのだろう？

自分の名前や住所や職業は誰に言われなくてもわかっているように、ジュリアには、フランシーンが不意に得たこの自由によって自ら失敗することがわかっていた。この自由が、彼女を滅ぼすことは目に見えている。彼女は破壊され、たとえ死は免れても、ゆくゆくは精神病院に閉じこめられる。それだけは、なんとしても回避するつもりだ。

フランシーンは自分の部屋にいた。だから、彼女――ジュリア――はそこ行き、ドアに鍵をかけさえすればよかったたのだ。なんといっても、フランシーンは専用のバスルームをもっているのだから、不必要な苦痛にさらされることはないのだ。バスルームを使うことも、水を飲むことも、彼女には可能なのだから。ジュリアはつぎに、フランシーンの部屋に窓と開口部のついた新しいドアを取り付けさせることを考えた。このようなドアは以前、刑務所に関するテレビ番組で見たことがあった。蓋つき窓《ハッチドア》の開閉は、外部からのみ可能だった。開口部は、フランシーンの食事を出し入れできる大きさにしてもらおう。心配でたまらない両親が子供を自室に閉じこめ、何年も幽閉していたという話はよく目にする。ジュリアも以前は、こういう話を読んで「とんでもない」と思ったものだが、いまではそうとも言いきれなかった。

そこへ、電話が鳴った。かけてきたのは、近ごろ宝くじを当てた友人のローラだった。彼女と夫は目下、その賞金でレストランつきホテルを建設しつつあり、一カ月後の開業を目指していた。ジュリアがまだフランシーンのために仕事を探しているなら、受付係にひとり、顔立ちと言葉遣いのきれいな娘を採用したいと思っている、とローラは言った。ジュリアはまず、こうした状況でフランシーンが出会う人々のことを、言いかえればフランシーンが男性客のまえで魅力的に振る舞わなければならないことを考えた。つぎに、恐ろしい想像に声が震えないようにつとめながら、断固たる口調でノーと言った。

気がつくと、部屋のなかを行きつ戻りつしていた。近ごろ、よくあることだった。この動作で唯一、期待できるのは減量効果だが、ジュリアの体重は減るどころか、むしろ増えていた。彼女が行きつ戻りつするのは、そうしたいからではなく、じっとしていられないからだった。気がかりで神経がすり減っているのだ。彼女はたびたび、煙草か何か自分にも神経を和らげてくれるものがあればと思った。

しばらくすると、髪を後ろに束ねて黒いレザージャケットを着たフランシーンが階下に降りてきた。ジュリアが行き先を訊ねると、フランシーンは「買い物に」と答えた。

数カ月まえには、けっして起こり得ないことだった。ジュリアは二階に行き、寝室の窓からフランシーンの後ろ姿を目で追った。彼女は通りを渡ってジョナサン・ニコルソンが待っているところに行くと思われたが、ニコルソンの姿はすでになく、バスの待合所には誰もいなかった。フランシーンは相変わらず通りのこちら側を、商店街に向かって歩いていた。ジュリアは窓のそばを離れ、フランシーンの寝室に入った。彼女もかつては高潔な女だったが、いまはフランシーンの部屋を物色し、私物を詮索することに良心の痛みをおぼえることもなかった。

ベッドの脇のコンセントには、充電中の携帯電話が差しこまれていた。ジュリアはそれを見て、かつて自分がフランシーンの安全を保証するために、なおかつ彼女を見張るために買い与えたものには、まったく反対の働きがあることに気づいた。これがあれば、フランシーンは内緒で電話をかけられる。ジュリアは引き出しを開け、普段はほとんど目にしないものを探した。アドレス帳を見つけたときは詳細になかを調べたが、どういうわけか、フランシーンの日程表兼日記帳をのぞくのはためらわれた。考えただけでも、恥ずかしさで全身が熱くなった。

フランシーンのバスルームに入ってみると、そこは驚くほどきれいに片づいていた。これがまた、なんとなく、ジュリアをひるませた。しかし、彼女は洗面台のうえの戸棚を開け、なかに目を光らせた。彼女自身、頭では理解していたが、経口避妊薬は飲んだことがないし、どんな形状をしているのかも知らなかった。唯一、戸棚のなかにあったピルとおぼしきものは、よく見るとパラセタモール（非アスピリン系鎮痛解熱剤）だった。聞くところによれば、鉄面皮な娘たちは——ジュリアに言わせれば、ホリーは間違いなくそのひとりだった——ボーイフレンドが使うコンドームを持ち歩いているという話だったが、コンドームがあればジュリアにもわかったはずだし、フランシーンの部屋にはそういうものはひとつもなかった。

気がつくと身体じゅうが震えていた。ジュリアは後ろ手にドアを閉め、手すりにしがみつきながら階下に降りて、ブランデーを一杯、口にした。これは、ほとんど前例のないことだった。ジュリアは普段酒を飲まないので、ブランデーで喉はひりつき、頭のなかは炎でいっぱいになった。

そこへいくと、食べ物は大きな慰めになった。彼女は冷蔵庫のまえに行き、チーズケーキとピザをそれぞれ一切れ、それにポテトサラダを口に詰めこんで、早く食べればそのぶん量とカロリーが減るとでもいうように、一気にむさぼった。それから、玄関ホールの椅子つまり電話の横に置いてある椅子に座った。そこまで行くと、猛烈な胸焼けが襲ってきたので、彼女は両手をもみしぼり、頭を左右に揺さぶった。

一時間ほどそこに座っていると、フランシーンが帰ってきた。「どこか悪いの?」と、彼女は言った。

ジュリアは彼女の顔と、彼女の耳についているゴールドの飾り鋲《スタッド》に注目した。「耳に穴を開けてきたの!」

「そうよ」フランシーンは笑みを浮かべた。「そろそろ開けてもいいころじゃない? お友達は十二のときから開けているけど」

「でも、エイズにかかる心配は?」

「大丈夫よ、ジュリア。あの人たちが使うのは、滅菌パックから出した新しい針だから」

「でも、お父さまはなんとおっしゃるかしら?」

フランシーンは二階にあがった。ジュリアは相変わらず玄関ホールに座ったまま、フランシーンが降りてきて「部屋を物色された」といってジュリアを責め立てたら、どうしようかと思っていた。もちろん、ジュリアは自分を正当化するつもりだった。彼女には、自己正当化は可能だった。ことフランシーンを守ることにおいては、全権が与えられているのだから。といっても、フランシーンは降りてこなかったので、ジュリアはやがて、自分たち二人のために昼食を用意したほうがいいと思うようになった。ピザもチーズケーキも食べていないかのように、空腹を感じたのだ。

ジュリアはぶらぶらとキッチンに入って、サラダをつくり、パンを切ったが、いっしょに指まで切りそうになった。昼食がテーブルにならんだのは、二時をまわったころだった。ジュリアが震える声で呼ぶと、フランシーンは落ちつきと楽しさをたたえてやってきた。そして、ホリーが両親の家を出て、べつの女友達とフラットを借りようとしていることと、イザベルがタイを旅行することを話しはじめた。

ところが、ジュリアは「あなたは何が言いたいの、フランシーン?」と言った。

フランシーンは、驚いて継母の顔を見た。

「自分もそういうことをさせてもらって当然だと遠回しに言っているなら、そういう言い方はやめて、率直に言って。大嫌いよ、こういうごまかしは。あなたは近ごろ、ひどく陰険になったけれど、自分ではわかっているのかしら?」

席を立って部屋から出ていくかわりに、フランシーンは強いてその場にとどまり、静かに話しかけた。「ジュリア、わたしは雑談している、それだけよ。自分では面白い話だと思っていたわ」

「無理に、わたしと雑談することはないのよ」

「わかったわ。それなら、やめましょう」

夜になるまで、二人はべつべつに離れていた。フランシーンの部屋からは遠巻きに音楽が聞こえた。オアシスのつぎはエルトン・ジョンだった。リチャードが錠を外す音が聞こえると、ジュリアはホールに飛びだし、彼が後ろ手に玄関のドアを閉めると、今度はその胸に飛びこみ、説明しがたい悲しみに我を忘れて泣きじゃくった。

テディは、テート・ギャラリーの階段のうえで彼女を待っていた。彼女はそれまで、彼にどんなふうに挨拶すればいいのだろう、と迷っていた。自分は何をすればいいのか、彼は何をするつもりでいるのか? 彼はキスをするのだろうか? わたしを抱きしめるのだろうか? ふと、先日の長く情熱的なキスの記憶が、胸のときめくような馴染みのない不思議な感覚とともによみがえった。でも、いまは、あんなふうにキスすることはないだろう。

彼女が階段をのぼって彼に近づくと、彼は微笑んで手を差しだし、彼女の手をとって自分のほうに引きよせた。少しのあいだ、二人は間近に立って、互いの顔を見つめあった。それから、「さあ、行こう」と彼が言った。「きみに見せたい絵がある」

〈オルカディア・プレイスのマークとハリエット〉。彼女は、壁に示された解説を声に出して読んだ。「サイモン・アルフェトン」そして、続けた。「この人、ポップ・グループの絵を描かなかった?」

「カム・ヒザーというグループで」テディは言った。「その絵は、ハンギングソード・アレーと呼ばれている」

彼女は顔をそむけ、不安そうな声で「お母さんも、カム・ヒザーのCDを一枚もっていたわ」と言ったが、すぐに言いなおした。「ううん、CDじゃなくて、あのころは、レコードだったわ。それを、わたしが壊してしまったの。わざと壊したわけじゃないのに、お母さんはひどく動揺して——。タイトルは『メンディング・ラブ』だったわ」

彼には、彼女が涙ぐんでいるのが見えなかった。そもそも、彼は音楽には興味がないのだ。どんな種類の音楽も、彼には意味がないのだから。「きみはこの絵をどう思う?」と言って、彼はフランシーンの注意をいま一度、赤いフォルチュニーのドレスをまとった娘と、青いスーツの青年と、その後ろにある鮮やかな緑の外套に包まれた家に向けさせた。

「絵のことはさっぱりわからないわ」

彼女がそう言うと、彼は、ミルズ教授が言っていたことを思い出しながら、その作品がもつ正確さと、構図の雄大さと、アルフェトンの光と影の扱い方について説明しはじめた。

それでも、彼女が気づいてしかるべき点はひとつしかなかった。「二人が愛しあっていることは一目瞭然ね」と、彼女は言った。

彼は返事をしなかった。さらに何分か、その絵を見つめつづけた。それから、「これなんだよ、きみに見せたかったのは」と言った。「ぼくは、この家に行ったことがある。葉っぱも、このとおりだった。だから、もう行こう。ここを出て、鏡を取りにいこう」

受賞作の鏡はじつに注意深く包装され、硬質繊維板の箱に収められていた。タクシーに乗りなれている彼女はてっきり、自分たちは鏡といっしょにタクシーで彼の家に向かうものと思っていたが、実際には二人はバスでスローン・スクェアまで行き、さらに地下鉄に乗った。道すがら、彼女は彼が鏡を運ぶのを手伝おうとしたが、彼はけっして手伝わせようとしなかった。やすやすと鏡を運ぶその姿は、彼がこのうえなく力強いことを物語っていた。

「父と継母は一日がかりで友達のところに出かけたけれど」彼女は言った。「わたしはいっしょに行かなかったわ、あなたといっしょにいたかったから」

「ぼくはゴミ捨て場みたいなシケた家に住んでいるけど、はじめに断っておくから驚かないでくれよ」

だが、そこはゴミ捨て場のようなところではなかった。どこよりも、手入れの行き届いた整然とした家だった。どの壁にも淡い色調のペンキが塗られ、窓は輝き、シンプルな板張りの床には染料《ステイン》とワックスが塗ってあった。家具は数えるほどしかなく、その大半は一階の表側の部屋にあり、その部屋の窓には洗いたての色あせた木綿のカーテンがかかっていた。鏡の下絵、テーブルの下絵、線画に薄く色づけした大きな家の絵、彫像のパステル画――壁には、黒か天然色の木枠に入ったテディの素描が飾ってあった。そして、テーブルのうえには肖像画が広げられていた。

「あなたはよほど才能に恵まれているんだわ」彼女は言った。「あの肖像はわたしでしょう?」

「ああ」

「わたしを描いてくれたのは、あなたが初めてよ」

彼女は、彼のベッドと、手製のコーヒーテーブルと、ブックエンドが置かれた彼自身の部屋に入っていった。そこには彼の道具も置いてあり、窓には外に向かって広がっている朝顔型のエゼルの尾部が迫っていた。

「外に行って見てもいい?」

「きみがそうしたいなら」

彼女は、この車を醜いと思わなかった。テディは、エゼルにたいする彼女の熱意が二人のあいだに大きな隔たりをつくるような気がした。ふくれっ面のようなエゼルのボンネットを見て、彼女は笑い声をあげた。それから、車の大きさと色に感心しながら、そのまわりをまわったが、トランクの蓋に手を置くと、テディはいてもたってもいられなくなった。

「そいつに触るな」

彼の荒っぽい口調に、彼女は黄色い金属で火傷をしたかのように手を引っこめた。「ごめんなさい、悪気は……」

「汚れているから」彼は言った。「触らせたくないんだ」

彼女がほかの部屋を見ているあいだに、彼は箱を開けて鏡を取りだしていた。階下に降りて表側の部屋に入ってみると、鏡は椅子のうえに立てかけられていた。「これはきみにあげる」と、彼は言った。

「だめよ、そんな、もらえないわ！」

「きみにもらってもらいたい。というか、きみにもらってもらわないといけないんだ」

彼は彼女に腕をまわして、鏡のほうへ導いた。彼女はふと、この鏡は自分の女にあげて顔を映してもらうと彼が言っていたことを思い出した。すると、頬が紅潮し、額まで赤くなった。彼女は鏡をのぞいて、その燃えるような顔と光りかがやく目を見つめてから、彼のほうを向いた。

彼は、木立のしたでしたように、口づけをした。そして、彼女をソファに押し倒した。彼女はこのとき、真夏の熱波にやられたかのように、全身の力が抜けていくのを感じた。

「初めてなんだ、こういうことをするのは」と、彼は言った。

「わたしもよ」

彼は、彼女の白いドレスを脱がせた。それから、さも疎ましそうに、機能的すぎるとでもいうように、下着を剝ぎとった。彼女は片方の腕で胸を、もう一方の手で恥毛を隠したが、すぐに馬鹿ばかしいと思って手をどけ、すべてを彼にさらした。彼が震えているのは、目にも明らかだった。

彼女は彼に腕をまわして、二人で横になった。

「どうすればいいのか教えてくれ」彼はささやいた。

「そう言われても、わたし自身、わからないから」

わからないと言ったが、彼女はじきにわかるようになった。

「ここは――こうすればいいのかい？　こっちはどう？　言ってくれ」

「そう、ああ、そう……」

「いいのかい、あそこにキスしても？　こんなふうに？」

普通はどうなのか実際には知らなかったが、彼女は早くも、これが普通ではないことに気づきはじめていた。彼はしきりと手と口を動かしていたが、そこには優しい指の感触や執拗な舌の動きにまさるものがあってしかるべきだった。それが何なのか、彼女にはよくわかっていた。そこには、力なく萎えていく肉体の一部ではなく、彼の身体を無感覚に明け渡すものがあって当然なのだ。彼女自身の生温かい粘液は――このことは誰も教えてくれなかったから、自分でも驚いた――すでに乾いて冷たくなっていた。彼が何かもごもご言った。どうやら、彼は「できない」と言ったようだった。

「どうってことないわ」ないわけがなく、おおいにあった。気がつくと、彼女は彼のために、太古の昔から女たちがこうした慰めを口にしてきたとは知らずに、言いわけをしていた。「あなたは疲れているというか、心に負担を感じているのよ。それは、わたしにもいえるわ。こんなふうに隠れたり、緊張して、しかも秘密にしなければならないんですもの。つぎはきっとうまくいくわ」

　リチャードとジュリアは、昼食の約束をキャンセルした。はじめは、フランシーンを連れてサリーまでドライブし、ロジャーとエイミーのタイラー夫妻を訪ねる予定だった。ロジャー・タイラーと、リチャードと、ジェニファーは大学でいっしょだったが、ロジャーは仲間よりずっと遅く、ジェニファーが亡くなったあと、結婚したので、ジェニファーは彼の妻のことは知らずじまいだった。にもかかわらず、ジュリアはエイミーを女友達のひとりに数えていた。しかも、ロジャーに会う時間は「あまりない」と自ら言っていたが、エイミーには前々から会いたがっていた。それでも、フランシーンの安全が問題になると、ジュリアには女友達との半日の予定でさえ熟慮できなくなるのだった。

「帰りは、わたしたちのほうが早いはずだし」リチャードは言った。「第一、あの娘《こ》は鍵を持っている。あの年頃の娘がどういうものか、よくわかっているだろう？　ただ、帰ってきて、まっすぐ自分の部屋に行くだけだ。それぐらい、ひとりでできるから、わたしたちがいなくても困らないよ」

　だが、ジュリアはありとあらゆる理由を唱えて反対した。フランシーンに「何かあったら」、そのときは彼女の友達も、警察も、病院も、両親の居所がつかめなくて困るだろう。それに、あの危険な青年のこともある。ジュリアは夫に、この若者のことを洗いざらい話した。彼がバスの待合所でフランシーンを待っているのを何度も見かけたことと、彼の車を――ダッシュボードに載っていた名前と住所の入った封筒もろとも――探しあてたことを。

「車を持っているのに、どうしてバスを待っていたんだろう?」と、リチャード。

「だから、言ったでしょう。彼は、バスを待っていたんじゃない。フランシーンを待っていたのよ」

「きみは現に、彼がフランシーンに会うのを見たのかい? あるいは、彼女が彼の車に乗りこむのを? そういうことだろう、きみが言っているのは?」

ジュリアは苛立たしげに首を振った。「考えたくないけれど、わたしたちがいないあいだにフランシーンが彼をここに連れこむことはじゅうぶん考えられることだわ」

「何が言いたいんだ、ジュリア?」

「あの娘も人の子でしょう? しかも、若いわ」

「フランシーンにかぎって」リチャードは言った。「そういうことはしないよ」それでも、エイミー・タイラーに電話を入れて予定をキャンセルしたところ、ぶっきらぼうに「どうしてもっと早く知らせてくれなかったの」と文句を言われたときには、思わず顔をしかめた。「きみ自身、フランシーンがそういうことをするというか、その青年と関係をもつとは思わないだろう? いずれにしても、あの娘はイザベル誰それと一日がかりで出かけたはずだ。違うのかい?」

「どうかしら」ジュリアはきつい口調で言った。「どうして、わたしに訊くの? あの娘は、わたしとは口もきかないのよ」

「ジュリア、フランシーンにはそういうことはできないよ。ある面では大人かもしれないが、年のわりにひどく幼い面もある。きみは本気で、あの娘が彼を家にあげて……?」

「やらせる?」ジュリアがこの言葉を使うのは、後にも先にも、これが初めてだった。テレビで聞く以外、めったに耳にすることもなかったが、彼女が悪意をこめてこの言葉を発すると、夫はあんぐりと口を開けた。「どうしてそうさせないことがあるの？」彼女は続けた。「フランシーンが不安定なことは、かねてからわかっていたわ。彼女のような心的外傷を負った人間は、道徳観念とは縁がなく、性的関心が異常に強い、これは周知の事実よ。もちろん、彼女は彼を引っぱりこんで……」

「頼むから、その言葉は二度と口にしないでくれ！」

彼らは惨めな一日を過ごした。ジュリアが中味を食べつくしてしまったため、冷蔵庫にはほとんど何も入っていなかった。しかも、彼女は家を空けることを拒んだので、リチャードは仕方なく買い物にいった。買い物から戻ると、彼はラグビー・ユニオンを見ようと思ってテレビをつけたが、ジュリアがやってきてテレビのスイッチを切り、妻が死ぬほど心配しているときに自分だけテレビを見て楽しむのは薄情だと言った。ジュリアには行きつ戻りつすることが習慣になっていたが、リチャードはそれまで、彼女がそうしているのを見たことがなかった。今回、彼はそれを見て、落ちつきのないその動きが見るものをひどく苛立たせ、動揺させる癖であることを知った。それから逃れるために、彼はひとり寝室にこもってベッドに横たわり、午前半ばの便でフランクフルトに飛ぶことになっている火曜日を心待ちにした。

フランシーンが帰宅したのは、遅い時間ではなかった。土曜の晩に十時まえに家に帰りつくのは、同級生のなかではおそらく彼女だけだろう。

本当は、帰りたくなかった。テディを置き去りにしたくなかったし、何にもまして彼と朝までいっしょにいたかった。それは、彼もおなじだった。どちらの心にも、おなじ思いがあった。彼女が朝までいたら、すべてはうまくいくはずだった。彼女はふたたび彼を受け入れ、彼は彼女を抱いていただろう。だが、そこには違いもあった。それは、彼女はなぜ家に帰らなければならないのか彼に理解できなかったことと、彼が物理的に彼女を引きとめようとしたことだ。

「どうしても帰らなければいけないの」彼女は言った。

「理解してもらえないことはわかるけど、どうしたら理解してもらえるか、それもわからないわ。本当よ。わたしは家に帰らなければいけないの」

「だったら、家まで送るよ。あの鏡を持って」

そこで、彼女は鏡を受け取れないわけを説明することになった。家までタクシーで帰るとしても、鏡は受け取れない。鏡を持って帰ったら、ジュリアと父親に説明がつかない。ジュリアは鏡を壊しかねない。そう言うと、わかってもらえた。その場面を思い浮かべたらしく、彼はふと顔を曇らせたのだ。

「鏡は、わたしのかわりに、あなたが持っていて。わたしがここに来たら、いつでも見られるように」

彼女は電話でタクシーを呼んだ。彼女がそういう金を持っていることに、彼はびっくりした。二人でタクシーを待っているあいだに、しわのよった服を着た彼女を見るのは耐えられないと言って、彼は白いドレスにアイロンをかけた。彼にヤッピーと呼ばれている隣人は二階の窓から、彼が玄関先の小道で彼女に熱い口づけをするのを見ていた。

そのあまりに長い口づけに、タクシーの運転手は「いい加減にしてくれよ、こっちはオールナイトじゃないんだから」と怒鳴った。

フランシーンは、タクシーの後部座席で震えていた。あまりにもいろいろなことが起きたので、彼女はほとんど、ジュリアが「必ずそうなる」と予言していた心境になっていた。ジュリアは絶えず、「あなたはたちまち人生に圧倒される」と言っていたのだ。しかし、フランシーンは圧倒されかけたものの、完全に圧倒されてはいなかった。タクシーで帰宅して運転手に料金を払ったあと、ふと気がついてみると、彼女は落ちついた足取りで玄関を目指し、穏やかな心持ちで家のなかに入っていた——あたかも、本当に愛しあい、勝利をおさめ、このうえなく満足しているかのように。

フランシーンの心の平静を乱したのは、ジュリアだった。彼女はホールに駆けつけて、フランシーンを抱きしめ、その肩に涙にぬれた顔を埋めたのだ。「ああ、よかった、お帰りなさい！　ありがとう、帰ってきてくれて！」

一瞬、フランシーンは心配になった。ジュリアの言動が、過去の何かを思い出させたのだ。「パパじゃないわよね？　パパに何かあったわけじゃないでしょう？」

居間から、疲れているようでいて元気な——不自然に元気な——声が、フランシーンを出迎えた。「わたしなら、ここにいるよ、ダーリン。しかも元気だ」

父は一度でも、わたしをダーリンと呼んだことがあっただろうか？　このことは、思い出せなかった。だが、涙でぐしゃぐしゃになったジュリアの顔をよく見ると、そこには目をそむけたくなるものがあった。フランシーンはそれまで、頭のなかでは何度も、ホリーとミランダのまえでは一度か二度、ジュリアは狂っていると口にしていたが、狂気のなんたるかを知らずにそう言っていたことに気づいたのは、ほかでもないこの瞬間だった。

23

夢のなかで、彼の鏡は鏡ではなくなり、フレームのついた肖像画になっていた。フランシーンが何度となく鏡をのぞいたため、そこに映し出された彼女の像は、なんらかの不思議な作用すなわち魔法によって、鏡のなかに刻まれ、固定されて、ついには肖像画になったのだ。彼自身の顔は映し出されないので、彼は彼女の顔を見つめて礼賛した。

それは彼が見た楽しいほうの夢だった。悪いほうの夢では、彼女がエゼルのトランクの蓋に白い小さな手を置くと、蓋を構成している物質、レモン色の金属の表面が溶けだして、軟らかいバターのようになった。彼女の手はそれを通りぬけ、したに伸びて、しまいには灰色に腐敗したものと胸の悪くなるような液汁のなかに……。目が覚めると、テディは大きな声で叫んでいた。実際、ものすごい声で叫んでいたので、あとでゴミを捨てに外に出ると、メグジーがフェンスごしに顔をのぞかせ、「どうなっているの？」と訊いた。夜中にあの恐ろしい悲鳴を聞いて、彼女とナイジェはてっきり、殺人が行なわれていると思ったそうだ。

「今回は違うよ」と、テディは言った。

「でも、夜中に叫ぶのを癖にしないでね。ただの気まぐれだったのよ、わたしとナイジェが通報しなかったのは」

フランシーンは都合四度、この家にやってきたが、彼はそのつど、トランクの中味と、それが彼女のすぐそばにあること、彼女の完璧な美しさ、自分がぞっとするほど恐れていることを考えあわせた。何かしなければならない時期がきたのだ。この日、彼女は午後から来ることになっていたので、彼は朝の十時に家を出て、オルカディア・プレイスに向かった。

その家は、どこか違って見えた。最初は、どこがどう違うのかわからなかったが、彼はすぐに、秋になったから違って見えるのだと思った。家の表と裏を覆っている葉の色はいままさに、緑色から赤みがかった金色もしくは赤茶けた紫色に変わりつつあった。絡みつく巻きひげの色は、淡いピンクのバラのようだった。庭や庭仕事や植物のことは何も知らなかったが、そんな彼にも、すでに何度か霜が降りたことは実感できた。ハリエット・オクセンホルム（もしくは彼女の庭師）が草花を刈ったり抜いたりしたことも、平鉢の土が新しくなっていることも、歩道を縁取る花壇の土が鋤返され、あらたに移植されたこともわかった。秩序と整然さを愛するテディは当然のことながら、ふんだんに咲きほこる花々より、この整然とした眺めを好んだ。

彼は呼び鈴を鳴らした。ドアが開いたとき、彼が最初に目をとめたのはホールにならんでいるふたつのスーツケースだった。ひとつは青色を、もうひとつは黒色をしていたが、どちらの取っ手にも航空会社のラベルが貼ってあった。

彼を見て、ハリエットはいやな顔をした。「誰かべつの人かと思ったわ。いったい何の用？」

「下絵を」彼は言った。「ここに忘れていったので、それを取りに」

彼女の服装は、彼の祖母にならって言うと〝完璧〟だった。銀白色のロングスカートと、しゃれた銀色のニットのトップは、フランシーンに似合いそうだった。そもそも、このトップは二十五歳以下の女性のためにデザインされたものだから、大きく開いたその襟は――いまは、ハリエットの茶色い、そばかすのある骨張った胸をのぞかせているが――フランシーンのなめらかな白い乳房の上半分をさぞ際だたせることだろう。ハリエットの爪には銀色のマニキュアが、唇にはきらきら光るグリスのようなものが塗ってあった。テディはわずかに顔をそむけて、さっきとおなじことを言った。「ここに下絵を忘れていきました。入ってもいいですか？」

「下絵？」

「あなたがほしいといった戸棚の」

「まさか、わたしがあれをとっておくとでも？」

彼は声を荒らげて言った。「じゃ、燃やしたんですか？」

「もちろん、燃やさなかったわ。あなたはいつの時代に住んでいるの？　リサイクルに出したのよ、リサイクルに」

彼はこの瞬間まで、今回も前回とおなじように家のなかに入って、帰りは裏口から出て、裏門の差し錠を外したままにしていけるものと思っていた。それがいま、不可能になったのだ。しかも、下絵まで破棄していたとは！　彼女を殺してやりたいと思ったが、彼はいま一度、ふたつのスーツケースに目をとめた。この女はどこかに出かけようとしている。それも、この様子からすると近いうちに。彼はもう、何も言わなかった。ただ、身体の向きを変え、彼女がまだそこにいてドアを閉めていないことはわかっていたが、振り返って見ようとはしなかった。

表に一台のヴァンが止まった。車体の横には、G・ショート、軟水装置維持管理の文字が入っていた。運転席から降りたったのは、テディとほぼ同年齢の、背の高い、黒い肌をした男だった。テディはこの男を無視して、家の裏手にまわり、裏門を試してみた。いうまでもなく、裏門は内側から差し錠で閉ざされていた。

それでも、彼女は出かけようとしている。今日でなくとも、明日には。明日でなくとも、近いうちに。

キースの書類をかきまわしていると、彼がエゼルを購入したバルハムにあるディーラーの名前と住所と電話番号の入ったパンフレットが出てきた。その会社は、ミラクル・モーターズといった。彼らが売値とおなじ額でエゼルを買い戻してくれると思うのは虫がよすぎるかもしれない。そもそも、買ってくれるのだろうか？

ミラクル・モーターズに電話をかけると、意外にも、彼らは「実物を見せてください、いつ持ってきてもらえます？」と言った。今日は行けないし——テディは考えた——明日も行けない。金曜はどうですか？　彼らは「では、金曜に」と言い、テディがどうにか「エゼルのコンディションは最高です」言ったとたんに、電話を切った。

ミラクル・モーターズに持っていくまえに、彼はエゼルをきれいにしなければならなかった。洗って、ワックスをかけて磨いていたうえに、クロム合金でメッキされた部分を布で拭かなければならなかった。庭に出て、気になる傷跡や引っかき傷がないか調べたが、そういうものは皆無だった。どこまでも完璧な状態にあった。傷のない艶やかな車体は、一九五七年にフォードのアセンブリー・ラインからやってきたときのままで、一トン半の素朴な金属とガラスは、四十年も経っているのに、永遠の若さを与えられているかのようだった。こんなにも艶やかで手入れの行き届いたものが、慎重にデザインされ、丁寧につくられたものが、同時にこれほど醜いというのはおかしなものだ、とテディは思った。

彼はつぎに、カモメの翼に似たテールランプに手を置いてトランクのうえに身をかがめ、臭いの存在を確かめようとした。トランクの蓋が車体に接しているところに顔を近づけると、かすかに恐れを感じさせる臭いが鼻腔に届いた。彼にとって、その臭いが「かすかに恐怖を感じさせるもの」すなわち恐怖を暗示するものにすぎなかったのは、そのものが実際には数インチしか離れていないのに、はるか遠くにあるように思えたからだ。もう一度、鼻を近づけると、何も臭わなかった。ということは、さっきの臭いは想像の産物だったのだ。

フランシーンがエゼルのすぐ近くにいることを思うと、うんざりした気分になった。そうならないように、どこか彼女の家に近いところで会おうと提案したこともあった。公園に行こうとか、映画を見ようとか、食事をしようと持ちかけたのだが、彼女は彼のところに来て二人きりになりたがったのだ。他方、彼はといえば、彼女といっしょにいることはどうにか耐えられたが、彼女に触れることはできなかった。彼女は必ずやってくるのだから、今度こそ、ぼくは愛の行為を成功させなければならない、面目ない失敗は許されない。ぼくの身体を萎えさせているのは、エゼルの存在に違いない。欲望はこんなにも強いのに、うまくいかない理由がほかにあるだろうか？

彼にできることは、エゼルの最後部が窓の下半分をふさいでいる彼の部屋に彼女を入れないことぐらいだった。そんなことを考えていると、いつかテレビでやっていた野生動物の番組が思い出された。その番組では、大きなサルが敵に背を向けて尻をもちあげることで嘲笑と軽蔑を表わしていたのだ。

彼はときおり、エゼルにもおなじことを感じた。なぜなら、色も、サイズも、不快な内容物も、彼を愚弄している点も、エゼルはそのサルに似ているからだ。

メグジーも、似たようなことを言っていた。ある日、彼女は庭の端からエゼルを見て、笑いながら「おたくのエルジンには顔がついているみたいね」と言ったのだ。

「エゼル」と、テディは言いなおした。

突きだした口、左右に離れた目、もみあげ……彼は目を閉じてエゼルに背を向けてから、ふたたび目を開けた。彼女はおそらく、ぼくはどうしてエゼルに乗らないのか不思議に思っているはずだ。たとえば、彼女に会いに地下鉄のニーズデン駅に行くとき、ぼくはなぜ、エゼルに乗っていかないのか？　どうして、そこまで歩いていくのか？　もっともらしい説明はひとつも思いつかないから、彼女にはもうしばらく、不思議に思ってもらうしかない。不思議に思っても訊ねはしないだろう。エゼルは近々、いなくなるというか処分されて忘れられる運命にあるし、ぼくにはおおかた、最新式の小型車が買えるぐらいの金が入ってくるのだから。いずれにしても、上品なラインと、落ちつきのある濃い色をした車が……。

彼は、彼女が彼を見つけるまえに、彼女を見つけた。地下鉄の駅を出ると、彼女はどこか自信なさげに、恥ずかしそうに、彼を探しはじめた。この日の服装は、ジーンズに青いシャツだった。それを見て、彼は失望した。といっても、深く失望したわけではない。彼女はいつもドレスを着ていると思っていたから、単に驚いたのだ、どこまでも女らしい、繊細な、プリンセスだと思っていたから。

彼は出入口の陰に隠れて、彼女を観察した。彼女は身動きひとつせずに彼を待っていた。彼の視線は、ヴェールのように肩にさがる癖のない艶やかな黒髪に隠されているというよりむしろ強調されている美しい形の頭と、わずかに角ばった肩と、くびれたウエストと、すらりと細い脚と、形のよい足の甲をとらえた。そして、彼女を自分のそばに置いておきたいと思った、つねに視線を注いでいられるように、視界のなかに閉じこめておけるように、話しかけることなく彼女に触れられるように、いま着ているものを脱がせて繊細なリンネルか、ハリエット・オクセンホルムのような赤ではなく純白のフォルチュニーのドレスを着せられるように。

彼女は少しばかり当惑した様子で出入口のほうを見ていたので、彼は彼女が横を向いたすきに、隠れ場所から出て名前を呼んだ。「フランシーン！」

微笑みと頬にさした赤みが、彼女の顔を一変させた。彼は一瞬、いつもの蒼白い厳かな顔より、いまのほうが好ましいと思った。彼は彼女を抱いて、唇にキスをした。はじめは優しかったものの、そのキスは徐々に強く、深く、激しくなっていった。

先に唇を離したのは彼女だが、離したくて離したのではなく、もっぱら「あなたの家に行ってもいい？」と訊くためだった。

「ほかに行きたいところでも？」

「いいえ、ただ、あなたが映画や食事はどうかと言ったから」

「食糧は買いこんだし」彼は言った。「きみのためにワインも用意した。さあ、行こう」

ディリップ・ラオは、ハリエットが心配になるほどオルカディア・コテージに長居した。フランクリンはこの日、早く帰宅するといって家を出た。自分の車で空港にいくまえに、何件か大急ぎで片づけなければならない仕事があると言っていた。ディリップは血気盛んな弱冠二十歳の若者だから、彼には自分とハリエットが翌朝まで四柱式ベッドにいられない理由など考えられないようだった。いくら説明しても耳を貸さないので、彼女は結局、ベッドから身体を起こして、彼の身体から上掛けを引きはがし、むきだしの身体に彼の服を投げつけるしかなかった。彼が帰ったのは四時二十分で、フランクリンが帰宅したのは四時半だった。

彼は何件か、出国まえにかけることが重要だと思われる電話をかけると、床にクッションを投げつけてからソファの肘に腰かけた。この間、ハリエットはキッチンの椅子に座って、事前のセックスとアルコールが招いたうたた寝を一杯の濃い紅茶で一掃しつつあった。彼女の場合、昼間からうとうとしはじめ、予兆めいた夢を見ることは珍しくなかった。それでもやはり、こうした夢には不穏なものを感じた。夢のお告げはほとんどいつも実を結ばなかった。夢が予見した死や、災害、財産の損失、大病もしくは不治の病といった凶事はめったに起こらなかったが、けっして後味のいいものではなかった。このときも、彼女は夢のなかで「ラストタイム、ラストタイム」とささやいていた声を忘れることができなかった——といっても、この言葉が「前回」という意味で使われたのか、「最後」という意味で使われたのか、そこはわからなかった。

いずれにしても、若い男をもてなしてセックスをするのはこれが最後ということかもしれない、と彼女は思った。それとも、そっけなくフランクリンを送りだす——さよならを言う——のは、これが最後になるということだろうか？　彼がこうした休暇から戻らないという畏《おそ》れは、夫が連れの女と旅先にとどまる危惧は、つねにあった。夫にそういう女がいるとしたら——どうして、いないといえるだろう？

ハリエットはふと、孤独感に襲われた。フランクリンが戻り次第、彼女はこの年、二度めの休暇をとることになっていた。彼らは毎年、それぞれ二度ずつ休暇をとっていたが、彼女には、それまでの二週間がひどく空しく思えた。ディリップは戻ってくるに決まっているし、呼ばれなくてもやってくるはずだが、はたして彼との再会を望んでいるのかどうか、ハリエットにはまるで確信がなかった。

フランクリンがキッチンにやってきて、スーツケース用のストラップを見なかったかと訊いた。

「あなたの衣装戸棚に入ってるわ。一番うえの棚に。フランキー、どうしてわたしはあなたと出かけられないの？」

「それは、べつべつに休暇をとっているからだよ」彼は言った。「これまでも、これからも」

「わたしを望んでいないということ？」

「階上に行って、わたしのためにストラップをとってきてくれないか？」

ハリエットは言われたとおりにした。

フランクリンが裏のガレージから車をとってきて、トランクにスーツケースを詰めて走り去ると、彼女はクッションを拾いあげ、彼らが友人と呼んでいる一握りの知りあいに電話をかけはじめた。結婚生活や共同生活においては、女が出ていくと、残された男には慰めや食事の誘いがどっと舞いこむことは、ずいぶんまえからわかっていた。だが、あとに残されたのが女のほうだと、まるで違う状況になることはこれまで知らなかった。ハリエットは、誰にもどこにも誘われなかったのに、完全に無視されていないだけ運がいいと言われたのだ。

ストームとアンサーとジイザーには長いあいだ連絡をとっていなかったが、彼らの居所はわかっていた。三人はもとの名前に戻って、尊敬すべき人間になり、市場調査の会社を立ちあげていた。ストームはジイザーと結婚し、アンサーはブロンズベリーにある彼らの家の最上階に住んでいる。十四の支配時代《マンバンタラ》と、ひとつの黄金時代《クリタ》が、ひとつの劫波《カルパ》をつくる——ハリエットは呼び出し音を聞きながら自分自身に語りかけた。そのあとすぐに、ジイザーの声が聞こえ、みんなでハノイに出かけたと言ったが、ハリエットはこれを三人の冗談だと受けとった。みんなで近くのパブかボーンマスに出かけたぐらいに思った。

つぎに彼女の頭に浮かんだのは、サイモン・アルフェトンだった。顔をあげると、小生意気なテディ・グレックスが賞賛していたサイモンの静物画が目にとまった。オレンジとチーズと、熱望の眼差しでチーズを見つめる白いハツカネズミ。サイモンはフルハムに住んでいる——たぶん、ひとりで。ハリエットは、彼が離婚したことを新聞で読んでいた。彼女の手帳にあった彼の電話番号は、0181で始まっていた。ハリエットは以前から、ロンドンに住んでいたらいやでも0171で始まるし、それ以外の番号は辺鄙な田舎に住んでいるという意味だから、0181は郵便番号にWがついていないのとおなじくらい情けないことだと思っていた。でも、サイモンは違う、サイモンは例外だ。

彼に電話をかけるには、ある程度、勇気を奮い起こさなければならなかった。あなたは彼が描いた『ユダヤの花嫁』なのよ、とハリエットは自分に言い聞かせた。オルカディア・プレイスの赤毛のレディよ、お金にも愛情にも困ってないわ。サイモンがその絵を描いていたとき、「なんなら、この絵はわたしが買うわ」と彼女が言うと、マークは「どうやって?」と言ったのだ。彼女は深く息を吸って、サイモンの番号をまわした。

サイモン・アルフェトンは、この電話を心から歓迎しているようだった。ハリエットはいまさらながら、サイモンが彼女の人生で何度も出会うことのなかった「いい男」であることに気づいた。彼は、翌日のディナーに彼女を誘った。

「きみにあげたいものがある」と、テディは言った。

「もう、もらったわ」フランシーンは言った。「あの鏡を」

「きみがそこに座って鏡を見てくれたら、ぼくはそれをとってきて、きみにつけてあげる」

最後にその指輪を見てから、数週間が経っていた。いま、あらためて見ると、時間がその美しさに磨きをかけたように思えた。指輪には、彼女に贈って不足のない美しさが備わっていた。彼はそれを左手に握りしめ、階段を降りて彼女のところに行った。

　暗くなってきたので彼は明かりをつけたが、つけたのは表側の部屋にある質素な電灯だけだった。彼女は、彼の指示に反して、鏡を見ていなかった。鏡に背を向けている彼女に、彼はかすかな苛立ちを感じた。言いかえれば、そこにあるジーンズとシャツを初めて見たときとおなじ気持ちになった。いずれにしても、彼女はそのジーンズとシャツではなく、彼がカーテンをつくるつもりで買っておいた十数メートルの薄い灰色のシルクに包まれていた――彼が包んだとおりに。

「後ろを向いて」と彼は言った。

　彼女は言われたとおりにしたが、その顔には笑みが浮かんでいた。彼としては、微笑んでほしくなかったのだが。

「じっと自分を見つめて」彼は続けた。「ほかに見つめる価値のあるものは、どこにもないんだから。さあ、微笑んでないで！」

　彼は彼女の後ろに立つと、肩越しに腕を伸ばして左手をとり、そのうえに指輪を置いた。それを填めるには彼女の薬指は細すぎるので、必然的に中指に填めることになりそうだった。

「すごく素敵」彼女は言った。「でも、もらえないわ」

「いや、もらえるよ。きみにもらってもらわなければ困る。きみのために大事にとっておいたんだから。何年もとっておいたんだよ」

「でも、あなたは何年もわたしとつきあっているわけじゃないわ！」

「だけど、きみがどこかにいることはわかっていた、理想の女性がこの指輪を待っていることは」

　彼は彼女の肩に手を置き、そのイメージを壊さないように傷ついた小指を隠した。彼女はまず指輪を、つぎに鏡に映る自分を、さらに彼をあおぎ見た。そこで、彼は彼女に口づけした。

「やっぱり、もらえないわ」

「だったら、帰さないよ。ずっとここに閉じこめておく」

「でも、これは婚約指輪でしょう?」

「いや、恋人の指輪だ」と彼が言うと、彼女は「それなら」と言って指に塡めた。

彼女が帰る時間になると、彼はシルクを解いて、床のうえに仄白く光る小さな山をこしらえた。彼女がいまから着ようとしている物々しい服には、怒りをおぼえた。できることなら、彼女を裸のままにしておき、生きた彫像として崇めていたかった。だが、彼女はジーンズとシャツを着て、そのうえにウールのカーディガンをはおった——彼が袖を押しあげて彼女の手首に電話番号を記した日に着ていたカーディガンを。彼は彼女の手を持ちあげて、指輪を愛でた。

外はもう暗くなっていたし、九時を過ぎていたので、彼は彼女をひとりで地下鉄に乗せようとしなかった。

「それなら、あの車で送ってくれない?」

「苦手なんだ、あの車は」彼は言った。「一度も乗ったことがない。近いうちに処分して、小さいのを買おうと思っている」

だから、彼は彼女といっしょに地下鉄でボンド・ストリートまで行き、いっしょにセントラル線に乗りかえ、彼女の家にほど近い木立のしたでようやく彼女と別れたのだ。その間ずっと、地下鉄に乗っているあいだじゅう、彼は彼女に腕をまわして、しっかりと抱きよせていた。抱きよせて、指輪を塡めた手を握っていた。

24

家に戻ると、すでに夜半をまわっていた。テディは家のなかを片づけ、彼女が使ったワイングラスと二人分の皿とカップを洗い、残ったワインを冷蔵庫に戻した。居間の床に積みあげたシルクをそのままにしていたのは、彼にしては軽率だった。頑固なシワになることは必至だった。彼はいったんシルクをたたんでから、もう一度、広げて階段の手すりにかけた。

そのあと、彼はベッドに横たわって、フランシーンが堅いシルクに包まれて鏡のまえに座っていたことを考えた、鏡のなかの彼女が本物の彼女をおごそかに見返していたことを。確かに、彼女は世界一きれいな娘に違いない。見るも嬉しいもの。かつてアルフレッド・チャンスがもちいた言いまわしは、いまでもテディの心に残っていた。といっても、これは人間ではなく対象について言われることで、美しいものを見ると痛みや苦しみが減り、気持ちがよくなるという意味だ。なるほど、フランシーンはテディの気持ちをよくさせ、彼の目は彼女を見て楽しまないと痛みを訴えた。

彼はまだ、彼女に触れようとする人間を見たことがなかった。だが、彼の暮らしにも彼女のそれにも、二人のありようや、住む場所においても、変化は必ず起こるはずだった。まず第一に、彼は彼女がいつも自分のそばにいることを願った。そして、彼女に例のおぞましいデニムや青い綿シャツやブーツではなく、自分の好きな服を着せたいと思った。彼はいつの間にか、アルフェトンとジョイデン派ではなく、グスタフ・クリムトと彼の描いた女たちのことを考えるようになっていた――スパンコールをあしらった煌びやかなラメのガウンや毛皮のついたベルベットを身にまとい、宝石のついたロープを首に下げたり頭に巻いていた女たちのことを。願わくは、フランシーンにそういうものを着せて、ネックレスやブレスレットや真珠のチョーカーで飾りたてたかった。そして、どこか彼女に相応しい美しい場所で、いっしょに暮らしたいと思った。

そんなことを考えながら、彼は眠りに落ち、翌朝遅くまで眠っていた。起き出して、ミセス・トレントからもらった前金の残りを数えているうちに、今日がその日であることを思い出した。今日か、今日の夕方に、それを決行しようと思っていたのだが、お金を数えてみると、まだ百ポンド近く残っていた。

新聞広告への反響はそれっきり途絶えてしまったので、再度、載せようとは思っていなかった。広告を出すゆとりはなかったのだ——それをいうなら、広告を出さないでいるゆとりもなかった。彼に残された唯一の希望は、エゼルというよりエゼルを売って得られる代金だった。キースがあの車を買ったのは何年もまえのことだから、この間に価格はあがったに違いない。いまでは、一万ポンドになっているかもしれない。

バケツに湯を入れ、スポンジとボロ布とブラシの用意ができると、彼は外に出てエゼルの掃除に取りかかった。すると、近ごろは会社には行かずに家で仕事をし、それをコンピュータやモデムやeメールといったもので送っているナイジェがフェンスの向こうから顔をのぞかせた。彼はメグジーに、「テディのガールフレンドを見たけれど、すごい美人だったから、今度、彼女が来たら、うちに連れてくるようにテディに言ってくれない?」と言われてきたのだ。テディは、「そうだね」と言った。これで、ナイジェは家のなかに戻ると思ったが、戻らなかった。自分たちが勝手に〝パビリオン〟と呼んでいるミスタ・チャンスの作業場から白い籐椅子を運びだして、そこに座り、小春日和を満喫しはじめたのだ。

風防ガラスを磨いていると、誰かがフランス窓を叩いたのでテディはぎょっとした。そちらに目をやると、赤い円錐形の帽子をかぶった彼の祖母が、両脇に重たげな買い物袋をさげたまま、彼の部屋のなかから外を見ていた。彼としては祖母に鍵を持っていてほしくなかったが、彼女は彼の母親が死んだときからずっと、ひとつ持っていた。あの鍵はたぶん、祖母さんがおふくろの死体から取りあげたものだろう、祖母さんならやりかねない。といっても、どうやって鍵を取りかえせばいいのか、彼にはひとつも思いつかなかった。彼女はフランス窓を開け、外に出てきた。そして、「キースはまだ、帰ってないんだね?」と言った。

「帰ってこないよ」

「だけど、車は要るだろう? キースは何に乗って動きまわっているんだい? 例のオートバイを足代わりにしている、そうなんだね?」

「そうじゃなくて」ナイジェの声がした。「彼はそこにいるテディに、あのバイクを売らせたんですよ、ぼくらの仲間のひとりに」

「よけいな口出しはしないでおくれ」と、アグネスは声をひそめて言った。だが、テディはこのとき、彼女が怪訝そうに自分を見たような気がした。二人で家のなかに入ると、アグネスはどこもかしこも見たいと言いだし、彼女が最後にここを訪れたときから今日までのあいだに、テディがすませていた装飾を褒めてまわった。階段の手すりにかかっている薄い灰色のシルクを見ると、「友達のグラディスなら、おまえが彼女のところの屋外便所のペンキを塗ってやれば、大急ぎでカーテンを縫ってくれるはずだよ」と言った。

さらに、表側の部屋においてある椅子の肘から、優に十八インチはある黒い毛髪を見つけた。八十代にしては、彼女は驚くべき視力の持ち主だった。「誰だい、ここにいたのは?」

「ぼくのガールフレンドだよ」と言ったとたんに、テディはその響きが気に入ったので、もう一度言った。「ぼくのガールフレンドだ」

どういうわけか、その言葉は笑い茸のようにアグネスを襲ったらしく、彼女はげらげら笑い出した。「その娘とあの車でドライブしようって魂胆だね?」

「明日はリップフックまで行くよ、キースのところまで」テディは冷ややかに言った。

「やっぱりね」アグネスは言った。「何か理由があると思っていたんだよ、おまえがあれをきれいにしたのには。おまえは他人のために何かすることで有名な子じゃないからね、自分の得になることがあれば話はべつだけど。キースにお金をもらってきれいにしている、そうなんだろう?」

テディはできるだけ早く祖母を追い出すと、エゼルの艶だしに戻った。ランチタイムには、メグジーのつけがまわってきた。彼女と、彼女が連れてきた四人のヤッピー仲間は、何をするでもなく庭に突っ立ってバックスフィズ(シャンパンとオレンジジュースを混ぜた飲み物)を飲みながら、五分おきにフェンス越しに「いっしょにどう?」とテディに声をかけたのだ(メグジーは、「エドウィンなんか放っといて、いっしょにどう?」と言った)。エゼルをすっかりきれいにするにはたっぷり三時間かかったが、当然のことながら、テディはまだ、トランクの内側には指一本、触れていなかった。

午後になると、フランシーンが携帯電話をかけてきた。このあいだはデートの約束をしていなかったが、二人は金曜日にまた会うことにした。彼には話すことがあまりなかった。彼の頭をいっぱいにしていることは彼女に聞かせることではないし、彼女が彼に言わなければならないことは——継母がどうとか、継母が彼女に望んでいない仕事がどうのという話は——彼の関心を引かなかった。それでも、彼は彼女の声に聞き惚れていた。たとえ彼女が外国語を話していたとしても、彼は一日じゅう、その声を聞いていただろう。

エゼルがかなりの額で売れたら、その金で自分たちが住む家を見つけよう、と彼は思った。どこか上品な場所にあるフラットを借りよう、オルカディア・プレイスにあるような素晴らしい部屋をそなえたフラットを。彼は、ガラス戸のむこうにイタリア庭園がひらけている応接間を想像した。庭は先の尖った暗緑色の葉をつけた常緑樹で囲まれていて、敷石のうえの平鉢には百合と糸杉があふれている。噴水は石の台座と、金魚のいる丸い池と、口を尖らせた青銅のドルフィンでできている。フランシーンは白いフォルチュニーのドレスを着て、その台座にかけ、片手をその澄んだ水に……。

その日の夕刻七時に、彼はハリエット・オクセンホルムに電話をかけたが、先方は留守番電話になっていた。しかも、ハリエットの声は、詳しいことや面白いことは何も語らずに、要点だけを繰り返した——彼女の電話番号と、「伝言を残されますか？」の言葉を。

伝言を残す気はなかった。彼女が出かけたことがわかって、彼は満足だった。暗くなるまで待たなければならなかったが、夜中まで待つ必要はなかった。しかし、そこにはまだ、難題がひとつ残っていた、ひとつの問いとともに。ここを出るまえに、トランクの蓋を開けてなかを見るべきか？　それとも、トランクのなかをのぞくのは、オルカディア・プレイスの車庫に着くまで待ったほうがいいのか？いまになってわかったことだが、彼は半ば意識していないところで、言いかえれば閾下《いきか》で、この質問を日がな一日、自分に向けていたのだった。フランシーンやイタリア庭園を想像した裏には、エゼルを売って彼女と住む家を見つけようと思った裏には、この質問があったのだ。

ここで蓋を開けたら、ナイジェとメグジーはまず、二階の窓からトランクの中味を見るだろう。もちろん、見えるのはビニール袋というか、マスキング・テープで結んだ灰色に光る代物だけだが、臭いはどうだろう？　臭いこそ、テディが考えなければならない問題だった。ナイジェとメグジーが出かけてくれたら、テディは安心して蓋を開けられるのだが、彼には二人が出かけないことがわかっていた。バックスフィズの宴と小春日和の話題は午後いっぱい続き、結局は戸外でピザを食べることで終わったが、テディはこの間に、彼らが「一休みして、《トレインスポッティング》のビデオを見ようと思っている」と言うのを何度も聞いていたのだ。そんな彼らの目と鼻の先で、あえてトランクを開けようとは思わなかった。

しかし、蓋を開けたら何が出てくるかわからないまま、オルカディア・プレイスに行くというのはどうだろう？　日頃から想像力のゆたかなテディは、ふやけた塊を思い浮かべた——以前、工事中の道路を歩いていたときに見かけた下水溝の内容物にも似た、棒切れや石ころだらけの泥のようなものを。死体には、ビニールを腐蝕して穴を開ける強力な酸があるかもしれない。キースが死んでから、もう八カ月になる。

最後に、テディは意を決すると、窓の明るさからナイジェとメグジーが表側の部屋でビデオを見はじめたことがわかった時刻すなわち十時に、エゼルの運転席に乗りこみ、イグニッション・キーをまわした。エンジンを始動させるには、何度か試さなければならなかったので、彼は自動車にはバッテリーがあることと、バッテリーはあがることを実感した。といっても、エゼルには何の問題もなかった。バックでカーポートから出たところで向きを変え、両開きの門を抜けて通りに出た。

始末に負えなかったのは、隣りの居間のカーテンが開き、メグジーが彼に手を振ったときだった。彼は手を振り返し、挨拶のまねごとをした。そして、今回が初めてではないが、あの二人は自分に何を求めているのだろうと不思議に思った。ぼくは彼らの申し出をことごとく拒絶しているのに、彼らはなぜ、ぼくに好感をもっているように見えるのだろう?

月のない闇夜だったが、その場所は白と黄色のケミカル・ライトで明るく照らされていた。彼はグラッドストーン・パークに隣接する通りをくだり、片側には空間と鬱蒼とした木立が続き、もう片側には家々がまばらに建っているその場所に車を停め、車外に出た。あたりには誰もいなかった。ほとんどの家には明かりがついていたが、なかには二階の部屋にだけついている家もあった。彼は車の後ろにまわると、そこに立ってトランクの蓋を見つめた。

そこにいたわずかなあいだに、彼は自分の胸に、「いまでも、エゼルは簡単に捨てられるのでは?」と尋ねた。どこか辺鄙なところに行けば、森のなかか畑の端に乗り捨てられる。車の持ち主と、死体の主は、誰にもわかりっこない。いや、そう簡単にはいかない。メグジーとナイジェにはわかる。それをいうなら、祖母さんにも、ミラクル・モーターズにも。警察は自動車売買会社をあたり、それで手応えがなかったら、この種の車を扱っているロンドンじゅうの業者に問い合わせるだろう。いずれにしても、捨ててしまったら、この車を売って五千ポンド——ことによると一万ポンド——の大金を手に入れることができなくなる。

彼は、トランクの鍵穴にキーを入れてまわした。少しのあいだ、彼の手は、ナンバープレートのすぐうえにあるクロムめっきされたトランクの留め金のうえで止まっていた。

そのあと、素早く蓋を開けた。彼は目を閉じて、蓋を開け、そして目を開いた。

何ひとつ変わっていなかった。

トランクのなかの様子は、八カ月まえに蓋を閉じたときとまったくおなじだった。とくべつ強くない光のもとで見るかぎり、ひとつも変わっていなかった。それまでは意識して息を吸いこまないというよりむしろ口で息をしてきたが、ここにきて初めて鼻から空気を吸ってみた。だが、何も臭わなかった。何も臭わないのに、吐き気がしてきた。少しかがんで顔を近づけると、今度はかすかに、はるか彼方の死体安置所から風に運ばれてきたかのように、怖ろしく不快な臭いがした。

とっさに、彼は蓋を閉め、鍵をかけた。車内に戻って、エゼルは好奇の目や賞賛の眼差しをごっそり集めた。信号で止まると、歩行者のなかには、信号待ちの車を縫うようにして背後からエゼルに近づき、トランクの蓋を平手で叩くものもいて、テディを震えあがらせた。

彼はハル・ロードから、ガレージがならんでいる裏の路地に入った。そこには、黒い鉄柱に電球が逆さについている旧式の街灯が二基、ともっているだけだった。彼の見るかぎり、どのガレージも扉が閉まっていた。門も一様に閉ざされていた。近くに停まっている車は、二台だけだった。土曜の夜だから、人々は出かけているか郊外の別荘に行っているか、そのどちらかだった。

オルカディア・コテージのガレージの両開きの門に車の後部を押しつけるようにして、彼はエゼルを停めた。門か塀を乗り越えて門の差し錠を外すのは簡単そうだったが、あえて危険を冒さなかった。なぜなら、車のトランクから何かの入った袋を取りだして開いている門のなかに運びこむのを見られるのと、塀を乗りこえるという住居侵入行為で捕らえられるのとでは大違いだから。それでも、誰にも見られていないと思うと、自信がわいた。あたりを見おろす窓はひとつもなく、フラット式のアパートはガレージからたっぷり五十ヤード離れていた。何かを見ることになるのは、家に帰ってきた車の運転手か、そこに停まっている二台の車を取りにきた運転手だけだった。

キースの道具袋と、懐中電灯と、祖父が使っていたステッキを持って、彼は家の正面にまわり、塀で囲まれた鋳鉄製の門から前庭に入った。ひとたび、なかに入ると、彼というより彼のしていることは通りから見えなくなった。残念ながら、家のなかを通らなければ、前庭から中庭に行くことはできなかった。前回、ここに来たときは、そんなことだろうと思ったが、今回はそれがはっきりしたのだ。

塀で囲まれた庭のなかは真っ暗だった。家のなかには、明かりはひとつもついていなかった。家を覆っている無数の葉はそよともせずに闇に染まっていたが、それぞれの葉は小さな光を放っているように見えた。開いている窓はないかと二階を見あげたそのとき、頭上から光が射しこんでポーチを照らしたので、彼は肝をつぶした。その瞬間、葉という葉が刺激的な緑色に変わった。誰かが駆けつけてドアを開けるのを待ったが、何も起こらなかった。ほどなく、彼はその光がタイム・スイッチで点灯していることに気づいた。一階の表側の部屋のひとつにも、おなじ仕掛けがしてあった。

この家には警報装置がついているのだろうか？　そういえば、玄関の壁にはキーパッドがあったような気がする。といっても、あの女は抜けているから、装置があっても使えないだろう。実際、彼女はドアについているふたつの錠のうち、うえのひとつをおろしていかなかったのだから、間抜けもいいところだ。例の光も、彼には役に立った。言いかえれば、それは彼がほとんど音を立てないことを請け合うものだった。彼は目をつぶって、玄関側のドアのレイアウトを思い起こした。その四角いノブの形と、それをまわしたときのドアの開きぐあいと、郵便受けの位置と、そして何よりも、内側には郵便受けの開口部を覆う箱がなかったことを思い出した。

ゆっくりと、きわめて慎重に、彼は郵便受けにステッキを──鉤状に曲がっている柄を先にして──差しこんだ。ステッキと前腕をめいっぱい押しこむと、腕を曲げて、ステッキの柄でノブを探った。鉤状の柄はこつんと木工部にあたり、つぎにノブをつかまえた。ステッキを自分のほうに引きよせると、錠がカチッと動いてドアが開いた。ステッキを床に落とすとすぐに、彼は道具袋を持ちあげてなかに入った。

案の定、スーツケースは消えていた。彼女もいなくなっていた。家のなかはとても静かで、しかも暖かかった。ということは、あの女は自分がいないあいだもセントラル・ヒーティングをつけたままにしておけるくらい金持ちだということだ。さてと、何から始めよう？　裏門の差し錠を外すか、それとも地下室を調べるか？

日々の暮らしには困っていないはずなのに、サイモン・アルフェトンは、レストランを選ぶ際には見栄をはらなかった。そういうことは一度もなかった、とハリエットは思い返した。それでもなお、サイモンは富を手にしたのだから、こうした性癖は改まっているものと期待していた。ラ・ルチェッタという名前は響きがいいし、オールドブロンプトン・ロードも、目指す店が通りの東端にあるかぎり、問題はなかった。タクシーが西に行けば行くほど、ハリエットの疑念はますますつのっていった。運転手が彼女を降ろしたのは、アールズ・コート地区にある賭け屋とタパスバーにはさまれた狭苦しいイタリア料理店のまえで、店の窓には魚網とパスタの袋がひしめいていた。

すでにそこにいたサイモンは、ここは彼のお気に入りの店だと言った。貧しかったころは、このすぐ近くに住んでいたという。ハリエットは、彼はひどい風体をしていると思った。すっかり白くなった髪を肩に垂らして、どこまでもしまりのない太鼓腹をジーンズのうえにのせている。ジーンズのうえに！　彼女は、黒白の縞模様の絹のワンピースにジャケットをあわせていた。ワンピースの裾は膝上四インチと短く、とくべつ幅の広いジャケットの襟には赤と黒のビーズ刺繡がびっしりとちりばめられていた。

ひどい風体にもかかわらず、サイモンがラ・ルチェッタでおおいに人気を博していることは、ハリエットにも理解できた。店の経営者は二人のテーブルにやってくると、サイモンに敬礼し、彼を「マエストロ」と呼んだのだ。ほかのテーブルにいた客も互いに肘で突きあって、サイモンに注目した。彼の写真は先週、新聞に載ったところだった。近く開かれる彼の展示会について、《タイムス》紙で大がかりな対談を行なったのだ。

「十年は経っているはずだ」彼はハリエットに言った。きみはちっとも変わっていないとか、相変わらず若いとか、そういったことはひと言もなかった。「フランクリンはどうしてる？」

「サン・セバスチャンに出かけたわ、休暇で」と、ハリエットは答えた。

どんなものであったにせよ、サイモンの返答は、やけに大げさな女がサイン帳を抱えて彼に近づき、チェルシー美術大学に通っている娘のためにサインをしてもらえないかと言ったときに消えてなくなった。サイモンは気前よくサインして、彼女に微笑みかけた。二人はまずリゾットを、つぎに仔牛の肉を注文したが、その美味しさはハリエットも認めざるを得なかった。フラスカーティは文句のつけどころがなく、キャンティもまたしかりだった。ハリエットはいつの間にか、ずっとまえに――マークと別れたあとオットーに出会うまえに――サイモンに電話をかけていたら、あるいはフランクリンではなくサイモンと結婚していたら、どうなっていただろうと考えるようになった。サイモンが突然、話したいことがあると言ったのは、そんなときだった。だから、彼はハリエットの電話に応えて彼女をここに誘ったのだ。何かしら、彼女を相手に試したいことがあったから。

サイモンがそれを口にするまえに、ひときわ美しい青年が店に入ってきて、二人に近づいてきた。ハリエットは長年、ハンサムな若者を相手にしてきたが、この青年の右に出るものはいなかった。彼は背が高く、すらりとした身体に浅黒い肌をしていた。ミケランジェロのダビデを思わせる目鼻立ちに、トム・クルーズの微笑みを浮かべた彼の出現に、テディ・グレックスはいうに及ばず、オットーも、ザックも、ディリップも影が薄れてしまった。ハリエットの頭に浮かんだのは、サイモンはいま、長いあいだ繰り延べられてきた彼女の願いをかなえているという大胆な考えだった。言いかえれば、サイモンは感謝の気持ちを表わすために、あるいは単に気前のよさを示すために、その青年を彼女のために出現させたものと思ったのだ。が、この無謀な思いは、幻滅に取ってかわられた。サイモンは手を出して若者の手を握り、黒い瞳を見つめた。そのやり方には疑念を抱く余地さえなかった。

「じつは公表するつもりでいるんだよ」ハリエット。今週にも。現に記者会見を予定している――いや、本当に。だから、きみの考えを聞かせてほしいんだ。もちろん、こういう関係をどう思うかではなく、公表することをどう思うか。自分たちの関係については何の疑いも抱いていない。ところで、こちらはネイサンだ」

「でも、あなたはゲイじゃないわ！」ハリエットは言った。

「そう、昔はゲイじゃなかった。というか、ゲイではないと思っていた。人間は時間とともに変わるものだ」彼はふたたびネイサンを見つめて、愛おしそうに言った。「彼を見てごらん、彼にかかったらカサノヴァでさえゲイになる！」

それから、彼らはシャンペンを飲んだ。ハリエットは悔しい思いに駆られたが、その理由は自分でもわからなかった。サイモンを望んでいるわけではないし、ネイサンのような男にモーションをかけても無駄なことは経験から学んでいるのに、どうしてだろう？

「それじゃ、わたしは賢明な行動をとっているかい？」サイモンが彼女に訊いた。

本当は、そんなことはわからないし関心もないと言いたかった。だが、三十年近くまえに出会った奇妙な真言《マントラ》だかの聖句が唇に浮かんだので、彼女はそれを声にした。「十四のマンバンタラと、ひとつのクリタが、ひとつのカルパをつくる」

「いまのはイエスってことかい、それともノーってことかい？」

「好きなようにとればいいということよ」

彼女を動揺させたことはサイモン自身わかっていたが、あくまでも自分の決定に執着するつもりでいることは言うまでもなかった。ハリエットはむしろ棘のある言い方で、いずれ新聞で読むことになるから、ゴシップ欄にどんな記事が載るか楽しみにしていると言った。そして、深い孤独にのみこまれていった。ひとり見捨てられたような思いで、これから誰もいない家にひとりで帰るのかと思うと、恐怖でいっぱいになった。

ハリエットはやがて、自分がサイモンとの再会にまったく異なるものを期待していたことに気づいた。サイモンが店の人間に手配させた帰りのタクシーのなかで、珍しく自己洞察しているときに、彼女は自分が友情を求めていたことに気づいた。ことによると、より厳密には、友情の復活を望んでいたのかもしれない。彼女を渇望する人間にたいして、彼女が気に入り、なおかつ彼女を気に入ってくれる相手を。

仄暗いタクシーの後部座席で、ハリエットは自分自身の将来と向き合い、ザックたちやディリップたちとの出会いは遠からず、必然的に終わるに違いないと思った。今年か来年には終わるだろう、それも——彼女は思わず拳を握った——はなはだ屈辱的な状況のもとで。友人が必要になるのはそういうときだが、ハリエットにはフランクリンの社交上の知りあいと、いつも連絡のとれないアンサーたちやジイザーたちのほかに、友人はひとりもいなかった。だから、自分の行く先には地獄が口を開けているというか、虚ろな日々がむなしく続いているように思えたのだ。

絶望的な気分で、彼女はオルカディア・コテージのなかに入ると、そのまま二階にむかった。彼女のなかではこのとき、ぞっとするような思いが、それまでの寂しさに取ってかわろうとしていた。何をすればいいのかわからなかったし、時間つまり夜の過ごし方については何も考えていなかったが、やりたいことはひとつもなかったのだ。食べたくもなければ、飲みたくもなかった。テレビも見たくないし、本も読みたくなかった。留守番電話の伝言も聞きたくなかった。出かけたいとも思わなかった——どこに出かけていくところがあるだろう? 寝たくもなければ、眠りたくもなかった。睡眠薬で眠るのさえ煩わしかった。

それでも、彼女は寝室に入り、コートを脱いでベッドのうえに投げた。間近に鏡をのぞいてから、だしぬけに顔をそむけた。絶望すると気分はへこむどころか、かえって惨めなエネルギーで大きく膨らんだように思えたので、彼女は何か積極的なことをしたいと切に願った。パンチバッグを殴るとか、柔軟なものを蹴るといった暴力的なことでもよかった。あるいは、目のまえの鏡を壊して、自分の顔と身体と部屋全体がひび割れ、打ち震え、崩壊するのを眺めることでも。

もし、彼女にこういうことをする傾向があったら、さっさとランニングをしに出かけただろう。ひとしきり近所を走ったら、どこかで足をとめ、いつかリージェント・パークで見かけた男がやっていたように、ベンチを踏み台に見立ててステップエアロビクスを始めただろう。といっても、彼女はそういうタイプではないし、そういうことができる人間でもなかった。彼女は腕を伸ばして頭のうえにあげ、叫ぼうと思った。

物音が聞こえたのは、このときだった。いまのは、地下室の階段のうえにあるドアだ。何者かがあのドアを通って家のなかに入り、後ろ手に、ほとんど叩きつけるように、ドアを閉めたのだ。

フランクリンに違いない。フランクリンだけが鍵を持っている。何らかの理由で、彼は戻ってきたのだ。おそらくは、相手の女が約束の場所に現われなかったから。あれほど大胆な動きをする人間はほかにいないし、あれほど大きな音を立てる侵入者もいない。といっても、彼は地下室や地下室の階段に近づいたことがない。地下室の存在を知らないといってもいいほどだ。

ハリエットは漠然とした怒りが血管を駆けめぐり、頬を熱くさせるのを感じた。彼は何をしているのだろう？ どうして、あんなところにいるのだろう？ わたしが家にいないと思って、というより自分が出かけたとたんに家を空けると思って、彼はいま、何かしら地下室に関わりのある計画を実行に移しているのだ、わたしを欺くことになる計画を。いままさに、彼はあそこに何かを隠し、そのことをわたしに隠そうとしているに違いない。そうでなければ、わたしに罠を仕掛けているのだ。あの人のやりそうなことだと思うと、お得意の苦笑いと冷ややかな声が思い出された。

明かり採り窓を開けるときに使う鉤のついた棒を探すと、踊り場の戸棚のなかにあった。これで彼を叩き、たぶん死ぬまで叩きのめしてから、あのときはてっきり強盗だと思い、恐怖のあまり度を失っていたと釈明することを考えるとおかしくなった。彼女は階段を降りはじめた。

ポーチの明かりは、タイムスイッチが作動して点灯していた。ダイニング・ルームの明かりも灯っていてしかるべきだったが、こちらはなぜか点いていなかった。一方、地下室の階段のてっぺんにある明かりは、人間の手で灯されていた。地下室の階段のうえにある——一度も開けられたことのない、何年も触れられたことのない——ドアは開いていた。彼女は怒りを忘れ、彼を驚かせたい、ただショックを与えたいという気持ちになった。なにも叩くことはないと思った——彼のしていることによっては。

階段を一段降りると、彼女は地階にむかって、フランクリンの口上をフランクリンの脅し口調で発した。さながら、司令官が怠慢な部下に突撃命令を出すように。

テディは勝手口から外に出ていったが、そのまえにダイニング・ルームの明かりを消していた。

家とガレージをへだてている中庭は、長方形をしていた。全体に天然の石灰岩が敷き詰めてあり、両端の細い花壇にはいずれも銀色の葉をした低木がびっしりと植わっていた。前回、ここを訪れたときは、マンホールの蓋があることに気づいただけで、きちんと見たわけではなかった。そのマンホールは中庭のほぼ中央にあったが、どちらかというと家より裏門に近かった。通りと中庭をへだてている塀と、隣家の庭とそれを分けている塀と、ガレージの端にある塀は、薄暗い、あてにならない光のもとで見るかぎり、黄煉瓦でできているようだった。どの塀も近ごろ煉瓦を積み足したらしく、あらたに積まれた部分はいくらか色合いが違っていた。

家の端にあたる一角には、白い鋳物のガーデンテーブルと四脚のガーデンチェアが置かれ、もう一方の角には、尖った木が植わっている大きな大理石の瓶が置かれていた。

前回、彼が見落としていたのは、家の裏側が、表側と同様、すべてを征服する豊かな葉っぱで覆われていることだった。実際のところ、裏は表より深く覆われていた。というのも、煉瓦はどこにも見あたらなかったし、仮にピンク色がかった巻きひげがその表面を這っていたとしても、葉っぱはそれをも隠していたからだ。そこには、黒く光る矩形の窓と桟の入ったガラス戸が、闇に浮かぶ目のように、ぼんやりと見えるだけだった。

ガレージのなかにあるふたつの電灯は、いまいったものをすべて示すだけの明るさを放っていたが、すべては濃い単色――黒と、木炭色と、灰色と、ちらつく葉っぱの銀色――を示していたにすぎなかった。彼は、門から差し錠を抜いた。つぎに、マンホールの蓋を外そうとした。この蓋は何らかの金属でできていて、月桂樹の冠のなかには製造業者の名前――ポールソン&グリーヴ鉄工、ストーク――が刻まれていた。蓋の中央に埋めこまれた金属の輪を引っぱったが無益に終わった。テディはすぐに、問題は彼自身の力が不足しているというよりはむしろ、もう一方の何かが、おそらくは差し錠が、マンホールの蓋をそこに固定していることだと思った。だったら、地下室には家のなかを通って行くしかない。

彼はまず、エゼルとガレージを調べた。近くには誰もいなかった。路上に停めてあった二台の車はまだ、そこにあった。遠くかすかに、メイダ・ベイルの運河にかかる太鼓橋をわたる車の騒音が聞こえた。彼は家のなかに引き返すと、地下室の階段に通じるドアを開け、明かりのスイッチを入れた。

だが、何も起こらなかった。階段のうえから差しこむ光で、地下室の天井から裸電球がさがっているのは見えたが、ありがたいことにその電球は切れていた。切れたまま放置されている電球は、地下室には誰も近寄らないというハリエットの言葉を裏付けた。

彼の背丈は、長さ六インチの導線の先にさがるその電球に手を触れるには、少しばかり足りないくらいだった。彼は食堂の電気スタンドから百ワットの電球を外して地下室に持っていき、切れた電球と交換した。とたんに明かりがついて、地下室の様子が明らかになった。

家のほかの部分はとてもきれいで、ほとんど彼自身の基準に達していた。けれども、地階は埃まみれで、必ずしも汚れているわけではないが、ほったらかしにされていた。天井からはクモの巣がさがり、天井の四隅はクモの巣で埋めつくされていた。そこは、たかだが十フィート四方の何もない空間で、床にはコンクリートが粗く打ってあり、壁には漆喰と白いペンキが塗ってあった。厳密には、ずいぶんまえに塗られたので、白いペンキはすでにひび割れ、褪せて灰色になっていた。右手の壁すなわち家の最後部にある壁には、底部に差し錠がさしてあるドアがあった。このドアは、ペンキの剝げかかったごつごつした板でできていて、下半分はハッチになっていた。外から石炭を届けさせて地下の小さな石炭置き場をいっぱいにしていたころは、このハッチをなかから開けて石炭を掻きだしていたのだろう、とテディは思った。これは、使用人がバケツか石炭バケツを使ってやらなければならない仕事のひとつだ。この仕事がもたらしたに違いない不潔きわまりない状況を思い浮かべて、彼はぶるっと身震いした。

差し錠を外して足を踏み入れたところは、地下室の約半分の面積があると思われる深さ八フィート前後のサイコロ型の部屋だった。石炭は残っていなかったが、床は石炭の粉で黒く染まり、密閉された空気はいまだに炭素特有の臭いをとどめていた。彼が懐中電灯を点けると、クモが一匹、あたふたと暗がりに逃げていった。懐中電灯の光をうえに向けると、そこにはマンホールの蓋の内側が見えた。案の定、蓋は大きなスチールの差し錠でそこに固定されていた。

テディは背が高いので指先でその錠に触れることができたが、差し錠を引き戻すという目的をじゅうぶんに果たすには六フィート六インチの身長が必要だった。彼には、踏み台になるものが必要だった。まさかのときに、差し錠を弛めるスパナとレンチも必要だった。

少しのあいだ、彼はキースの道具袋をどこに置いてきたか思い出せなかった。外に持っていったとか？　地下室の階段をのぼると、靴底から石炭の粉をていねいに拭ってから、ホールに入っていった。このうえなく素晴らしいこの家を汚すことは、彼にとってはこのうえなく不快なことだった。ホールに通じるドアは、ちょっと押しただけでもバタンと閉まる類のドアだった。

そこで、彼は思い出した。道具袋は、裏門の錠を外しにいくときに、勝手口のすぐ内側に置いていったのだ。あとは、脚立か、脚立がなかったら椅子かスツールを探すことだ。

キッチンには、目的にかなうものはなかった。だからといって、ダイニング・ルームにある金箔をかぶせた華麗な椅子のうえにはとても立てそうになかった。他方、中庭にある鋳鉄の椅子は役に立ちそうだった。彼はその椅子を取りにいったが、持ってみるとひどく重く、二十五ポンドはあるに違いなかった。一方の手にその椅子を、もう一方の手に道具袋をさげて、きた道を戻ってくると、女が甲高い声で「動くな。じっとしていろ。わたしには武器がある」と言うのが聞こえたが、この台詞はヒステリックな笑い声で終わった。

25

テディは一瞬、いまのは肉声ではないと思った。ラジオかテレビの音に違いない。さもなければ、セットされた時刻に照明のスイッチを入れる例の小賢しい仕掛けが、録音テープを回したのだろう。そう考えたものの、彼は厚いカーペットのうえを静かに進んで、ホールに入っていった。沈黙と、それに続く息を吸いこむ音は、先ほどの声が生身の人間によって発せられたことを告げた。ほかでもない、ハリエットによって発せられたことを。

じきに、彼の目は彼女をとらえた。彼女は十代のモデルがショーで履くような、とてつもなく高い四インチのピンヒールを履いていた。その靴で階段の最上段に危なかしげに立ち、彼に背を向けて、地下室を見おろしていた。手には、棒か何かを持っていた。侵入者は地下室にいる、と彼女が確信していることは一目瞭然だった。どこにいたにせよ、彼女は最初から、彼が最初に侵入したときから、家のなかにいたものと思われた。彼女はおそらく、地下室のドアが閉まる音を聞いて、侵入者は後ろ手にそのドアを閉めて階段を降りていったと思ったのだろう。

身動きひとつせずに、テディはそこに立っていた。裏の路地にはエゼルがあるし、裏の門は錠が外されている。彼女が助けを呼んだら、警察に通報したら、自分は連行され、車は没収される。そう思うと、ガーデンチェアの脚と道具袋の柄をつかんでいる手に自ずと力がこもった。

彼女が言った。「出てらっしゃい、お馬鹿さん。そんなところで何をしているの?」

とたんに、アドレナリンが放出された。彼は、アドレナリンを含んだ血液が頭のなかをびゅうびゅう駆けめぐるのを感じた。彼女は、相手が誰かわかっている。またしても、おれを侮辱している。彼は息を吸い、吸った息を大きな声にして吐きだした。「こっちを向け!」

人間が飛びあがるのを見たのは、これが初めてだった。話には聞いていたが、実際に見たことはなかった。驚きのあまり、彼女はその足を床から浮かせたのだ。彼女がくるりと彼のほうを向き、「あなたは!」と叫んだ瞬間に、彼は道具袋を彼女に投げつけた。

彼はそれを左手で投げ、さらに右手で椅子を投げつけた。道具袋は彼女の胸に、椅子は両脚にあたった。彼女は後ろに倒れると、空しく宙をつかんだまま何度か宙返りを打ちながら、ごろごろと階段を転がっていった。そのさなかに、彼女の口から悲痛な声があがった。ハリエットが持っていた棒はその手を離れ、弧を描きながら彼の視界の外へ飛んでいった。じきに、棒が床にあたるカタカタいう音と、彼女の身体がそこに叩きつけられる鈍い音が聞こえた。

それが死体であって、負傷しながらも生きている彼女でないことは、地下に行ってみるまでわからなかった。一瞬だが、テディは不安にも駆られた——まだ生きていたら、どうしよう? だが、彼女は床に激しく頭を打ちつけていた、うかつにも潮の引いた岩だらけの海に高いところから飛びこんだかのように。

つぎに彼の頭に浮かんだのは、これで彼女に触れなくてもいいという奇妙な思いだった。彼に殺人を思いとどまらせるものがあるとしたら、それは何を差しおいても犠牲者に手を触れなければならないということだろう。しかし、すでに二人の人間が、彼が手を触れることなく、彼の手にかかって死んでいた。これは予期せぬ特異な現象だと思い、彼はにんまりした。

椅子を持ちあげてみると、ペンキが剝がれただけで、あとは無傷だった。道具袋も、ドライバーとペンチが飛びだした以外、なんともなかった。冷静に死体を見つめると、暗赤色の髪には暗赤色の血が滲み、化粧のしたには生気のない白い顔がのぞいていた。どうして、この女は家に戻ってきたのだろう? 彼女が出かけていたのは二日がいいところだ。たった二日の外出に、大きなスーツケースがふたつも要るだろうか? まあ、こういう女なら要るかもしれない。彼女はおそらく、おれが最初に玄関を開けたとき、音の届かない二階の奥の部屋でスーツケースの荷ほどきをしていたのだろう。

独自の解釈に満足すると、彼は椅子を石炭置き場に運びいれてそのうえに立ち、ペンチを使って差し錠を引き戻した。差し錠は何年も、誰にも触れられることなく、そこに打ちこまれていたようだった。安定した手の動きに、彼は気をよくした。これなら、何もなかったも同然だ。かえって都合がいい。あらためてマンホールの蓋を押すと、いとも簡単にあがった。

彼はもう一度、一階に引き返してホールに入った。あたりを見まわすと、玄関ドアのすぐ近くにある小さなテーブルのうえに彼女のハンドバッグが載っていたので、それを道具袋のなかに入れた。掃除夫か鍵を持っている誰かほかの人間が家に入ってきたときの用心に。それから、彼は中庭に戻って門を開け、裏の路地に出た。

停まっていた車のうち一台はなくなっていた。あの車はおおかた、路地の先にあるフラットか家に友人を訪ねた人間の車だったのだろう。テディは、晩餐会はもとより、どんな社交的な集まりとも縁がなかったが、そろそろ土曜の晩に招待された家をあとにしてもいいころだと思った。

こっそりやるなら今だ。これは誰が言ったんだっけ？　自発的に頭に浮かんだこの言葉に、テディは我ながら驚いた。たぶん、祖母さんか、ずっとまえに死んだ祖父さんだ。こっそりやるなら今だ。見るも嬉しいもの。それとも、見るも怖ろしいもの？　彼はエゼルのトランクの蓋を持ちあげて目をつぶり、そして開いた。キースの屍衣すなわち大きなビニール袋の口を、テープで補強してある部分のすぐしたを、両手でしっかりとつかんで持ちあげた。

臭いはあったが、おそろしく強い悪臭ではなかった。ビニールに穴が開いていたら、話は違うだろう。そのことは彼自身わかっていた。破いたりしたら手に負えない、それこそ最悪だ。彼は大きな袋とその中味を持ちあげてトランクの縁をまたがせ、敷石道のうえに置いた。外に出されても、トランクのなかではなく地面に置かれても、袋は無傷のままだったので、最悪の事態は避けられた。

彼は門のなかに袋を引きずりいれ、さらにマンホールのところまで引きずっていった。それから、トランクの蓋と門を閉めに戻った。路地には一組の男女がいたので、テディはショックを受けた。どこからともなく忽然と現われたようなこのカップルは、相変わらず停まっている車の方向に歩いていた。

あの二人は何を見たのだろう？　たぶん、何も見ていない。袋を引きずっていたとき、彼らが近くにいなかったことは確かだ。しかも、彼らの態度は「何も見ていない」と言っているようなものだった。なぜなら、テディが車の鍵を開けていると、男は「結構な夜だね」と言ったのだから。テディはうなずいた。こういった言葉には、どう応えていいのかわからなかった。

「じゃ、おやすみ」

「おやすみ」と、テディは言った。

そして、トランクの蓋を閉めた。このあと、彼はできるだけ、こういう場所に家を持っている人間のように振る舞った。ガレージのなかをチェックし、車が無事なことを——なかには一台もなかったが驚きはしなかった——確かめ、塀を積み足したときに余ったに違いない煉瓦の山をしげしげと眺めた。さらには、長年、そこを夜中に出たり入ったりしてきたことから生まれたかのような自信に満ちた足取りで、ふたたび門口を通りぬけた。けれども、先ほどの車が通りすぎるときには、振り返らずにはいられなかった。その見返りに、助手席の女は親しげに彼に手を振った。

門を閉めて差し錠をかけると、今度はマンホールの蓋を持ちあげて敷石道のうえに移した。このとき、何よりも彼を悩ませたのは、その穴から降ろすあいだに袋が破れるかもしれないという不安だった。しかし、たとえ破れたとしても、この世の終わりではない、ただ単に——不快になるだけだ。世界の終わりはすでに回避され、最悪の事態は過ぎ去ったのだから。

そして、彼は袋を押してマンホールに近づけた。こうなるとマンホールというよりデッドマンホールだな、と思った。そして、死体の足のほうから袋を穴に押しこんだが、頭と肩が入っているほうは最後まで放さなかった。少なくとも、死体の足先が地下室の石の床をかすったと感じられるまでは、手を放すことは考えなかった。深く息をしながら、穴の縁にしがみついて、ちぎれんばかりに両腕を伸ばしていると、袋の重量が減り、張力が弱まったように感じられた。ついに、袋の底が床に届いたのだ。

手を放すと、袋はずるっと滑りおちて、ぞっとするような音を立てた。彼は一瞬、自分も落ちるのではと思ったが、なんとか胸と太股の筋肉で敷石道にしがみついて持ちこたえた。穴のしたには鋳鉄でできた椅子が置かれたままになっていたので、袋はそのうえに落ち、しかもそこに落ちついたのだ——あたかも、よく滑る屍衣に包まれた死体が腰を下ろすかのように。彼は身震いした。

力強く腕立て伏せをして、彼は立ちあがった。マンホールに蓋をし、最初に見たときと違うところはないかと中庭を見まわしてから、家のなかに戻った。

シーツもしくはテーブルクロス、彼が必要としているのはそういうものだった。階上の、以前に彼女に連れていかれた寝室の外にある踊り場の戸棚には、シーツもテーブルクロスもふんだんにあった。パリッとアイロンのかかった清潔な白いシーツに、彼は満足した。自分のベッド、自分とフランシーンのベッドにも、こういうシーツを使い、しかも毎日、取り替えたいと思った。そう思ってもよいではないか？　どんな仕事も、それなりの見返りが保証されなければできないのだから。

しかしながら、彼の目的には毛布のほうがかないそうだった。一番したの棚には、毛足の長い、シミひとつない、白と水色の毛布が何枚か載っていた。そこから水色の毛布を一枚、取りだすと、テディはふたたび、地下室に降りていった。あらたな出血は見られなかった。死ぬとそうなると誰かが言っていたが、確かに血液の流れは止まっていた。不運にも、床にはおびただしい量の血液が流れだしていた。美しい毛布がその血で汚れることは避けられそうになかったが、選択の余地はどこにもなかった。彼は毛布を床に広げて、ハリエットの死体を巻きこんだ。彼女はキースの重さの半分もなかったはずだから、これは難しい仕事ではなかった。

ここで、彼はちょっとしたアイディア、言いかえれば素敵なプランを思いついた。それは単純かつ見事なプランで、すべてに決着をつけるものだった。彼は、ハリエットの死体をキースの死体といっしょに石炭置き場に置くより、キースの死体をこっちに運んだほうがいい、と思ったのだ。そうすれば、石炭置き場は空になるから、誰かがマンホールの蓋を開けた場合の安全策になるし、地下室のほうは……。できるのか？　できるはずだ。そう思うと、ひとりでに頬がゆるみ、笑いがこみあげてきて、その笑い声は地下室にこだました。

最初に、彼は鉄製のガーデンチェアを運び出した。その間、彼はずっと目をつぶっていたが、ビニール袋に入った死体がキュルキュルと床をこする音に耳を塞いでいることは不可能だった。だけど、これでもう死体を引きずることはない、これが最後だ。袋の中味は激しく揺さぶられているから、臭いは誰もが感じるほどになっているだろう。彼は足を止めて、臭いを確かめた。実際、ひどい臭いだ。人間はどこまで醜悪なのだろう、生きているあいだも、死ぬときも、死んだあとも……。

彼は石炭置き場のドアを閉め、差し錠をかけた。ハリエットの血は、地下室の床に粘りけのある黒っぽいシミをつけていた。水を用意して、きれいになるまでブラシでこすろうかと思った。彼はもともと、どんなに骨が折れようと自分の流儀にしたがって磨きあげるタイプだが、最後には思いなおした。それでなくとも、彼はいやというほど汚れていた。実際、彼はそれまでに費やしたエネルギーと、石炭のカスと、クモの巣ですっかり汚れていると感じていた。ひどくタマネギ臭いことは自分でもわかっていた。誰かべつの人間ではなく、自分がその臭いを放っていることが、彼にはよけい気に入らなかった。

どうして、やりたいことをやらないんだ？　自分しかいないし、すべて片づいたし、帰りの足はエゼルが待ち受けている。なるほどエゼルは人目につく風変わりな車だが、ほかに乗っていく車はないし、いまでは当局のいかなる調べにも耐えられるのだ。だったら、どうして二階に行って風呂に入らない？

浴室には、選択の余地があった。ひとつは彼女の寝室と一続きになっているもので、もうひとつは踊り場の先にあった。前者の化粧タイルの台座には鉤爪状の足がついた浴槽が置かれ、後者の床には青緑色の大理石の浴槽が埋めこまれていたので、彼は後者を選んだ。湯気が立つほど熱いお湯で浴槽をいっぱいにすると、彼はそこにオレンジの香りがするエッセンスをたっぷりと注いだ。普段はヘチマで身体をこすっているので、こうした精油《エッセンス》や、さまざまな柑橘類の香りがする石鹸を目にするのは今回が初めてだった。それをいうなら、片面は綿毛のような、もう片面はベルベットのような手触りの淡いオレンジ色のタオルもそうだ。彼は身体を拭きおわると、浴槽を拭き、さらにフェイスタオルで蛇口を磨きあげた。

時間を確かめると、一時十分になっていた。彼女のハンドバッグに家の鍵が入っていることを確かめてから、彼は玄関から外に出て、エゼルが待っている裏の路地にまわった。

26

キルト風の小さな革のバッグに入っていたのは家の鍵だけではなかった。利用できそうなクレジットカードの束もあった。これについては後で考えなければ、とテディは思った。そこにはさらに、百ポンド近く入った財布と、小さな革のアドレス帳と、女性の必需品であるコンパクト、口紅、香水の小瓶が入っていた。

テディはフランシーンがそのバッグを持っている姿を想像しようとし、頭に浮かんでくるイメージはひどく厄介なものだった。本来の持ち主がそれを持ってハイヒールで気取って歩く姿は、赤いペディキュアとアンクレットをつけたその足は、想像しただけでも怖ろしかった。テディは身震いして、ハンドバッグをゴミ箱に捨てた。一日が過ぎたいま、彼には前夜の出来事が夢のように感じられた。思い出すことはあまりに非現実的で、異常に思えたので、彼は目覚めるとすぐに外へ出て、エゼルのトランクが間違いなく空かどうか確かめずにはいられなかった。

トランクは何事もなかったかのように、あっけらかんとしていた。エゼルにも、何の変化もなかった。きれいに片づいた空間は、スーツケース以外に不吉なものが入っていたとはとても思えなかった。八カ月近くも、そこに死体が入っていたことを偲ばせる痕跡はひとつもなかった。不吉な臭いも、キースと共に地下室の穴倉のなかに消えてしまっていた。

テディは、ガレージのなかに煉瓦が山積みになっていたのを思い出した。その理由はわかっていた。裏の塀が低すぎるので、最近、さらにそのうえに二フィートほど積みあげたのだ。必要な数より余裕をもって煉瓦を用意したから、そのぶん余ったというわけだ。あとは混合済みのセメントと、敷石が一枚、必要になるだろう。敷石がとても高価なことはわかっているから、それに代わるものを見つけよう……。

トランクを閉めると、今度は後ろにさがって車を眺めた。ミラクル・モーターズに持っていくまえに、もう一度きれいにしたほうがいいだろうか？

突然、フェンスの端のほうにメグジーが現われた。その唐突な現われ方は、地下の跳ねあげ戸から飛び出してきたかのようだった。「トランクを開けてるところを初めて見たわ」彼女は打ちとけたように話した。「ナイジェに言ったのよ、わたしはテディがトランクを開けるの見たことがないって。そしたら、彼も、一度もないと言ったわ」

「近いうちに、売りに出すんだ」テディは普段よりおおらかに言った。「いい値で売れるなら売ってくれとキースに頼まれたから」

「テディはわたしたちに見られたくないものをトランクに隠してるんじゃないかってナイジェに話したら、そうだな、ことによると末端価格ウン百万のドラッグかも、なんて言うのよ、彼。おかしいと思わない？　わたしは再三、エズメは庭を占領してるって文句を言っていたくせに、近いうちになくなるのかと思うと、なんだか寂しい気がするわ」

「エゼルだよ」メグジーに教えるというより、形式的に言った。

メグジーが見ているまえで大っぴらに車をきれいにするのはやめよう、とテディは思った。いずれにしても、多忙な一日が自分を待っているのだから。電話が鳴ると、彼はフランシーンに違いないと思った。彼女といっしょにホリーの新しいアパートを訪ね、クリストファーとかいう男と四人でどこかへ出かけようという話があったのだ。この話は何から何まで気に入らなかったが、テディはフランシーンが望むなら、そうするつもりだった。だが、電話はフランシーンからではなかった。ハイゲイトに住む男からで、テディが出した昔の広告を書きとめておいたか残しておいたのだろう、今ごろになって「作りつけのワードローブの見積もりをしてもらえるか」と問い合わせてきたのだ。以前から、きつい仕事以外は引き受けるつもりでいたので、テディはシェファーズ・ヒルのミスタ・ハブグッドに「午後三時に伺います」と約束した。

ミラクル・モーターズで応対した男は、テディが電話で話した男ではなかった。この男はどうやらマネージャーか所長のようだったが、テディが確かに売買の約束をしたと言うと、唇をすぼめて思わしくないそぶりで頭を左右に振りはじめた。

このあとすぐに、電話で話した男がやってきたが、その態度はテディが期待していたものとはずいぶん違っていた。

「下取りということなら、まったく話は違ってくるんですがね」と、彼は言った。

所長は頭を振るのをやめて、今度はうなずいた。「それなら、Kがふたつということでお話しできます。なあ、ミック？」

「二千ポンド？」テディはびっくりした。

「まあ、そんなところでしょう」

「それで、おたくからべつの車を買えというわけですか？」

二人はおもしろがっていた。ミックがきっぱりと言った。「率直なところ、わたしはミスタ・グレックスが売りたがっていることに驚いているんです。というか、売りたいのなら、どうしてご自身が来られないのかと思いましてね。ミスタ・グレックスはどちらに行かれたんです？」

「リップフックに住んでます」

「つまり、こういうことですか？　ご本人はそこに住んでいて、あなたがここに車を持ってこられた？」

二人とも、じろじろテディを眺めた。四十代か五十代の人間が若者を見るように、二人は侮辱と羨望と猜疑心の混ざった目で彼を見た。この怠け者が、金ほしさにインチキをやって儲けようとしている、どうも犯罪くさい──そう思っているに違いなかった。

「掛け値なしでの取引ということになりますと」と言って、所長はテディに向けていたうんざりしたような視線をついにエゼルに移した。「千ポンドがいいところでしょう」

テディは仰天した。一万ポンドと踏んでいたのに。しかし、あれをお払い箱にすれば、朝起きて真っ先に目に飛びこんでくるものは無くなるのだ、庭を占領して部屋の窓をその臀部でふさいでいるものは。テディは、車の色さえ忌み嫌うようになっていた。あの色はなんとも煩わしい、あのいまいましい淡黄色は……。

「千ポンドですか？」

「車両登録証があれば引き取りますよ。ＭＯＴとちゃんとした保険証明書はありますか？」

テディは、こんなことは聞いたことがなかった。ＭＯＴというのは何だろう？

だが、あえて訊くようなことはしなかった。

「こうしてください。まずミスタ・グレックスをつかまえて、ここにお連れいただき、ご本人からお話ししてくださるようにしてください。率直に申し上げて、わたしはミスタ・グレックスご本人と取引をしたいのです。リップフックは、そう遠くないでしょう？　あの車をお使いいただき、ミスタ・グレックスご本人が顔を見せてくださったら、すべてもっとご満足いただけるよう取り計らいます」

テディは何も言わずにエゼルに向かった。

「ミスタ・グレックスにお伝えください、ウォリーがよろしくと言ってたと」後ろから、所長の声が追いかけてきた。


ミスタ・ハブグッドの住まいは、六〇年代に建てられた戸棚ひとつないタウンハウスのひとつだった。彼は近ごろ、収納スペースがたっぷりあるヴィクトリア朝風の屋敷から越してきたところだった。テディは寝室を見て寸法を測ったが、この客が「戸棚の扉はベニヤ板でじゅうぶんだ、飾りは一切要らない、費用もかさまないように」と言ったとたんに、やる気が失せてしまった。だが、こんな仕事でも断る余裕はないのだと思い直した。

「すごい車に乗ってきたねえ」ハブグッドは外を指さしながら言った。「よっぽどうまくいってるんだね。若いのにいい仕事について。甘い汁を吸ってるんだろう？」

テディは、あまりにも頭にきて口がきけなかった。しかし、そう思っているなら、この客は案外、奮発するかもしれない。考えていた金額の二倍をふっかけてみよう、とテディは思った。

家に帰る途中で、ＤＩＹに寄ってレミコン（混合済みコンクリート）を買った。車のトランクを本来の目的に使い、長いあいだ禁断の空間であった場所に実際に物を入れるというのは奇妙な感じだった。

次はガソリンが必要だ。セルフで入れているとき、テディはエゼルが甘い汁を吸っている様子をじっと眺めていた。醜い魚のような口と反りあがった尻尾をもつエゼルは動物のように見えるので、この車が命の糧であるオイルをがぶ飲みしているところを思い浮かべるのは容易だった。その口から黄色い舌が飛び出してきても驚きはしないだろう。ハンドバッグのなかにあった金はありがたかったが、その多くがガソリン・スタンドの払いに消えるのは忍びなかった。

テディはいま、わたしたちが邪魔物を一掃しようと思ったあとに感じる空しさを感じていた。わたしたちはきちんとした段取りを踏めば邪魔物はなくなり安心できると確信しているが、結局は以前の状態に、それまでとおなじ状況に、戻るだけなのだ。邪魔物を一掃することなどできないのだ。最善のプランをもってしても、できたためしはないのだ。なぜなら、顔の吹出物であれ、蝿の異常発生であれ、一晩じゅうかかっている隣人のハイファイ音であれ、邪魔なものは依然としてそこにあるのだから。

テディの場合もそうだった。エゼルを走らせて門をくぐり、大嫌いな車庫に入れるまで、彼は救いがたい屈辱感に苛まれていた。そこに着いたとたんに、ナイジェとメグジーに車を売る話をしたことを思い出し、さらに恥ずかしさがつのった。だが、いずれにせよ、車はまた、いつものところに戻ってきたのだ。置き場所を変えようと、少しのあいだ、車を前後に動かしてみたが、車の後部とフランス窓との間隔が数フィートから数ヤードになる程度だった。

彼はエゼルのことと金の問題しか頭になかったので、奇妙というよりひどい失敗をしでかした。フランシーンが電話をかけてきても、一瞬、誰からかわからなかったのだ。記憶からすっかり抜け落ちていた。彼女の声を聞き、その名前を聞いても、危うく「どなたですか?」と訊き返しそうになった。

そのあとすぐ、テディは我に返った。そうだ、フランシーンだ。彼女が帰ってきたのだ——ぼくの女が、ぼくの指輪をしている女が、ぼくがつくった鏡に映る自分の姿を見ていた女が。だが、彼女が今晩は行けないというのを聞いて、テディは助かったと思った。フランシーンは嘘を言ったのではなかった。父親がまた一週間ほど出張に出てしまったので、継母が――ここでフランシーンは適切な言葉を探してためらっていたが――神経質になっていると言った。絶対に出かけるなと脅したりすかしたりするのだという。

テディには理解し難いことだったし、理解しようともしなかった。フランシーンがその頭のおかしい女といっしょに家にいたいのなら、それでもかまわない。今夜は遊んでいる暇などないのだから。それより、いまは不安がちくちくと彼の心を苛んでいた。ありそうもない話だが、誰かがオルカディア・コテージに忍びこんで地下室のドアを開ける可能性がないとはいえない……もちろん、こんなことはフランシーンには何も言わなかった。明日会おう、と言っただけだ。

「じゃ、ホリーのところで会える？　彼女とクリストファーと出かけられる？　みんなで映画に行きたいと思っているの。ジュリアがうるさいからクラブには行けないけれど――いずれにしても彼女は大騒ぎするはずだけど、帰るのが遅くなかったら、彼女、頭がおかしくなってしまうわ」

平穏に事をおさめるために、そして彼女を喜ばせるために、テディは同意した。自分にまかせてもらえるなら、彼女と家にいるだろうし、出かけるというのなら、午後、ヴィクトリア・アンド・アルバート博物館へ連れていくのに。

「優しいのね。ありがとう」

「じゃ、明日会おう」

おかしなことだが、テディの場合、フランシーンに会わなければ、彼女はいないも同然だった。じっと鑑賞できて初めて、彼女は存在するのだ。こうした実体のない遠い声など何の意味もなかった。テディはふと怒りをおぼえたが、なぜだかわからなかった。たぶん、ホリーとクリストファーといっしょに出かけなければならないからだろう。誰かがあの家に侵入してくるのではという妄想が、ふたたび浮かんできた。しかし、誰が入ってくるというのだ？　ハリエットはひとりで住んでいた。掃除の女が来るというのも考えにくい。あの汚い地下室が、彼女があそこに一度も降りたことがないことの証拠ではないか。

だが、テディはすぐに行ってみたほうがいいと思い、エゼルでふたたび出かけた。オルカディア・プレイスに着くころには暗闇が濃くなり、秋のロンドンの湿った帳《とばり》がおりようとしていた。グローヴエンド・ロードのかすんだライトを遠景に、街灯が琥珀のビーズのように灯っていた。空は赤みがかった醜い紫色に染まっている。今度はガレージの入り口に車を停めるのを人に見られたが、見咎められた様子はなかった。毛のふわふわした小さな犬を二匹つないで歩いている女が微笑みかけてきた。あるいは、見覚えのある車に気づいて笑ったのかもしれない。彼女はおそらく、彼のことを車の点検サービスを終えて返しにきた修理工だと思ったのだろう。

いまではこの家の鍵はすべて持っているので、テディは裏口から家のなかに入ることができた。道具袋を持ったまま台所で立ち止まり、耳をすませた。彼はどういうわけか、誰かがそこにいたのなら、いたけれども出ていったのなら、自分にはそれがわかるし、感じるものがあると思っていたのだ。しかし、なかはがらんとして静かだった。何も変わったところはなく、空気すらおなじだった。地下室のドアを開けて見おろしたが、ライトはつけなかった。薄暗い闇のなかに、ビニール袋の銀のような光沢と、毛布の青白い毛と、なお怖ろしいことに、その毛布から突き出ているハリエットの足が見えた。

だが、ああいうものは遠からず、もう二度と見る必要がなくなるのだ。誰ひとり見ることはないのだ、それも永久に。テディは床に新聞紙を広げて道具を置いた。まず蝶番のネジを外し、ドアを取り払った。六枚の羽目板と真鍮の取っ手がついたごく普通のドアだった。たぶん、これはほかに使い道があるだろう。つぎは少し時間がかかりそうだと思いながら、彼は槌を使ってドアの枠を煉瓦と漆喰からはがしはじめた。音がうるさいが、オルカディア・コテージは孤立している。片側は道路で、一番近い隣人でも二十フィート離れているし、おまけに壁と塀と茂みで隔てられている。すぐ隣りにメグジーやナイジェがいるわけではないし、ここにはノックされるような共用の壁もない。

にもかかわらず、大きな槌の音は気になった。たとえ、ロンドンの住人は隣家の工事の音にめったなことでは苦情を言わないとわかっていてもだ。ニーズデンでは違ったから。そこいらじゅうに散らばる木片、喉を締めつける漆喰の埃、あまりの乱雑さに茫然となった。彼はふと、新しく裾板を作らなければならないことに気づいた。いまあるものにぴったり合う玉縁がなければ、削って調整するしかないだろう。

いったんドアを外したら、夜をかけて掃除することができる。もう騒音もない。じきに、地下室もなくなるのだ。彼は、箒とちりとりとブラシとゴミ箱を見つけてきて隅々まで掃き、掃除機で塵ひとつ残らないように吸いこんだ。

明日の作業のために煉瓦を運んでおくべきだろうか？　そうしよう。午前ちゅうに片づけてしまおう。午後は、いやだけれどホリーのところに行かなくてはいけないのだから。怒りがちらちらと戻ってきた。中庭に出ると、あたりはすっかり冷えこみ、夜気は凍っているように思えた。キースが死んだ夜を思い出した。煉瓦箱が必要だったが、それなしでなんとかしなくてはならなかった。父親は煉瓦職人だったから、おそらく自分のを持っていたはずだが、それがどこにあるのか、どうなったのか、テディは知らなかった。煉瓦箱がないことに、彼は漠然とした怒りを感じた──煉瓦箱とともに本来なら自分のものになってしかるべき多くのものがないことに。

何かを忘れていた。もとの壁の色に合う艶けしの白いペンキだ。朝、途中で買わなければいけない。階段のうえの美しいビロードの絨毯や硬材の床に直接、煉瓦を置くのは気が引けた。あたりを見まわすと雑誌の山があったので、《ヴォーグ》、《ハーパーズ》、《ハロー！》といったきれいな雑誌を床に広げ、そのうえに煉瓦を慎重に置いていった。

地下室のドアや枠の木片はすぐ処分したほうがいいだろう。テディはそれらをエゼルに入れようと思い、外へ運んだ。ドアがあと一センチでも長ければ、トランクに入らなかっただろう。戻る途中でマンホールの蓋を見ると、ある考えが浮かび、思わず笑みがこぼれて笑い出した。素晴らしいアイディアだ、天才といってもいいくらいの!

フランシーンはジュリアのことが心配で、不安がつのるばかりだった。ジュリアはただ単に、いつもなだめていなければならない気まぐれな動物のようになっているだけでなく、その些細な行動もますます異常になっていたのだ。リチャードはほとんど何も知らなかった。ジュリア自身が意識して隠していたが、彼がいなくなるとその奇行は表に出てきた。

テディと出かけずに家にいたとき、フランシーンはジュリアがせかせかと歩きまわっているのを初めて目にした。自分の部屋にいても、ジュリアが階段をあがったり降りたりしている音が聞こえた。だが、フランシーンが降りていくと、ジュリアは歩きまわるのをやめ、こわばった顔で腹立たしげに椅子に座った。あたかも、誰かの気まぐれのせいで大事な仕事をやめなくてはならなかったとでもいうように。フランシーンは意識して話しかけ、今朝の新聞の記事や好評の新作映画を話題にしたが、ジュリアは単にうなずくか、うるさそうに首を振るだけだった。彼女の目は窓の外に向けられ、交通の激しい道路をじっと見つめていた。

突然、ジュリアははじかれたようにホールに急ぎ、コート掛けからコートをひったくると玄関から飛び出していった。フランシーンには、ジュリアがちょっと立ち止まってトラックをやりすごして道を渡り、真ん中の安全地帯でまた少し待ってから、向こう側へ走っていくのが見えた。バス停に誰かが座っていて、ジュリアはその男に話しかけていた。大げさに手を動かして、その男をがなりたてているようだった。

フランシーンは、ジュリアが戻ってくるのを見ていた。そして、彼女が部屋に入ってくるなり、「いったい何なの?」と訊いた。

ジュリアはそわそわして、聞き分けのない子供のようにさっと顔をそむけた。まっすぐ部屋の向こう側まで行くと、くるりと向きを変えて戻ってきて、どさりとソファに座った。彼女はまえにも増して太ったので、彼女が座ると椅子やソファは苦しそうな悲鳴をあげた。フランシーンは、ジュリアは何か悲しみを紛らわすためにひそかに暴飲暴食しているのではと思った。でも、いったい何が悲しいのだろう？

突然、ジュリアが話しはじめた。「あなたは男がどういうものか知らないのよ、フランシーン。お父さまみたいなちゃんとした人はめったにいないわ。いい？　あなたがいっしょに出かけるような男たちがあなたに望んでいることはただひとつ。あなたが与えれば、男は取れるだけ取ろうとするわ。でも、あとは飽きてポイよ。あなたはもう、彼にとっては何の魅力もなくなるの。男はみんなそうよ」

「でも、お父さんみたいな人もいると言ったわ」

「わたしは、あなたのために生きてるのよ。あなたを守り、あなたの面倒を見て、あなたにわからせようとしているの、あなたのような特別な人は世間に出ていって汚らわしい連中とつきあってはいけないことを。あなたにはまだ、その準備ができていないことを。わたしにはあなたにその準備をしてあげられないけれど、神さまはわたしが努力しているることをご存知だわ。もっと親が子供にたいして権限があったて、力づくでも従わせることができる時代に生まれていたらよかったわ。外には邪悪な人間がたくさんいるわ。バス停にいるのもそのひとりよ。彼がなぜ、そこにいるのか、あなたは知っているんでしょう？」

「いいえ、ジュリア。知らないわ」フランシーンは寒けを感じ、知らないうちに震えていた。「あなたは何が言いたいのか、わたしにはわからないわ」

「嘘はつかないで。正直になって。あの男があなたを待っていることは、あなたにもわかっているはずよ」

フランシーンは窓のほうへ行った。若い男はまだ、そこにいたが、今度は連れがいた。離れているのでよく見えなかったが、二人とも煙草を吸っているようだった。

「あそこにいる人たちのことなんて知らないわ、ジュリア」

ジュリアは嘲るように大声で笑い出した。「よくも、しゃあしゃあとそんな嘘がつけるわね」

ジュリアは立ちあがって、前面にたっぷり肉のついた巨体を見せつけた。大きな枕のような胸、ウエストのない突き出た腹。二重顎、膨らんだ頬。ごわごわした黄色い髪は真鍮のヘルメットのようだ。威嚇するように頭を低くして、彼女はまた歩きだした。フランシーンはジュリアに叩かれたときのことを思い出したが、ひるまずに、その場にとどまった。

だが、ジュリアの意図は意外なところにあった。弱々しく微笑んで表情を和らげたかと思うと、今度は元気のない、あやふやな表情を浮かべた。それから、弁解するような仕草で腕を広げてフランシーンを抱きかかえ、息苦しいほどきつく抱きしめた。

フランシーンは巧みにこの抱擁から逃れ、ジュリアの腕を優しく撫でながら言った。「お互いにうまくやっていく努力をしてみない、ジュリア？　わたしが小さかったころは、わたしたち二人はとてもうまくいっていたでしょう？」はたして、うまくいっていたのだろうか？　少なくとも、いまはうまくいっていたふりをするのが一番いいように思われた。「嘘はつかないって約束するわ。あなたを騙すつもりなんてないのよ。本当に。だけど、あそこにいる男の人や彼の友達に会うつもりはないわ。会ったこともないもの」

ジュリアは泣き出した。

「お願いだから泣かないで。いっしょにどこかへ出かけましょう。わたしはどこにも行く予定がないから、いっしょに何かしましょうよ。グローヴ座へ行ってみたいわ。シェークスピアのグローヴ座よ。それとも、ショッピングに行きましょうか。冬のコートがほしいと言ってたでしょう？」

「そういう気分じゃないわ」ジュリアは言った。「とても気分が悪いの。あなたが悪いのよ」

ひとりで出かけるのは気が進まなかったので、フランシーンは自分の部屋に行って椅子にかけ、ジュリアのことを考えた。彼女はどうしてこういうことになったのだろう？

どうすれば解決するのだろう？　子供のころは精神的な助けを求めて話をする相手はジュリアだったのに、いまは自分がジュリアのセラピスト役をしなければならないというのは皮肉なものだ。父親にジュリアの状態を話して、彼女が壊れかかっていることを知らせるのが一番いいだろう。といっても、父親はいま、ストラスブールにいる。

携帯電話でテディにかけてみたが、返事はなかった。知り合いのなかで留守番電話を持っていないのは彼だけだが、フランシーン自身、録音された声というのは味気ないものだと思っていた。イザベルやミランダやホリーの新しい番号へもかけてみたが、いずれも出かけているか、留守電になっていないかだった。

リボンで首から下げているテディの指輪を外して、指に嵌めてみた。いまは右の中指だが、いつか遠い将来、ジュリアがなんとか立ちなおり、自分はオックスフォードに進んで仕事を持つ自立した女性になり、テディも成功したアーティストになったときには、これを左手の指に移そう。

どこで聞いたか覚えていないが、テディは主人の部屋の戸口で眠る奴隷の話を聞いたことがあった。そのアイディアは魅力的だったが、彼は奴隷ではないし、死者は彼の主人でもなかった。それでも、彼らの守護者として、見張りとして、誰が来ようとも彼らを守るという考えには妙に心惹かれるものがあった。壁が完成して、地下室がもはや存在しなくなるまでは。

といっても、ここへは誰も来ないし、誰も来させない。テディは風呂に浸かり、ハリエットのベッドに入り、いつだったか実際に椅子や食卓を解体したように家具をばらばらにしている夢を見た。しかし、その破片を運んで、毎日のゴミといっしょに捨てようとしてゴミ箱のなかをのぞくと、そこにあったのは彫刻がほどこされた光沢のある木材ではなく、切断された手とハイヒールを履いたハリエットの足だった。

27

壁の穴を煉瓦でふさぐことは、出来栄えを問題にしなければ単純ですぐに終わる作業だ。表面が荒くでこぼこしていようと滑らかであろうと、壁としてはなんら変わりはない。テディはきっちりとした仕事をしたかった。そこに出入り口はおろかドアがあったことも思い出せないくらい完壁に仕上げたかった。だから、ゆっくりと細心の注意を払って元からある壁に合うように煉瓦をきっちりとならべていった。父親の仕事は子供の遊びだとずっと思っていたが、実際やってみると意外にもそうではなかった。そこには技があり、教わったことのない技術と方式があった。それでも、彼は試行錯誤しながら、フランシーンに会いに出かけることになっている昼食頃までには煉瓦を六段積みあげることができた。

ホリー・ド・マーネイのアパートは、業者が〝ウエストハムステッドの境界線〟と呼ぶキルバーン・ハイ・ロードのはずれにあった。このあたりは後期ヴィクトリア様式のテラスハウスがならぶみすぼらしい場所で、並木道には車が連なって停まっていた。落ち葉やビニールのゴミが風に飛ばされて歩道を舞っていた。家族が暮らしている大きくてきれいな家がイーリング・コモンにあるのに、ホリーはどうしてこんな汚い場所を選んだのだろう？　テディは、半ば軽蔑しつつ不思議に思った。

自活するためだろうか？　テディはずっとまえから独りで生きてきたが、そういう暮らしは先の見えない、煩わしいものだった。できることなら、自分の面倒を見てくれる人たちと美しい家に住みたいと思うのが普通なのに、ホリーはそれを自ら拒絶したのだ。アパートのある建物は、このあたりでも最悪なもののひとつと言ってもよく、正面の階段は壊れているし、上り口の崩れかけた二本の柱の一方には頭のもげたライオンの像が、もう一方には明らかに道端から拾ったと思われる子供のウールの手袋が載っていた。

テディはそれとおぼしき呼び鈴を鳴らした。

ホリーが出ると思っていたが、降りてきたのはフランシーンだった。彼女は黒のロングドレスを着て、明るいバラ色のジャケットをはおり、ピンクの長いビーズのチェーンをしていた。髪はゆるく三つ編みにしていた。テディの手をとってなかに招きいれ、顔を上げて軽くキスしようとした。だが、テディはその美しさにこらえきれずに、暗い玄関で彼女をかき抱くと激しくキスをした。

フランシーンにたいする漠然とした失望はすべてどこかへ消えてしまった。彼女は完璧だ。素晴らしい宝物だ。その肌はベルベットより柔らかく、蠟よりも滑らかだ。彼女さえいてくれれば、階上に誰がいようが、どんなことが待っていようが気にならない。

ホリーが堂々とした物腰でやってきて、腕を広げて言った。「ハーイ、元気？　展示会でお会いしたわね。覚えてる？」

テディはうなずいた。もちろん、覚えている。そこで初めてフランシーンに会ったのだから。しかし、彼らの部屋には驚いた。とにかく汚らしく、折り戸のある、かつての居間は大きな洞穴のようだった。壊れかかった硬材の床はすり減り、しみと窪みができていた。やけに高い天井には灰色の金属製のシャンデリアがぶら下がり、そこには汚い蜘蛛の巣がかかっていた。しかも、あたりにはアロマオイルとマリファナの混ざったような匂いが漂っていた。

ポリエステルの虎皮のかかった長椅子にはクリストファーが寝そべっていたが、そこにはテディが目を向けるのもいやな女が二人、座っていた。ひとりはカールした黒髪の太った娘で、耳のあちこちと左の眉に銀のピアスをしていた。もうひとりは藁のような肌色をした髪の薄い浮浪者のような娘で、洗いざらしの青いデニムのオーバーオールに、茶色の膝丈のブーツという格好だった。彼女たちの名前は聞かなかった。はじめから名前で呼ぶつもりはなかったから、どうでもいいことだった。

「よかったら、他の部屋も案内するけど？」と、ホリーが言った。

「もちろんよ、彼は見たいでしょうし」フランシーンがテディに腕をからませながら言った。「わたしも見たいから。いっしょに見せてもらおうと思って、彼が来るのを待っていたのよ」

来るのが遅いという意味なのだろうか？　テディはいぶかしげにフランシーンのほうを見た。時間に遅れたことなど一度もないのに。廊下に出て、ドアを抜けて寝室に入った。大きな寝室はベッドが三つ入るように仕切られ、もうひとつの寝室にはふたつ入るようになっていた。

「この仕切りをつくったのは誰だ？」テディが言った。「ボジャーとレゲットか？」

この古いジョークがわかったような笑いが起こった。おそらく、ホリーは本当に聞いたことがなかったのだろう。

「フランシーンが四人めの同居人になったら、あなたはここを好きなように改造できるわ。どう、わたしたちの大工さんになってくれない？」

「そんなこと言わなかったじゃないか」と、テディは言った。

フランシーンはテディの腕をぎゅっとつかんだ。「だって、話すようなことは何もないもの。わたしはだめよ。同居人にはなれないわ。親が許してくれないから」

ホリーは笑った。「あなたが彼女を誘拐するわけにはいかないの、テディ？」

寝室も似たり寄ったりだった。汚い戸棚があり、三つともマットレスが床にじかに置かれていた。やむを得ないのなら話はべつだが、わざわざこうするとは！　浴室には鉤爪状の足がついた浴槽があったが、最新のものではなかった。浴室を大幅に改装したときに取り付けられ、それ以来、十五回くらい塗りかえたといった代物だ。あちこち剝げ落ちて、緑の海原に浮かぶ島のように黒い地肌がところどころ見えている。

「ときたま、お風呂を出ると痣になっていることがあるわ、ぼこぼこに殴られたみたいに」と、ホリーが言った。

ホリーは、ときおりテレビで見かける四〇年代のイギリス映画の女優のようなしゃべり方をした。テディには、ホリーやクリストファーに話すようなことは何もなかった。それでも、みんなでウエスト・エンド・レーンのピザ屋で昼食を食べているあいだは、フランシーンのために話そうと努力した。ミセス・トレントの家の塗装の件はべつとして、いま手がけている仕事のことや、キャビネットづくりに熱中していることを。とりわけオルカディア・コテージのことを話したいという誘惑にかられた。なぜかはわからないがおそらく、フランシーンのことはべつとして、あそこが目下の最大の関心事だからだろう。

「改装の契約をしたんだ。セントジョンズ・ウッドにある家でね。住人がいないあいだに仕事することになってる」

「ここも改装してもらえたらいいのに」ホリーが言った。「時間のあるときにやってもらえないかしら？　ここの大家は伯父の友達なんだけど、うまく頼めばきっとイエスと言うわ」

「そうだな。ぼくらの知りあいには、こういう仕事してくれる人はほかにいないからな、ホル」とクリストファー。「情けないけど、自分たちにはこんな技術はないし。こういうことができる人はすごく尊敬するよ」

テディはみんなが自分をからかっているのではないかと思ったが、あとでフランシーンに訊くと、それは違う、みんな本当にそう思っているのだと言われた。そんなに人を疑ってはいけない、ほとんどの人たちは本当にいい人なのだから、と言われたが、彼自身の経験からするとそうではなかった。だが、それは言わなかった。

ホリーとクリストファーはワインだけでなくスピリッツ、とくにウォッカをよく飲んだ。この濃厚な水みたいなものが何だというのだろう？　フランシーンが冷たい白ワインのグラスを手にしている姿を見るのは好きだった。冷たく凍らせた雫のついたグラスを持ち、その開いた唇がワインのきらめきに触れるのを見るのはさらに何ともいえなかった。その姿は、テディには高くて買えない雑誌の表紙を飾る女性のようだった。外国映画に出てくる女性、パリかマドリッドで戸外のテーブルに座って恋人を、そう、彼を待っている女性だ。

みんなで見にいった映画は、テディが考えていたような映画ではなく、若い人は出ていないも同然だった。みんなはどうしてヴィクトリア女王が年寄りの召使と恋におちる映画など見たがるのか、テディには理解できなかったし、フランシーンがやけに執着していたのも理解できなかった。映画の後半はほとんど目を閉じて、自分の夢を思い描いていた。一万ポンド手に入れて、フランシーンをナイツブリッジの高級店に連れていき、一流デザイナーの黒や白のドレスと、大きな毛皮の襟がついた床まで届くベルベットのコートを買ってやることを。

ホリーのアパートに戻ると、みんながエゼルでドライブに行こうと言いだした。エゼルで来たことは言っていないのに不思議だった。しかし、レストランにいたときか映画を見ていたあいだに、おそらくは子供が錆びた釘でエゼルのトランクに「くそったれアメ車」と落書きをしていた。クリストファーが怒って、警察を呼ぶと騒ぎ出した。テディはエゼルが傷つけられたことはほとんど気にならなかったし、書かれていることもそのとおりだと思った。警察は本気にせずに単なる苦情としてしか扱わないこともわかっていた。わけてもこの界隈では、警察は他にやることが山ほどあるのだ。それでも、テディはみんなを乗せてウエスト・エンド・レーンの周辺を走りまわった。その間、ホリーはロイヤル・ファミリーのように道行く人に優雅に手を振っていた。

そのあと、テディはフランシーンと二人きりになることができたが、そのときはまだ七時だった。意外にも、いっしょに家に帰らないと彼女に言われて、テディは不愉快になった。車を停められる場所を見つけて、座ったままフランシーンを見つめた。

「ごめんなさい、テディ。あなたのところに行っても、すぐに家に帰らなければいけないの。長くいられないなら行っても意味がないでしょう?」

「じゃ、どうしてあんなやつらと過ごして丸一日、無駄にしたんだ?」

「どうして、無駄だなんて思うの? あの人たちは、わたしの友達よ」

テディはフランシーンの手をとった。珍しいくらいきれいな手だった。アジアの女性だけに見られるような細くて長い指、完璧な卵形をしたクリーム色の爪。けれども、彼女がが何よりも気に入っているのは、非のうちどころのない滑らかな肌だった。しわはどこにもないし、筋もほとんどない。血管は、根のように浮きあがるかわりに、乳白色の皮膚のしたに青白く透けて見える。彼はその手を唇に持っていき、爪や関節に、親指や人差し指の柔らかい部分にキスをした。「問題は、ぼくの家だろう？ きみは、ぼくの家が好きじゃないんだ。きみを責めるつもりはないけど、ぼくは最初に、あそこはゴミためだと言ったはずだよ」

フランシーンはびっくりして戸惑った。自分の感情を完全に誤解されることは初めてではなかったが、テディから誤解されるとは思っていなかった。

「あそこはおぞましい穴倉だ。きみがいるような場所じゃない。ぼくにはわかるんだ。あそこにはきみを連れていきたくなかったけど、あのときは仕方がなかった」

「テディ、違うわ。あなたの家は大好きよ。何度も言ってるでしょう？ わたしはあそこが気に入ってるわ」

「本当にそうなら、いっしょに帰ろう」

「だめなのよ。ひとりで放っておいたら、ジュリアは何をするかわからないから」

「どうして、きみにはこういう人たちが必要なんだ？ 友達とか、その女とか。きみには、ぼくがいるじゃないか。お互いがお互いのものなんだから、他の人間なんか必要ないんだ」

フランシーンは息もつかずに言った。「手を離して」

彼女は興奮して顔を紅潮させている。こうなったのは、ぼくのせいだ。テディの心臓は激しく脈打ちはじめた。

「きみは家に帰る必要なんかないんだ。昼も夜も、ぼくといっしょにいればいいんだから」

フランシーンはさっと手を引いて、顔をそむけた。「地下鉄の駅まで送って。お願い」

テディは気が抜けたように言った。「家まで送るよ」

彼には、彼女をエゼルで家まで送っていくゆとりはなかった。だが、すぐにロータリーで方向転換してノースサーキュラー・ロードを通ってイーリングへ抜け、最初に別れた木のしたでフランシーンを解放した。彼女はテディにキスすると車から飛び出して走りだした。

車庫は広かったが、エゼルを停めるだけの広さはなかった。どこに置いてもエゼルはいつも注目を集めてしまうので、ガレージの外には出しておきたくなかった。といっても、今夜は誰も目をとめないだろう。住人はほとんど家を空けているから。テディは、月曜の朝に缶入りのスプレー塗料を売っている店を探すことにした。淡いサクラソウ色があればトランクの落書きを消せるだろう。

テディは裏門から入って後ろ手にそれを閉めた。裏から見ると、ここに家があるとはまったく思えず、一面に茂みが広がっているようだった。十月も後半にさしかかっているから——そろそろ落葉の時期ではないのだろうか？　それとも、落葉しない種類なのだろうか？　通りの明かりが射しこんでいたが、彼は懐中電灯をつけてしゃがみ、マンホールの蓋を調べた。そして、このとき初めて、それが素晴らしい作品であることに気づいた。ポールソン・アンド・グリーブ製の鋳物で、かなりの技術と審美眼のある者がデザインした月桂樹の模様のある逸品だった。これは捨てずにとっておこう、とっておく価値のあるものだ。

家のまえや後ろに敷いてある石のなかには、あるいは茂みのなかに半ば隠れている敷石のなかには、蓋を取り去ったあとの穴に塡めこむのにちょうどいい大きさのものがあるに違いない。それをしっかり塡めこんで、セメントで固めればいい。これはべつの日に、来週の後半にやろう。それより先にやらなければならないことがあるから。

テディは裏口から家のなかに入り、煉瓦を積みあげる作業に戻った。ゆっくりと着実に作業を進めていったが、仕事に慣れるにつれて手際も良くなっていった。完璧に仕上げなければ満足できなかった。煉瓦が一ミリでもずれていたら、取り壊してもう一度、やりなおした。ドアがあった場所に煉瓦を積みあげ、壁を完成させたときには、すでに真夜中になっていた。

しかし、これで彼らはここに密閉されたのだ、あの二人はもはや、存在しないといってもいいくらいだ。ぼくは彼らのためにドアのない墓をつくることで、彼らに魔法をかけて塵に変え、箒で掃き、掃除機で吸いこんだようなものだから。明日は、この煉瓦のうえに漆喰を塗ってしまおう。それが終わったら、いや終わるまえでもいい、フランシーンをここに連れてこよう。そうすれば問題はすべて解決する。心に思い描いているような素敵なアパートを借りることはできないし、金もないし、稼ぐ術も知らないが、自分には何か素晴らしいものがある。それは代価の必要のないもので、しかも役に立つものなのだ。

ここには誰も住んでいない。持ち主は永遠にいなくなった。ある意味では、キースの場合とおなじ状況がもう一度、起こったということだ。キースが死んだから、自分は彼の家に住んだ。おなじく、ハリエットも死んで、その住まいを自分に遺してくれたということだ。少なくとも、これらの家は自分のものではないし、今後もそうなることはないだろう。だが、いまは自分のものなのだ、ほかの誰かのものである以上に。ぼくがここに住むことをとやかく言うものはいないし、請求される公共料金を支払いさえすれば、追い立てられることもないだろう。

フランシーンを連れてこよう。明日にでも。テディはやらなくてはならない仕事を続けた。すでに壁の穴は煉瓦でふさがれているから、彼女はここにドアがあったことさえわからないだろうが、漆喰は新しくする必要がある。彼の頭のなかで、ひとつの計画が形をとりはじめた。そうだ、フランシーンには「やらなければならない重要な仕事と引きかえに住む場所を得た」と言おう。もちろん、彼女には「この家はテディのものだ」と思わせておいたほうがいいのだろうが、それには多くの難問がある。たとえば、ワードローブにあるハリエットの服がそうだ。ぼくに高価な家具や装飾品や絵画を買うゆとりがないことは、彼女にもわかるだろう。ぼくがこの家の構造やレイアウトに疎いのも問題だ。やはり、一種のリースだと信じこませるしかないだろう……。

フランシーンはきっと気に入ってくれるはずだ。ここはまるで、フランシーンのためにデザインされ、建てられ、家具を備えつけられたかのようだ。まさに、彼女に相応しい家なのだ。一度でも、ここを隅々まで見て、豪華なベッドにいっしょに横たわり、あの鏡で自分の姿を見て、柔らかいカーペットやすべすべしたシルクのカーテンの手触りを感じれば、早く家に帰らなければならないことなど忘れてしまうだろう。ジュリアとかいう女を口実に嘘をつくのもやめるだろう。

彼女がここに来てくれさえすれば、セックスもうまくいくだろう。ぼくにはこういう環境が必要なのだ。どうして、いままで考えつかなかったのだろう? 自分でもわからない。うまくいかないのは、エゼルのせいではないのだ。なぜなら、エゼルはトランクを空にすることで汚れのない——車体が大きくてグロテスクなところを除けば——普通の車に戻ったが、あのむさくるしい家にはいまも、両親とキースが——すでに死んではいるが——醜い抑制因子として存在しているからだ。

ここでは、何もかも違ってくるだろう。美しいものに囲まれて初めて美しい女性と愛を交わすことができる男——自分はこのタイプに違いない。彼は、この設定が気に入った。そういう男は自分しかいないし、フランシーンより美しい女性はどこにもいないのだから、彼女のために相応しい舞台を用意しようと思った。そこで初めて、彼女は完全に自分のものになるのだから。

テディは運転して家に帰り、エゼルを庭の定位置つまりカーポートに戻した。

28

ジュリアは何度となく、ジョナサン・ニコルソンの住所を書きとめておけばよかったと思った。覚えているのは彼がフルハムのどこかに住んでいるということだけで、電話帳を調べても、ＳＷ六にＪ・ニコルソンの名前はなかった。もう一度、彼の車を見つけることができたら、ダッシュボードのうえにはまだ、あの封筒が載っているだろう。

フランシーンが出かけているあいだだけ、ジュリアは車を探しにいった。そうしたのは、「あの娘をひとりきりで家においておくようなことはしない」という信念にまだ執着していたからだ。問題は、フランシーンが出かけているあいだは、彼の車は当然、この付近には停まっていないということだ。その車でフランシーンとジョナサン・ニコルソンはどこかに出かけ、おそらくはフルハムの彼の家に行くのだろうから。車をつきとめるチャンスはフランシーンが家にいるときしかない、とジュリアは思った。

そのチャンスは、リチャードが国内の出張から戻ってきて二日間の休みを家でとっているときに訪れた。今日はジョスリンといっしょにお昼をとることになっている、キャンセルするのは忍びない、とジュリアは言った。嘘をつくのはいやだったが、目的のためには手段を選ばないのだと自分に言い聞かせた。

ジュリアは二時間かけて赤いスポーツカーを探しまわった。あたかも脊椎からのびる肋骨のように大通りから四方に広がる通りという通りを北へ南へと歩きまわった。二度、目指す車を見つけたと思ったが確証はなかった。残念なことに、どちらのダッシュボードにも、ミスタ・ジョナサン・ニコルソン宛ての封筒がなかったからだ。家に戻ると、リチャードがフランシーンは出かけたと言った。仕事の面接に行き、そのあと友達に会うとのことだった。その友達が誰で、いっしょにどこへ行くのかは訊きたくなかった、とリチャードは言った。

「わたしだったら訊くわ。仕事って何のことかしら？」ジュリアは言った。

リチャードは浮かない顔をした。「ウェイトレスだと思うよ。ハイ・ストリートのはずれの小さな喫茶店らしい」

「あの娘にウェイトレスなんて無理よ。どうして行かせたの？　どうして、止めなかったの？」

「止めることはできないよ、ジュリア。あの娘はもう大人なんだから。しかも、何かやることを見つけなければいけないんだ、ノエルのところの仕事はうまくいかなかったから。このことはもう話し合ったじゃないか」

「男どもは汚い手であの娘を触りまくるわ」ジュリアが聞き慣れない高い声で言った。「ブラウスのうえからスカートのなかまで。やたらと褒めてベタベタするのよ。でも、あの娘はノーと言わないわ。どうやって断ればいいのかわからないし、断りたくもないから。あの娘はとても性欲が強いのよ。こんな言い方はよくないけれど、実際のところ、色情狂のようなところがあるわ。わたしに言わせれば、あの娘は色情狂の典型だわ」

リチャードは恐怖を感じて妻を見た。彼女の顔には、いつもと違う、奇妙な歪みが見て取れた。左眼の虹彩は白目の端に寄って、ぼんやりしているように見えた。しゃべるのをやめても、彼女の唇はまだ震えていた。リチャードは何も言えなかった。ジュリアはじっと彼を見つめ、それから向きを変えて部屋を出ていった。

リチャードは愚かにも、ジュリアは心理療法士をしていたのだから精神的におかしくなるわけがないと思った。あたかも、心理療法士は自分が治療している病気にたいして免疫があるとでもいうように。彼女がおかしくなるわけはない、そんなはずはない、と何度も自分に言い聞かせた。ジュリアにかぎってそんなことはない——彼は心のなかで本心とは違うことを言った——これまでずっと、彼女はうんざりするほど正気だったのだから。

ジェニファーの面影が浮かんできた。こんなにも間近に、最初の妻の幻影を見るのは初めてだった。彼女は部屋のなかにいたが、それは彼女ではなく、彼の網膜に浮かぶもの、いわば視界にまとわりつく蜘蛛の巣のようなものだった。

リチャードは目を閉じた。そして、子供が母親を求めるようにジェニファーを求めた。その腕でしっかり抱きしめてほしい。淫らな性的妄想に取りつかれた狂った女から守ってほしい、と思った。

いっしょに過ごした最後の年に、以前のようにジェニファーを愛し、彼女の愛をつなぎとめていれば、彼女はいまも生きているだろう。たとえば、わたしがあの日もっと早く帰宅していたら、あの日にかぎらず毎日そうしていたら。わたしが家にいれば、彼女は安全だったはずだ。どうしてそう思うのか、その理由についてはリチャード自身、説明がつかなかった。なぜなら、彼には殺人者がドラッグ絡みの金を探しに押し入り、邪魔な人間をつぎつぎと殺したであろうことがわかっていたからだ。わかってはいたが、リチャードは本能的にそう思ったのだ。

リチャードが目を開けると、ジェニファーの幻影は現われたときとおなじように瞬く間に溶けてなくなった。つぎに彼が目にしたのは、年輪を重ねた落ちつきと理性を取り戻したジュリアだった。彼女は数日のうちにフランシーンを連れて、またオックスフォードに行くつもりだった。住む家が決まったら、ここを売りに出しましょう。リチャードは疲れていた。たぶん働きすぎだろう。気の狂った女がやってきて、わたしの心優しい愛娘は色情狂だと大声で責め立てたのは、さっきのあれは想像の産物に違いない。あるいは、昼食をとったあと、まどろんでいるあいだに夢を見たのだろう、ジェニファーがやってくる夢を見たように。

「面接はだめだったわ」フランシーンは言った。

テディはほっとした。「きみ自身、そんな仕事はしたくないだろう？　きみには似合わないよ」

「でも、何かしなければいけないのよ。外で働いて、お金を稼ぐことを覚えなければね。これも、空白の一年の大事な課題のひとつよ。先方は、わたしにはウェイトレスの仕事がつとまらないと思ったみたい――はっきりとは言わなかったけれど、そういう意味だわ」

「きみはそれほどタフじゃないし、タフになるのは無理だよ」

テディはこのとき、通りを半マイルほど北に行ったところに停めたエゼルのなかでフランシーンに会っていた。彼は彼女をびっくりさせるつもりだった——もし、彼女がいつもと道が違うことに気づかずに、そのまま走らせてくれれば。フランシーンのロンドンの地理に関する知識は小学生並だが、パーク・ロードを降りてリッソン・グローヴに向かったときも、彼女が目をとめたのは通りの名前だけだった。

「エリザ・ドゥーリトルは、リッソン・グローヴの出身よ」

「誰？」

「『ピグマリオン』のエリザ・ドゥーリトル。ショウの喜劇よ。彼女はこの通りの出身なの。ヒギンズ教授は、彼女のアクセントから言いあてるの」

「きみにはアクセントがそんなに重要なのかい？」

「どういう意味？」

「いや、いいんだ、何でもない。忘れてくれ」

彼のうきうきした気持ちにふと陰りが生じた。陰りはいつまでも、そこに引っかかっていた。

フランシーンは、彼の膝に手を置いて言った。「どこへ行くの、テディ？」

「いまにわかるよ」

「あなたの家の方向じゃないわ」

「ある家への道さ」

グローヴエンド・ロードからメリナ・プレイスへ入り、ガレージが建ちならぶ路地を横切ってオルカディア・プレイスに着いた。ここで車を降りよう、駐車場は住人専用だから、とテディは言った。誰も来なかったし足音もしなかった。フランシーンが車を降りるとき、テディは手を貸した。いままでやったことのないことだった。それから、二人は歩いて角を曲がった。

その家を見たとき、フランシーンはテディが期待していた、あるいは望んでいたのとはまるで違う表情を浮かべた。彼女は古い煉瓦と格子のついた窓を、デラ・ロッビアの飾り板と真紅と黄金に色づいた葉っぱのカーテンを、さぐるような目つきで用心深く見つめた。玄関のところまでやってくると、テディはポケットから鍵を取り出した。あたかもこの家の持ち主であるかのように、彼がプライドをもって鍵を取り出したとき、恐ろしいことが起こった。実際は怖くも何ともないことなのに、フランシーンはそれを彼がうろたえるほど怖がった。

夏の名残りの哀れなぼろぼろの蝶が一匹、赤い葉のあいだからひらひらと飛んできたのだ。ビロードのような羽はところどころ鱗粉がはげて透けていたが、それはまぎれもなく鮮やかな赤と白の筋が入った羽をもつ黒い蝶だった。その蝶が半ば飛び、半ば弱々しく羽を動かしながら、ふらふらとフランシーンの肩に寄ってくると、彼女は叫び声をあげて後ずさり、両手でそれを追い払った。

「いや、いや、いや。お願いだから。だめなの、いや！」

テディは、彼女の腕をつかんで後ろへ引っぱった。「どうしたんだい？」

「あれ、あのアカタテハよ。ごめんなさい。こんなに取り乱して」

その蝶はすでに地面に落ちて、弱々しく羽を動かしていた。テディはそれを足で踏み潰した。いま求められているのはこうした断固たる行動で、こうすれば彼女は喜ぶ、と彼は思ったのだ。これこそ、彼女が望んでいることなのだと。

彼女はいきなり泣き出した。「かわいそうに、殺すことはなかったのに。かわいそうに」

「どっちにしても死ぬんだよ。どうして、そんなに気にするんだ？　ただの老いぼれた蝶じゃないか」テディはつぶやきながらドアの鍵を開けた。

フランシーンは頭を垂れ、両手で顔を覆って家のなかに入った。せっかく、二人でオルカディア・コテージに来たのに、幸先のいいスタートは切れなかった。

事態が好転するまでには、しばらく時間がかかった。フランシーンは、さぐるような目でホールを見まわした。客間に通されても、食堂に案内されても、カーブした白い階段を見せられても、その表情は変わらなかった。家のなかに入って玄関のドアを閉めたときから、彼女は無言のままだった。涙で顔を紅潮させ、目を腫らしていた。そこにはテディが崇め、何にもまして見つめていたいと思う美しさはなかった。完璧な白い肌が損なわれているうえに、とても人間くさいやり方で一度か二度、鼻をすったりもした。彼女に鼻がすすれるとは思いもしなかった。さらにテディを失望させたのは、またしてもジーンズにざっくりした黒いセーターという彼女の服装だった。あらたな不信感を抱いて、彼はなかばパニックに陥った。

テディは、フランシーンが彼のために努力をしていることを見のがしていた。彼には、彼女が明るく振る舞おうとしているのがわからなかった。彼女が無理に浮かべた笑顔を、彼はこの家のインテリアにたいする当然の驚嘆だと解釈した。

「ここは誰の家なの、テディ？　わたしたちはどうしてこんなところにいるの？」

テディはそうくると思っていた。「ここで仕事をしてるんだよ。漆喰を塗ったり、石を削ったりしている。持ち主の女性に、仕事中はここに住んでもいいと言われてるんだ。リトースみたいなものだよ。彼女は戻ってこないし」

「でも、いつかは戻ってくるんでしょう？」

テディはどこかで読んだか聞いたかしたフレーズを思い出した。「いつかは戻ってくるだろうけど」彼は笑った。「いつになるかはわからない。とにかく、ぼくたちには関係のないことだ。いまは、ぼくたちのものだけどね。二階へ行こう」

その家はどこか、かつてフランシーンが住んでいた家に、母親を殺されたコテージに似ていた。もっとも、それほど古くないことや、内装が凝っていて高価な家具が備えつけられているところなど、はっきりした違いもあった。ここでは遠くを行きかう車の音やロンドンのざわめきが聞こえるけれど、昔の家はいつも田舎の静寂に包まれていた。とはいえ、塀で囲まれた前庭の敷石にテディと立った最初の瞬間から、フランシーンはそこに昔の家を偲ばせるものを感じていたのだった。家を覆っている赤や黄色の無数のツタの葉も、むかし住んでいたコテージに似ている。そう思ったとたんに、馬鹿げているが不快なアカタテハの一件が思い出され、その記憶はさらにテディの野蛮な行為を思い起こさせた。一瞬、完全に彼から気持ちが遠のいたように思えた行為を。

フランシーンは涙を流し、テディに優しくしてほしいと思ったのに、彼は性急なだけだった。彼が自分の反応に失望していることを察して、感じてもいない感動を表現しようと精いっぱい努力した。経験がないにもかかわらず、彼女にはどういうわけか、彼がセックスできなかったために緊張で押しつぶされそうになっているのがわかった。彼がここで、心から賞賛していると思われるこの家で、勝利をおさめようとしていることもわかった。ほかでもなく、インテリア雑誌の写真で見るような豪華な映画スターのベッドで。白いシルクのカーテンと、古典的な天井画と、金箔で飾られたこのベッドで。

「気に入った?」彼は何度も繰り返し訊いた。「どう思う?」

フランシーンは、あなたの家のほうがシンプルで好きよ、と言いたかった。ふと頭に浮かんだのは、ミニマリズムという言葉だった。だとしたら、この家はバロックという表現になるに違いないと思ったが、そのことは何も言わなかった。「素敵ね」

「きみがこのベッドに寝ているところを見たかったんだ。ここは、きみのためにつくられた場所だと思った。この部屋も、ベッドも。だから……」

フランシーンは奇妙な感情にとらわれた。彼女の年齢とごくかぎられた経験では到底、理解できないことが理解できたような気がしたのだ。たとえば、初めての愛はこんなやり方で交わすべきではないことが、この愛には自分も相手も傷ついてしまう危険があることがわかったのだ。自分が完璧な美を体現していないこともそうだ。わたしは崇め奉られる偶像や装飾品でもない、生身の若い女にすぎないのだ。

何もかも自分の理想のやり方で押し進め、努力を重ねてもだめだったら、彼はどうするのだろう? 自分はどうするだろう? 寒けとためらいをおぼえたが、フランシーンは服を脱いでベッドに入り、彼もそうすることを願った。

だが、彼はそこに立ったまま、一意専心といった表情で、じっとこちらを見つめていた。十一月の午後も日暮れに近い時刻とあって、部屋は薄暗くぼんやりとしていたが、フランシーンはむしろ、視線を遮ってくれるこの薄闇を歓待していた。ただし、ベッドのうえで鏡に顔を向けてポーズをとらされるまでは。身体から上掛けを剝ぎ取られ、白いシルクのうえに白い裸体をさらして、彼が灯した明かりに容赦なく肢体を照らされるまでは。

フランシーンはひるんで目を瞬かせた。手を固く握りしめて鏡を見ると、そこには大きな目をした怯えた少女が映っていた。その目は〝助けて〟と泣き出さんばかりに訴えていたが、フランシーンは何もしなかった。何も言わずに、テディが堪能するまで、されるがままになっていた。ふと、彼は女神の像のまえにひれ伏すようにひざまずくのではないかと思ったが、そうはならなかった。しばらくすると、テディは眩しいライトを消して服を脱ぎ、彼女の脇に入ってきた。

そして優しいキスと愛撫が続いた。フランシーンはまえにも「それだけでじゅうぶんだ」と言ったことがあるが、厳密にはそうではないはずだ。「きみは嘘をついている、そんなの戯言に決まってる、無理に優しくしてくれなくていい、ただいっしょにいてくれればいい」と、テディはとても乱暴に言い返した。しかし、人に親切なのは彼女の性格だった。彼はもう一度、彼女を愛そうと試みたが、やはり愛せなかったのだ。フランシーンは優しく彼を抱きかかえ、キスをして髪を撫でた。

「眠りましょう。こうして横になって、ただ眠ればいいのよ」

夕方遅く、二人が目を覚ますと、テディの気分はずいぶん明るくなっていた。彼は家の残りの部分を案内して、フランシーンに何度も何度も、ここが気に入ったか、本当に好きか、と尋ねた。フランシーンは明日また来ることを約束して初めて、早めに帰してもらえることになった。テディは近くの地下鉄のセントジョンズ・ウッド駅まで歩いて彼女を送り、駅に通じる歩道で熱く激しいキスをした。まだ九時だ。フランシーンはちょうどいい時間に家に帰り着くだろう。

その感情は、テディにとっては目新しいものだった。というより、この感情は子供のころにはあったのだが、何の役にも立たないので、時間が経つにつれて消え去ってしまったのだ。実際、彼にとっては、何の役にも立たなかった。救いにも、守りにも、慰めにもならなかった。変化ひとつ、もたらさなかった。テディには、そうした無益な感情をもつ余裕はなかった。だから、彼が生きるために必死で戦っているうちに、その感情は脇に追いやられ、深く埋葬されてしまったのだ。それがいま、呼び起こされ、形をとりはじめたのだ。この感情は恐怖だった。

テディはひどく恐れた。おおむね、自分のことを恐れていた。切断された指以外、彼の身体は故障知らずの完璧な機械で、単に彼の言うことに従うだけでなく、予想以上の素晴らしい能力——たとえば、キースの死体を持ちあげたり、敷石を動かしたりするというようなこと——を見せもしたが、悲しいかな、いまは大事なところで役に立たなかった、どこよりも若さと力を謳歌できるところで。

午後には、一瞬、フランシーンをもう少しで憎みそうになった。彼女にとっては簡単なことだ。何もかも、彼女のほうがずっと簡単なのだ。フランシーンにたいする欲求は彼の肉体と精神のあらゆる場所にみなぎり、憧れと渇望が堰を切ってあふれ出したために、あっという間に枯渇してしまったのだ。どうして、彼女を見て崇めているときは勃起し、力がみなぎってくるのに、二人が触れあい、彼女を腕に抱くと、枯木のように萎えてしぼんでしまうのだろう？

テディはゆっくりと歩いてオルカディア・プレイスに戻った。今夜はここで、つまりあのベッドで寝るつもりだった。彼女がいてくれたら、結果はすべてよくなるのにと思った。そう思うと腹が立ったが、あの部屋で彼女がどれほどきれいに見えたか、予想以上に美しかったことを思い出すと、もう少しで彼女を嫌いになりそうになったことも忘れてしまった。

テディはこの日、午後からフランシーンと会うまえに、煉瓦の壁を完成させていた。しんとした暗い家のなかに戻ると、今度もひとり、漆喰を塗る作業を始めた。この作業は、予想していた以上に困難なものになった。いつものようにゆっくりと几帳面に、買ったばかりのダイヤモンド型や四角いこてを使って仕事を進めたが、完全に滑らかで周りと区別がつかない表面にすることはできなかった。

父親のような愚かな人間が毎日、簡単にやっていたことが自分にできないことが情けなかった。しかし、彼らは長年の経験がある熟練者で、彼はまったくの素人だった。テディは下手な仕上がりに満足できず、漆喰を削り取ってまたやり直した。今度はだいぶうまくいった。慣れとはたいしたものだ。ついにほとんど理想に近い仕上がりになり、彼のような完璧主義者でさえ満足するほどになった。明日になったら、できたばかりのこの壁にペンキを塗ろう。フランシーンを連れてくるまえにやってしまおう。

爪足のついたバスタブで身体を流しても、心はさまざまな考えや夢想に掻き乱されたままだった。もっと金があれば、一人前の男になれるに違いないと思ったが、心の片隅にはそれを否定する声もあった。そこには、フランシーンに軽蔑されることへの恐れもあった。彼の階級、アクセント、生い立ち、財産、そのすべてを軽蔑されることを。自分にたいして蔑みしか感じない女をどうして満足に愛することができるだろう?

彼は床から服を拾いあげて——明日、ここの洗濯機で洗おうと思い——ジーンズのポケットをさぐり、ハリエットのハンドバッグに入っていた小さな革のアドレス帳を取り出した。バッグをいっしょに捨てたと思っていたので自分でも不思議だった。この日の午後、フランシーンと二人で横になった白いシルクのベッドに戻り、アドレス帳のページをめくってみたが、テディにとって意味のある名前はひとつしかなかった。サイモン・アルフェトン。テディはアドレス帳を床に落とした。

朝の二時だった。家のなかのいくつかの時計はその時刻を示していたが、いずれも押し黙ったままで、時を告げる音はひとつも聞かれなかった。

29

フランクリン・マートンが休暇をともに過ごし、いっしょに旅行を楽しむ女と出会ったのは、六月の晴れた午後のグリーンパークだった。二人が初めて知りあったのは、四五年前なので、正しくは再会ということになるが。

再会したのは、彼がセントジェイムズ・パークにあるクラブで友人と昼食をとるために、地下鉄のグリーンパーク駅を出てクイーンズ・ウォークを歩いていたときのことだった。ふと前方を見ると、芝生のうえで一匹のアイリッシュ・セッターがじゃれていた。彼はこの種の犬を見ると必ず、やむなくアンシアに委ねていったオハラを思い出した。そして、何度となく後悔してきたのだ、ハリエットと駆け落ちするためにはやむを得なかったとはいえ、惜しい交換をしたものだと。

犬が近づいてきた。フランクリンが優しく手を差しのべると、すぐそばまで寄ってきた。と、そのとき、どこからともなく女が現われた。アンシアだった。

彼女に会うのは十八年ぶりだった。そのまえの十年間には、たった二度しか会っていない。二人が離婚した数年後に、彼女が金持ちと再婚したことは聞いていた。この夫は、メイフェアにある屋敷を彼女に遺していったそうだ。フランクリンは「やあ」と声をかけた。

「こんにちは」

「この子の名前は？」

「デヴァレラよ」

彼女は若々しかった。確か六十五か六のはずだが、ハリエットより若く見えた。ふくよかな体つき、しわのない艶やかな丸顔。染めていない灰色の髪は、磨いたばかりの銀食器のように輝いている。化粧は控え目で、金持ちらしいところといえば両手の指に塡めている大きなダイヤぐらいだ。ツイードの服は、昔は明らかに高価だったとわかるが着古されている。彼女は「見知らぬ人間に騙されないように」といわんばかりに犬をそばに引き寄せ、首輪をしっかりと押さえていた。

「軽く飲まないか？」フランクリンは言った。

「え、これから？」

「セントジェイムズ・スクェアにこぢんまりとしたいいパブがある」

「たぶん、わたしも知ってるお店だわ。好みがいつもおなじだったもの。ところで、奥さんはお元気？」

　聞かれてフランクリンは素っ気ない返事をしてしまったので、間違いなく断られると思った。だがどうしてもと思い、「行こう」ともう一押しした。

　アンシアは犬に紐をつけてパブに連れて行き、ボウルに水を入れて与えた。フランクリンはその様子を見て、三十年ほどまえに、どこかのパブで似たような場面を見たことを思い出したが、そのときの女はハリエットで、犬はオハラだった。彼はまた、友達と会う約束があったことを遅ればせながら思い出し、クラブに電話をして風邪を引いたので行かれないと言った。

　ドライマティーニを二杯ほど飲んでから、アンシアが言った。「ひとまず、この子をハーフムーン・ストリートに連れて帰るわ。そのあと、あなたにお昼をご馳走させて」

　フランクリンはこれまで、女性に食事をおごってもらったことがなかった。思いがけない展開になり、不思議なほど楽しかった。別れるとき、彼はまた会えないかと訊いた。二人でいっしょにルガノに行って休暇を過ごしたのは、その二カ月後のことだった。

　それから五年が経ったいま、二人はサン・セバスチャン郊外の貸別荘にいた。このときにかぎって言えば、レストランのテラスに座って、弧を描く大きな湾と波頭を眺めていた。フランクリンはむしろそっけない口調で、「やり直そうか」と言った。

「何ですって？」

「きみがこだわらないなら、結婚する必要はないよ。いまはそういう時代じゃないから。しかし、われわれはけっこう仲良くやっていると思わないか？」

「いつもそうだったわ。あなたがあの赤毛といい仲になるまでは」

「悪口を言っても仕方がない。彼女はティーンエイジャーを飼っている。とにかく、うんと若いのを。わたしはすべて、お見通しだ」

「彼女を養うのは大変でしょうね。あなたの話では、お金のかかるあばずれらしいから。お金のほうは我慢できるとしても、若いツバメとなると話はべつよ」アンシアは眼鏡の縁越しに探るような目でフランクリンを見た。「あなたはまさか、わたしではなくデヴァレラがほしいわけではないでしょうね？」

フランクリンは言い方が刺々しくならないように、いつものしゃれこうべのような笑みを浮かべて答えた。「われわれがこれ以上ぐずぐずしていたら、あの子はかわいそうに天国へ行ってしまうよ」

翌朝、テディは早く目を覚ましたが、一瞬、自分がどこにいるのかまったくわからなかった。起きあがって服を身に着け、七時過ぎに外へ出た。漆喰を塗ったら最低一日もしくはそれ以上、乾燥させなければいけないことを思い出して、中庭での仕事に取りかかったのだ。

外はまだ暗かった。霧がかかっていて、湿っぽい一日になりそうな気配だった。マンホールの蓋を持ちあげて、敷石のうえに置くのはそれほど大変ではなかった。ぽっかり開いたマンホールの穴をどうするか、いろいろなアイディアがつぎつぎと浮かんできた。ファイバーグラスで縁取りした花壇にして、そこに一本、木かバラを植える。台座を据え、そのうえに小鳥の水浴び場か大理石の壺を置く。中庭の残り部分とおなじように敷石を置き、周囲をセメントで固めるのもいいだろう。何か美しいものをつくって、このパッとしない中庭を素晴らしいものにしたい。それにはいろいろ考えられるが、彫像それも人物像がいい。ブロンズか大理石のフランシーンの像、これが最高だ。

いや、このアイディアはとても実現できそうにない、自分は彫刻家ではないし、材料はどちらも高価だから。となると、マンホールの口は敷石でふさぐのが一番で、しかも安全だろう。朝日とは何の関係もないように思われる真珠色の冷たい光があたりを照らすころには、テディはすでに探していたものを見つけていた。それは中庭ではなく、前庭の舗装された部分の隅にあった。

前庭の花壇の両側にある敷石はセメントで固められているわけではなく、ただ単に土のうえに置いてあるだけだった。といっても、形と大きさが合うものはひとつしかなかった。いずれ木枠をつくって開口部に差しこみ、そのうえに敷石を置いて、セメントで固めなければ、とテディは思った。敷石を持ちあげると、驚いたわらじ虫が四方八方に逃げだすのが見えた。彼はつぎに、敷石の裏にしがみついているナメクジをいくつか払い落とした。振りむくと、玄関まえの石段では一羽のツグミがカタツムリの殻を叩き割ろうと躍起になっていた。その様子に、テディはなんともいえない満足感をおぼえた。

彼が歩いたあとには、土塊と石の破片が点々と落ちていた。あとで片付けて、きれいにしようと思った。何よりも大事なことは、この家を完璧な状態に、最初にここに来たときよりもいい状態にしておくことなのだから。木枠は樫の木でつくろう。樫なら頑丈で壊れないし、湿気にも乾燥にも強く、長持ちするから。

テディは敷石の寸法を採り終わると、それを中庭の脇にある薄暗い茂みのなかに隠し、マンホールの蓋を元どおりに置いた。次は、艶けしの白いビニール塗料とレミコンを買ってくることだ。枠用の樫材は家にあるものでいいだろう。だめなら、買いに行けばいい。テディは念入りに手を洗ってから、ちりとりとブラシ、電気掃除機を探し出し、いましがた敷石を持って家のなかを通りぬけた痕跡をきれいに掃除した。それから、車で自宅に帰ったが、途中で塗料とセメントを買いこんだ。

運良く、じゅうぶんな大きさの樫材が見つかった。ぐずぐずしている暇はなかった。早速鋸を使いはじめた。三時にはフランシーンと会うことになっている。仕事を進めながら、ハリエット・オクセンホルムの銀行カードのことを考えた。ダイナース・クラブとアメックスはともかく、VISAカードならキャッシュ・ディスペンサーで使っている人を見たことがあるから、これを使えばハリエットの銀行口座から現金を引き出せるかもしれないと思った。どうすればいいのだろう？　みんなはどうやっているのだろう？

テディは、ハイゲイトの家の作り付け戸棚の図面を三十分で仕上げた。それを見積りといっしょに封筒に入れ、ミスタ・ハブグッドの宛名を書いて、切手を買いに出かけた。

郵便局の隣りの銀行には、入り口の脇にキャッシュ・ディスペンサーが置いてあった。テディは思いを巡らせながらそれを眺めた。

ほどなく、若い女がディスペンサーに近づき、肩越しに左右を確かめてから、バッグからカードを取り出した。そんなに用心しなくてもいいのに、とテディは思った。大丈夫だよ、あんたには誰も、指一本、触れないから。彼女に触れると思っただけで寒けがした。フランシーンとおなじ年頃だが、何から何まで劣っていた。太っているし、顔には吹き出物があるし、手は赤くてずんぐりしている。

テディは、爪を嚙んだ跡のあるその手を注意深く見つめた。その手がカードを挿入口に入れると、スクリーン上に緑色の文字が浮かびでた。思い切って、女の後ろに近づくと、機械が番号を尋ねているのがわかった。女が打ちこんだのは、その番号に違いなかった。彼女が急に振りむいたので、テディはその場を離れて安全なところまで退いた。振り返ってみると、カードが戻って札束が出ていたので、たちまち彼女が妬ましくなった。

そうか、番号が必要なんだ。銀行がくれた番号だろうか？　それとも電話番号？　数字がたくさんなければ、生年月日？　テディにはなぜか、ハリエットが生年月日を使っていないことがわかった。何を使っていたのだろう。それさえわかれば、悩みはなくなるのだが。

ジュリアは午前中ずっと思い悩んでいた。ミランダの父親が仕事をくれそうなので会いに行くというフランシーンの話が信じられなかったのだ。あのような業界の大立者が経験のない十八歳の小娘にあった仕事を世話するとは思えない。ジュリアはフランシーンが家を出ると、じっとしていられなくなって部屋のなかを行ったり来たりしはじめた。

何度か正面の窓をのぞいているうちに、バス停に若い男が座っているのが見えた。金髪でがっちりした身体つきをしている——でも、騙されはしない。ジョナサン・ニコルソンは悪賢いから、フランシーンを得るためなら何でもするだろう。変装は彼が得意とする分野だから、髪を染めて肉付きを良くするなど造作ない。

むこうが挑発するつもりなら、こちらは安易にその手に乗らないほうがいい。いますぐ道路を渡って向こう側に行くかわりに、ジュリアは窓を開けて身を乗り出し、男をにらみつけた。と、相手もにらみ返してきた。彼は見られていることに気がついていたのだ。今回は慌てて表に飛び出したりせずに、ジュリアは平静をよそおい、ゆっくりとコートを着てボタンをかけ、首にスカーフを巻いて正面のドアを開けた。

男はまだそこにいたが、立ちあがっていた。ジュリアは一瞬たじろいだ。攻撃してくるだろうか？　殴りかかってくるか、道路に押し出すかするのだろうか？　フランシーンのためよ、フランシーンをあいつから救うためには危険も冒さなくては。フランシーンのためなら、わたしはどうなってもかまわない。ジュリアは毅然とした足取りで道路を渡り安全地帯まで行ったが、車の流れが途切れず、そこから先には進めなかった。最後にバスがやってきて、車の流れが途絶えた。

ジュリアは運が悪かった。こんなにも接近したのに、またしても逃げられたのだ。バスが行ってしまうまでジュリアは道路を渡れずにいたのだが、その間に相手はそのバスに乗って逃げたのだ。本当に乗ったのだろうか？　バスが着いたのは見たが、彼が乗るところは見ていない。視界を遮っていた大きな赤いものが消えたかと思うと、彼もいなくなっていたのだ。バスに乗ったとこちらが思うことを見越して、隠れているだけかもしれない。あのフェンスの陰か、庭のなかか、曲がり角に潜んでいるのではないだろうか？

ジュリアは少しのあいだ、彼を探しまわった。そこここの庭をあたり、ごみ箱のなかまで確かめて、二階の窓から顔を出した家主に怒鳴られた。通りを行ったり来たりして、ジョナサン・ニコルソンの車を探した。それでも見つからないのは、はじめからバスを利用しているからだ。あの車は修理に出したか、売るか手放すかしてしまったのだろう。彼自身、目をつけられていることを承知しているのだから。

結局、ジュリアは家に戻ったが、一時間もすると、彼がずっと付近に潜んでいたことがわかった。なぜなら、バス停にはまたしても、彼の姿があったからだ。このときは、本来の黒い髪と身体つきをしていた。何人か、連れもいた。おおかた、ボディガードつまり用心棒だろう。

ジュリアは立ち返らなかった。フランシーンのアドレス帳からミランダの電話番号を探し出して、電話をかけた。しかし、電話には明らかにミランダではない娘が出たので、ジュリアの懸念は裏書きされる結果になった。ミランダの父親につなぐようにと言うと、その娘は「彼は事務所にいる」と言ってから、「フランシーンが仕事のことで会いにくることになっている」と慌てて言いそえた。嘘に決まっている。これで友達が救われると思うと、若い娘は平気で嘘をつくのだ。

ジュリアは、外出するところをジョナサン・ニコルソンに見られたくなかった。そうすることで、戦いを諦めたと思われたくなかったのだ。だから、彼とその仲間がふたたびいなくなるのを待って、買い物袋を手にハイ・ストリートへと出かけた。ペストリーの店でオリーブ・チャパタと、デーツ・ブレッド、チョコレート・クロワッサン、それにホワイトチョコレートのフィンガービスケットを数袋、買いこんだ。そして、その大半をお昼に詰めこみ、気分が悪くなるまで食べつづけた。それでも、夕方、リチャードから電話があると、ジュリアは元気な声をよそおい、明るく穏やかな口調で、何も問題はない、十一月の後半にしては天気がいい、フランシーンはミランダといっしょだと思うと言った。

「例の男といっしょだと言い出すのかと思ったよ」リチャードは言った。

「彼はそうしたいでしょうよ。でも、わたしの見るかぎり、フランシーンにはその気はないわ。彼がほとんど毎日、バス停で見張ってるのは事実だけれど」

「彼が何をしているって？」

「始終、バス停で見張っているわ。とても執念深いはずよ」

「しかし、フランシーンにつきまとっているわけではないんだろう？」

ジュリアはぎょっとした。確かに、ジョナサン・ニコルソンはフランシーンにつきまとっている。けれど、それを認めると、リチャードは警察を呼び、法的処置を求めるだろう。フランシーンのことは他人に干渉されたくない。お節介やきに入りこまれて、自分の思いどおりにできなくなったら大変だ。「もちろん、つきまとってないわ！　誰がそんなことをさせるものですか！　待って、いま見てみるから……いないわ、どこかに行ってしまったわ。大丈夫よ、あなた、あの男はもう戻ってこないような気がするから」

「そうあってほしいね。六時までには帰るよ。フランシーンも戻ってるかな？」

「もちろん、もっとまえに戻っているわ、そう約束したもの」

「きみはここにいて、ここで眠って、そして、ずっとここにいてくれれば、それでいいんだ」テディは不機嫌そうにぶつぶつと非難がましく言った。「きみがいっしょにいてくれれば、ぼくはちゃんと愛せるのに」

彼の不機嫌な顔に、フランシーンは困惑した。黒い眉をひそめ、下唇を突き出した顔はハンサムでもなければ、魅力的でもなかった。見ていて楽しいものではなかった。裏返して言えば、実際の歳より幼く、まるで育ちすぎた聞き分けのない子供のようだった。

「それなのに、きみはぼくの思うとおりにやってくれない。きみは、ぼくの言うとおりにしてくれるだけでいいんだ。たいしたことじゃない、簡単なことだ」

「でも、わたしはあなたの言うとおりにしているわ、テディ。あなたは現に、わたしをシルクや何かで包んだり、ライトで照らしたり、宝石で飾ったりしたでしょう？　ああいうことをさせてもいいけれど、いつもというわけにはいかないわ。なんだか、居心地が悪くて落ちつかないから。

少しのあいだならいいけれど、何時間も続くのはいやよ」

「じゃ、きみは何をしたいんだ？」

「そうね、ときには散歩をしたり、どこかで食事をしたり、ドライブに行ったり、おしゃべりをすることかしら。何よりも話がしたいわ。あなたとは一度も、ちゃんと話したことがないから」

二人は、ハリエットのベッドルームにいた。テディはあらかじめ、フランシーンが横たわるベッドのシーツを替え、枕には戸棚にあった白いオーガンザのカバーを掛けておいた。フランシーンもすでに、テディの求めに応じて裸になり、彼がハリエットの宝石のなかから選んでおいたパールのネックレスを何本も首に下げて横たわっていたが、彼女はいましがた、何やら名状しがたいものに、取りつかれたようなような彼の眼差しに、心の落ちつきを奪われ、刺繍のついた白いベッドカバーを身体に巻きつけたのだった。

「ごめんなさい、テディ。気を悪くしないで。でも、わたしを宝石で飾ったり、裸にしてじっと見つめるなんてよくないわ。やっぱり……」フランシーンはもう少しで「ぞっとする」と言いそうになったがやめた。「いけないことだわ」

それには答えず、テディは言った。「この場で文句を言わせてもらえるなら、ぼくはきみの服の趣味が気に入らないと言いたいね。きみには、男たちが建設現場で着るようなジーンズやシャツやジャケットは着てほしくないんだ。最初に会ったとき、きみはドレスを着ていた」

「ドレスを着てほしいなら、着てもいいわよ」

「クローゼットを探してごらん。いろいろあるから。彼女が着ることはもうないし。まえに言ったように、ぼくはやることがあるんだ。そろそろ取りかからないと」

ひとりになったので、フランシーンは下着を身に着け、ワードローブの扉を開けた。扉のなかは、ノエルの店を思い出させた。そこには、パールやスパンコールやラインストーンに目がない派手な中年女性向けのドレスやスーツがかかっていた。色はほとんどが赤か白か黒だったが、一点だけ目の覚めるようなエメラルド色のベルベットのドレスがまざっていた。どれか気に入ったとしても、着たいとは思わなかった。そもそも自分のものではないし、勝手に着だしたら持ち主は当然、文句をつけるはずだから。

もっとカジュアルな服が入っているのではと期待しながら、ふたつめのワードローブを開けたが、入っていたのは男物ばかりだった。スーツ、スポーツジャケット、ズボン、冬用のキャメルの外套、それにテレビの警察物の警官が着るようなレインコート。どれも男物だが、若い男が着るものではなかった。いずれにしても自分には関係がない、とフランシーンは思った。それから、テディが彼女のジーンズやシャツについて言ったことを思い出し、ためらいながら黒いシルクの部屋着をまとった。

テディが仕事中にそばにいられるのを喜ぶかどうかフランシーンは不安だったが、ここではほかにすることもないので、塗料の強烈な臭いを頼りに階下に降りていった。彼はホールの奥つまり勝手口の近くにいた。

テディはフランシーンを見て飛びあがった。「足音ひとつ聞こえなかった」

フランシーンは笑って言った。「ジュリアなら、罪の意識があるからだと言うわ。というか、あの人なら、罪の自意識とでも言いそうだわ」

テディはにこりともしなかった。「その部屋着、どこにあった？」

「あなたのお友達のよ――雇主だか顧客だか知らないけど。それより、テディ、あなたはもうひとつのワードローブは男物でいっぱいだと知っていたの？ たしか、お友達はひとりで住んでいると言わなかった？」

テディはペンキローラーをしたに置き、少し考えてから言った。「きっと、マーク・サイルのだよ」

「でも、その人は、わたしたちが生まれるまえに亡くなったのよ」

「知らないけど。そんなのどうでもいいことだろう？」

フランシーンはテディを恐いとは思わなかった。ただ理解できないだけだった。明かりを消してから、テディはフランシーンの後について台所に行き、ペンキローラーと手を洗った。

「いまから何をするの？」フランシーンは子供のように訊

いた。

「何をするって？」

「だって、仕事は済んだんでしょう。だから、このあとは一日、何をするの？」

テディは何も言わずに手を拭いて向き直ると、いきなりフランシーンを抱きこんだ、荒々しく性急に。部屋着を押しさげ、フランシーンの肩をむき出しにすると、首や胸にキスをした。花束を抱えるようにフランシーンのウエストを両手で抱いて囁いた。「今度はうまくいくよ。さあ、ぼくについておいで。もう大丈夫だから」

30

しかし、うまくいかなかった。

長いあいだ忘れていた幼児期の感情すなわち恐怖感が戻ってきたように、テディは幼児期のもうひとつの強い衝動が戻ってくるのを感じた。泣きたくなったのだ。ベビーサークルのなかはべつとして、それ以来、彼は泣いたことがなかった。ミスタ・チャンスのノミで指を切り落としたときでさえ泣かなかった。だが、いまはフランシーンの肩に顔をうずめて、涙を見せずに泣いていた。

フランシーンはテディを抱きしめて、どうということはない、たいしたことではないと言った。「いつかきっとうまくいくわ、あなたがあれこれ悩まなくなったら」と言って、彼の手と切断された指にキスした。だが、テディはそれが気に入らなかった。自分の疵に、彼女が注目するのが耐えられなかった。彼は不服そうな声で、「きみがあの婆さんと別れて、いつもぼくといっしょにいるようになったらね。うまくいくのは、きみがいつか、あの婆さんよりぼくのことを好きになったときだ」と言った。だが、フランシーンが帰るのを止めようとはしなかった。むしろ、途中までエゼルで送っていた。

不思議なことに、フランシーンがいなくなると状況は好転した。テディはもはや、彼女の視線や、蔑みや、苛立ちに煩わされることがなくなった。家のなかの急を要する仕事に身も心も集中できるようにさえなった。フランシーンは二、三日は会わないと言っていたがそれも悪くない。そのあいだに仕事を終わらせることができる、と思った。

白いペンキが乾いていく壁を見つめながら、この後ろにあるものは二度と人目に触れることがないと思うのは不思議なものだった。ピラミッドをつくった連中も、ファラオとその従者と装飾品が墓におさめられ、密閉されるのを見て、そう思ったに違いない。だが、彼らは間違いを犯した。ピラミッドは破られ、死者は発見された。この埋葬室も開かれるかもしれない。いや、そんなことはあり得ない、誰からも疑われないように密閉したのだから……。

白い小さな部屋、窓のない小部屋がロンドンの地中深くにある。テディはこのアイディアが気に入り、妙にうきうきした気分になった。満たされない苦しみもいくらか和らいだ。死をもたらし、そして隠蔽する——この分野では、誰にもひけをとらない。

この秘密の部屋には入り口がないので、家のなかからは入れない。中庭から入ろうとしても、近いうちに開口部をふさぐので入り口はなくなる。ポールソン・アンド・グリーブ製の蓋はどこかにしまいこまれ、石炭投入口があった場所には新しい花壇ができて花が咲くことになる。部屋のなかは風通しが悪くなるから、不釣合いな二人はゆっくり朽ちて地に戻り、塵になり、骨となる。こんなふうに、醜いものはすべて隠され、葬られて当然なのだ。

テディは電話の音で飛びあがった。もちろん、出るつもりはなかった。留守番電話が作動して、呼び出し音は鳴りやんだ。階上の部屋に行ってみると、フランシーンは帰るまえにベッドを整えていなかった。彼女がベッドを整えていかなかったことに、テディは苛立ちをおぼえた。といっても、女だからという理由で、彼女にベッド・メーキングを期待していたわけではなかった――女でも男でも、使ったベッドは整えなければいけないのだ。フランシーンは最高だと思っていたが、これで少し点数が落ちた。祖母さんはよく、世の中にはいろんな人がいる、だからいいんだ、と言ってたけど、本当だろうか？　誰もが自分とおなじようにきれい好きで、きちんとしていて、用心深ければいいのに。

テディはシーツをのばし、白いシルクのベッドカバーを振って広げた。枕を叩いてふくらませていると、ハリエットのアドレス帳が落ちているのが見えた。テディはベッドに座ってもう一度、アドレス帳を最初から最後まで見直した。ここにある電話番号のどれかがハリエットの暗証番号《PIN》なのだろうか？　ところで、PINはなんの略だ？　個人なんとか番号？　個人見出し番号《パーソナル・インデックス・ナンバー》？　いや、個人識別番号《パーソナル・アイデンティフィケーション・ナンバー》だ。おおかた、ハリエットは自分の電話番号を使っていたのだろう。あるいは、サイモン・アルフェトンの番号を。何回か、間違った番号で試すと、カードは機械に取りあげられてしまうはずだ、三回かそこいらで。

どんな番号でもいいわけだが、まさか友達の電話番号は使わないだろう。ひとりも友達のいない人間ならいざ知らず。自分ならどうするだろう？　もちろん、忘れないように覚えてる。こんなにもきれい好きで几帳面な人間はほとんどいないし、こんなにも記憶力のいい人間もまれだから。キャッシュ・ディスペンサーが指紋や虹彩で個人を識別する時代がくると何かに書いてあったが、いまはまだそうなっていない。当面はやっぱり番号が頼りなのだ。

テディはもう一度、アドレス帳をめくってみた。ほとんどが人名だったが、レストランと思われる名前もあった。配管業者、電気屋、大工といった職人の名前も数多く見つかった。こういう連中は、屋敷を昔ながらの状態に保つために必要なのだろう。だったら、どうしてこんなにレストランの名前が多いんだ？

無論、金持ち連中はよく、外で食事をする。しかし、これだけの店に、彼女はひとりで行っていたのだろうか？　それとも、お客を招待していたのだろうか？　金持ちの生活については、テディはほとんど何も知らなかった。アドレス帳に載っているのは、聞いたことのないレストランばかりだった。オデッツ、アイビー、オルソーズ、オーディンズ、ジェイソンズ、ラ・プネーゼ、ラティステ・アゾイフェ、レスカルゴなど。それが本当にレストランの名前かどうかもわからなかった。

テディは自分の家に戻って、敷石のための木枠を作りあげた。裾板のほうは型が合うように、あらかじめオルカディア・コテージで図面を引いておいたので、カッティングはすぐに首尾よく始められた。ちょうどいい大きさの玉縁を買うこともできたが、財政が厳しくて何も買えないのだ。安いレストランにすら行けず、エゼルでドライブもできないのは金がないからだが、どうやらフランシーンはそれがわかっていないようだ。

そう、レストランだ。テディはイエローページで、ハリエットのアドレス帳に載っていたレストランをあたってみた。ラ・プネーゼだけがなかった。ラ・プネーゼは、局番がジェイソンズとおなじだから、ジェイソンズの番地から察するとメイダ・ベイルのどこかにあるはずだ。下四桁は、4162となっている。局番と併せて七桁の数字をダイヤルしてみると、女の声で「その番号は使われておりません」と言われた。どういうことだろう？

オルカディア・プレイスに戻る途中、テディはフィンチレイ・ロードのはずれで十五分残っているパーキングメーターを見つけた。珍しくエゼルを停めるのにじゅうぶんな広さがあったので、車をそこに置き、キャッシュ・ディスペンサーを探しにいった。

彼は恐るおそる——にべもなく機械に拒絶されることを半ば期待しつつ——ハリエットのカードを入れた。四桁の数字を入れるようにとの指示が出たので、ハリエットの電話番号を打ちこんだ。〈お待ちください〉の表示が出て、しばらくすると誤りがあるので処理できないといってきた。

カードは戻ってきたが、もう一度、試してみる勇気はなかった。

フランシーンはジュリアの憤怒とヒステリックな歓喜には慣れていたが、沈黙はまた別物だった。頭をたれて眉をしかめたジュリアに、無言のまま、傷ついたような目で睨まれるのは、今回が初めてだった。

どういうわけかフランシーンには、理由を訊いても、具合を尋ねても、無駄なことがわかっていた。理由など、ジュリアには要らないのだ。なるほど、ジュリアはフランシーンが傷ついたり内面的におかしくなることを心から恐れていたが、それは最初のうちだけだった。ジュリアの関心はもっぱら、フランシーンを家に閉じこめ、一日じゅう自分の監視下に置くことにあり、それがまた彼女の強迫観念となっていた。フランシーンは階段をのぼりながら、ジュリアはわたしに仕事をさせたくないのだと思った。友達もつくらせたくないし、職業にもつかせたくないのだ。あの人はただ、自分が支配できる囚人がほしいだけなのだ。

リチャードは家にいた。フランシーンは父親に真実を話す決心をしていた。わたしはテディと会っている、ボーイフレンドのテディと「会っている」と話すつもりだった。嘘をつくのがいやになったのだ。誰それの家に行くなどと作り話をするのはもうたくさんだった。だが、父親と二人きりになることはできなかった。父親がとりなしてくれるにしても、ジュリアのいるところでは、あの怒りや狂乱や勝ち誇った表情を目の当たりにしたら、すべてを話す気にはなれなかった。二人だけで話したい、と父親に伝えることもできなかった。その結果、フランシーンは何も言えないまま自分の部屋に引き返し、何時間もそこにいることになった。

翌日はテディとまた会うことになっていた。フランシーンは彼に会って、自信を取り戻してもらいたいと思った。あんなことはどうでもいいことだと彼がわかってくれさえすれば、すべてがうまくいくと固く信じていた。けれども、木曜にオルカディア・プレイスに行くことは、とりもなおさず父親に嘘をつくことになる。ジュリアに嘘をつくのとはわけが違う。父親の面前では、本当はテディに会いに行くのに、ミランダとクラブに行くとかホリーと映画に行くなどとは到底、言えない。どうでもいい人に嘘をつくのは簡単だが、敬愛している人にたいしてはまったく話がべつだ。

フランシーンはテディの家に電話したが返事はなかった。オルカディア・コテージの番号はわからないから、調べなくてはと思った。そう考えると、オルカディア・コテージのことが気になりだして、少しばかり不安になった。あの場所をテディに自由に使わせている女性は何者だろう？ フランシーンは若いがすでに世情に通じているようなところがあったので、職人にすぎない男を自分の家に住まわせ、自分のベッドで寝かせ、ガールフレンドを連れこむことを許すような人はいるはずがないと思った。

テディの前歴は、謎というより秘密に包まれている。わかっているのは、両親は亡くなったということだけだ。あの女性は案外、彼の叔母さんか、名付け親なのかもしれない。この説には、たとえばあの男物の服の持ち主は誰かといったような、腑に落ちないところもあるが、だいたいは納得できる。こちらから訊いてもいいし、訊かなくてもテディのほうから話すかもしれない。夕方になってから、フランシーンがもう一度、電話すると今度はテディが出た。

会えないわけを説明すると、予想どおり不機嫌な返事が帰ってきた。憤懣とジュリアにたいする罵倒が続いた。

「土曜日に会いましょう」フランシーンは言った。「お願いだから、怒らないで」

「きみのことを怒っているわけじゃないよ」とテディは言ったが、怒っているように聞こえた。それから、ちょっと間をおいて「フランシーン？」と言った。

「何？」

「きみはフランス語がわかるんだよね？ Aレベルのために勉強したから」

「何かの意味を知りたいの？」

「ラ・プネーゼってどういう意味？ P、U、N、A、I、S、E」

外国語がわかると言えば、どんな単語でも知っている完壁な生き字引だと思われる。母国語でさえ全部わかるわけではなく、辞書を見なければわからない単語もあるというのに。

「わからないわ、テディ。聞いたことがないの。調べて電話するわ」

テディは自宅で裾板の細工をしていた。彫ったり、紙やすりで磨いたりする作業は気持ちをやわらげ、落ちつかせるので苦にはならなかったが、数ポンドの金があれば玉縁が買え、何時間もかかる作業がほんの十分で済むのにと思うと腹が立った。

ミスタ・ハブグッドからの返事は来ていなかった。もう少し待つべきなのかもしれないが、見積もりに不満がなければ要求した一〇パーセントの保証金を送ってきてもいいはずだ。職人は数週間、数カ月、待たなければ払ってもらえないことがある、とミスタ・チャンスがこぼしていたのを思い出した。当時は気にもとめなかった彼の愚痴がいまになって身にしみた。

フランシーンは電話をかけ直してこなかった。その理由はだいたい想像できた。例の婆さんにつかまって説教されているのだろう。父親が帰っていて、何か用事を言いつけられているのかもしれない。だけど、彼女はきっとフランス語の辞書を見てくれるだろう。ベルが鳴った。電話ではなく玄関だった。ナイジェがカンナの音がうるさいと文句を言いにきた以外は、いままで誰も訪ねてきたことがなかったのに。

祖母のアグネスだった。ドアベルは鳴らしたものの、彼女はすぐに自分の鍵でなかに入ってきて言った。「一応、礼儀だからベルを鳴らしてみたよ。それにしても久し振りだね」

テディは玄関から先には入れたくなかったが、アグネスはずかずかと彼の部屋までやってきて、驚いたような目でエゼルを見つめた。ここにあるとは思ってなかったらしい。だが、車については何も言わなかった。「ここは冷凍庫のようだね、外より寒いじゃないか」

「暖房する金がないのさ」

「プライドが高すぎて職安に登録できないんだろう？　ずいぶん変わったものだね、この家の人間が多少なりともプライドを持つとは。長居をするつもりはないから、コートは脱がないよ。医者に冷やしてはいけないといわれているんだ。このごろの医者はみんなそう言うけど、冷え症になっちまうんだとさ。この年になってクッキングホイルに包まれて、救急車で運ばれるなんてぞっとしないからねえ。友達のグラディスがおまえのカーテンができたと言ってたよ。約束どおり、彼女のところの外のトイレにペンキを塗ってやったらどうだい？　それを言いに来たのさ」

　テディには、この家のカーテンのことはずいぶん前の話のように思えた。いまは新しい家があって、しかもそこは暖かい。グラディスの力作はたぶん売れるだろう。カーテンのリサイクルショップに持っていけばいい。それにしても、とてつもなく寒い裏庭でトイレのペンキを塗ることになるとは……。

　電話が鳴りだした。アグネスが目を輝かせたのが見て取れた。他人のプライベートな話を盗み聞きできるとなるといつもこうなのだ。テディは受話器をとった。フランシーンからだった。

「ごめんなさい、テディ。ちょうど、父が帰ってきて。それにミランダのお父さんの秘書から電話があって、仕事はないと言われたの」

　テディにはそんなことはどうでもよかった。「ラ・プネーゼは何の意味かわかったかい？」

「ええ、わかったわ、ピンよ」

「ラ・プネーゼが暗証《ピン》番号だって？」

「そう」

「素晴らしい。きみはほんとに頭がいい。また電話するよ」

　テディは腕を突き出して飛び跳ね、いきなり大声で笑い出した。これで問題はなくなった。何もかも上手くいったのだ。

「いったい何に取りつかれたんだろうね、この子は？」と、アグネスが言った。

31

デイヴィッド・スタナークが自殺した。リチャードは彼が困っているときにそばにいてやれなかった。デイヴィッドが困っていることを知らなかったのは、彼のことは念頭になく、ましてやその心配事を聞く気もなかったからだ。妻と別れ、友人もいないとなれば、心の重荷を打ち明けようにも相手がいないという困った状況のなかで、デイヴィッドはガレージの梁にロープを掛け、それを首に巻いて椅子を蹴ったのだ。

リチャードと会った数カ月後の自殺だった。虚栄心が七つの大罪の一つである理由についてデイヴィッドが説教くさい話をして以来、二人の友情にひびが入り、元に戻ることはなかった。それはリチャードにもよくわかっていたことで、彼自身の結論をそのままデイヴィッドに言われたにすぎなかったが、人には同調されては困る状況もあるのだ。わたしたちがこうした状況の存在を信じてきたのは、こうした状況に屈辱的な疑惑や、あからさまな人格分析を否定してもらいたいからだ。リチャードはデイヴィッドの顔を見るたびに、虚栄心と人間が犯した過ちを背負って生きる方法について彼が語ったことを思い出した。だから、彼はデイヴィッドとはめったに会わなくなった。たまに会っても、そこにはいつもジュリアの友人でもある彼の妻スーザンが同席していた。

デイヴィッドが死んだいま、振り返って思うと、彼は助けを必要としているリチャードを見捨ててはいなかった。彼がいなければ、警察の尋問や疑惑、それに周囲の中傷はもう何日か、いや何週間か長く続いただろう。リチャードは罪悪感に苛まれた。自分が真の友人だったら、デイヴィッドはいまも生きているかもしれない。彼やほかの人たちの人生を破壊したのは、ほかでもない、わたしの卑劣な虚栄心なのだ。いまできることは、時期は失しているだろうが、警察の求めに応じて、金曜にヒースロー空港へ行くついでに担当者と会うことだ。

ジュリアには、フランシーンは父親が背中を向けたとたんに出ていったように思えた。おそらく父親にはどこに行くのか言ったのだろうが、ジュリアは聞いていなかった。ジュリアは、見えすいた嘘をついてジョナサン・ニコルソンに会いに行くフランシーンに愛想をつかした。

だが、その出ていく後ろ姿を見て喜ぶべきだと自分に言い聞かせた。かたくなで扱いにくい娘が出ていけば、保護者としての良心にしばられて長いあいだほったらかしにしていた仕事を始められる。教育を受けた意欲的な女性にはやるべき仕事は山ほどある。それはティーンエイジャーのあずかり知らない世界だ。もう邪魔はさせない。

しかし、そのやるべき仕事をいざやろうとすると、意欲がなくなってしまっているのか、仕事自身がもう興味がもてないものになっていた。そういうことをする歳ではなくなっていたのだ。昼食をとってから三時間が経っていた。ジュリアはランチが軽すぎたような気がし、みんながあまり手をつけなかったキッシュの残り全部と、チョコレートビスケットをひと缶、それにグァバとマンゴーの入ったヨーグルトをひとつたいらげた。他にやることといえば電話をかけることだった。まずノエルにかけたが、金曜は彼女の店が忙しい日で長話はできず、ジョスリンは不在で留守電になっていた。ローラは時間を持てあましていて、最近の若者の乱暴なことを話題に三十分ほど喜んでつきあってくれた。

六時近くになって不思議なことが起こった。心の奥ではフランシーンの帰りをいまかいまかと待っていたことに、ジュリアは気がついたのだ。フランシーンがドアを開けて入ってくれば、悩みはすべて解消し、もとの幸せで穏やかな気持ちになれるだろう。暴飲暴食することもないし、暇つぶしの必要もなくなるだろう。

だが、暗くなるにつれて——六時には真夜中のように真っ暗になる——また違った考えが浮かんできた。正反対の願望が同時に生じたのだ。フランシーンの帰りを待ち望む一方で、帰ってこないこと、帰ってきてもこれまでになくひどく遅くなること、たとえば真夜中に帰ってくることを、ひねくれた思いで望んだ。フランシーンの帰りが呆れるほど遅くなればいいと思った。そうなれば、不安と恐れはかつてないほどに高まり、フランシーンが帰ってきたときに、抑圧された狂気を爆発させることができる。酷暑の日の終わりの雷雨のように荒れ狂うことができる。

そう思いながら、ジュリアは時計を見つめた。部屋のなかをせかせかと行き来して時計に目を走らせた。二度と時計を見るなと自分に言い聞かせつつ、歩きまわりながら百数えた。バス停には何時間も人影はない。街灯の明かりではっきり見えるが、ジョナサン・ニコルソンの姿がないのは驚くにあたらない。フランシーンといっしょなのだから当然だ。

七時半になった。ジュリアは幸せな気分になった。期待どおり、フランシーンは何時間たっても帰ってこない。レイプされたのか、乱暴されたのか、あるいは殺されたのか、妄想は際限なく膨らんだ。それと同時に緊張も高まってきた。帰ってくるのは九時、九時が十時、十時が十一時になるかもしれない。でも、それ以前に、極度の心配で気分が悪くなり、体調までがおかしくなるかもしれない。落ちつくためにまた食べ、ついには床に横たわり、泣きわめくかもしれない。ジュリアは歩きまわって時計を睨んだ。心臓はどきどきと脈打っていた。

九時数分過ぎに、フランシーンが帰ってきた。ジュリアは言葉が出なかった。安堵と落胆で茫然としたのだ。黙ったまま、目を怒らせてフランシーンをじっと睨んだが、なんとなく惨めな気がして顔をそむけた。

四、一、六、二。ハリエットは、暗証番号をレストランに見せかけてアドレス帳に書きこんでおかなければならなかったのだろうが、テディにはそんなことをする必要はなかった。ハリエットにぼくほどの記憶力があったら、こんな小細工をしなくても、チョコレートの蓋を開けて中身を出すぐらい簡単に銀行口座から現金を引き出せるのに。馬鹿なやつだ！　フランス語の辞書でＰＩＮ《ピン》を意味する言葉を探せばいいと思いついたとき、ハリエットは自分は利口だと思ったのだろう。

テディは、サーカス・ロードとウェリントン・ロードの角にあるバークレー銀行のキャッシュ・ディスペンサーに行った。最初はあらたに積んだ煉瓦のうえに漆喰を塗りおえるまで待つつもりだったが、はやる気持ちを抑えきれなくなってしまったのだ。真っ先に、機械がＶＩＳＡカードを受けつけるかどうか調べた。大丈夫。ハリエットのカードに似た写真が表示してある。テディは息を呑み、しくじるなよと自分に言い聞かせて、息をついた。カードを入れる。最初は間違えたが、もう一度やり直したら、今度はうまくいった。

手の震えを抑えながら慎重に四、一、六、二と打ちこんだ。機械は爆発しなかった。怒声も発しないし拒絶もしなかった。しかし、ここの機械は以前に女が操作するのを盗み見たのとは少し違っていて、どの国の通貨――ポンド、フラン、ドル、ペセタ――が要るのか訊いてきた。レシートが必要かどうかも訊かれた。こちらはシンプルだった。エンターキーを押した。

「お待ちください」それから「ただ今、処理中です」との表示が出た。カードが戻ってきた。夢かと思った。うまくいくとはわかっていたが、それでも信じられない思いだった。現金が出てきた。歓声も、ドラムロールも、国歌の演奏もない。ただ静かに紙幣が現われた。二十ポンド札八枚と十ポンド札四枚。

うまくいった。彼はまた、具合がよくなった。

現職の警視および警部との面談は不可解なものになった。ウォリス警部はすでに引退していたので、お互いに初対面だった。話が終わり、タクシーを呼ぶ段になっても、リチャードはなぜ自分がここに呼ばれたのかわからなかった。この話しあいでわかった動かしようのない事実は、スーザン・スタナークがこの夏に夫と別れていたことだった。

「それが彼の自殺した原因なんですか？」リチャードは訊いた。

「おそらく、それもあったでしょう。しかし、ほかにも理由があったのではとわれわれは考えています」

「わたしは確認しなくていいんですか――つまり、彼の遺体を?」

「その必要はありません。そちらは彼のお兄さんがすませています。彼は、あなたのいまの奥さんのご親戚だそうですね?」

リチャードは「いまの」という言い方が、まるでつぎつぎと妻を替えているようで気に入らなかった。「遠い親戚です」リチャードは驚いて言った。「また従兄弟か、その程度の」

「長いおつきあいでしたね」

「十一年になります」

リチャードは、なぜ自分がこんなアリバイのようなことを話さなければならないのか納得がいかなかった。そんなことぐらい、彼らはわかっているはずだ。わかっていないなら、警察に協力するのはやめよう。それに、自分から警官に「一時、アリバイを求められたことがある」と言ったら、犯人扱いされるか、あるいは何か疑われるようなことをしたのではないかと思われる。そう考えて、リチャードは黙っていた。すると、わけのわからない質問をされた。

「デイヴィッド・スタナークの筆跡がわかるものを持っていませんか?」

「いいえ。手紙のやり取りはしませんでしたから」と答えると、あとは解放してくれた。

「また、いろいろとお訊きすることになると思います」警視のこの言葉には、保証というより脅迫の響きがあった。


ひとつのことがうまくいくと、それだけにとどまらず、つぎつぎといいことがあるものだ。まるで、最初の成功がその後のすべての計画に魔法をかけ、達成への道を照らしてくれるようだ。テディは地下室の壁に漆喰を塗るのは厄介な仕事だと思っていたが、実際にやってみるとそれほど問題はなかった。おそるおそる始めたが、これまでのところ失敗はないし、ダイヤモンド型のこてもうまく使えた。

漆喰はちょうどいい軟度で固くもなければ柔らかくもなく、まるでクリームのようだった。テディは確実な手捌きで表面を凹凸なく滑らかに塗っていき、もともとあった周囲の壁とまったく見分けがつかないほどに仕上げた。それから自分で彫った板を古い裾板にはめこんで、何はともあれ、これで見映えがよくなったと思った。

漆喰はまだ湿っているが、これで終わった。テディは思わず大声で笑いだした。この壁はまるで昔からあったみたいじゃないか。絵をかけたらどうだろう。あのサイモン・アルフェトンの静物画をもってきたら？　あれは単独で壁にかけるものだ。食堂のがらくたといっしょではせっかくのものが目立たない。

フランシーンが来る。成功の魔法の手が今日の逢瀬にも差しのべられるだろう。ぼく自身、以前とはまったく異なるプランを用意している。だから、これまでの失敗は過労と不安によるものだと自分でも納得できるだろう。いずれにしても今日は試してみないで、フランシーンのやりたいようにさせる。もっとも何から何まで彼女の思いどおりにさせる必要はないが。

エゼルでドライブに行こう。フランシーンを彼女の家の近くで拾って、帝国戦争博物館へ行き、四〇年代ファッションの展示を見よう。以前から見たかったたし、女の子は誰でもファッションが好きだから。それから、ここに戻ってきて、新しく作った壁を見せて、彼女がどんな顔をするか見てみよう。手を叩いてはしゃぐだろうが、驚くにはあたらない。服を脱いでシルクをまとい、宝石をつけてポーズをとるよう言われると思っているだろうが、そんなことは要求しない、少なくとも今日は。

フランシーンのためにワインを買おう、それも高価なワインを。それを飲んでから食事に行く。店はどこでもいい。そんなことはたいしたことではない。それから、白か黒のドレスを買ってやる。黒のベルベットのドレスがいい。それもバイアス仕立てのロングドレスで、ネックラインにはドレープがついているものを。エゼルを満タンにしておけば、彼女を家まで送っていける。早く帰ると言われても、文句は言わないつもりだ。明日、つまり日曜に、あのカードを機械に入れて、もうあと二百ポンド引き出しておこう。

空腹で朝の四時に目が覚めると、ジュリアは階下に降りてホワイトチョコレートのフィンガービスケットをふたつ、つまんだ。このままベッドも戻っても、またお腹がへって降りてくるだけだと思い、袋に残っていたぶんもたいらげた。不思議なことに、夜中に空腹をおぼえることはたびたびあったが、うろつきたいと思うことはなかったので、彼女はものうげに窓から窓へと歩いて、街灯のともる往来の途絶えた通りと、その中央に浮かぶ小さな安全地帯を見つめた。

ジュリアは、若い娘たちが遅くまで寝ていたがることがわかっていた。ミランダの母親は以前、うちの娘はひどいときは午後の二時まで寝ているとこぼしていたが、ジュリアはけっしてそういうことを許さなかった。彼女がフランシーンに許したのは、遅くても十時まで、それも週末にかぎられていた。反面、フランシーンは前夜、ジョナサン・ニコルソンと早めに別れて帰ってきたせいか、この朝つまり日曜の朝は、ジュリアより早く起きていた。ジュリアが九時に起きて、寝不足の腫れぼったい目で降りてくると、フランシーンは食卓についてコーンフレークを食べていた。

「今日は、お昼はわたしがつくるわ」フランシーンは言った。「いつもつくってもらっているから目先を変えて。いいでしょう？」

「緑豆とか、豆腐とか、そういうものでなければね」フランシーンはこの手の食べ物が好きで、よく自分で料理して食べているのだ。「フリーザーからお肉を出して使うといいわ、ブロイラーじゃない鶏が入っているから」

フランシーンは、ローストチキンとベイクトポテトをつくると言った。アボカドと唐辛子をつかったオリジナル・スペシャルサラダもつくると言った。「あなたは何もしなくていいのよ。お料理も、後片づけも、みんなわたしがやるから。少なくとも、食器洗い器に入れてから、出かけるわ」

ジュリアの記憶に残ったのは、フランシーンが言ったことの最後の部分だけだった。フランシーンは出かけようとしている。ジュリアはテーブルに手をついて立ちあがり、パンを厚く切ってバターを塗り、そのうえにプラム・ジャムをつけ、両手でつかんで食べはじめた。フランシーンのほうは一度も見なかったし、フランシーンに見られているとも思っていなかった。

もちろん、フランシーンは出かけたりしない。出かけると思うのは、思い過ごしだ。ジョナサン・ニコルソンは何時間もバス停で、あるいは塀の陰やどこかの家のゴミ入れのなかに潜んで待つことになるが、フランシーンは現われない。もう沢山だ。あの娘の言動にはこの数カ月、いや、何年も我慢させられどおしだ。あの娘は気分次第で、まるでホテルにいるように、この家から外出し、好きなときに帰ってきて、わざとわたしを苦しめている。しかも、これは若い娘特有の思慮のなさや無知から生じたことではない。もちろん、精神を病んでいるからでもない。敵意と悪意を持って意識的にやっていることだ。

フランシーンは最後の最後になってそうしたのだ。ジュリアはパンを頰ばったまま、大声で叫んだ。「窮鼠猫を嚙む」

「えっ、何て言ったの？」

「べつに」ジュリアは言った。さもこの言葉の響きが気に入ったかのように続けざまに「べつに、べつに、べつに」と言った。

フランシーンは部屋から出ていった。だが、二階に行ったわけではない。ジュリアは、フランシーンのすることに耳をすませた。音から察すると、洗濯室へ行ってアイロンをかけているようだった。出かけるときに着る服にかけているのだろう。どこにも出かけないのに。そうはさせないのに。

ジュリアはノエルに電話をかけた。エイミー・テイラーにもかけた。エイミーには十七歳の息子と十四歳の娘がいるので、十代の子供といっしょに暮らすことの煩わしさについてしばらく話した。エイミーの娘は何の素振りも見せず、ひと言も言わないで、朝の二時まで帰ってこないという。ジュリアは「それはひどいわね。フランシーンには、そんなことは絶対にさせないわ」と言った。

ジュリアはエイミーとの電話で何となく元気になって、二人分のコーヒーを沸かした。いまは珍しく何も食べたくなく、美味しいエスプレッソだけでじゅうぶんな気がした。

居間にハタキをかけながら、青春時代に流行った歌を口ずさんだ。フランシーンは、キッチンでその〈メンディング・ラヴ〉のメロディを聞いていた。あのとき、わたしは母のレコードを割ってしまい、自分の部屋に行かされた、そしてあの男がやってきた……。

レタスの葉をちぎったり、アボカドをむいたり、フランシーンが昼食の準備に忙しいのを見て取ると、ジュリアは準備に取りかかった。きれいなバスタオルを大小それぞれ一枚ずつと、洗濯室とクロークルームの鍵を持って二階へ行った。どちらかの鍵がフランシーンの寝室のドアに合うはずだと考えていた。このようなタイプの家では、ひとつの鍵で家じゅうの半数の扉が開き、もうひとつの鍵で残りの全部が開くのが普通だ。クロークルームの鍵がフランシーンの寝室のドアにスムーズに入った。ジュリアはその鍵をスカートのポケットに入れた。

ジュリアはドアをそっと開けて、室内に入った。携帯電話がベッド脇のキャビネットのうえにあった。当然、取り上げてしまうべきだったが、浴室にタオルを置いて出てくると、フランシーンが階段をのぼってくる音が聞こえたので、携帯電話を床に落として爪先でワードローブの下に押しこむのが精いっぱいだった。「きれいなタオルを置きにきただけよ」とジュリアは言った。

一時ちょっと過ぎに、フランシーンはローストチキンとベイクドポテトを食卓にならべた。深緑のコスレタスのうえにスライスした薄緑のアボカドと赤トウガラシを載せたサラダは、ガラスのボウルに映えてとてもきれいに見えた。最初はワインを開けるつもりはなかったのだが、ジュリアは急に気前がよくなり、フランシーンに優しくしなくてはいけないと思った。その結果、午後の一時、うたた寝をすることになっても罰は当たらないだろう。

こんなことはしたくないのだけれど義務だから、とジュリアは自分に言い聞かせた。ヴィクトリア朝時代の親が子供を叩いて、「おまえより、わたしのほうが辛いのだからね」と言う意味がやっとわかったような気がした。

フランシーンはワインを一杯しか飲まなかったが、ジュリアには二杯、三杯と注いだ。「午後は出かけるの、それとも誰か来るの?」とフランシーンが訊いた。

ジュリアは、ばつが悪くて訊いているのだと思った。

「ひとりでいるつもりよ」

「ノエルと話しているのが聞こえたから、彼女が来るのかと思ったの」

「フランシーン、さっき言ったとおりにするつもりなら」ジュリアは言った。「早いところ片づけてちょうだい。それとも、片づけはわたしに押しつけるつもり?」

「とんでもない。自分でやるわ」

フランシーンはロースト用の鍋とサラダボウルを洗った。鉢や皿、グラス、ナイフやフォークを食器洗いに入れ、洗剤をくわえて扉を閉め、スイッチを入れた。それから、ジュリアにコーヒーを淹れようかと訊いた。「たっぷり一日ぶん飲んでしまったから、もういいわ」とジュリアは答えた。

ジュリアは肘掛椅子に座って、新聞の日曜版を読んだ。サイモン・アルフェトンという芸術家がホモだったという スキャンダルな記事と、彼が若い男と抱き合っている写真が載っていた。写真の二人は微笑んでいた。気楽に生きている人もいるものだ、とジュリアは思った。フランシーンが二階へ着替えにいくのが見えると、ジュリアはすぐさま前庭に急いだ。ジョナサン・ニコルソンは、若い女といっしょにバス停に座っていた。女を連れてきたのはもっともらしく見せるためだ。いったい、どこまで手のこんだことをするのだろう? 今日は野球帽をかぶって、大きな皮のブーツを履いている。

ジュリアは彼を睨みつけた。しかし、相手は視線を返してこなかった。もちろん、わたしには気づいているはずだ。そのうち、ここを支配しているのが誰なのか思い知らせてやる。彼は午後中、いや、夜までもこの吹きさらしのバス停で待つことになるだろう。風邪でも引いて苦しめばいい、と思った。

ジュリアは家のなかに戻って玄関のドアを閉め、階段の下で耳をすませた。フランシーンがシャワーを使っている音が聞こえたので、階段をのぼり、フランシーンの部屋のドアの前で一瞬、立ち止まった。息を深く吸ってから、覚悟を決めてドアに鍵をかけた。

32

フランシーンにはドアにカギをかける音は聞こえなかった。シャワーの後、バスタオルを体に巻きつけたまま、浴室のなかでk・d・ラング（カナダの女性カントリーシンガー・ソングライター、一九九二年度グラミー賞受賞）のCDを聴いていた。大きな音でかけておいたのでジュリアがうるさいだろうと思い、部屋を横切って音量をさげにいった。

そのとき、フランシーンはジュリアが階段を降りていく音を聞いた。いかにもだるそうな足音だった。フランシーンは浴室に戻って、ドライヤーのスイッチを入れ、パワーを最大にして髪を乾かした。そして、テディが好きな白のドレスを着た。出かけるには、コートか少なくとも皮のジャケットがいるだろう。十一月にしては穏やかな日和だが、外の気温は十度以下なのだから。髪はこのまま垂らしていこうか、それとも編んでいこうか？　悩んだあげく、どちらにもせず、髪を巻きあげて芸者結びにし、長い銀のピンでとめた。

テディとは三時に会う約束をしていた。いつものようにフランシーンの家から二百ヤードほど離れたところで拾ってもらうことになっていた。テディの好みにあわせてハイヒールを履いたがこれでは歩けないと思い、楽なブーツに履きかえてドアの取っ手をまわした。だが、ドアは開かなかった。

閉じこめられたに違いなかった。フランシーンは取っ手を左右にまわし、押したり引いたりしたが、びくともしなかった。わけがわからなかった。家には、階下のクロークルームの鍵しかないはずだ。お互いに相手のプライバシーを尊重しているので、部屋の鍵は必要ない。少なくともフランシーンはそう思っていた。鍵がないのに、鍵穴はある。この家に住んで十年間、そんなことは気にもとめなかった。鍵がない鍵穴なんてあるはずがないのに。髪をとめていた銀のピンを抜いて鍵穴に入れてみたが、何の役にも立たなかった。膝をついて鍵穴をのぞけば、踊り場とその窓から射しこむ光が見えるはずだった。

フランシーンは状況を理解して、ショックを受けた。いまだかつて誰かに手荒く扱われたことはないが、これは暴力同然の仕打ちだ。力ずくではないにしても、監禁されたのだ。声をあげることはおろか、口を開ける気にもなれなかった。ショックで以前のようにまた話せなくなったかと思った。フランシーンは一瞬、ためらったあと、部屋の外に聞こえるほど大きな声ではないが、思い切って声を出してみた。「ジュリア、ジュリア」

フランシーンはしゃべれることがわかっただけで、ずいぶんと気が楽になった。「ジュリア、お願いだから開けて。開けて、ねえ、ジュリア、お願い」と叫ぼうかと考えた。だが、持って生まれた自尊心から思いとどまった。ドアを叩くこともしなかった。ベッドに腰かけて、ジャケットを脱いだ。テディに電話をかけることぐらいはできる。あの携帯電話はジュリアのプレゼントだった。これまでで一番役に立つプレゼントだ。こんな状況でなければ、この皮肉に笑ってしまっただろう。

携帯電話はベッド脇のキャビネットのうえにあるはずだったが、そこにはなかった。ジュリアが持っていってしまったに違いない。そうに決まってる。フランシーンは、昼食前に自分の部屋の入り口でジュリアとぶつかりそうになったことを思い出した。ジュリアは新しいタオルを持ってきたと言っていたが、あのときに携帯電話を盗っていったのだ、四人に電話をさせないために。フランシーンは絶望感に襲われたが、立ちあがって窓のところへ行き、開き窓を開けた。

本のなかではうまい具合に絡んでいるツタをつたわって降りたり、ベッドのシーツをつなぎあわせ、それをロープがわりにして窓から脱出したりする。しかし、ロープの端をどこに結びつければいいのか、またベッドカバーがなく、シーツ一枚しかないときはどうするのかは書かれていなかった。そのうえ、目が眩むほどの高さだった。実際にどれぐらいあるかわからないが、落ちれば骨折は免れないだろう。

隣りの家の庭では、女性がひとり球根を植えていた。不愉快な人物ではないが、それほど親しくしているわけではなかった。ジュリアとの友達づきあいもないはずだ——一度でも家に来たことがあっただろうか？　あの人に助けを求めるべきだろうか？　でも、どう言えばいいのだろう？「継母がわたしを寝室に閉じこめて、携帯電話も持っていってしまいました。申しわけありませんが……」

申しわけありませんが、のつぎにどう言おう？　警察を呼んでください、だろうか？　寝室に閉じこめられたくらいでは普通、警察は呼ばないだろう。「継母が」と言うのも、まるでグリム童話の世界だ。助けを呼ぶのはどう考えても恥ずかしいし、何となく馬鹿げている。窓から身を乗り出したまま、あれこれ考えているうちに、その女性は手袋のうえから泥を落とし、球根が入っていた籠を持って家に入ってしまった。

フランシーンは窓を閉めた。雨が降りはじめ、最初のうちはポツポツと降る程度だったが、やがて土砂降りになった。雨とともに暗さが増してきたので、ベッドランプをつけた。食事や飲み物はどうしろというのだろう？　いつまで閉じこめておくつもりだろう？　一日じゅう、それとも一晩じゅうなのだろうか？

　テディは、エゼルのトランクの落書きをフランシーンに見られたくなかった。というより、もう一度、見られるのはご免だった。日曜の朝、出かけたときに、プリムローズ・ドーンという名前の薄黄色のスプレー缶を見つけたのでそれを買った。その帰り道、ウエスト・エンド・レーンにあるキャッシュ・ディスペンサーでハリエット・オクセンホルムの口座から二百ポンドおろした。隣りにワインショップがあったので、フランシーンのためにオーストラリア産のシャルドネを一本、それにプレゼントがあったほうがいいかもしれないと思い、ウィスキー・ボンボンを一箱買った。

　エゼルを駆って路地に入っていくと、玉石を敷いた一角のなかほどに女が立っているのが見えた。ハリエットが死んだ晩、車からテディに向かって手を振った女だとすぐわかった。小さな犬を紐でつないで走らせていたその女もテディがわかったようだった。

「こんにちは、また会ったわね」という声には不吉な響きがあった。

「そうですね」それ以外に言いようはなかった。

「ハリエットは元気？」

　その言葉には間違いなく悪意が感じられた。何を言おうとしているのだろう？　何を知っているのだろう？　恐怖がテディの全身を走った。

「元気ですよ」テディはきっぱりと言った。

「ミルドレッドがよろしくと言っていたと伝えてね」

　この出会いで、テディはすっかり不安になってしまった。女が行ってしまうのを待って、エゼルの落書きをエメリー紙を使ってこそぎ落とし、表面を拭った。そうしているうちに、ミルドレッドが黒いゴミ袋を持って、自分の家の門のところに現われた。彼女は門を開けたままにして、ゴミ袋をそこに立てかけた。ウェストミンスター地区のゴミ収集業者は、月曜と木曜の朝に家庭のゴミを集めに来るのだ。

自分もゴミ袋を出しておいたほうがいい。そうしないと、余計な注意を引きつけるだけだろう。

テディは、エゼルの落書きのうえに塗料を薄くスプレーした。それが乾くあいだにマンホールの蓋を持ちあげ、作っておいた樫の木枠をはめこもうとした。だが、手違いがあったようで枠はわずかに小さかった。何か重みがかかったら、たとえば敷石などを乗せたら、落ちてしまうだろう。テディは、このような簡単に避けられるミスを犯した自分が腹立たしかった。もう一度、最初から作りなおすか、何かべつの方法を考えなくてはならない。金網で籠のようなものを作ったらどうだろう？　うまくいきそうだ。しかし、それにはスチールフェンスか金網塀の材料を買ってこなければ。

二回めのスプレーをする時間だった。エゼルは完全とはいかないまでも、かなり見映えがよくなった。とにかく、あの癪にさわる落書きは見えなくなっている。オルカディア・コテージも当然、きれいにしなくては。テディは掃除機をかけ、浴室の洗面台と、バスタブ、シャワーをきれいに磨いて、ゴミ袋を出した。昼食をつくって食べおわると、今度はキッチンを隅々まできれいにした。

テディは白ワインを冷蔵庫に入れた。フランシーンにワインをたくさん飲ませるのはよくないにしても、一杯ぐらいならいいだろう。そのうち、ブティックも店を開けるだろうから、フランシーンに会いにいく途中で黒のベルベットのドレスを買う時間はじゅうぶんにある。それから、二人でここに戻ってきて、彼女にドレスを着せるのだ。フランシーンといっしょにドレスを買うことも考えたが、それでは意味がない。彼女のサイズはわかっているし、重要なのは自分の好みに合うかどうかなのだから。

雨が降りはじめた。テディはマンホールの蓋をもとに戻した。

ＤＩＹの店は、ショッピングモールのなかにあった。丈夫な金網を一巻き持って店から出てくると、薬局とレンタルビデオ店にはさまれたブティックのウィンドウにドレスが飾ってあるのが見えた。模様のあるベルベットで、色は黒ではないが松林の緑を思わせるダークグリーン、袖はなく、襟ぐりは刳《く》ってあり三連の襞になっている。値段は八十ポンド。大金だがその価値はある。そのドレスを着てオルカディア・コテージの客間のソファに横たわるフランシーンの姿を思い浮かべた。ハリエットの金のブレスレットをつけさせ、黒のダチョウの羽根を持たせよう。

雨が滝のように降ってきた。テディは走ってエゼルの車内に戻った。三時三分前には約束の場所に着いた。雨は少し小降りになったが、絶え間なくエゼルの屋根を叩いていた。テディは敷石をマンホールに固定する方法について、あらたなプランを練りはじめた。まず金網をとめ金でとめて、吊り網かハンモックのようにしたらどうだろう……

フランシーンが約束の時間に少し遅れるのはよくあることだった。テディは約束に一分でも遅れる人間には我慢できなかったが、フランシーンは特別だった。しかし今日は一分ではなく、五分も遅れている。これで九分もここに座っていたことになる。三時十五分に来るつもりなら、なぜ三時と約束するのだろう？　雨のせいで通りには人影がなかった。あたりには、雨の日曜の午後の物憂さが立ちこめていた。三〇年代に建てられた窓辺に明かりひとつ見えない古びた棟割り住宅、雨の滴る木々、灰色にくすんだ暗がり、側溝にたまった水を跳ねあげていく車――こんなものを見せられたら、誰でも気が滅入ってくる。

十五分待つと、テディは怒りがこみあげてきた。いつも時間に正確で早めに来ているだけに、待たされると人並み以上に我慢ができない。三時四十分になると、フランシーンの家まで車を走らせたが、停まらずにそのあたりを一周した。彼女の姿は見えず、動くものの影もなかった。あるのは、降りしきる雨とあちこちで黒く光る水溜まりだけだった。テディは車を道路の反対側に停めた。

フランシーンは絶対に来ると何度も約束した。なのに姿を見せない。テディには思い当たる節があり、羞恥心と苦苦しい思いでいっぱいになった。フランシーンは優しい言葉を口にしていたが、安心させるようなことを言ったり、戻ってくると請け合ったりしたが、じつはぼくを軽蔑していたのだ。彼女はぼくの生い立ちを蔑んでいるのだ、ぼくの声を、ぼくの家庭を、ぼくが男として無能なことを。

テディは運転席に座ったまま、小声でフランシーンを呪った。あばずれ、淫売、高慢ちき、嘘つき、裏切り者……。しかし、四時になるころには苦悩の底に沈んでいた。フランシーンに与えられた侮辱とは関係のない怒りと惨めさに襲われた。何かを壊したいと思った。そして、長いあいだ忘れていた昔のことを、ベビーサークルのなかでかまってもらえない腹いせに物を壊したことを思い出した。低い声でぐずっていたことや、のぞきこんで話しかけてくる人には泣き叫んだことを。赤ん坊にしては力強い手で人形の首をもぎ、おもちゃの車の車輪を引きちぎり、めちゃめちゃにすると、誰も代わりの玩具をくれなくなったのだ。

しかし、ここには壊すものがない。自分が家かオルカディア・コテージにいたとしても、そこにあるのは壊すには忍びないものばかりだ。大切なのは物だけだ。フランシーンとは二度と会えない。彼女はこういう仕打ちで、ぼくを捨てたのだ。金があり、声も家系もしっかりしたジェイムズとかいう男がうまく取り入ったのだろう。いま、この瞬間にも、フランシーンはあのたおやかな白い裸体をジェイムズの前でさらしているのだ。フランシーンはもう二度と、ぼくのつくったあの鏡をのぞくことはないだろう、そこにあの指輪を映してみることも。

テディが感じていたのは、いまだかつて感じたことのない感情だった。いつものありきたりな怒りではなく、はっきりわからないが何かに傷つけられたような不思議な感情だった。初めての感覚だが、はるか昔の子供のころ、おなじような思いをしたことを思い出した。昔の辛い思いがよみがえってきた。心の奥底で長いあいだ眠っていた大昔の痛みが、フランシーンの裏切りで目を覚ましたのだ。フランシーンが約束を違え、姿を見せなかったことのなかに、母親が彼の世話を拒み、話しかけようとも触れようともしなかったときの悲しさをあらためて思い出したのだ。

フランシーンを寝室に閉じこめたことは、ジュリアに思った以上の効果をもたらした。彼女を駆りたてていた激しい不安感が一時的ではあるが和らいだのだ。フランシーンが閉じこめられたことに気がついたとわかると、ジュリアは這うようにして――実際、厚い毛氈のうえに四つん這いになって――階段をあがって踊り場に座りこみ、フランシーンの部屋のドアの外から耳をすませた。フランシーンが窓を開ける音以外は何も聞こえなかった。助けを求める声もなければ、訴える声も聞こえない。フランシーンは泣いているのかもしれない。もしそうだとすれば、声を押し殺しているに違いない。

ほっとした。うまくいったのだ。ジュリアは嬉しくなった。抗議の声もなければ、反抗の様子もない。フランシーンは運命を受け入れた。ジュリアの支配権を認め、年長者の権威に頭を下げたのだ。ジュリアは食堂に座って、勝利を祝福し、成功を祝って昼食にフランシーンと二人で飲んだワインの残りを空けた。ワインが空になったのでブランデーを少し注いだ。

しかし、ジュリアの悩みはとどまるところを知らなかった。フランシーンが静かにしているのは事態を受け入れた証拠だと思ったが、ひょっとすると逃げだす算段をしているのかもしれない。すぐに暗くなるし、雨は絶え間なく降っている。ジュリアはレインコートを着て、傘を手にした。こそこそする必要はない。フランシーンに見つかってもかまわない。

バス停には誰もいなかった。彼はいなくなった。退《ひ》け時を知っていたのだ。ジュリアは通用口を通りながら、庭の左側の大きな小屋をのぞいた。一時、伸び縮みする梯子が置いてあった。雇った建設業者が置いていったものかもしれないが、いまはなくなっている。よかった。小さな梯子なら心配無用だ。ジュリアは傘をさして雨のなかに出ていき、フランシーンの部屋の窓を見あげた。いまは閉まっている。地面から窓枠までの六フィートの高さの壁を黄色と緑の斑のあるツタが伝っていた。ジュリアは傘を閉じて、濡れるのもかまわずツタを壁から剝がしはじめた。硬い巻きひげや柔らかく光る葉をむしってはちぎり、足元に葉の山を築いた。

窓から逃げ出す助けになりそうなものを取り払って、ジュリアはあらためてホッとした気分になった。ずいぶん暗くなってきた、間もなく夜になるだろう。ジュリアは家のなかに入った。電話が鳴っていた。ジョナサン・ニコルソンだ。フランシーンがなぜバス停に現われないのか、わけを知ろうとかけてきているのだ。ジュリアは受話器を取りあげ、冷ややかな口調で言った。「フランシーンは出かけませんよ」

「何だって？」リチャードの声だった。

「ごめんなさい。他の人だと思ったの」

「誰からだと思ったんだい？」

ジュリアが答えを探しているうちに、二階が騒がしくなった。フランシーンが電話の音を聞きつけて、手だけではなく何か重いものでドアを叩きはじめたのだ。叫ぶ声も聞こえる。フランシーンが大声を出すなんて初めてだ。「助けて、助けて」と叫んでいる。

ジュリアは受話器を手で覆って、つぶやくように言った。

「回線が変だわ」

「何の音だい？」

「隣りの工事よ。日曜だというのにひどいわ」酔いでろれつがまわらなくなっていることは、ジュリア自身わかっていた。でも、リチャードは回線のせいだと思うだろう。

「二人とも元気よ」ジュリアは話した。「あの子は大丈夫。ジョナサン・ニコルソンと彼の赤いスポーツカーで出かける予定だったの。フルハムにある彼の家にね。でも、雨が降ってきたので行かなかったわ」

「ひょっとして、きみは飲んでるんじゃないか、ジュリア？」

ジュリアはくすくす笑いながら言った。「お昼にフランシーンと二人でソーヴィニョンを一本空けたのよ」

リチャードが電話を切ったので、ジュリアは落ちついて腰を下ろした。二階の音も止んでいた。ジュリアはまた二階に行って、聞き耳を立てた。うんともすんとも音がしない。時間を持てあまして寝こんでしまったのだろう。ジュリアもとても疲れていた。ブランデーはやめておけばよかった。すっかり疲れ果てた。うんざりして階段を降りて、ホールの時計を見ると、六時半を過ぎて四十五分近くになっていた。ジュリアはやっと気が楽になり、眠気をおぼえた。気分はすっかり落ちつき、食欲をおぼえることもなかった。フランシーンはそろそろ、お腹をすかせているだろう。彼女の絶望感を考えると心が痛むが、これは仕方のないことなのだ、とジュリアは思った。フランシーンがかたくなに反抗するから、お互い苦しまなくてはならないのだ。

ジュリアは家のなかをぶらぶらと歩きまわった。きびきびと歩いたのは昔のことだった。足が萎えてしまい、居間に戻ると膝をついた。両手両膝をつくと楽になったので、時計まわりに部屋を這いまわり、一周すると向きを変え、今度は反対まわりに這った。昼のうちにフランシーンがウールの上掛けを掛けておいたソファが誘っているように見えた。ジュリアは靴を脱ぎ捨ててソファに這いあがった。上掛けをかぶり、疲れきって眠りに落ちた。

33

誰からの電話だったのか、フランシーンにはわからなかった。父親からだろうか？　ノエルかスーザン、あるいはジュリアの他の友達かもしれない。それとも、ホリーかイサベルか？　ひょっとしたら、テディかもしれない。いずれにしても助けてほしいと伝えられなかったのだから、相手が誰であろうと関係ない。わたしの声は聞こえなかったはずだし、聞こえたとしても彼らはジュリアの作り話を信じたはずだから。

フランシーンがドアを叩くのに使ったのは、最初に目に入ったテニスのラケットだった。たまたま壁に立てかけてあったから使ったのだが、ドアを叩いたあとは、いつもの場所にしまった。トラックスーツ、ランニングショーツ、トレーナーそれにテニスボールの箱といっしょにワードローブの一番したの引き出しにしまうのが習慣だった。その引き出しを押して元に戻そうとすると、何か引っかかるものがあった。引き出しのしたを手で探ってみると携帯電話が出てきた。

フランシーンはテディの番号を打ちだした。そして、彼なら大丈夫、絶対に救い出してくれるという思いがわきあがるのを感じた。

ジュリアがフランシーンを閉じこめ、ワードローブのしたに携帯電話を隠したことを知っても、テディは驚くわけでもショックを受けるわけでもなかった。そもそも人間はとっぴで気違いじみた行動をするものだと思っていたからだ。これまで会った人間の大半がそうだった。テディは、穏やかで規則正しい正常な生活など経験したことがなかったのだ。人間は動物より粗野で、はるかに醜い。これがテディの人間にたいする評価だった。しかし、フランシーンだけはべつで、この世のものとは思えないほど美しく純粋だと思っていた。

フランシーンにたいする怒りと憎しみは消えてなくなった。フランシーンはぼくを捨てたわけではなかった。ジェイムズといっしょにいたわけでもない。意地の悪い継母に寝室に閉じこめられていただけなのだ。まるで物語のお姫様じゃないか。テディはノースサーキュラー・ロードをイーリングに向かって車を走らせた。日曜の夕方の交通量は少なく、エゼルは注目を集めた。始終、信号にひっかかっては何か言われ、羨望の眼差しで見られるのを我慢しなければならないことに、テディは舌打ちした。

電話で、フランシーンは玄関の鍵を窓から投げると言っていた。「いまから投げるわ。そうすればどこに落ちたか教えられるから」

問題の解決があまりにも容易なので、テディは何となく拍子抜けしてしまった。家のなかに乱入するとか梯子を使ってフランシーンを救出することを考えていたのだ。少し待つと、彼女が「鍵は窓の真下ではなく、左寄りの芝生のうえに落ちた」と言った。

「通用口の門は鍵がかかっていないはずよ。そこから入ればいいわ。でも、音を立てないで鍵を拾ってね」

「どうして小声で話すんだ？」

「ジュリアに聞かれたくないからよ」

テディはエゼルを裏道の曲がり角に停め、フランシーンの家まで百ヤードほど歩いた。意外にも真っ暗だった。テディはある種の好奇心を抱いていた。すべての家が興味の対象だった。とりわけフランシーンの家のなかを見るのが楽しみだった。彼女が言っていたとおり、通用口の門には鍵はかかっていなかった。家の裏側を見あげると二階の窓に明かりがついていた。それほど強い光ではないところを見ると、カーテンが引かれているようだった。

フランシーンが窓のところで待ち焦がれて見ているものと半ば期待していたので、テディは急に失望を感じた。静かにとのことだったので、叫ぶのは抑えた。鍵は暗闇に紛れてなかなか見つからなかったが、たっぷり雨をふくんだ草むらの陰に落ちていた。鍵も濡れていたので袖口で注意深く拭った。

鍵は玄関の錠にぴたりと、ほとんど音もなく収まり、ドアは静かに開いた。家のなかは暗かったが、ホールの角にあるワット数の低い電灯がぼんやりとあたりを照らしていた。そのおかげでホールに面したドアがひとつだけ半開きになっているのが見えた。床には絨毯が敷いてあった。壁紙はけばけばしいブローケードで、見るだけでいやになった。片隅に置いてある大きな彩色花瓶には、埃っぽい綿毛のついたドライフラワーがいっぱい差してあった。

テディは階段の一番したの段に足をかけたが、少し考えて足をもとに戻した。予想以上に早くここに着いたが、フランシーンはぼくがこんなに早く来るとは思っていないだろう。テディは半開きのドアに手をかけ、少しばかり押して、なかに入った。なかは暗かったが、カーテンが開いていたので通りの明かりが射しこんでいた。汚らしい部屋だ。家具も大嫌いなものばかりだ。郊外のブルジョア、いわゆる〝理想の家〟展そのものの家だ。敷きつめた絨毯、そのうえに置かれた毛皮の敷き物、ふかふかの花柄ソファ三点セット、模造品のテーブル、ネストテーブル、前面ガラス張りの陶磁器戸棚。

ソファの背がこちらを向いていた。近づいてみると、女がそのうえで寝ていた。熟睡している。あの意地の悪い継母だ。フランシーンの苦悩と、そしてぼくの苦悩はすべて、この女がもたらしたものだ。この女のせいでフランシーンと会えなかった。奇妙だが納得のいく考えが浮かんできた。この女がぼくを不能にしたのだ。さながら、男の生気を吸いとり、心を摑みとり、パワーを搾り取る魔女のように。

この女は太っていて白い肌をしているが、フランシーンのバラの花びらのような白さとはまるで違う。通りから射しこむ明かりで、むくんだ白い手とその指に食いこんでいる指輪が見えた。女の身体を半ば覆っているウールは、テディの母親が鉤針で編んでいたショールを思い出させた。そのため、彼の心には次第に激しい怒りが波のように押しよせてきた。

深く考えずに、ためらうことなく、そしてなぜかわかないままに、テディは女のほうに手を伸ばした。だが、手を触れる気にはならなかった。そんなことをしたら、膝が言うことをきかなくなるか、気分が悪くなるに決まっている。

テディは手を引っこめて、自分のまわりと部屋のなかを見まわした。クッションは部屋のそこかしこにあった。ベルベットやシルクのカバーがついたクッションはどれも、膨らんでいて柔らかそうだった。

二度も殺していれば三度めは楽だった。テディは大きくて四角い赤いベルベットのクッションを取りあげ、女の顔のうえ、三十センチぐらいのところにかざした。そしてクッションの両端をしっかりと握りなおして、ゆっくりと押しつけた。

ジュリアは少し身動きしただけで、ほとんど動かなかった。テディはさらにクッションを集めて手と膝で彼女の顔のうえに積みあげ、のしかかるようにして手と膝で押さえた。シルクと羽毛の下で女がもがき苦しみ、呻き声をあげているのが感じられた。暴れる足が踵でソファの肘掛けをばたばた蹴った。テディはさらに何秒か、いや何分か、全身の力をこめて押さえつづけた。そうやって五分も押さえていると、あることがわかった。なぜかはわからないが、もう脈を調べたり息を確かめる必要がないことがわかったのだ。命が去ったことがはっきりと感じられたのだ、あたかも命が羽根を持って窓から飛びさったかのように。

またしても、手を触れることなく殺人をやってのけた。離れていても命を奪うことができるというのは、リモコン操作のようだ。リモコンさえ持っていれば、離れた場所から画面を消すことができる。それとおなじぐらい簡単だった。フランシーンに話そうか？　いや、やめておこう。いつかは話すにしても、いまはまだだめだ。テディはクッションをひとつひとつ取りはらい、元の場所に置くと、女の顔が現われた。口をだらしなく開けて、眼は睨んでいる。薄暗がりのなかでも、その顔が青ざめていることはわかったが、はっきりとは言えなかった。その身体に触らないように注意しながら、顎のところまでウールのカバーを引きあげた。それから、ドアを閉め、階段をのぼってフランシーンのところへ行った。

「遅かったじゃない！　どうしてこんなに遅くなったの？」彼女はドアの向こうから、ささやき声で言った。

「できるだけ早く来たんだけど」


「わたしの部屋の鍵は見つかった？」

フランシーンからあらかじめ言われていたのだが、すっかりそれを忘れていた。

「どこにあると思う？」

「階下のクロークルームか、ジュリアの寝室だと思うわ。よそにはないと思うけれど。ジュリアはどこ？」

「階下だよ。眠ってる」

フランシーンが微かに笑うのが聞こえた。テディは寝室の鍵とクロークルームの鍵を取ってきた。クロークルームの鍵が合った。フランシーンはテディの腕のなかに飛びこんで抱きつき、安堵の笑い声を立てた。

フランシーンは白いドレスを着ていた。テディはフランシーンの髪どめを外して、髪を自然に垂らした。そのほうが好きだった。テディはフランシーンのスーツケースを持ちあげ、ジュリアの目を覚まさないように、二人でそっと階段を降りた。ジュリアは目を覚まさないよ、永遠に、とフランシーンに言いたい気持ちに駆られたが、すでに心は決まっていた。パントマイムよろしく、爪先立って、声を潜めながら家を抜けだし、道路を横切って、エゼルを停めてある場所へたどり着いた。

たどり着いたとたんに、フランシーンは堰を切ったようにしゃべりだした。これまでになく饒舌だった。正直なところ、テディは心のなかではうるさいと思ったが、止めずに話を続けさせた。それによると、ジュリアはどうやらおかしくなったらしく、フランシーンの携帯電話を隠し、フランシーンを部屋に閉じこめ、かかってきた電話に馬鹿げた嘘をつき、フランシーンのためにジョナサンなんとかというボーイフレンドまでつくりだしたという。だが、テディの興味を引いたのは最後のくだりだけだった。

「ジョナサンって、誰？　知ってる人？」

「テディ、そんな人はどこにもいないわ。わかるでしょう？　ジュリアがでっちあげたのよ。彼女の狂気が」

テディにはさっぱりわけがわからなかったが、気持ちが落ちつき、自由を感じて幸せだと思った。これからはフランシーンといっしょだ。こうしてそばにいてくれる。彼女の居場所はほかにない。戻る場所はないし、行くところもないのだ。これまではジュリアの囚人だったが、いまではぼくのものだ。ぼくは彼女のためにジュリアを殺したのだから。

オルカディア・プレイスに着いたとき、フランシーンが最初にほしがったのは食べ物だった。夜九時になるのに、昼以降、何も口にしていなかったのだ。冷蔵庫に卵とパンとチーズがあったので、フランシーンは自分で食事をつくったが、テディが買ってきたワインは飲まなかった。プレゼントのウィスキー・ボンボンもチェリー・ブランデー入りのをひとつ食べただけで、あとは手をつけなかった。ただ、一心に話しつづけた。ジュリアはなぜあんなことをしたのだろう、ジュリアはどうしてしまったのだろう、と何度も繰り返した。テディは何も言わなかったが、そんなことは彼にはどうでもいいことだった。こんなおしゃべりなフランシーンは嫌いだった。こんなふうにしゃべったり、議論したり、推測したり、疑問をもちたがる彼女の一面は見たくなかった。

フランシーン自身が話しつくしたと納得する頃合いを見計らって、テディは彼女にドレスを渡した。彼としてはすぐにそれを着てほしかったが、フランシーンは着ようとしなかった。

「素敵ね。気に入ったわ」フランシーンは言った。「でも、いまは着たくないの。どこかに出かけるわけじゃないでしょう？　自分たちの家で――正確にはそうじゃないけど――こうしていっしょにくつろいでいるのだから、こんなきれいなドレスを着る必要はないわ」

「それを着ているきみを見たいんだ」テディは恐いくらいの表情で言った。

「明日になったら着るわ、テディ。いまは疲れているの。何よりも眠りたいわ。自由で誰にも拘束されないところで、ただぐっすりと眠りたいの」

テディが思い描いていたのとは違う展開になった。ここに着くまでの車のなかで、彼は「これですべてがうまくいく」という思いが興奮の高まりとともに膨らんでいくのを感じていたのだ。ぼくは勝った。成功した。フランシーンを救い出し、彼女のために人を殺した。そして、彼女を自分のものにした。こうした一連の行動で、この身体に巣くい、活力を奪っていたものは――それが何であれ――いなくなった。ぼくを苦しめ悩ませるものは消え去り、もう二度と戻ってくることはない、と思っていたのだ。

しかし、いつもはテディが与えるドレスを素直に着てくれる控えめで物静かなフランシーンが、いまはそばに来ようともせずに、ひたすらしゃべっているのだ。今日はひどい目に遭ったという話と、ジュリアや父親の話が幾度となく繰り返され、テディはやがて、そうした言葉を聞くだけで不愉快になった。漠然とした苛立ちをおぼえて気分がふさいでしまった。寝室にあがっていくと、あろうことかフランシーンは白い木綿の男物の寝巻を着てハリエットのベッドで眠っていた。

テディはフランシーンの傍らに横たわり、窓ガラスに打ちつける風と雨の音に聞き入った。欲望が戻ってきたような気がした。その兆しが感じられた。テディは汚らわしい木綿の寝巻を剝ぎ取り、温かく滑らかな肉体に手を触れた。

フランシーンは向きなおりも、身じろぎもせずに、ただひたすら眠っていた。だが、テディは以前とおなじようにだめだった。死人同然だった。

何か方法があるはずだ。テディは眠らずに横になったまま、その方法を、こうすればうまくいくと思われる方法を考えた。フランシーンを黙らせ、目を閉じさせて、ダークグリーンのベルベットのドレスを着せる。あの白い寝巻は燃やすか捨ててしまおう。宝石を身につけさせ、両腕にあふれるほどの百合の花を買ってやる。そうするだけの金はある。明日は百合の花と孔雀の羽根、それに白い厚手のシルクの生地を買おう。白いシルクを床のうえに敷き、少し波打たせて、そのうえにフランシーンを横たわらせる。髪は解いて、金のチェーンを織りこもう。アイシャドウは孔雀のグリーンとゴールドだ。彼女が目を閉じれば、瞼は宝石箱の丸い蓋のようになる。そして片方の手に百合の花を一輪、もう一方には緑色の羽根飾りを……。

フランシーンは規則正しい寝息をたてて傍らで眠っていた。テディにも眠りが訪れた。


フランシーンが電話の音で目を覚ましたのは、十一時過ぎのことだった。電話をとると、男の声がフランクリン・マートンに用があると言った。フランシーンは、番号間違いではと答えた。

テディは数時間まえに起きだしていた。エゼルでクリックルウッドに行き満タンにしてから、ハリエットのカードで二百ポンドを引き出した。オルカディア・プレイスに戻ると、敷石を金網の籠に入れる作業に取りかかった。注意深く入れてみたが隙間だらけだった。敷石をふたつに割るか、べつの小さな石を見つけて隙間を埋めるしかなかった。いずれにしても、不自然に見えて注意を引くことだけは避けたかった。

テディは金網をとめるピンにセメントを塗りつけ、表面をきれいにならした。雨は作業中はやんでいたが、また降りはじめた。煙るような細かい雨だった。金網の籠に四角いビニールカバーをかけ、四隅に重しを置いた。家のなかに引き返すと、フランシーンはアルフェトンの静物画をかけておいた新しい壁を見ていた。

「ここにはドアがあったような気がするわ。確か、地下室に行くドアが。でも、わたしの記憶違いね、きっと」

フランシーンはセーターにジーンズ、それにブーツというテディの嫌いな格好をしていた。そのせいで、テディは話の内容そのものは優しいが、それを荒っぽい口調で言った。「今晩は外に連れていく。きみの行きたいところに行くぞ。金はたっぷりあるんだ」

「仕事が入ったの、テディ？」

「ちょうどこなせるほどのね。それ以上かな。どこでも、きみの好きなところに行ける。だから、きみはドレスアップして、彼女の宝石をつける、どれでも好きなものを」

「友達に電話をかけないといけないわ」フランシーンは、テディの言葉が聞こえなかったように言った。「どこにいるか言っておかないと」

二人はキッチンに行った。フランシーンは豆をひき、フィルターを使ってコーヒーを淹れた。

「どうしてそんなことをしなきゃいけないんだ？」テディは言った。「なんだって、そんなことをしたいんだ？」

フランシーンの答えはなかった。「それから、ジュリアにも電話を入れないと。いきなり忽然といなくなるわけにはいかないわ。わたしのことが心配で、彼女は気が狂ってしまうもの。目を覚まして、わたしがいなくなったことに気づいたら、ジュリアはどうすると思う？　いまごろはもう、ドイツにいる父親に連絡して、わたしの友達に電話をかけまくっているはずよ」

テディは一種、失望してフランシーンを見つめた。何を言っているんだろう？　あそこから連れ出してやったじゃないか。それに、いまはこうして、ここにいっしょにいるじゃないか。困惑が怒りに変わった。テディはフランシーンの肩をつかんだ。細い身体をわしづかみにして、華奢な骨に指を食いこませた。「電話はしないこと。いいね？　ここの電話を使って友達と話してはいけない。そんなことをする必要はない、わかったね？」

「テディ、痛いわ！　どうしてこんなことをするの？」

フランシーンは逃れようとしたが、テディは放さなかった。それどころか、ほとんど揺さぶるように彼女の身体を前後に動かした。「ぼくといっしょにいるあいだは、ぼくの言うとおりにするんだ。いいね？　電話はしないこと、ジュリアにもだ。この際、はっきりさせておくよ。きみには人とつきあってほしくない。きみには友達は要らないんだ。ぼくがいるんだから。きみはぼくとここに住んでいる。これからもそうするんだ、きみとぼくだけで」

「お願いだから、手を放して」フランシーンは静かに、そして威厳をこめて言った。そのせいか、テディの指が緩んだ。フランシーンはテディの手を肩から外して言った。

「あなたは何が言いたいのか、わたしにはわからないわ」

「簡単なことさ。ぼくはきみに指輪をあげただろう？　それに、きみを救い出した。だから、きみはもう、あの人たちと会う必要はないんだ、お父さんにも、友達にも、誰にも。きみはぼくのものだから」

フランシーンが黙っていることは珍しく、そうしているときは何を言っても無駄だとわかっていた。テディは無力感が身体から心に広がっていくのを感じ、苦い挫折感でいっぱいになった。フランシーンはコーヒーを沸かしてカップに注ぎ、テーブル越しによこした。その顔は石のように硬かった。冷たく尊大で美しく、美術館の大理石の像を思わせた。テディは、とにかく何でもいいから言うことをきけ、と言いたくなった。それは彼の祖母の口癖で、子供のころよく言われたものだった。ルールを決めるのはボスの自分で、フランシーンはそれに従うのだと言いたかった。きみには、ぼくがこの場所を使えるようにして、すべてを整えたことを理解してもらわなければならない。ぼくには金も力もあることを。そして、きみには文句を言う権利がないことを。しかし、フランシーンの表情を見ると、そう言うのがはばかられた。テディは黙ったまま、注いでもらったコーヒーを流しに空け、勢いよくドアを閉めてキッチンを後にした。

電話が鳴った。テディが出るはずがないので、フランシーンは受話器を取った。今度は女で、フランクリン・マートンはいるかと訊ねてきた。フランシーンはもう一度、番号違いではと答えたものの、間違いではないかもしれないと思った。ホリーに電話し、さらにミランダにもかけたが、両方とも留守電になっていた。ジュリアへの電話はあとまわしにしていたが、こうなったら彼女にかけるしかなかった。ミランダもホリーもいないのには驚かないが、ジュリアが出ないのは意外だった。ひとりテーブルについてコーヒーを飲んでいると、惨めな気持ちになってきた。父親に会いたかったが、泊まっているホテルの名前はわからなかった。

つぎに電話が鳴っても、フランシーンは出なかった。意味がないように思えたのだ。六回鳴ったあと留守電が作動した。フランシーンは居間に行った。正面がガラス張りになった本棚があり本が二、三冊入っていた。どれも好みにあわない本だったが、何もしないよりましなので読みはじめた。三十分ほどしてテディが戻ってみると、フランシーンはペーパーバックを手にアームチェアーのなかで丸くなっていた。テディは、ハイゲイトに住む男の仕事をしに出かけるが五時には帰る、と言った。

テディが出ていったあと、フランシーンは本を置いて物思いに耽った。ホリーは、クリストファーとどこかに出かけたに違いない。あの二人が自分たちとは違うことはなんとなくわかっている。クリストファーはセックスのことばかり考えているような男ではないし、ホリーもそうは見えない。クリストファーはホリーに話をするのが好きだし、ホリーの話も喜んで聞いている。あの二人はいっしょに笑い、楽しみ、いろいろなことを分かちあうことができる。でも、わたしはもう後には戻れない。気の狂ったジュリアのところに戻り、部屋に閉じこめられて、シンデレラになることなどできるだろうか？　だったら、どうすればいいのだろう。

フランクリンはたいてい、帰宅する二、三日前にハリエットに電話を入れた。彼女が不在でも、つねにメッセージは残さなかった。いずれにしても、彼女に伝えることは、業者に頼んでボイラーを使えるようにしておくことと、水道メーターをチェックさせることしかなかったのだ。フランクリンは受話器を置いたとたんに、それもどうでもいいことだと思った。自分には二度とオルカディア・プレイスに住むつもりがないのだから、こんなことはどうでもいいことなのだと。

「あそこは彼女のものになるんでしょう?」

「何らかの調整はしなければならないだろう」

「わたしのときとおなじようにならなければいいけれど。わたしはごっそり巻きあげたでしょう?」

「それは完璧な仕事にケチをつけるようなものだよ」フランクリンは例の笑顔を見せて言った。「今回、わたしが心底ほしいと思っているのは家具だけなんだが、それを彼女に言うつもりはない。ここだけの話だ」

アンシアは微笑んで言った「水曜にはハーフムーン・ストリートにいっしょに帰るんでしょう?」

「帰りにデヴァレラを拾っていこう」

ミスタ・ハブグッドには妻がいた。そのことは聞いていなかったので、テディは驚いた。小うるさい女で、見積もりを受け入れたかどうか家まで確かめにきたのが気に入らないようだった。知りたいなら電話をすればいいと思っているのだろう。身分証明がないという理由で、なかに入れてもらえなかった。証明写真をチェーンで首にぶらさげろとでもいうのだろうか。

女はテディを戸口に立たせたまま、戸棚の設計について嫌味たっぷりに話しだした。パネルドアが気に入らない、本当は真鍮の取りつけ金具にしてほしかった。夫は、五〇パーセントの前払い金などもってのほかだと思っている。払っても、せいぜい一〇パーセントがいいところだ。今夜、電話をくれるなら、夫のいる七時過ぎにかけてくれ。といっても、二人とも宵っ張りではないから、九時半までにしてほしい。これが彼女の言い分だった。

その夜、テディは電話をかけられなかった。フランシーンを連れだす予定があったからだ。この外出は、家具を一揃い作るより厄介な仕事に思えた。第一、いつも着ているようなジーンズにスウェット、それにジップアップのジャケットで行くわけにはいかなかった。何か新しく買うにしても、どこで何を買えばいいのかテディにはわからなかった。女性の服を選ぶほうがずっと簡単だった。実際、フランシーンのドレスを買うときはひとつも苦労しなかった。何を着ればいいかフランシーンは知っているはずだが、頭を下げてまで訊くことはない。もうじゅうぶんに馬鹿にされているのだから。そのうえさらに、どこに行くかが問題だった。テディはそういうレストランに、女の子を連れていったことはもちろん、ひとりで行ったことさえないのだ。テディには人に助言を求める習慣はなかったが、今度ばかりは尋ねる相手がほしかった。ナイジェかクリストファーはどうだろう？　といっても、どちらも不可能だ。エゼルで帰る途中、彼はハリエットのアドレス帳に何軒かレストランが載っていたことを思い出した。一軒、偽りのレストランも載っていたが、あのなかのひとつに電話すればいいのだ。なんなら、フランシーンにかけさせればいい。彼女なら、どう言えばいいか知っているだろう。

テディが居間に入っていくと、本を読んでいたフランシーンが「フランクリン・マートンって誰なの？」と訊いた。

「知らないけど、どうして？」

「電話がかかってくるの」

「電話には出るなと言っただろう。きみは出なくていいんだよ、留守電が答えるから」

テディは、レストランの名前と電話番号を製図用紙のうえに書いた。フランシーンは、あなたがそうしてほしいなら電話をかけると言った。もちろん電話をかけると言ったが、テディはそう言っているときのフランシーンの顔が気に入らなかった。そこには彼にたいする哀れみと、いかにも彼のことをわかっているような表情があったからだ。彼女にわかるわけはないが、たとえわかったとしても、わかっているような顔をされるのは我慢できなかった。

34

テディは階上に行き、フランシーンが男の服でいっぱいだと言っていたワードローブのドアを開けた。ざっと見たかぎり、年寄り向けの服ばかりだった。ツイードのスーツや、チェックのジャケットや、タキシードとかいうものは年寄りしか着ないし、こういう格好をした年寄りはテレビでしか見たことがない。この老人は明らかに細身で、少なくとも太ってはいない。しかし、他人の服を身につけることができるだろうか？　考えただけでぞっとした。オックスファムの服はべつだ。あそこのものはすべて洗濯ずみだから。

着られそうなスーツはひとつだけだった。それには透明のビニールカバーがかかっていた。ハンガーのまま取り出してカバーを外すと、まだ襟とウエストに小さな金の安全ピンでドライクリーニングのタグがついていた。クリーニングに出してからまだ誰も袖を通していないこのシンプルな黒いスーツなら、ぼくの身体にあうかもしれない。テディは浴室に入って湯をはり、バスエッセンスとアロマオイルを入れた。身体を洗ったり髪を洗っていると、この日一日ぶんの汚れがすべてこすりとられ、ハイゲイトの無礼な女の悪態も、フランシーンの抵抗と侮辱も、初めて足を踏み入れようとしている新しい世界への恐怖も洗い流されていくような気がした。身体を拭いたタオルは一度使われていて、縁にかすかに青いすじがついていた。バスオイルだろうか？　それとも化粧品？　明日、徹底的に洗わなくては。

清潔な白いシャツを引き出しのなかに見つけた。きれいに洗濯され、ぱりっとアイロンがかけられていた。自分ではこれほどきれいに仕上げられないと思ったが、それが肌に触れたときには少しばかりぞっとした。彼はそのシャツを着て、いくぶん丈の足りないズボンをはき、ジャケットに袖を通した。ドライクリーニングされてはいるが、それだけでは水で洗ったように、完全に汚れが落ちているわけではない。敏感な人がウールに触れるとぞっとするように、テディは借りものの服にぞっとするものを感じた。

午後のうちに、フランシーンは何度かジュリアに電話をかけていた。そのあと、すっかり遅くなって人々が家に帰りつくころに、ロンドンの父親のオフィスに電話をかけた。そうすれば、父親が滞在しているハンブルクのホテルの名前がわかるはずだった。だが、聞こえてくるのは、「担当者はただいま席を外しています」といって携帯電話やファックス番号やeメールのアドレスを告げる声だけだった。フランシーンは、父のホテルの電話番号を知りたいので朝また電話をするというメッセージを残した。

外では突風が吹き、雨が激しく降っていた。ほとんど知らない界隈を歩きまわるぐらいのことはしたかったが、外はとても出ていける状態ではなかった。ここなら何とかなるだろうと思いながら、フランシーンはプリムローズ・ヒルにあるレストランのテーブルを予約した。自分で予約するのは初めてだったが、ジュリアが予約するのを見ていたし、話をした女性はものわかりがいいようで、面倒なことは何も言わなかった。

フランシーンが着替えるために階上に行きかけたとき、階段の途中にいたテディは見違えるほどだった。ハンサムで優しい感じが、見慣れない別人のようでもあり、年齢より老けて見えた。認めたくなかったが、ドレスに着替えると自分も意外なほど老けて見えることがわかった。フォーマルな服のせいか、彼は冷たく厳しい表情をしていた。ジャケットやジーンズを着ているときには見せたことのない顔つきだ。テディはいつもより堅く口を結び、半ば目をふせて、そつなく階段を降りてきた。もともと上品な物腰をしているのに、いまはそこに計算されたなめらかさがくわわり、その動きはまるで蛇のようだった。

借り物のズボンの短い丈については、笑うでもなくひと言、ウエストバンドを緩めてもう少し腰のほうへ下げたほうがいいと言いたかったが、人を寄せつけないテディの冷たい表情が、そんなことは言うなと言っていた。

それでも、首を巡らせて、自分の買ったドレスをフランシーンが着ているのを見ると、彼はぱっと顔を輝かせ、安堵の表情を浮かべた。「きれいだ。きみはなんてきれいなんだ」と彼は言った。

「ぴったりだわ。ちゃんとわかってたのね」

「というか、きみがぴったり八号だからさ」

フランシーンは、ノエルの店で働いていたときのことを話しはじめた。ノエルがひどく怒っていたことも話した。いま思うとおかしなことだが、あのときはとても不快だった。ノエルは、フランシーンが客より美人に見えるような格好をしていることを責めたのだ。そんなつもりはないし、そう思ってもいないのに。

ところが、テディは聞いていなかった。「時間だ。行こう」

そこはフランシーンがよく行くようなレストランではなかったが、ときおりジュリアとランチをしたような店だった。テディは明らかに硬くなっていたので、ほとんどフランシーンが注文したり、ものを頼んだりした。彼は飲まなかった。エゼルを運転しなければならないというだけでなく、本当に飲めなかったのだ。フランシーンは少し飲みすぎたと思った。おそらく、これまでで一番飲んだだろう。そうでもしないと場がもたなかったのだ。うんざりするような教訓を人生のこんなにも早い時期に学んでしまったのかと思うと、いい気持ちはしなかったが。

テディはほとんどしゃべらなかった。反面、フランシーンは学校のことから、父親がジュリアと結婚したこと、まえに住んでいたオルカディア・コテージに似た家のこと、いま住んでいる家のこと、きのうまでやっていたこと、友達のこと、ミランダの父親といっしょにするかもしれない仕事のことまで、知っていることは何でも話した。ただひとつのことを除いて。

テディは、彼女が仕事に就くことに反対した。きみは働かなくていいんだよ、ぼくが養ってあげるから。ぼくには金があるし、じきにもっと入ってくるから。

「あなたに頼るわけにはいかないわ、テディ」

「どうして？　お父さんに食べさせてもらってるじゃない

か？」

「それとはべつよ。違う意味なの。子供は独り立ちするまで親がかりなものよ。自分自身で稼げるようになるまではね。わたしはオックスフォードに行くまで自活するべきなの」

テディはむっとして黙ってしまった。勘定書がくると、彼はどうしていいかわからず、テーブル越しに、まったくお手上げだという表情をフランシーンに向けた。しまいには、テーブルクロスのしたで彼女に金を手渡した。フランシーンは足りないと言わなくてはならなかったが、彼の怯えて困ったような表情には胸が痛み、当惑した。これほど恥ずかしさで消え入りそうな人間は見たことがなかった。テディはさらに金を手渡し、彼女はその金でなんとか支払いを済ませ、かたちばかりのチップを置いた。

ウェイターにもありがとうでもさよならでもなく、お互い何も言わず店を後にした。フランシーンはいつの間か、テディにたいする苛立ちをすっかり忘れていた。彼女の話を聞こうとしない彼に落胆したことも、自分に従うべきだという彼の要求に反発していたことも忘れていた。あまりに彼が哀れで、すべてがその思いに飲みこまれてしまったのだ。何をされたにしろ、彼は幼いころに何か恐ろしいことをされたか、何かを失うかして、そのことが彼に手酷いダメージを、おそらくは取り返しのつかないダメージを与えたのだろう、とフランシーンは思った。自分も恐ろしい方法で母親を奪われたのだとテディに話して、その心の傷を分かちあいたかった。

帰り道はずっと無言だった。テディが路地に車を停めにいっているあいだに、フランシーンはひとりでオルカディア・コテージに入った。彼が戻ってきたとき、フランシーンはダークグリーンのベルベットのドレスのまま、髪を肩に垂らし、象牙色のサテンのソファに座って、手を握ったり解いたりしていた。彼女はその手を膝に置いて言った。

「あなたに話したいことがあるの」

彼はうなずいて肘掛け椅子にかけ、じっとフランシーンを見つめた。

「わたしが七歳のとき、男が家にやってきて母を殺したの。

そのとき、わたしは二階の自分の部屋に行かされていたの、そのまえに何か悪いことをしたせいで。ドアベルが鳴るのが聞こえたから、誰かと思って窓からのぞくと男の靴と頭のてっぺんが見えたわ。このあと、母が玄関にやってきて、男をなかに入れたの」

テディは聞いていた。フランシーンの言うことに彼が意識を集中させるのはおそらく、これが初めてだろう。彼がじっと聞いているので、フランシーンの声には自ずと力が入った。彼女自身、迷いがなくなったように感じた。

「わたしたちが住んでいた家は、ここに少し似ていたわ。おなじようなツタが壁をつたってる大きな戸建の家だった。ここにくるといつも思い出すけれど、でも、そんなことはどうでもいいの。聞いてほしいのは、わたしにはどういう状況かわかるということなの。子供のころ、どんなにひどいことがあなたに起こったか、わたしにはとてもよくわかるの。あなたがそれを克服できずに毎日を生きてることも。わたし自身、口がきけなくなったから。半年にわたってひと言も口がきけなくなったから」

テディはしゃがれた声で言った。「何があったんだい？」

「本当に知りたい？」

「何が起こったんだ？」

「銃声が聞こえたわ。男が母を撃ったの。銃声は一回ではなく、二回か三回、聞こえたような気がする。男はドラッグか、そのあがりのお金を探していた。警察はこう考えたわ、うちとおなじ名前のドクターの家がもう一軒あるから、犯人はその家とわたしたちの家を間違えた。母は犯人のまえに立ちふさがって止めようとしたに違いないって」

「どうして、犯人はきみを殺さなかったんだろう？」

「わたしを見つけて殺すつもりだったのかしら？ そうなのかもしれないけど、本当のところはわからない。いずれにしても、自分の部屋の戸棚に隠れていると、男が入ってきたわ。部屋という部屋に入ってドラッグを探していたんだと思うわ。男がいなくなってから、階下に降りて、母を見つけたの」

テディは息もつかずに言った。「何が起こった？」

「血が、血がたくさん広がっていたわ。父が帰ってきて、母の血にまみれてそこに座りこんでいるわたしを見つけたの。男は母の胸を撃って、一発は心臓に命中していたわ。でも、その男のことは誰にも話せなかった、何カ月も、ひと言もしゃべれなかったから」

テディが異様なまでにこちらを見つめているので、フランシーンは少しばかりたじろいだ。「テディ？」

「誰かがきみの母親を殺したって？　どうして言わなかったんだ？」

「だから話してるじゃない。そんな目で見ないで」

何か恐ろしい感じがした。信じられなかった。テディは立ちあがって、襲いかかるような勢いでこちらにむかってきた。その顔は蒼白で、無表情な仮面のようだった。こちらに近づきながら服を剝ぎとり、ジッパーをおろしてよろけながらズボンを脱ぎ捨てた。いつもの優雅さは微塵もなかった。フランシーンをつかまえ、光沢のあるつるつるしたソファのうえに乱暴に押さえつけた。息遣いは荒く、うちなるエンジンが大奮闘しているかのようだった。フランシーンは、これまで感じたことのない鉄のように固いものが腹に押しつけられるのを感じた。それは、彼女の柔らかい肉と彼の骨のあいだにある一本の竿のようなものだった。

テディの手は、職人の手のように鋭敏でたくましくしっかりしていた。彼がドレスをたくしあげてフランシーンの頭にかぶせたので、彼女はドレスで目隠しされた格好になった。いまや固い竿は露わになり、彼女とそのものを隔てていた布の防壁はどこにも残っていなかった。フランシーンはそれが腿を這いまわり、入り口を探しているのを感じた。彼の手は、彼女の口や目にダークグリーンのドレスの襞を押しつけていた。彼女は彼を蹴飛ばし、さらに両手で抵抗した。靴は武器になったかもしれないが、何かの拍子にどこかに飛んでしまった。靴の片方が何かに当たり、当たったものが壊れる音がした。陶器が割れて粉々になるその音は、騒々しい電話の音にかき消された。

一瞬、テディの動きが止まり、その手が弛むのを感じた。フランシーンはすばやく跳びおきて、彼を蹴飛ばして押しのけると部屋の向こうへ逃げ、転がるように出口へ倒れこんだ。電話は途中で唐突に切れた。フランシーンはなんとか立ちあがったが、今度、つかまったらおしまいだと思った。

テディは半裸で床に座り、手で頭をかかえていた。肩が震えている。泣いているのだ。一瞬、フランシーンはどうしていいのかわからなくなった。彼がしようとしたことに衝撃を受け、彼女の心臓はドラムのように激しく鳴っていた。口はカラカラに乾き、手は震えていた。頭のなかでは、彼女自身の声が何度も何度も、こう繰り返していた。「どうして彼はあんなことを？　どうして？　なぜ、こんなことになったの？　なぜなの？」

いま、彼に触れ、その肩に手を置いて慰めることは、あるいは髪を撫でてその手を握ってやることは、とてもできなかった。何をしているのか自分でもほとんどわからないまま、彼女はのろのろと部屋を出て、二階に通じる階段の手すりにしがみついた。階上には、もうひとつ寝室がある。そこにはシンプルだが素敵な真鍮のベッドがあった。ドアには鍵がかかったはずだ。フランシーンはなかに入ると内側から鍵をかけたが、すぐにこの皮肉にショックを受けた。強制的に寝室に閉じこめられていた自分が、今度は自分を救い出してくれた男から自分の身を守るために自ら閉じこもることになるとは。

朝、フランシーンは自分の服をみつけに大きな白い寝室へ入っていった。テディは黙って彼女を見ていた。夜明けとともに起き出さない朝は長いことなかったが、この朝はどこにも行くあてがなく、何もすることがなかったから、彼は惨めにそこに横たわっていたのだ。

また、雨が降りはじめた。土砂降りだ。フランシーンはまだ、ベルベットのドレスを着ていた。雨に洗われた灰色の朝の光のなかで、テディは彼女がスーツケースのなかからジーンズとシャツとセーターを取り出すのを見ていた。フランシーンは、彼のまえではけっして服を着替えなかった。テディは、彼女が服を持って浴室へ入っていくのを目で追った。ドアに差し錠をかける音についで、シャワーを使う音が聞こえた。

浴室から戻ってきたとき、フランシーンはテディの嫌いな服を着ていたわけだが、彼はもはや、彼女の服装にもほとんど目をとめなかった。彼女は化粧テーブルのところへ行って髪を編み、頭の後ろで巻いた。右手にはまだ彼の指輪をしていた。

「出ていったかと思ったよ」

テディは謝罪のつもりで言ったのだが、彼女は何も言わずにワードローブを開けた。コートを探しているようだった。

「行かないでくれ」

絞りだすような悲痛な言葉だった。ほとんど空になったチューブを無理やりひねり出しているようだった。その声は渇いてしゃがれていた。フランシーンは振りむき、彼のそばにいってベッドの端に座った。

「行ってしまうんだね」

彼女は頭を振った。「どう言えばいいのかわからないわ。でも、ゆうべはとっても怖かった。あなたがわたしをレイプしようとしたなんて」

テディはショックを受けた。「ぼくが？　きみをレイプするわけがないだろう？　きみはぼくのものなんだから。ぼくらはいっしょなんだよ」

「車に乗せたときや夜道で襲うだけがレイプじゃないわ」

「とにかく」彼は言った。「そんなつもりはなかった。絶対に」

「なぜ、あなたはあんなことをしたの、テディ？　どうしてあんなことをしたいと思ったの？」

テディは肩をすくめ、両足を反対側に投げだしてベッドを離れた。「行かないでくれ」と、もう一度言ったが、彼はその言葉そのものに傷ついている様子だった。

フランシーンがキッチンでコーヒーを飲みながらトーストを焼いていると、テディが階下に降りてきた。雨が激しく降っていたので部屋は暗く、窓は曇っていた。フランシーンが突然、話題を変えてたわいのない雑談をしはじめたので、テディはショックを受けた。彼女の声は抑揚がなく、丁寧だがよそよそしかった。「ずっとジュリアに電話をかけているのに、一度も出ないのよ」

いくらかけても、彼女はもう出ないよ。だが、彼は黙っていた。

「今日は父をつかまえるわ。わたしはここにいるべきじゃないのよ、誰もわたしの居所を知らないわけだから。でも、ハンブルクにいる父に話せば、気が楽になると思うの」

「雨がひどいから出かけられないよ。今日はここにいるべきだ」

「テディ」フランシーンはかなり深刻な口調で言った。「出かけても戻ってくると約束するわ。あなたはわたしが戻ってこないんじゃないかと心配してるんでしょう？ でも、わたしは戻ってくる。あなたを置いていったりしない」

テディは気にしていないふりをした。もちろん彼女は戻ってくるだろうが、いったいどこへ行かなければならないんだ？ 彼はコーヒーを少し飲んでから居間に行き、昨夜、彼女の靴が壊した青と白の陶器像の破片を拾いあげた。破片には、王冠のマークとロイヤル・コペンハーゲンの文字があった。もとは淡い色調の子供の像で非常に美しいものだったので、不注意で壊されたのを見るのは忍びなかった。直せないだろうか？ どれくらいするものなのだろう？ 理不尽に壊された美しいものを見ると、人間にたいする嫌悪感で気分が悪くなる。

不機嫌そうに、テディは水蒸気で曇った窓をこすって、中庭を見た。どこもかしこも濡れている。敷石も雨で黒くなり、水たまりもできている。金網とセメントのうえにかぶせておいた保護用のビニールシートは風に煽られてはためいている。

あまりにたくさんのことが起こり、ずいぶん邪魔が入ったのでマンホールのことはすっかり忘れていた。マンホールの口は薄いビニールシートで覆っただけで、もう何時間も開いたままになっている。雨は一晩じゅう降っていたから、水が穴に入りこんで底にたまっているに違いない。そこには……。

テディは外に出てビニールと敷石を取りはらい、そこにマンホールの蓋を載せた。雨は激しく、数分で髪もジーンズもずぶ濡れになり、身体が震えてきた。エゼルのガソリンはほとんど空だったから、もっと金が要る。それはそれとして、家に帰って郵便受けにハブグッドから何かきていないか確かめなくてはならない。祖母の友達のグラディスにも会わなければならないだろう。レストランの勘定書は、フランシーンに拒絶されたことよりもっとショックだった。食事があんなに高いなんて知らなかった。五十ポンドしか残ってないが、うち三十ポンドはガソリン代に消えてしまう。

フランシーンは居間で誰かに電話していた。相手はホリーのようだった。

「出かけてくる。きみのためにもうひとつ鍵を作ろうか？」

彼女がイエスと言えば、すべてがうまくいくだろう。彼女は受話器を手で押さえて言った。「ええ、そうね。そうしてちょうだい。出かけても戻ってくると約束するわ」

「きみは玄関の鍵を持っていてくれ。ぼくは裏口の鍵を持つから」

フランシーンはふと思いついて訊いた。「いつ戻るか知りたい？」

テディはうなずいた。

「それじゃ、きっかり六時に戻るわ」

テディは他人の表情や声色を読むのには慣れていなかったが、フランシーンが自分に優しくしようと努力していることはわかった。これがユーモアというものなのだろう、と彼は思った。しかし、彼女は六時に戻ると言った。テディは彼女をつなぎとめる方法を考えはじめたが、それは彼女の逃亡を阻止する方法だった。

最寄りの給油所へたどり着けるくらいのガソリンは残っていた。テディは支払いをして、ウェリントン・ロードの角にあるお気に入りのキャッシュ・ディスペンサーへ向かった。カードを入れ、二百ポンドという数字を打ちこんで待った。数字や言葉が画面に現われるまえに、彼は何かがおかしいと思った。緑色のメッセージは、「お引き出しは実行できませんでした。カードをお取りください」となっていた。彼は困惑してカードを取った。エッジウェア・ロードのディスペンサーでもう一度、やってみようか？

アバディーン・プレイスの角でネットウエスト・バンクのディスペンサーを見つけた。それはポンドがほしいかどうか訊いてきた。彼は〈イエス〉を打ちこみ、レシートの有無には〈ノー〉を入れた。今度こそはと思ったが、またしても拒絶された。失敗だ。引き出しは実行されず、カードが戻ってきた。

そのあとすぐに、テディはハリエットの金が底をついたのだと思った。引き出しすぎて、口座に金が残っていないのだ。

35

リチャードはロンドンからのファックスを読んでうろたえた。娘が自分と連絡をとりたがっているというのに連絡先の電話番号がない。いや、どこにフランシーンが番号を残す必要などあるだろう？　連絡先は自宅の電話番号でいいのに。

日曜の午後にジュリアと話して以来、自宅には電話をしていない。これはいつものことで、毎日電話をかける習慣はなかった。しかし、いまはかけなくてはならない。フランシーンはこれまで出張中の父親に連絡をとろうとしたことはなかった。そのフランシーンが今回、こうして連絡をとりたがっているのだから、何かとても悪いことが起こっているに違いない。

夜の十一時だ。ロンドンは十時。電話をしてみたが、誰も出ないし留守電にもなっていない。フランシーンにつきまとっているというジョナサン・ニコルソンとかいう男のことが頭に浮かんだ。ニコルソンに乱暴されるようなことがあったから、父親に連絡をとろうとしているのだろうか？　ニコルソンから執拗に電話がかかってくるのでジュリアは電話線を抜いたのだろうか？　それなら、呼び出し音がこちらに聞こえるはずだ。リチャードはベッドに入ったがよく眠れなかった。

朝九時、ロンドンは八時だ。もう一度、電話をしてみた。フランシーンはまだ寝ているかもしれないが、ジュリアはもう起きているころだから、どちらかと話せるだろう。番号を押したが答えはなかった。ホテルの交換台を通してもう一度かけてみたが、つながらなかった。電話線を抜いて、そのまま戻し忘れているのではないだろうか？

隣人に電話をかけることもできた。だが、フランシーンが部屋に閉じこめられたときに助けを呼ぶのをためらったように、リチャードもまた二の足を踏んだ。そして、唯一、連絡をとれるのはホリーの母親だと考えた。彼女は電話に出たが役には立たなかった。そのかわり、ホリーのアパートの電話番号を教えてくれた。そこへかけてみたが、留守電になっていた。

あと三十分で会議の最後の講演をしなくてはならない。明日の朝まで滞在して新しいソフトウェア会社の社長を訪ねるつもりだったが、とりやめにして午後のフライトで家に帰ることにした。

淡い秋の木の葉色のシルクのカーテンは期待どおりに美しかったが、もう必要なかった。ずっとではないにしても、何年かはオルカディア・コテージに住むのだから。公共料金の支払いさえすれば、誰も文句を言わないはずだ。これまで住んでいたこの家の水道や電気を止められても一向にかまわない、もう二度と戻らないと決めたのだから。

カーテンを仕上げた老女は見返りに彼女の家の裏にある臭いトイレを塗装するようせっつき、テディといっしょにやってきたアグネスも彼女に加勢し、「この子は時間を持てあましているし、定職にも就いていないから、いつでもここの仕事を始められる」と言って譲らなかった。もし、金が底をついてなかったら、彼女にカーテンの縫い賃を払って、いやな仕事から逃れられただろうに。テディは、高価な食事を苦々しく思い出して後悔した。高いばかりで、ひとつも楽しくなかった。あの金はすべて水泡に帰したのだ。

「テディは明日から始めますよ」アグネスはスポークスマン気取りで言った。

「金曜から始めます」テディは言った。

金曜までに何かが起こるかもしれない。ことによると、口座がまたいっぱいになるかもしれない。たとえば、月の第三週目には自動的に。そうすればまた二百ポンドおろせる。テディはアグネスを隣りに乗せて、車で家に――家としか呼びようがないだろう――むかった。いまは免許を取っているので、アグネスは孫が運転することにはひとつも反対しなかった。

突然、アグネスが訊いた。「キースはこの車をおまえにくれたのかい?」

テディは答えなかった。エンジンがノッキングを起こして耳慣れない音を立てていた。キースが車を分解しては組み立てていたのをぼんやりと思い出した。定期的に車を点検に出すべきなのだろうか? そうだとすると、どれくらいの頻度で? ひとつだけ確かなことは、ここ九カ月間は誰もこの車のエンジンを点検していないということだ。

「くれたわけじゃないよ」テディはゆっくり言った。「キースは返してほしいと思ってる」

「そりゃ、そうだろう」後悔したり諦めている人間にたいして勝ち誇ったようにものを言うのが、アグネスの常だった。「おまえがちゃんとこれを手入れしなかったら、キースはきっとおまえに埋め合わせさせるよ」

キースの最期を考えるとあまりに馬鹿ばかしく、気持ちが悪かったので返事はしなかった。カーテンを持って家に入ると、ドアマットのうえに手紙があった。昨日の消印のついた封筒を開くとハブグッドからで、妻がデザインを気に入らないし、見積もり金額にはまるで納得がいかないので、このような状況では話は進められないとあった。テディは一瞬、パニックに陥った。ほんの数日で金持ちから貧乏人に転落したかのように思えた。

テディはそれまでずっと、じつはいままでも、彼自身のものだと思っている部屋に入って、壁から鏡を外した。フランシーンが六時に戻ってきたら、これを見て喜び、ぼくを責めたことなどみんな忘れてしまうだろう。ベッドから毛布を取ると、それで鏡を包み車のトランクに運んだ。まだ助手席にはアグネスがいて、メグジーと窓越しに話をしていた。

「こんにちは、お久しぶりね」メグジーが言った。「出かけるときは声をかけていってね。泥棒が入らないように見張っているから」

「引っ越したんだ」テディは何も考えずに言った。「セントジョンズ・ウッドに住んでる」

そりゃ初耳だ、これからは孫と話すのに五十ペニー余計にかかるわけだね、とアグネスが言った。

「この古めかしい車が見られなくなるのは寂しいわ」とメグジー。「つい昨日のことよ、ナイジェがわたしに、あの愛すべき老いぼれエルヴィスがないとここじゃないみたいだと言ったのは」

「エゼルだよ」テディは言った。それが彼の意思であることは確かだが、突然、心に決めたことでもあった。「ぼくはリップフックに行こうと思っているんだ、キースのところに、週末にでも」

即座にアグネスが言った。「金曜はだめだよ。金曜は、グラディスのところのトイレのペンキ塗りだから」

「この車を見てもキースは喜ばないんじゃない？」メグジーが言った。「彼はたぶん、かわいいペットが検疫所から出てきたような気がすると思うの。テディがとてもきれいにしちゃって傷ひとつないから」

テディは祖母を家に送っていった。どうして週末なんだ？　いまからでもいいじゃないか。他にすることもないし。リップフックまで行って、車道かどこかにエゼルを捨ててくればいいのだ。しまいにはレッカー移動されるだろうが、もし当局が連絡してきたら、車は伯父のもので、彼はリップフックのどこかに住んでいると言えばいい。誰かがそれを確認するだろう。車をどこかに捨ててくれれば、ガソリン代や経費の心配はなくなる。

祖母が家のなかに消えても、テディは運転席に座ったまま、祖母の家を見ていた。これは祖母さんの家だ。貸家でもなければ、生涯不動産権がついているわけでもない、祖母さんが好き勝手にできる家であることは確かだ。何もしなくても、祖母さんが死ねば、この家はぼくに遺される。自分のものになれば売ることもできる。自分のものではないが、いつの間にか、自分のもののようになったあの家とは違う。

テディはオルカディア・コテージに帰った。誰もいなかった。やはり、フランシーンは出かけていた。それはそうだろう、彼女は六時には戻ってくると約束したのだから。彼は、合い鍵を作ると言ったことを思い出した。エゼルで行くまでもなかった。彼はハミルトン・テラスを渡ってメイダ・ベイルを目指し、エッジウェア・ロードをくだっていった。そのあたりには、何軒か合い鍵を作ってくれる店があるのだ。フランシーンにしても、オルカディア・コテージに戻る気がないなら、わざわざ合い鍵を作らせるようなことはしないだろう。

店員は鍵を見ると、合い鍵は作れないと言った。そういう鍵なのだという。製造者に頼まなければだめだ。べつの店をもう二軒あたってみたが、おなじことを言われた。このことはべつに腹の立つことではなかった。たいした問題ではない。自分もフランシーンもそれぞれ鍵は持っているのだ。大切なのは、彼女は戻るつもりだから鍵をほしがったということだ。

すぐ隣りは、比較的新しい服を売っている店だった。テディはノエルの店を思い出し、そこにフランシーンを訪ねていったことを思い出した。といっても、ノエルのところはここよりずっと高級指向だった。エッジウェア・ロードに中古のデザイナーものを売っている店があるとは思えないが、ロンドンの洗練されたおしゃれな地域にはいくらでもあるに違いない。そういう店でも、商品を売るには、そのまえに仕入れなければならないのだ。

歩いて戻るうちに風が激しくなり、そのうち雨がまじりはじめた。雨がやむのを待ってすぐにエゼルのトランクから鏡を取り出し、中庭を通って家のなかに運んだ。アルフェトンの静物画があったところにこれをかけたらどうだろう？　フックはまだそこにあった。二股になった頑丈なフックは単に壁に留めてあるだけなく、ねじこんであった。テディは鏡や絵が曲がってかかっているのが嫌いだったので、きっちりまっすぐに鏡を吊るして見映えを吟味した。なかなかいい。部屋や家具と比べるとモダンすぎて違和感がないかと心配したが、とてもよく合っていた。鏡には、向かいの絵や壁の花瓶から垂れさがる植物が映っていた。

テディは階上に行き、寝室に入っていった。道理で、フランシーンはワードローブのなかから着られそうな服を見つけられなかったわけだ。なるほど、ハリエットの服はひどいものばかりだ！　ひどいことはひどいが、高価なものばかりだ。ラクロアの明るいピンクと黒のスーツ、黄色の斑点がある本物そっくりのファーコート、青や赤や黄色い宝石で覆われたコルセットのようなものがついている夜会服などなど。

ハリエットの服を両手にかかえて出かけるところをミルドレットやほかの隣人に見られたら厄介だと思って、スーツケースを探すと、踊り場の戸棚のなかにひとつあった。これなら誰かに運んでいるところを見られても、オルカディア・コテージに滞在していた若いツバメが家に帰るところだと思われるだけだ。

風が突風になって木々の葉を飛ばし、空へ高く巻きあげていた。雨が降っているので暗くなるのが早かった。他の車はみんなライトをつけていたので、エゼルのライトもつけた。南西へ向かって、冬の午後の灰色の湿った霧のなかをのろのろと進む車の列にくわわった。木の葉がボンネットに吹きつけられ、南国の鳥を思わせる鮮やかな赤いビニール袋がフロントガラスのワイパーにひっかかった。

「それでテディが助けてくれたわけ？」ホリーが言った。「なんてロマンチックなの！　ねえ、そう思わない、クリス？」

「万一、きみがママに監禁されるようなことがあれば、ぼイプではなかったのだ。そこまでは至らなかったし、忘れて封印してしまうこともできる。ホリーやクリストファーやシャンペンの瓶を持ってきたジェイムズには、テディがオルカディア・コテージを借りていることと、彼がそこでやっている仕事について話そうかと思ったが、やはりやめた。おそらくは中流階級にありがちな疑り深い気質がそうさせるのだろうが、オルカディア・コテージには何か不安なものを感じた。二人とも、少なくとも自分はあそこにいるべきではないと思った。

ジェイムズがシャンペンを注いだ。雫をこぼさなかったところをみると、彼はこのようなボトルを開け慣れているようだった。「きみの逃亡を祝って」と、彼は言った。

全員がフランシーンとテディに祝杯をあげた。ホリーは、テディは鎧を着て白馬に乗るべきだと言った。ところで、彼はどこにいるの？　どうしていっしょに来なかったの？

フランシーンは、彼は仕事だと言った。

「だけど、ジュリアが電話してこないのはへんだね」クリストファーが言った。「かかってくると思っていたんだけど、レイプではなかったのだ。」

くもおなじことをするよ」

「そのチャンスはないわね。テディは実際やったわけだけど」

フランシーンは、キルバーンのホリーのアパートにいた。十分前に着いたところだった。部屋は雑然としていた。線香やアロマオイルや煙草の匂いが漂い、食べかすは残っていないもののきれいとは言い難いカップや皿が置いてあったが、すっかり心が休まった。クッションやショールやベッドカバーが山積みになっている床に座って、床に座るのはなんと素敵なことなのかと思い、いかに自分が心からくつろげる心地よい時間を味わってこなかったか思い知った。

その考えを見透かしたようにホリーが言った。「まったく、あなたは知らないことがたくさんありすぎるのよね。そういうのからはもういい加減、卒業してもいいと思うわ」

事はそんなに簡単ではないのだ。ホリーはいつも物事をとても単純に考える。フランシーンは昨夜の一件についてはは何も言わなかったし、言うつもりもなかった。結局、レど、なあ、ホル？」

ホリーはうなずいた。「彼女は、テディがフランシーンを助け出したことを知らないのよ。フランシーンが自分で出かけたと思ってるに違いないわ。あるいは、あなたから電話をもらったわたしが出かけていって、あなたに鍵を投げてもらって、ドアを開けたと考えているのよ。でも、それならどうして電話してこないのかしら？」

「みんなにバレるのが怖いんじゃないか」とジェイムズ。

「二十世紀も終わりのこの時代に、継子を寝室に閉じこめるなんてひどすぎるし、どうかしてるよ、まったく」

「厳格主義みたいね」

「残酷だよ」

「狂ってる」

「確かに、彼女はちょっとおかしいわ」フランシーンは言った。「ずっとまえから、わたしはそう思っていたのよ。でも、心理療法士に彼女は狂っているなんて言えないでしょう？　お医者さんに彼女はハシカにかかっていると言えないように」

みんな笑った。フランシーンはだんだん気分がよくなってきた。電話を借りて父親のオフィスに電話してみたが、またしても担当者は席を外していると告げられただけだった。ホリーが、シャンペンがなくなったからパブに繰り出してもう少し乾杯して、セーフウェイで厚い生地のピザを買ってこようと言った。そこは以前はアイリッシュ・パブだったけど、近ごろはハンサムで荒々しいソマリア人たちがおおぜい集まっているのよ、とも言った。

「差別主義だな」ジェイムズが言った。

クリストファーは、「ホリーはね、彼らはハンサムだと言えば政《P》治的に正《C》しくなると思ってるんだ」と言った。

まったく違う世界だった。フランシーンは、自分はこういう世界を求めていたのだとしきりに思った。パブは煙たくガヤガヤしていて、人々は荒っぽかったが、それも気に入った。クリストファーとジェイムズは、ホリーが焼いたピザで昼食をすませると仕事に出かけた。ホリーの仕事は終わっていたので、彼女はスラウェシのバンガイ島で開かれるサンゴの保護に関する研究会に一週間、参加することにしていた。

「あなたも参加したらどう？　予約は締め切っていると思うけど調べてみるわよ。それとも、春に予定している地球《アース》監視《ウオッチ》に参加する？」

「できるかしら？」

「自由の身になったのよ——忘れたの？　春には、トリニダード島でオオガニの研究をするの。笑わないで。やりがいのあることよ」

「笑ったりなんかしないわよ、ホリー。さっきから考えてたんだけど、いまから家に帰ってジュリアと対決するわ」

ホリーが恐怖に怯えた顔をしたので、フランシーンは笑った。「明日、父が戻ってくるの。父を見捨てるのはしのびないけど、あの家にはもういられないわ。そんなこと考えられないの。テディにも六時までに戻ると約束してしまったし」

　ホリーはひどく神妙に言った。「フランス、二度とそんなことしちゃだめよ。たとえテディとでも、ほかの誰とでも」

「そんなことって？」

「必ず六時には帰るとか約束すること。それは縛られることよ。そんなことしちゃだめ。あなたの人生なのよ。このままじゃ自由はないわ。いま抜けださないでどうするの？」ホリーは老婆のようにつけくわえた。「なんでも若いうちよ」

「わかったわ。やってみるわ。変えてみるわ。だけど、まずは家へ帰ってジュリアに会って、話をしないと」

「いっしょに行こうか？」

「ううん、大丈夫よ。いっしょに来てほしいのはやまやまだけど、遠いし。あなたがいてくれたら心強いけど、ひとりで行かなければいけないの。自分自身でジュリアに向き合わなくては。そのほうがいいの。父もその場にいないほうがいいわ。わかってくれる？」

　テディはノッティングヒル・ゲイトでその店を見つけた。デザイナーズ・プリーズという名前の店で、一流品の古着のみ売買しますとあった。ロンドンのこのあたりはなじみがなく、まえに来たことがあるかどうか思い出せなかった。駐車場を求めて、彼は薄暗がりのなかをライトをつけて走りまわった。

付近のメーター付き駐車場はどれもふさがっていた。この時間、二本ないし一本の黄色いラインが引いてある場所に車を停めるのは危険だということは知っていた。やっとのことでケンジントン・チャーチ・ストリート裏の横丁のはずれに白い線で区切られた場所を見つけた。他はみんなだめだったが、ここにはエゼルを停めるのにじゅうぶんなスペースがあった。

そこで彼はもう一度、キャッシュ・ディスペンサーを試してみることにした。試してはみたが、またしてもうまくいかなかったので車に戻った。そして、スーツケースを持って、ケンジントン・チャーチ・ストリートを北に向かった。そこからデザイナーズ・プリーズまでは半マイルもあったが、そこに停めるしかなかったのだ。店では、ノエルとは似ても似つかない色の黒い、二重顎の太った女が客の相手をしていた。彼女がテディに声をかけたのは、十分も経ってからだった。それまでテディはそわそわと店内を歩きまわり、しきりと時計を見ていた。夜、フランシーンと過ごしたいなら、今日のうちにリップフックに行くのは無理だと思いはじめていた。

女はスーツケースのなかの服を見もしないで、クリーニングに出していないものは受けつけないと言った。テディは怒りを押さえて、少しはなかの服を見てほしい、クリーニングしたら買う気になるかどうか教えてほしいと言った。ラクロアやジバンシーのラベルを見ると、軽蔑していたような女の表情が変わった。持ちこんだ服は非常に高価なもののようだったが、テディは「どれもクリーニングしてもらわないといけないわ。わかっていただけた？」と言われた。

クリーニング屋は、通りの二、三軒先にあった。強い風が絶え間なく吹きつけ、一度など歩みを止めなくてはならないほどだった。スーツケースを開けて、ハリエットのスーツやドレスをカウンターに積みあげると、木曜には仕上がると言われた。エゼルのトランクにスーツケースを戻しているると、それまで見落としていた表示が目に入った。それによると、ここは居住者専用の駐車場だから許可されたものしか駐車できないとのことだった。

安心するのはまだ早かった。運転席に乗りこんでイグニッション・キーをまわしたが、エンジンがかからなかった。こんなことは初めてだ。何度も繰り返し、エンジンをふかしたが、聞こえてくるのはカチャンカチャンという単調な音だけだった。十分ほどしてから、テディはライトがつけっぱなしになっていたことに気づき、同時に、これが車が動かない原因であることを理解した。バッテリーだ。バッテリーがあがってしまったのだ。

こういうときはどうすればいいか、キースならわかるだろう。ナイジェも、クリストファーも知っているはずだが、テディにはわからなかった。あがってしまったバッテリーをつなぐときにキースが言っていた「ブースターコード」という言葉をおぼろげながら思い出したが、それがどういうものなのかまったくわからなかった。修理工場を見つけて直してもらうしかないだろう。

四時にもなっていないのに、あたりは暗かった。風は空を引き裂き、大粒の雨を運んでいたので、エゼルのフロントガラスには大きな水滴と小さな流れができていた。吹きつける風のなかを、人々は頭を低くし、コートのまえをしっかり合わせて歩いていた。裏返ってしまった黒い傘を振りかざしている女もいた。テディは車のなかで金を数えた。全財産だ。二十四ポンドと小銭がいくらか。車を直すのに二十ポンドかかると言われたら？　五ポンドかもしれないし、四十ポンドかもしれない。まるで見当がつかない。

こうなったら、ここにエゼルを置いて、家に帰って考えるしかない。明日、戻ってくればいいのだ。どうやって金を工面するかしばらく考えよう。ハリエットの銀器やグラスは売れないだろうか？　宝石はどうだろう？　彼女の宝石は盗まれたものではないから――自分が盗むまでは――宝石商の盗難リストには載っていないだろう。スーツケースは邪魔になるだけだから、トランクのなかに残していった。彼は風と戦いながら車の外に出て、やっとのことで歩道に立った。

風と格闘しながら歩いてセントジョンズ・ウッドにたどり着くには、けっこう時間がかかった。オルカディア・コテージの前庭は、赤、紫、黄緑、黄金に色づいたバージニアヅタの落ち葉にすっかり覆われていて、滑りやすくなっていた。テディはもう一度、そこを出て、裏にまわらなければならなかった。表の鍵は、フランシーンが持っているからだ。

36

フランシーンが戻ってくるまえに銀器や宝石を集めておいたほうが賢明だろう。いくらハリエットの持ち物を売ろうとしているわけを説明しても、彼女は信じないだろうから。先々のことはめったに考えなかったが、いま、こうして考えてみると、テディのまえには謎だらけの空しい未来しかなかった。本当なら、彼の未来は金と、仕事と、そしてとくにフランシーンのことで満たされなければならないのに。

テディには、他人の気持ちを推測することがますます困難になった。他人の行動目標や願望や恐怖については、これまで考えたことも心配したこともなかった。だが、いまはフランシーンのことを、彼女が何を望んでいるのかを、理解しようと苦悩していた。もちろん、金はほしがるだろう。両親そろった家庭に育ち、いい学校に通った彼女のような女性は、つねに金を必要とするものだ。フランシーンを養いたくないと思ったことなど一瞬たりともないが、彼女は現に、あの指輪やドレスやレストランが気に入っている。車で出かけるのも、ワインを飲むのも好きだ。彼女を養いたいなら、必死に金を工面し、手に入れなければならない。

テディは階上に行って寝室に入った。ハリエットの宝石は見慣れていた。たびたび、パールや輝く宝石のついたネックレスをフランシーンの首に、ブレスレットを腕に塡めてやったからだ。彼はそれらをひとつかみずつ、ジャケットのポケットに入れた。小さな銀の皿、銀のヘアブラシ、銀の髪どめも売れそうだ。ネックレスはある宝石店に、ブレスレットはべつの店に、ヘアブラシはまたべつの店に持っていこう。時間がかかっても、全部、売れば千ポンドぐらい手に入るだろう。

フランシーンは洋服や車もほしがるだろう。ああしたレストランにもっと行きたがり、本も読みたがるはずだ。彼女は本に執着しているようだから。ニーズデンの家を誰かに貸せないだろうか？　家賃を払ってまであんな家に住みたがる人間がいるとは思えないが、メグジーとナイジェはあそこが好きで隣りを買ったのだ。それとも、ここオルカディア・コテージを貸したらどうだろう？　素敵な考えだ。

地下鉄でゆっくりと家にむかうあいだに、フランシーンは予約なしに家に帰るのは今回が初めてだと思った。七時とか九時とか十時とか、あらかじめ時間を決めずに、ジュリアのいるところに行くのは生まれて初めてだ。

これまでの経験から、ジュリアがどうやって自分を迎えるかはわかっていた。早く着こうがぴったりに着こうが、それはおなじだった。涙、怒り、幸せそうな笑顔、叱責、満足げな承認、必ずこのどれかで迎えられた。ただ黙ってうなずくとか、「お帰りなさい」と言って迎えたことはなかった。思えば、なんと煩わしい人生だったことか。自分はどれほど、気楽で飾らない肩の力を抜いた仲間を、物事を簡単に考える人間を、求めていたことか。でも、もう終わったのだ。日曜にすべて終わったのだから、ジュリアがどういう態度に出ようと、もう恐くない。

駅の外に出ると、雨はまえよりも強く、風は横殴りになっていた。しかも、あたりが暗くなっていたので、ホリーのところを出るのが遅すぎたと思った。すでに四時をまわっているので、六時までにオルカディア・コテージに戻るのは難しいと思われたが、そう思ったとたんに、ホリーの言葉が思い出された。「フランス、二度とそんなことしちゃだめよ。たとえ、テディとでも、他の誰とでも」彼には家から電話して、遅れると言えばいいだろう。

タクシーはすべて出払っていた。雨の日はいつもそうだ。十五分しかかからないのだから、歩けばいいのだ。濡れても、替えの服はたくさんある。

歩くことは――たとえ突風と土砂降りのなかを歩くことでも――考えをすっきりさせるにはいい活動だ。夜、寝るまえに考えごとをするより、論理的かつ合理的にものの道理がわかる。テディのことを考えると、残念だけれど彼とはうまくいかないだろうという気がした。彼はわたしに相応しくないし、その可能性もない。共通するものは何もないし、それぞれが人生をまったくべつの見方で見ている。おそらく、彼とつきあうことはできないだろうし、密かに会うこともできないだろう。たとえ、ジュリアの監視が厳しくなくても、父親があれほど道徳的な人間でなくても。

だからといって、二度とあそこに戻らないという意味ではない。もちろん、戻るつもりだ。今夜、戻ると請け合ったのだから。何日か留まってでも、彼に説明して、お互いに合わないということをわかってもらうつもりだ。あのときは、どのときも、ひどく失望して、どこか当然の権利を奪われたような気がしたが、いまは彼と最後までいかなくてよかったと思っている。もちろん、セックスをするという意味で。最後までいっていたら、もっと彼にのめりこんでいただろう。

あんなふうにドレスを着せられ、ポーズをとらされ、見つめられるのもいやだった。テディはまるで――言葉を探すと、聞き慣れない言葉が見つかった――窃視症のようだった。ストリップ・ショーを裏返しにしたようなものだ。

ショーのあいだ、わたしはずっと不快な思いでうんざりしていたのだ。みんなはどうしてモデルになることに耐えられるのか、想像がつかない。でも、何よりもいやだったのは、昨夜の彼の振る舞いだ。このことはホリーには話さなかったし、誰にも話せないだろうが、彼がゆうべ、セックスしたがったのは、ほとんどできそうになったのは、母親が殺されたときのことを話して聞かせたからだ。あのときはわからなかったが、いまではっきりそうだとわかっている。あの話が引き金になって彼が興奮したことには、どうにも我慢がならない。もう終わりだ。最終的に終わったということだ。

テディの指輪が濡れて指を滑った。フランシーンは指輪を顔のすぐまえにもってきて、青い石とダイヤモンドを見つめた。これは彼に返すべきだ。たとえエンゲージリングでなくても、指輪は男に返すものだとものの本に書いてあった。

嬉しい再会になった。二人はヒースローからの帰りに、ペット預かり所からデヴァレラを引きとった。アイリッシュ・セッターはいつものように喜んで飛びついてきて、アンシアもフランクリンもおなじくらい好きだというように二人を舐めまわし、嬉しそうにクンクン鳴いた。

「運がよければ」アンシアが言った。「形ばかりの検疫がなくなって、このつぎはわたしたちといっしょに連れていけるわ」と、アンシアが言った。

早くも二人はしっかり「わたしたち」になって、未来の共同生活を描いていた。問題があるとすれば、それはウェストミンスターで居住者駐車許可を受けていないフランクリンがBMWを地下の駐車場に停めなければならないことぐらいだ。二人は電話でタイ料理を注文した。またデヴァレラを残して出かけるのがいやだったのだ。

「ハリエットに電話をするつもり?」アンシアが訊いた。

「そう思っていたんだが、かけなければならない理由が見つからない。いつも、かけたことがないんだ。彼女は明日、わたしが帰ってくると思っているし、わたしも明日、帰るつもりでいる——ただし、三十分だけ」

「三十分以上にならないようにね」アンシアは昔の独占欲を見せはじめた。

フランクリンにはむしろ、それが好ましかった。独占欲など三十年近く見たことがなかったし、若いころの甘い思い出がよみがえったからだ。「そんなにはかからないよ、何があったか話して、ハリエットに最後通牒を突きつけるだけだから。それがすんだら、スーツケースに服を詰めて出ていく」

「弱気にならないでね」

「弱気になったことなどないよ。わかっているだろう？」フランクリンは、いつもの髑髏のような笑みを浮かべて言った。

確かにそうだった。彼は昔から、どれほど金がかかろうが面倒なことになろうが、自分のやりたいようにやってきた。ハリエットがほしくてアンシアと離婚したときは、アンシアが再婚するまで、五年の歳月と約五十万ポンドの代償を支払ったのだ。そして、彼はいま、アンシアといっしょになりたくてハリエットと離婚しようとしている。また五年くらい時間がかかり、金もあのときの三倍か四倍取られるだろう。それでも、彼は決行するのだ。

アンシアは、自分は彼を愛しているに違いないと思った。彼女の年齢になったら、その意味するところを明確に理解することは難しいが、確かにフランクリンには彼女が愛してやまないものがあった。肘掛け椅子に座るときにクッションを全部床に投げることや、就寝前にサイドテーブルのうえにシワのよったハンカチや鍵や財布といったポケットの中味をあけ、小さなガラスのパウダーボウルに小銭を入れることなど、アンシアはいつも、こうしたことをいじらしいと思っていたのだ。何年もたってからハーフムーン・ストリートでいっしょに過ごす最初の夜に、彼がこの愛すべき行動をひととおり遂行しているのを見ると、涙が浮かんできた。

「涙なんか流してどうしたというんだ？」フランクリンはそう言って振りむき、髑髏のような笑みを浮かべたが、アンシアは一瞬、そこには死に神ではなく時の翁が立っているような気がした。彼はじきに、彼女のところにやってきた。

門のところで真っ先に気づいたのは、郵便受けに新聞がささったままになっていることだった。ジュリアは出かけているのだろうか？　フランシーンは後ろ手に門を閉めた。すでに暗くなっていたが、明かりはひとつもついていなかった。玄関にむかって歩きながら、フランシーンはこれまでの経験からジュリアがドアの後ろで待っているかもしれないと警戒した。鍵を差しこむほんの一瞬まえに、ジュリアはドアを開けるのだろう。

しかし、ドアは開かなかった。ジュリアはそこにいないと確信して、フランシーンは鍵を開けて家のなかに入った。玄関は暗く、家全体が暗く沈んでいるようだった。空気はむっとして重苦しく、何日も入れ替えていないかのようだ。明らかに、家には誰もいなかった。玄関と踊り場の照明をつけて二階の自分の部屋へ行き、濡れた服を脱いで浴槽の縁にかけた。二、三日で戻ってくるので、スーツケースに荷造りする必要はなかった。戻ってくるのはいやだが、他にどこに行くところがあるだろう？

ホリーがトリニダード島やサンゴ礁の研究会に連れていってくれるとしたら、お父さんは行かせてくれるだろうか？　きっと許してくれるだろう。お父さんはジュリアのやったことに激怒して、わたしのやることをかなり大目に見てくれるだろう。タオルで髪を乾かし、新しいジーンズとTシャツとセーターを着て、ブーツを履いた。テディはこういう格好が嫌いだが、彼の好みや考えを気にすることも、もうすぐ過去の習慣になるのだ。フランシーンは携帯電話をバッグに入れて階下に降りた。

居間のドアが閉まっているのは珍しいことだった。最初に玄関に入ったときに気がついたが、心にとめていなかったのだ。彼女は、ためらいがちにドアを開けた。なかは仄暗かったが、通り過ぎていく車の灰色のヘッドライドが突然、閃光のように壁から天井を横切っていった。ソファの端のカーペットのうえに靴が一足ころがっていた。

そういえば、昨夜、テディと格闘しているときに靴を部屋の向こうに飛ばして陶器の小像を壊したけれど、これはジュリアの靴だ、高めのヒールがついたスエードのパンプスだ。青い色をしているはずだけれど、薄暗いなかではよくわからない。どうして、居間の真ん中にジュリアの靴が転がっているのだろう？

ソファは、入り口に背を向けていた。フランシーンは部屋の明かりをつけずに入っていったが、ソファの向こうにまわる直前に、明かりをつけるのを思いとどまらせたのは何かを見てしまうかもしれないという恐怖だったことに気づいた。それが何であれ、彼女は見たくなかったのだ。

だが、どうしようもなかった。ジュリアの顔は骨のように白く、真珠のように白く、暗がりに浮かびあがっていた。その目はフランシーンに、死者の非難するような眼差を恐怖に震えて見ている少女に、ひたと向けられていた。片方の手は不自然な角度にだらりと垂れ、硬直しているように見えたが、フランシーンがそっとかがんで触れてみると、その手は糸のように頼りなかった。肌は氷のように冷たく、顔は蠟人形のようにのっぺりとしていて生気がなく作り物のようだった。フランシーンは床に座りこんで、涙を流さずに泣きじゃくった。

リチャードは六時ちょっと過ぎに家に帰ってきて、フランシーンを見つけた。居間の明かりをつけると、ソファのうえで死んでいる妻と、そのかたわらで床に座りこんでいる娘が目に飛びこんだ。今度は血はなく、フランシーンはあれから十二、歳をとっていたが、リチャードには違いはそれしかないように思われた。

フランシーンには、意識はあった。リチャードが手を貸して立ちあがらせると、彼女は進んで彼の腕のなかに飛びこんできたが、何も言うことができなかった。言葉を失い、ふたたび話すことができなくなっていたのだ。

37

敷石をふたつに割るのは思ったより簡単だった。その敷石を金網のベースに埋めこんだが、すぐにこれではまずいと思った。これではセメントが金網を通りぬけてしまい、重さに耐えられないだろう。穴を埋める適切な方法は、底から埋めていくか適当な蓋をすることだ。それにはどうすればいいか考えた。蓋はそこにあるが、蓋なしでなんとかするのがミソだ。底からうえに埋めていくという考えには一理あるが、では何で埋めればいい？ 石、理想をいえば荒石だが、それにはかなり難がある。運んでもらえるのは確かだが金がかかる。そんな金などどこにもない。

テディは、ワイヤーカッターを取ってきて金網を切り取った。こうするとマンホールの蓋がぴったり合わなくなるから、単にもとの状態に戻すだけで我慢しなくてはならない。だが、まだなんとかなる。頭をひねって代わりのものを考え出さなくては。ファイバーグラスで縁取りして花壇をつくったらどうだろう？ 実際、これは最初から温めていたアイディアだ。

雨はやんでいたが、水溜まりができていた。裏の路地ではプラタナスの木が突風に煽られて散りいそいでいたが、中庭ではローズピンク、真紅、紫、ほとんど漆黒、黄色、黄金色といったバージニアヅタの落ち葉が小道に厚く積もり、水溜まりに浮かび、石に張りついていた。こんなにたくさんの葉が落ちているのに、壁には依然として多彩な葉が密集しているように見えるのは奇妙なものだった。朝には掃除をしようと思った。門を開けて路地をのぞいたとたんに、ミルドレッドではない犬を連れた女が濡れた落ち葉に足を滑らせ、後ろにひっくり返るのが見えた。

六時になろうとしていた。きっかり六時、とフランシーンは言っていた。テディは家のなかに戻ったが、それほど空腹ではなかった。冷凍庫には肉が、冷蔵庫には卵があり、缶詰もたくさんあった。開けていないワインもまだあった。

フランシーンは友達と一日、出かけたあとなら、機嫌もよく素直になって、食事でもすれば、ぼくが用意したドレスを着てポーズをとってくれるだろう。クッションは、家のなかにいくらでもあった。テディはシルク、ベルベット、シンプルなもの、キルト、パッチワーク、ブロケードのクッションを集めて、居間の床に積みあげた。だが、必ず絵の一部にしようと心に決めていた黒い羽根飾りはどこにもなかった。何か代わりのものがあるに違いない。彼は二階に行って、ショール、スカーフ、手袋、ストールといったハリエットの持ち物を捜しまわり、引き出しの奥に血のように赤い羽根のボアを見つけた。

それを見て、テディは身震いした。まるで死んだ鳥か羽根のある蛇のようだ。甘ったるい香水の香りもきつく、時間がたつにつれて耐え難くなった。フランシーンの白い手がこれを持ち、その羽根が彼女の青ざめた頬をかするところを想像した。腕や、裸足の足にブレスレットをつけ、グリーンのベルベットのドレスの裾を腿までたくしあげ、ナイフのように鋭いヒールのダークグリーンの靴を履いているフランシーン。空想に焦がれて身体が熱くなり、考えただけで勃起して硬くなった。目を閉じて息をついて、一時的に自分を抑え、部屋を物色しはじめた。今度はグリーンの靴だ。似合う靴ならなんでもいい。こういう格好やポーズは、とりわけ赤い蛇のようなボアは、フランシーシをその気にさせるだろう。

ジュリアのことが心をよぎった。殺してしまってからは、彼女のことはほとんど考えなかった。彼自身がいとも簡単に、抵抗されることなく、彼女を殺したことさえ考えなかった。母親を殺されたというフランシーンの話を忘れていたように、ジュリアのことはほとんど忘れていた。それがいま、よみがえってきたのだが、テディは信じられないこととして頭から追い払ってしまった。彼女は彼女なりに、自分を印象づけようと懸命だった。しかも、それはほぼうまくいっていたといえる。

寝室の電話のプラグは抜いてあったが、階下の電話が鳴っているのが聞こえた。自分では絶対に出なかったし、フランシーンにも出てほしくなかった。呼び出し音が六回、鳴ってから留守電が作動した。テディはひとり微笑んだ。フランシーンが遅れるのはいつものことだし、時間を守るということは彼女にとっては意味のないことだから、あまりに気にしないほうがいい。フランシーンはきっと来る。約束したのだから。

　ダークグリーンのスエードのハイヒールを実際に見つけるのは、至難の業に近かった。この靴はフランシーンの足には小さすぎるが、歩きまわるわけではないから、ほとんど問題はないだろう。今夜は記念すべき夜になる。テディにはそれがわかっていたし、そう確信していた。彼女にもう一度、母親が殺された話をしてくれと頼もう、彼女がクッションのうえに横たわって赤いボアを巻きつけているときに。あの話が本当だろうが嘘だろうがかまわない。ただ、しかるべき場所と時間にそれを聞かなくてはならないのだ。

　長いこと、彼女は現われなかった。七時になり、八時になり、八時半になっても。テディは床のクッションのうえに横になって、どうすれば時間を守らない彼女の悪癖を治して自分のように変えることができるか考えていた。しかし、こんなに長く戻ってこないということは逃げ出したに違いない。九時になるとテディはやけになり、怒りだした。ホリーに電話をかけられないのは、彼女の番号を知らないからだ。戻ってきたら、ホリーのことも忘れさせてやろう。ホリーを抹殺して、フランシーンと自分を彼女から解き放とう、ジュリアから解き放したように。

　いまは怒りでいっぱいだった。彼女が戻ってきたら殴ってやろう。跡が残らないように。まわりの人にはわからないが、自分たちにはわかるように。そうすれば彼女も思い知るだろう。テディは舌で唇を舐め、むっつりと座りこんで、簡単なことなのに、本当に単純なことなのにと考えていた。愚かで考えなしの少女が自分の言うとおりにしさえすれば、自分は満足し、成功し、堪能するだろう。だから、文句は言わせない。他の女もおなじだ、とテディは確信していた。

　あの電話は、フランシーンだったかもしれない。テディはハリエットの伝言メッセージを再生した。こんなことをしたのは初めてだった。たくさん入っていた。男が二人、名前は残していないが明らかにハリエットに近しい人間だ。何人かの女から何件か。それと、サイモン・アルフェトンから一件。これにはテディも驚いた、ほとんど信じられなかった。彼は機械を止めるスイッチを見つけて、機械を止めた。もし、フランシーンがいま、電話してきたら――。

他のことを考えようとした。ノッティングヒルに乗り捨ててきたエゼルのことや、いずれクリーニング屋に取りにいかなければならないハリエットの服のことや、つべこべ言わずにネックレスやブレスレットや指輪を買い取ってくれる都合のいい宝石店のことを。九時半になると、テディはパンとチーズを食べてミルクを飲んだ。気分が悪かった。このころにはもう、フランシーンが来ないことがわかっていた。

こうなったのは、彼女に彼女が求めるものを与えられなかったからだ。しかし、彼女の求めるものなどたいしたことではない。誰かといっしょにいるとか、その人を支え、尊敬し、バックアップするのとは違う。これらは考慮すべきことだが、結局、女はセックスをしたがるものだ。いつもそうだ。大学で女たちが自分にむける視線や、自分に話しかける様子を見れば、いやでもわかる。彼女たちにとっては簡単なことだ。そこに横になって待っていればいいのだから。それが男にどれほど緊張を強いるか、プレッシャーとなるか、彼女たちは理解していない。覚悟を決め、集中し、持続しつづけることがいかに脆いことか、女たちはわかっていない。確かに自分が心に描いていたことはことごとくうまくいかなかったが、フランシーンはそれを理解しなかった。彼女が理解したのは、彼女自身の望みが達成されなかったことだけだ。だから、戻ってこないのだ。

フランシーンの約束には何の意味もなかったのだ。約束をしたときは何らかの意味があったのだろうが、それを友達に話したら笑われ、テディのことなど気にするな、と言われたのだ。彼女はいまも、彼らのところにいるのだろう。まだエゼルがあったら、キルバーンに行って力ずくでも彼女を連れてくるのに。自分の家にいるとは思えない、彼らと出かけているのだ。とりわけジェイムズといっしょに。

きっとそうだ。

フランシーンは玄関の鍵を持っている。持ったまま戻ってこないのは泥棒だ。テディは家の正面にまわって、探せば彼女が戻ってくるとでもいうように、窓から外を見た。周囲を閉ざされた前庭の向こうには何も見えなかった。敷石は一面、木の葉に覆われて、黄色い光のもとで暗く光っていた。風はすでにやみ、あたりはしんとしていた。平鉢や細長い桶は、波のない木の葉の海に浮かぶ島のように見えたが、そこにも木の葉が積もっていた。

いま彼女が帰ってきたとしても、門の掛け金を外す手が見えないうちは帰ってきたこともわからないだろう。そうこうしているうちに外の空気が吸いたくなったので、テディは家の裏手にまわって中庭に出た。中庭は暗く、明かりといえばキッチンからもれている明かりか、フランス窓の内側のテーブルランプの明かりだけだった。そこには、落ち葉の海のかわりに、半ば腐りかけた落ち葉が何層にも重なっていた。水がたまるまえから、そこが落ち葉の吹きだまりになっていたことは明らかだった。ここが本当に自分の家で、ずっと住むなら、あのツタは切ってしまおう。アルフェトンが彼のもっとも有名な絵のなかであれを描いていたとしても、かまうことはない。このうえなく迷惑な話だから。秋がくるたびに、こんな面倒なことに悩まされなければならないいわれはないのだから。

テディは門の差し錠を外して、路地に出た。そこではまさに、ミルドレッドとひとりの男が車から降りようとしていた。もし塀越しに彼らが見えていたら、門から出なかっただろうし、門の節穴からのぞいてチェックしたときは何も見えなかったのだ。しかも、一瞬、遅かった。男はこんばんはと言い、ミルドレッドはハーイと言った。

「あの目の覚めるような車はどうしたの？」と、ミルドレッドが訊いた。

彼は一瞬、昼に何があったかミルドレッドは知っているに違いない、彼女は自分をつけまわして見張っていたに違いない、魔女のように心が読めるに違いないと思った。しかし、もちろん、そういうことでない。彼らは単にエゼルが外に置いてあるのを見慣れているだけで、いましがた車の後ろから飛び出してきた彼らの犬と同様、ぼくとあの車はつねに行動をともにしていると思いこんでいるだけだ。

「修理に出してる」キースの言い方を真似た。

「ハリエットは元気？」

彼女のわけ知り顔は気に入らなかったが、テディはうなずいた。

「わたしに言わせれば、この落ち葉は古紙や空き缶とおなじ大量のゴミだわ。ポーラはこのうえで滑って骨を折ったのよ。ハリエットが知らなかったら教えてあげて。ポーラは十一号室だと。わたしの父は、お隣りがツタを切らなかったから、毒で枯らしてしまったよ。落ち葉が我慢できなくて」

「枯らした？」

「そのツタはたまたま、フェンスのすぐ近くにあったの。だから、父は夜更けにドリルで幹に穴を開けて、殺鼠剤を注いだというわけ。ホントの話よ。からかってるんじゃないわ」

「さあ、行こう、ミルドレッド」男が言った。「ハリエットのお友達に犯罪者だと思われるよ。ねえ、ミスタ……」

「ヒル。キース・ヒルです」

男はなだめるように言った。「朝、掃除してくれますよ。市がやってくれるんです。その点はけっこう助かります」

木が毒殺されたという話は信じられなかった。女はいつも、こんなばかげた話をする。どれもけっして信じない。フランシーンの母親が殺されたという話といっしょだ。しかし、彼は訊かずにはいられなかった。「で、死んだんですか？　つまり、その木は？」

「完全に枯れてしまったわ。それも、父の庭のほうに倒れて。それを処分するのに、かなりお金がかかったわ。おやすみなさい。ハリエットによろしくね」

夜は晴れて寒く、空は紫色がかっていた。テディはこれといった理由もなく、裏の路地を眺めまわした。フランシーンはここからはやってこないだろう。虚しい期待を抱く時間が続き、しまいには惨めで怒りに満ちた夜になるのだ。寝ることなどできない。派手に暴力をふるいたい気分だ。いますぐキルバーンへ行ってフランシーンを連れ戻してこよう、と思った。

前回は自分が彼女を助け出して、ここに連れてきたのだ。いまは、ホリーとクリストファーとジェイムズが無理やり彼女を監禁している。今度は、あの連中を襲撃し、ドアをぶち壊して押し入ってやろう。すぐにでも出発するつもりだ。もちろん車はないが、そんなことはどうでもいい。タクシーもバスも電車もあるし、それほど遠くない。

今度、彼女を取り返したら、もう二度と外へ出さない。けっしてひとりで外出させせない。他のやつらが彼女を監禁したのだから、自分だって閉じこめてやろう。自分にだけ、その権利があるのだから。フランシーンは自分のものなのだから、自分が思ったとおりのことをさせる。

テディの薄いジャケットでは、夜の寒さがこたえた。両ポケットにハリエットの宝石の重さを感じて慰められた。これは大金になりそうだ。そうなれば安心して生活することができ、強くなれるし、守られる。セーターが必要だ。男のワードローブからもっと厚手のコートを持ってこよう。

テディは門を閉め差し錠をかけ、中庭を横切った。そのとき、家のなかから、けたたましい音で電話が鳴りだすのが聞こえた。この時間なら、フランシーンに違いない。そうでなくてはならない。ほかには誰も、夜の十時半に電話をかけたりしない。テディはドアに向かって走り出した。だが、たどり着けなかった。なかば腐りかけた分厚い落ち葉は、氷よりも滑りやすくなっていた。滑った瞬間、テディは足をとられて自分の位置を見失い、何かにつかまろうとして手を伸ばしたがそれも虚しく、まえにのめって穴に落ちたのだ。

一気に落下したわけではなかった。落ちた瞬間、彼は穴の縁につかまってなんとかぶらさがったのだが、半ば溶けた落ち葉で指が滑り、カットしたばかりの金網の鋭い切り口で手のひらが傷つき、その痛みでさらに八フィートしたの石炭置き場の床に落ちていったのだ。じめじめしたペースト状の石炭粉のうえに。

テディは目を閉じてゆっくりと深い息をついた。最大の不都合は、腐敗臭を吸いこんでしまうことだ。臭いは木の扉とハッチからもれてくる。それでも、我慢しなくてはならない。無視して気づかないようにしなくては。たとえわかっていても、ひとつも気にしないようにしなければならない。時計を五分前に戻して、あのとき走らなければ、あのとき滑らなければ、あの滑る落ち葉が悪いのだ、と思ってみてもどうにもならない。時間を戻すことはできないのだから。起きてしまったことは受け入れるしかない。差し迫っての危険はないが、これは紛れもない現実だ。

ミルドレッドとあの男と話してから十分以上、経っていないはずだ。叫べば、彼らか誰かに聞こえるかもしれない。駆けつけて、ここから出してくれるだろう。数人の手が穴のなかに差し伸べられ、ぼくを穴から引きあげてくれるだろう。門柱に結んだロープか梯子を降ろしてくれるかもしれない。

しかし、近くに来れば誰でもこの臭いに気づくだろう。中庭に入ってきただけでは気がつかないかもしれないが、ぼくを穴から助け出そうと身を乗りだせばわかってしまう。あるいは、排水については何も言わずに、何とかしようと誰かを連れてくるかもしれない。

開いているマンホールをしたから見あげると四角い窓のようだった。その窓の先には、赤みがった紫色の空が広がっていた。できるだけ背伸びをして指先を伸ばしたが、出口まではゆうに六インチあった。

後悔しても馬鹿ばかしいだけで無駄だとわかっていたが、石炭置き場のなかに椅子を残していかなかった自分を呪わずにはいられなかった。あのうえに乗ればいとも簡単に穴から這い出せたものを。だが、おなじ立場なら、誰であろうと椅子など残さないだけに、その考えはよけいに虚しかった。奇妙なことに、また電話の音が聞こえた。おそらく、家のなかか、どこか中庭の向こうから聞こえてくるのだろう。ずっと電話にでなかったら、フランシーンは来るだろうか？　こうあってほしいと思うシナリオが目のまえに浮かんできた。彼女は玄関から家のなかに入り、自分の名を呼び、そして探す。中庭に出て、さらに路地に出て、エゼルがあるかどうか確かめる……。

ロンドンの真ん中で八フィートの穴に落ちたくらいで死

ぬものはいない。しかし、テディは路地から戻ったときに門の差し錠を内側からおろしたことを思い出した。おそらく、そんなことはたいしたことではない、重要な問題でもない。だが、門の差し錠をおろしていなかったら、事はもっと簡単なのにとつい考えてしまった。

地下室に通じる扉のまえに膝をついて、内側からハッチを押しあげようとした。驚いたことに意外に簡単だった。地下室からやってくる臭気はあまりにひどく、テディは思わずひるんで尻餅をついた。この臭いに慣れるだろうか？　時間がたてば慣れてくるだろうか？　死体はどんな臭いがするのだろうと繰り返し思ったことを思い出した。それがいま、わかったのだ。耳栓をしたり、目を覆うことはできるが、息を吸いたいなら鼻をふさいでしまうことはできない。ひどい臭いで死ぬことはない。だから、自分はこれに耐えなければならないのだ。

ハッチの枠を擦《なぞ》っていくと、差し錠に手が届いた。ドアがさっと開くと、テディは自ら封印した部屋へ足を踏み入れた。すると、エジプトのファラオの墓と何千年ものあいだ人の目にふれなかった地下の部屋について考えたことが否応なく思い出された。しかし、ぼくのこの目は見ているというよりむしろ感じているだけだ、と思ってぞっとした。というのも、彼のまわりには、開いたマンホールの口から射しこむ微かな明かりからも隔絶された漆黒の闇が広がっていたからだ。

床に身体が触れるのが恐ろしかったので、テディは壁伝いに階段に向かった。途中、床のうえの何かにつまずいた。ハリエットが持っていた先にフックのついた棒だった。階段は、四つん這いになってあがった。新しい煉瓦壁のまえのスペースはとても狭く、一フィートほどしかなく、奥行きも似たようなものだった。ざらっとした煉瓦の感触を指に感じながら、背筋を伸ばすと身体が壁に押しつけられた。

テディはいま、自分がすべての物事を完璧に行なう徹底的な完全主義者であることを生まれて初めて後悔していた。もし、いい加減にセメントを塗って煉瓦に隙間を残していたら、漆喰を薄く塗っていたら……。それでも、彼はおなじことをしようとした。暗闇のなかで壁を押し、足で蹴り、拳や棒で叩いた。しかし、その壁は最初から家の一部として建てられたかのように頑丈だった。びくともしなかった。壁の向こうにかかっているアルフェトンの絵も微動だにしていないのでは、と思った。

パニックに陥るにつれて、最初に考えて想像していたより事態は悪くなるかもしれないというきわめて現実的な恐怖にかられ、テディは壁を拳で叩きながら、右足の底で蹴飛ばした。そうするしかなかったのだが、そのために彼は足をとられ、後ろ向きに階段を転げ落ちていった。

そして、ハリエットとおなじように地下室の床に叩きつけられ、彼女とおなじように意識を失った。

38

警察はフランシーンの過去を知ると、しつこく訊問しようとはしなかった。その朝、彼女は自分が日曜以降どこにいたのか、何をしていたのか、いつ家に帰ってきたのか、彼女自身の意思で書きとめた。友達といっしょにいたと書いて、ホリーのアドレスをくわえた。どうして、テディを巻きこめるだろう? とりわけ、オルカディア・コテージのことで面倒なことになっているかもしれないのに。フランシーンが日曜に家を抜けだしたときには、ジュリアは確かに眠っていたが、細かいことには触れなかった。継母に部屋に閉じこめられたことは警察に知られたくなかった。そのことを話すと、死者を冒瀆するような気がしたのだ。

フランシーンは、以前に初めて声を失ったときのことを思い出そうとした。しかし、いまとおなじだったことしか思い出せなかった。言葉はすぐそこにあって、自分はしゃべりたいのに、声が出ないのだ。もどかしくていらいらした。そして、男性としての機能がはたせなかったテディのことを思った。彼のことは、警察には何も話さないでおこう。彼は何もしていないのだから。いっしょにいて、彼女を愛そうとしただけなのだから。

リチャードは少なからず、警察の役に立った。少なくとも、はじめはそう見えた。「ジョナサン・ニコルソンという男が娘にしつこくつきまとっていたんです」

警察は当然、リチャードとジュリアがそのことを届け出なかったわけを訊ねたが、リチャードはそのつもりだった、帰宅したら届けるつもりだったと言うしかなかった。警察は"もう遅すぎる"と言いたげな顔をした。リチャードの心のなかでは、あらたな罪悪感が古い罪悪感に取ってかわりつつあった。もし、自分がジョナサン・ニコルソンのことを早く警察に話していれば、ドイツから電話さえしていれば、ジュリアはいまも生きていただろうか？　愛しい娘は言葉を失わなくてすんだのだろうか？

フランシーンは黙ったままだった。不思議と落ちついてはいたが、ときおり、その目から涙があふれ、頬を流れていった。そんな娘を見て、リチャードは前回のことを、ジェニファーが死んだあとのことを思い出した。フランシーンはもう、父親に本を読んでもらうような歳ではないし、子猫を買ってやっても解決にはならない。そう思って、リチャードは彼女に本を買ってやることにした。フランシーンがリストをつくると、リチャードはリストにある本を一冊残らず買ってきた。

警察はジョナサン・ニコルソンに興味を示し、彼を探しはじめた。リチャードによると、彼は黒髪の若者で赤いスポーツカーに乗っており、フルハムに住んでいるという。彼を見つけるのにさほど時間はかからなかった。

意識が戻ったとき、テディは一瞬、自分がどこにいるのかわからなかった。だが、目が覚めて視覚が戻り、あの臭いがよみがえってくると、心の底から恐ろしくなり、震えが止まらなくなった。こんなにも恐怖を感じたのは生まれて初めてだった。泣きわめいて、ざらざらした石の壁を両手で叩きたくなった。

だが、そうするかわりに、彼はその衝動がおさまるまで両手で口を覆った。ゆっくりと膝をついて立ちあがろうとすると、頭がずきずき痛んだ。無理に立ちあがろうとしても意味がないように思えたので、厚いビニールの包みに背を向け、壁をまえにして座りこんだ。脈などあるはずのない頭のなかで、何かが脈打っているようだった。

地下室のなかが少し明るくなったわけがわかった。時間はほとんど経っていなかったが、経っても数分のことだが、マンホールの口にあたる赤く照らされた四角い窓のうえには、ぼんやりとした黄色い月が浮かんでいたのだ。その光は蜘蛛の巣のはった穴の内部を照らしだしていた――かすかに光るビニールと、それよりもおぞましいものを。テディが壁に顔を向けて座ったのは、そうしたものを見ないようにするためだった。頭がずきずきしなくなったら、月の光が射さなくなったら、そのときは外へ出られるようなんとかしよう、と彼は思った。

地下八フィートのその場所は、とても寒くなってきた。手は氷のように冷たく、薄いジャケットのしたで腕に鳥肌がたった。月の光で腕時計を見ることができた。まだ十一時過ぎだ。まだフランシーンが来る可能性はある。タクシーの音が聞こえないだろうか？ 心のなかでディーゼル・エンジンの振動を再現したが、待ち焦がれているその音は聞こえてこなかった。目を閉じて考えようとした。

最悪に最悪が重なり、とんでもないことが起こって、ここに一晩じゅういるようなことになっても、朝になればウェストミンスター地区の清掃業者が落ち葉を掃除するためにここにやってくるだろう。ミルドレッドの友達か誰かがそう言っていた。もちろん、ここまでは来ないだろうが、彼らが来たら叫んで助けを呼べば、何も訊かずにここから助け出してもらえるだろうか？ ロープを投げたり、梯子をおろしてくれるだろうか？ こういう人たちはつねにトラックにロープや梯子を積んでいるはずだが、あの門は内側から差し錠で閉ざされている。

もうひとつのアイディアは、あまりにおぞましく考えるのもいやだった。ふたつの死体を穴のなかに引きずってきて、それを重ね、うえに乗れば入り口に手が届くだろう。たぶん、ちょうどそれくらいの高さになる。テディは怖じ気づいた。そんなことはできない。彼らに触るなんていやだ。しかし、じっくり考えなくてはならなかった。あらゆる可能性を。無理やりハリエットのハイヒールを履いて、さらにキースの靴を履けば四インチくらい背が高くなるだろう。それで死体のうえに立てば、もっと簡単に穴の縁につかまることができる。敷石のうえや穴の縁に張りついている落ち葉をこすり取ることができるかもしれない。

始めるまえに、テディはしばらく間をおいた。激しい悪寒を抑えるには、間をおくしかなかったのだ。月が隠れて薄暗がりが戻ってきたので、やりやすくなった。彼は目をつぶってハリエットの足に手を伸ばした。硬いと思っていたが、彼女の足は柔らかく弛緩していた。彼女の履いている靴のヒールは思いのほか高く、それだけで四インチはありそうだった。靴を手に取ったとき、考えてもいなかった何やら小さな興奮のうねりのようなものを感じた。この靴が自分を救ってくれる。この靴があれば、誰の助けも借りずに外に出られる。

だが、そうはいかなかった。つま先の尖った靴に自分の足を無理やり押しこんで、なんとか履こうとして凍えているのにソックスまで脱いだが、どうしても足が入らなかった。靴のサイズは五で、とても小さかった。この靴なしでやらなければならない。彼はふたつの死体のうえに乗り、吐き気を催しながら踏みつけた。自分はどこかべつの場所にいるのだと思いこみ、現実を脇に追いやって、出口に向かって手を伸ばした。金網や石で手がこすれて激痛が走り、縁は滑ってやはりつかめなかった。よくわからないが、階段から落ちたときに何か、たぶん脳震盪のようなものを起こして、そのせいで肩や腕の筋肉が弱くなってしまったのだ。どろどろした表面を指が空しく滑るのを感じた。爪でひっかき、何かつかむものを、手掛りになるものを必死で探したが、軟弱な指はずるずる滑って、ついにはすべてを失い、彼は後ろ向きに半ば倒れるように穴の底に落ちた。

今度は、それほど怪我はしなかった。最悪だったのは、キースとハリエットの死体のうえに落ちたことだ。おぞましいことだった。ふたつの死体はまるで、その忌まわしい腐敗のなかに彼を引きずりこもうとしているかのようだった。落ちた瞬間、彼は腐肉のなかに埋没していくような気がした。死体から飛びのいて、さっと壁のほうに逃げた。あたかも強い力に屈して飲みこまれ、押さえつけられているかのように縮こまり、しばらく冷たい煉瓦に身体を押しつけたままでいた。それでも、彼には、この夜をしのぐためにやらなければならないことがわかっていた。死体を石炭置き場から地下室に戻して、そこで夜をやり過ごすのだ。どうやってここから脱出するか、ひとり孤独に考えながら。それに、寒さのこともある。テディは不意に、穴のなかはひどく冷えることに気がついた。

この寒さもなんとかしなくては。覚悟を決めるのにしばらくかかった。無理もない、地下室にあるものはもう二度と見ることはない、触ることもないと思っていたのだから。寒さで身体がこわばってきた。歯はがたがた音を立て、腕の鳥肌は発疹のようになった。どうしてもやらなければならない、と低い声でぶつぶつつぶやいた。やらなければ、体温を奪われて死ぬかもしれない。「やるんだ」今度は大きな声を出して言った。「やるんだ」

テディは顔をそむけて、ハリエットの死体がくるまっている毛布に手を伸ばし、一辺をつかんで引っぱった。毛布は簡単に剝がれたが、その拍子になかの死体が床に転がりだしたので、彼はもう少しで叫び声をあげそうになった。毛布は匂ったが、それほどひどくはなかった。不思議なことに、それはエキゾチックな香水やぜいたく品の匂いではなく、いわくいいがたい甘酸っぱい強烈な香りだった。明日になればおそらく、ぎょっとするものになるのだろうが。

毛布を使いはじめるのにも、だいぶ時間がかかった。毛布の端を手で持つのと、それにくるまるのとでは、大違いだった。しかし、ものはよかった。テディは戸棚からそれを取りだしたときの感触を、サテンで縁取りされた明るいブルーの毛布の柔らかい感触を思い出した。うえから射しこむほのかな明かりで、毛布が一面、石炭の粉で汚れていることがわかると、心が痛んだ。こんなにも美しい高価なウールを汚してしまったことが、性分に合わないことをしてしまったことが、恥ずかしく思えた。彼はしばらく、指先で優しく毛布を撫でていた。そうしていると、毛布に愛着を感じるようになり、それまで死体を包んでいたという事実から解放されたので、彼はそれにくるまって床に丸くなった。

涙が頬をつたった。蛇口からしたたる水のように温かかった。テディは指でそれをぬぐった。淡いブルーのふわふわした毛布のなかは暖かかった。いや、それ以上だった。まるで、子供に戻ったかのようだった。自分の子供時代とは違う子供に。

しかし、眠れなかった。毛布を引っぱって頭からかぶり、縮こまってさらに深くもぐると、さながら繭に包まれているようだった。暖かくて暗いアイリーンの胎内に戻り、眠ろうとしたがだめだった。そもそも、胎児は眠るのだろうか？

アンシアは我ながら驚いていた。アンシア自身、家に帰ってハリエットと話をつけるようフランクリンを焚きつけることになるとは、これっぽっちも考えていなかったのだ。彼女の望みはフランクリンが円満にだろうがもめようが、独り身になってくれることだったが、こうなると急に邪魔者を排除したくなった。そうすればすべてがうまくいき、未来が開けるだろう。「行ってらっしゃいよ。説明しに。そして何も約束しないこと。できること以外はね」

思いやりとは違うが、フランクリンはときおり、自分が留守のあいだハリエットはどうやって朝の紅茶を用意するのだろうと思うことがあった。夫がいなくても、彼女は掃除したり家事をしたり、服をクリーニング屋に持っていったり取ってきたりしているのだろうか？　楽しんでやっているか、癇癪を起こしているか、どちらかだろう。少なくとも、いまは自分でお茶を淹れるしかないが、彼女が早起きしたか、まだ寝ているかはわからない。しかし、九時十分過ぎなら、ハリエットはまだ家にいる、おそらく朝のシャワーをすませて身支度をしているころだ。フランクリンはそう思って、この時刻にオルカディア・コテージに到着するよう計算しておいたのだ。

道路が混んでいて、彼はその時刻を少し過ぎてしまった。路地に車を停め、犬を連れて外に出ていたミルドレッドに手を振った。彼女は無理やり半ば笑顔をつくって手を振り返したが、その表情は困惑しているように見えた。まさかフランクリンに会うとは思わなかったといった様子で、あなたはタイミングの悪い時に場違いなところに現われたとでも言っているようだった。きっと思い過ごしだろう。ハリエットは戸締りには無用心なので、裏門の差し錠が外れている可能性があったが、今回はかかっていたので裏からは入れなかった。

フランクリンは角を曲がって、前庭の門を開けた。バージニアヅタの葉は半分くらい落ちて、敷石が見えないほど厚く積もっていた。もちろん、ハリエットが庭いじりに精を出すことはなかったが、掃除をしたのは確かなようだ。彼女が掃除しようがしまいが、ここがどう見えようが自分にはもう関係ないと思いながら、彼は玄関の鍵を開けて家のなかに入った。

確かに、ハリエットはいつも家の中をきれいにしていた。今回もそうだったが、フランクリンの鋭い目にも、いつもよりきれいに片づいているように見えた。「ただいま。わたしだよ」

驚いた金切り声が返ってくるはずだった。フランクリンは、休暇から戻ったときも、こんな時間に家に帰ることはなかった。返事はなかった。二階へ行くと、ベッドはしわひとつなく整えられていた。どうやら、昨夜は誰もここで寝ていないようだ。部屋も浴室も使っていない。シャワールームは濡れていてもいいはずだが乾いており、ラックにかかった象牙色のタオルも乾いていた。

フランクリンは階下に行って、あたりを見まわした。とてもきれいで、まるでメイドの一団が塵を払い、掃除機をかけ、磨きあげたかのようだった。ハリエットは、十一月に大掃除をやったに違いない。つけっぱなしのライトを除けば、この場にそぐわないものは居間の床に積まれたクッションの山だけだった。椅子やふたつのソファのうえにあったありとあらゆるクッションが積みあげられて、そのうえにハリエットの真紅の羽根のボアがかかっていた。

結論を出すのは後にして、フランクリンはキッチンに行った。磨きあげられたグラスや床を普通というなら、すべてはいつもとおなじだった。食堂は何かが少しばかり違ったが、一瞬、何が違うのかわからなかった。鏡だ。あれに違いない。新しい鏡がかかっている。家のなかのものはけっして買わず、金はみんな自分の服や化粧品につぎこんでしまうハリエットが、夫のいない間にこんな美しい鏡を買っていたとは！　彼の好みからすれば少々モダンすぎたが、たぐいまれな職人技と繊細な色のバランスが素晴らしい逸品だった。

しかし、アルフェトンの静物画はどうしたのだろう？　ハリエットが売ってしまったのなら、泣いて謝るまで懲らしめてやろう。だが、そうではなかった。あれほど素晴らしく、しかも価値のある絵にはまったく不釣合いなホールのはずれの壁にかかっていたのだ。自分の家の間取りを思い出そうとするのもおかしな話だが、そこは自分もめったに行かない暗い場所だった。最後にいつ、この角を曲がって通路に入ったか覚えていなかった。ここは確かに何かが違う。ここにはもうひとつ、ドアか窓があったような気がする。

それにしてもハリエットはどこだろう？　どこへ、どうして、出ていったのだろう？　もう一度、二階へ行ってみた。出ていったのなら、服やスーツケースがなくなっているはずだ。ワードローブを開けると、彼女の服は半分なくなっていた。最新の見映えのするものばかりだ。一番大きなスーツケースが棚からなくなっていた。あまりにも出来すぎていて本当かどうか疑いたくなったが、何か希望がわいてきた。彼女は単に出かけたのではなく、夫をおいて出て行ったのではないか。彼女の一番いい宝石もなくなっているのではないだろうか。ありとあらゆる箱と、引き出しのなかの巾着の袋と、ふたつの宝石ケースを見てみたが、パール、ダイヤモンドとサファイアのネックレス、それにゴールドのブレスレットがふたつなくなっていた。

ハリエットが気にもとめなかったガラクタのようなイヤリングや、明らかに装飾品ではないものもなくなっていた。

ただ単に予定を早めて休暇で遊びにいっているだけなら、パールやネックレスや指輪のたぐいをごっそり持っていったりはしないだろう。そう、彼女が永遠に出て行ったのは明らかだ。フランクリンは寝室で小躍りした。アンシアに電話をしてこの吉報を知らせてやろうかと思ったが、会ってからにしようと思い、ワルツのステップを踏みながら、もうひとつの寝室に入って窓の外を見た。

中庭には前庭同様、落ち葉が厚く積もっていた。誰かがマンホールの蓋を開けっ放しにしていた。彼はもう一度、階下に行って、積みあげられたクッションと赤いボアについて考えた。そして、これもハリエットが出て行ったもうひとつの証拠だとみた。このおかしな組み合わせは彼女の抵抗、あるいは単なるさよならの表現と解釈できた。ハリエットは、夫が椅子やソファに座るときにクッションを床に投げ出す習慣をいつも嫌っていた。ボアについては、最初に彼女がそれを買ってきたとき、「三十五では歳がいきすぎていて、そんなものはつけられないだろう」と、こきおろした憶えがあった。それにたいする皮肉なのだろう。他の女だったら、メモを残すのだろうが。

フランクリンはアルフェトンの絵をほとんど覚えのない壁から外して、玄関ホールの壁に立てかけた。あとで持ち出すつもりだった。

落ち葉の清掃は八時から始まった。夜明けの最初の薄光がはるか地上の窓から射しこむのを見あげながら、テディはその音を聞いていた。そのころには、だいぶ明るくなって腕時計を見ることができた。

空腹ではなかったし喉も渇いていなかったが、そのうちたまらなく喉が乾いてくるだろうという漠然とした不安があった。空腹の心配はそれほどでもない。雨でも降れば、その雫を舌で受け止めればいい。しかし、なんということを考えているんだろう？　それほど長く、ここにいるつもりはないのに。

ガシャガシャいう音とすさまじい吸いこみ音が、清掃業者の到来を告げた。上がったり下がったりするサイレンのようなその音を聞くと、箒やブラシではなく、巨大な電気掃除機が落ち葉を吸いこんでいるのがわかった。清掃人がひとりで運転しているのだとすれば、梯子やロープは持っていないだろう。テディは立ちあがって叫びはじめた。最初は「おーい、誰か！」だったが、しまいには「助けてくれ、助けてくれ！」になった。

機械の音がすさまじくて、彼の声が届かないことがわかった。まもなく音が遠のきはじめた。掃除機はゆっくりと路地を進んでいるようだった。テディは叫びつづけ、壁を叩き、拳を天に向かって振りあげた。

何も起こらなかった。誰も来なかった。このときまで、隣りの家のことは一度も考えたことがなかった。オルカディア・プレイス七番地のことは頭になかったし、出入りしているときも、ちらとも見なかったが、次第に掃除機の音が静かになって聞こえなくなるにつれ、隣人はほとんど家にいないに違いないと思った。たぶん郊外にも家をもっていて、普段はそちらに住んでいるのだろう。夜、隣家につく明かりは――ハリエットの家もそうなっているが――タイマーで指定された時間に点灯するようになっているだけなのだろう。

遅かれ早かれ、きっと誰かが来る。郵便配達人か、牛乳屋か、新聞配達が。しかし、ここには来ないだろう、家の裏手には。誰か来ても、門は内側から差し錠で閉ざされている。何をしなければいけないかはわかっている。なんとしてでも生きのびなければならないのだ。助けにきた人間がこの臭いに気づき、ここにあるふたつの死体を見つけても、それは仕方がない。死体のことなど何も知らないと言えばいい。キースとの関係もわからないだろうし、キースが誰だかもわからないだろう。たとえ、わかってしまって最悪の事態になっても、死ぬより刑務所に行くほうがましだ。

テディは石炭置き場に戻り、後ろ手にドアを閉めた。これほど狭い場所でも、空気は新鮮で芳しかった。昼の光を見ることができて心が休まった。ぼんやりと輝く太陽の光が、煉瓦の壁に小さな円をつくっていた。

いずれにしても、昼時までには誰かが車をとりに路地にやってくるだろう。足音が聞こえたら、叫んで助けを呼ぼう。できるだけ声を張りあげ、棒で壁を叩こう。機械の音がうるさすぎて清掃業者には届かなかったが、あたりが静かになっていれば声は届くだろう。二人の死体が見つかる危険を犯しても、誰かが来るのを待つのだ。

テディはもう一度、毛布にくるまり、壁を背にして腰をおろした。壁に頭をもたせかけ、詰問されたらどうやって弁解するか筋書きを考えはじめた。「ハリエットに雇われて働いていた」というのが、なぜここにいるかの説明になるだろう。彼女にはそれを否定できない、死んでしまったのだから。

働いているうちに、足を滑らせて穴に落ちた。地下室のことは？ 地下室があるなんて知らなかったと言おう。この石炭置き場しか知らないと言えばいい。

あれこれ考えているうちに気持ちが休まり、いつしか眠りにおちた。昨夜は一晩じゅう、眠れなかったが、今度は安心して眠れそうだった。大丈夫だ、じきにここから出て自由になれる、自分は濡れた落ち葉の罠におちた罪のない犠牲者なのだから……。

フランクリンは家のなかを探索している最中に、先ほどのミルドレッドの表情を思い出した。間違いなく彼女は何かを知っている。もう一度、クッションの山を調べ、あたかも真紅の羽根に何かヒントがあるかのようにボアを眺めてみたものの、最後には諦め、外へ出てミルドレッドを訪ねた。

近所としてつきあっている程度で友人というわけではないが、いつだったか、ミルドレッドは家に来てハリエットとコーヒーを飲んでいたことがあった。わたしよりもハリエットのことを知っている可能性はある。しかし、ミルドレッドは両手を広げて彼を歓迎した。

「わたしはちっとも驚かないわ」フランクリンが妻がいないことを告げると、彼女は三度もおなじことを言って、遠慮がちに横目で彼を見た。「ハリエットの若いお友達がずっといっしょだったんですよ。そう、ここ二週間くらいは」

「彼女の若い友達?」フランクリンは思わず笑い出しそうになった。

「キース・ヒルと言ってたわ。とってもハンサムでね。びっくりするくらい古いアメリカ車に乗っていて、それが路地から見えなくなったんで、わたしはてっきり……」

「その男とハリエットが駆け落ちしたと思った？」フランクリンはにやにやしながら言った。

ミルドレッドは、ここで笑うのは不謹慎だと思った。むしろ、ショックを受けていた。「トニーとわたしは昨夜、ここで、その彼に会ったんですよ。二人は出て行くところのようでしたけど。確かに、書き置きはないんですか？」

「羽根のボアだけでしたよ」フランクリンは言った。

そして、彼はオルカディア・コテージに戻った。アンシアに吉報を持っていくまえに、ひとつやることがあった。このとき彼ははじめて、裏口のドアが開いていて、その鍵がないことに気づいた。こうした不注意は、ハリエットにはありがちなことだ。鍵を変えたほうが賢明かもしれない。

中庭に出ると、ドロドロした落ち葉に足をとられないように気をつけながら歩き、マンホールの蓋を持ちあげた。年のわりには力があったので、フランクリンはいとも簡単にそれをマンホールの穴まで数フィート引きずって、ぽっかり開いた口に静かに差しこんだ。それから、空気や水が入らないように、しっかりと数回踏みつけた。

テディは眠った。またしても木でできた屋敷の夢を見たが、今回、彼は屋敷のなかにいた。やはり木でできた部屋のなかを進みながら、かぐわしい木の香りをかいでいた。彼の身体はとても小さくなったに違いなかった――なぜなら、その屋敷は結局、彼が解体したサイドボードだったのだから。虚ろな尖塔を通して見あげた高い塔はサイドボードの頂部飾りで、やっとの思いでよじ登った回廊は引き出しだった。その柱は飛梁になっていた。そしていま、彼のまえに現われた薄暗い回廊は、サイドボードの平面をぐるりと囲んでいた二列の手すりだった。

その回廊は、崖っぷちのようなところで終わっていた。彼は暗く光る尾根に立って、青ざめた水蒸気が渦巻くはるか彼方の深淵を見おろしていた。なぜかわからないが、その深みから何かが現われるような気がした。そこに現われるのはフランシーンではなく、遠い昔からやってくる誰かだ。ミスタ・チャンスだ。きっとそうだ。そこに立って、い生命や光のわずかな兆しでも見えないかと目を凝らしていると、よく知っている人たちがひとり残らず現われた。だが、フランシーンはそのなかに入っていなかった。彼女ではなかった――唯一、彼が愛していたのは、ミスタ・チャンスだった。

しかし、がっかりすることがわかっていたので彼は踵を返し、木の通路と木の部屋を通って、もと来た道を戻り、サイドボードの屋敷の中心に帰ってきた。そして最後に、小さな暗い部屋を見つけた。後ろ手に扉を閉めると、そこで目が覚めた。

というより、目覚めているのか眠っているのか、はっきりわからなかった。それまでもずっと小さな部屋にいたが、いまはもうひとつの、さらに暗い部屋にいるような気がした。そこにあるのは、布袋の内側のような、どこまでも濃密な闇だった。呼吸が浅くなってきた。空気――というより、ほとんど呼吸できない大気――が悪臭を放って、重くのしかかってきた。あまりに空気が薄くてもがくことも、考えることも、動くこともできなかった。だから、彼はもう一度、毛布を頭のうえに引っぱりあげて眠りに落ちた。

二度と目覚めることのない眠りに。

39

ジョナサン・ニコルソンは五十五歳の公務員で、フルハムのドーズ・ロードに妻と三人の十代の子供たちと住んでいた。赤いスポーツカーの持ち主は彼ではなく、妻の甥だった。甥はダレン・カーリューといってチズィックに住んでいて、イーリングにガールフレンドがいた。ダレン・カーリューは朝の五時に警察に連行され、太陽が昇って日が射し、一日の仕事が始まってもまだ帰してもらえなかった。

　言葉を失ったまま、自分の内面の世界に引きこもっていたが、フランシーンは不幸ではなかった。彼女のなかには、人生の悪いことはすべて過去のことで、すぐに新しい始まりがあるという感覚があった。言葉を失ったせいで父親をひどく心配させたことと、テディに電話できないことには閉口したが、自分自身が冷静でありつづければ、このまま変わらなければ、話す能力が戻って二度と失うことはないだろうという確信と信念があった。

　テディには何度か手紙を書いた。彼がいるべきところではないと確信するようになったオルカディア・コテージへではなく、彼の本当の家へ出した。返事はなかったが、自宅に電話をしても大丈夫なこと、父親が代弁してくれることを書いた。約束したのに戻らなかったから彼は怒っているのだと思うと悲しかった。返事はないものと思ってはいたが、それでも無性に悲しかった。二人はうまくいったためしがなかった。お互い、まったく違っているのに、出会ったとたんに若さと美しさだけで惹かれあってしまったのだ。

　フランシーンはよく眠り、本を読み、過去のことを考えた。スラウェシから帰ってきたホリーが会いにきて、話せないとわかっていても何時間も話してくれた。ミランダはアピアから、イザベルはケンブリッジから戻ってきて、みんなでフランシーンを囲んで、わくわくするような近況を聞かせてくれた。フランシーンとリチャードが家でクリスマスを静かに過ごしていると、フローラが新しい夫と二歳の子供を連れて会いにきた。

言葉を失っていたが、フランシーンは地下鉄にも乗ったし、券売機も使った。だが、話しかけられても答えないので、相手は彼女を外国人だと思った。一月の最初の週にフランシーンはニーズデンのテディの家に行ってみた。ダイヤモンドとサファイヤの指輪をティッシュにくるんで封筒に入れて持っていった。家を出るまえに彼の家に電話をかけてみた。話はできないが、彼がいるかどうか確かめたかったのだ。が、誰も出なかった。

ドアベルを鳴らしても誰も出なかった。なぜか、ほっとした――釈明も弁解もできないから、ただ言われる一方で、黙っているしかなかっただろうから。封筒を郵便受けに入れて家に帰った。

ハリエットとの二度めの戦いに勝つと、アンシアには寛大になる余裕ができた。どこかでキース・ヒルと幸せに暮らしているとしても、フランクリンはハリエットを見つけるのに最大の努力をすべきだ、というのがアンシアの意見だった。フランクリンは、むこうからすぐに接触してくると言った。困ったらすぐに連絡してくるだろう。それほど先のことではない。同時に、彼はオルカディア・コテージを売りに出した。結局、あそこは彼のものだったのだ。以前からアンシアが住みたがっていたので、彼はサウス・ケンジントンに家を買った。敷地のわりにはかなり大きな庭があるので、そこでなら花を栽培したり、デヴァレラを自由に走りまわらせてやることができそうだった。契約はまだだったが、彼はオルカディア・コテージから四柱式の寝台や新しい鏡などめぼしい家具を早くも移動させた。

ダレン・カーリューとジョナサン・ニコルソンは警察の取り調べから解放され、二度とジュリアの死にかかわることはなかった。ジュリアの葬式は、一月の第二週にようやく行なわれた。

エゼルはまず車輪をクランプで止められ、つぎに強制的に移動された。最終的に、持ち主はキース・グレックスであることも突き止められた。しかし、隣人のナイジェル・ヒューレットとマーグリート・パーマーは警察にこう話した。キースはここ数カ月、ほぼ一年近く、ここには住んでいない、リップフックに引っ越したが住所は知らない、甥のテディなら知っているかもしれない、テディはキースといっしょに住んでいた、けれども彼もまた長いこと姿を見せていない。

「十月だった、ナイジェ？」マーグリートが言った。「ううん、違うわ。十一月よ。十一月の十二日。あなたのママの誕生日。だって、ママがここに来て〝あの車はどこ？〟って聞いたから、わたしは〝彼はまえの晩にあの車で出かけて、まだ戻ってない〟と言ったんだから」

「彼はそれから帰ってこなかった」とナイジェル。「彼のお祖母さんが出入りしていたけれど、彼女に尋ねても無駄ですよ。彼女もテディの行方を知らないんだから」

ノッティングヒル・ゲイトのクリーニング屋は、慣例に従って引き取りに来ない服を三カ月保管した後、セールに出した。ハリエットのヴェルサーチやラクロアが、C&Aのブラウスやリトルウッドのスボンといっしょに道端のラックに吊るされた。店側の唯一の思いやりは、彼女の服にはいつもの一ポンド五十セントではなく、それぞれ五ポンドの値をつけたことだった。いつもより高かったのに、たちまち売れてしまった。

リチャードはあらたな問題に忙殺されていたので、ジュリアが亡くなる数日前に警視や警部と交わした奇妙なやりとりのことはほとんど忘れていた。そのまま思い出さなかったかもしれないが、彼にとっては珍しくもない眠れない夜にふと、ある考えが頭に浮かんだために思い出すことになった。ふたつの殺人が同一犯によるものだとしたら？殺人者の第一の標的は妻たちではなく彼自身だったら？

恐ろしい考えだったが、闇のなかに一条の光が見えた。わたしにたいする個人的な恨みが動機なら、殺人者が家にやってきたのは二人のドクター・ヒルを混同したからではない、それはあり得ない。

つぎの朝、リチャードは警察に電話をした。彼らは侮辱ではなく忍耐をもって、その可能性は早い段階で考えたと言った。しかし、すぐに放棄したという。

「どうしてですか？」リチャードは訊いた。

「お会いできませんか、ドクター・ヒル？」リチャードはいつものように「ドクター」と言われてたじろいだが、彼らは単に礼儀正しくしようとしているだけだった。その警官はリチャードに、警部が以前にそのことを話していたと言った。「警部は、あなたに何か話したいことがあるようです。あなたに電話しようとしていたんです」

「どうしてです？」リチャードは警部を部屋に訪ねて、もう一度、おなじことを訊いた。「どちらの殺人も犯人は捕まっていないのに、どうして同一犯による犯行ではないとわかるんですか？」

「ミセス・ジェニファー・ヒルを殺害した犯人はつきとめました」

このようなことを聞いたとき、たいていの人間は自分の意思とはまったく違う反応をするものだ。妻を殺した犯人が見つかっていたということを最初に聞かされたとき、リチャードはどうして自分が赤面しなければならないのかわからなかった。てっきり身体が震えると思っていたのに、顔が上気して上唇に汗が噴き出すのを感じた。「逮捕したんですか？」

警部は頭を振り、わずかに困惑した顔をした——目の錯覚だろうか？「奥さんが亡くなられてから、DNA検査の技術はかなり進歩しました、ドクター・ヒル。当時、この技術が捜査に生かされていたら、犯人は犯行後、数日以内にわかっていたでしょう。それは間違いありません」

驚きのあまり、リチャードは言葉を失った。

「これほど時間がたっても、この件についてお話しするのは心が痛みます。奥さんの着衣から毛髪が見つかりました。奥さんのものではない、短い明るい茶色の髪です。そのDNAが一致したんです」

「しかし、どうして？　どうやって？」

「ドクター・ヒル……」

「お願いですから、そんなふうに呼ばないでください！」

リチャードはこれまでデヴィッド・スタナークとジュリア

にしか話したことのない自分の感情を、いま初めて警察にぶつけた。「わたしが電話帳に〝ドクター〟と入れたから、妻は殺されたんです。わたしの家は、もうひとりのドクター・ヒルの家と間違えられたんです」

「いえ、違います。そうではありません。当初はそう思われていましたが間違いでした。このことをお話ししなくてはならないのは残念です、ドクター、いやミスタ・ヒル。あなたの奥さんは他の男と関係していて、殺したのはその男です。奥さんが別れようとしたから殺したのです。奥さんを撃ったあと、男は二階へ行って、奥さんに宛てた手紙を探しました。たぶん、見つけたのでしょう。われわれが探してもありませんでしたから」

リチャードは、夢か幻を見ているようだった。身体がガクガクして手が震えはじめた。どうにか声を出して、なんとか尋ねた。「どうしていまになって？　どうして、いまになってわかったんです？　こんなにも唐突に」

「犯人が死んだからです。彼は死ぬまえに、妻に告白していました。妻はそれを受け止められなくて、離婚しました。

いくらかでも、あなたの慰めになるといいのですが、彼は長年、自責の念に苦しんでいました。殺人を犯したことだけでなく……」

「わからない」

「奥さんと関係をもってあなたを騙していただけでなく、その後もあなたのアリバイを自ら証言して、しっかりあなたの友人になりすまして相談にのったことに」

「そんなことは信じない」こうした状況での〝信じない〟はたいてい、〝信じて疑わない〟という意味だ。

「彼が玄関に来たとき、娘さんは二階から彼の頭を見ていました」

「娘が見ていたとしても、見ていたと思ったにしても、玄関には何人も似たような男がやってきますよ」

「ディヴィッド・スタナークの場合、娘さんが正しかったのです」と警部は言った。

真実を知ったショックで、フランシーンの声が戻った。リチャードは話すのをためらっていたが、最後には真実を隠しておくのはいけないと判断した。フランシーンがそのとき家にいなかったとしても、面通しに連れていかれなかったとしても、リチャードとは違って犯罪の結果に長年、苦しんでこなかったとしても、それはまたべつの問題だ。

　これで罪の重荷がひとつなくなった。リチャードが何よりも回避したいと思ったのは、フランシーンを欺き、自分の残りの人生を嘘で固めることだった。

　しかし、フランシーンの言葉には驚かされた。「わたしはその手紙を見つけたわ。かつらが入っていた戸棚にあったの。持ち出して隠したのよ」

　リチャードは胸を殴られたようなショックを受け、しゃがれた声で訊いた。「読んだのか？」

「字がつながっていて読めなかったわ」フランシーンはなんとか笑顔をつくった。「筆記体だったから。読もうと思えば読めたけど、読むのが怖かった。これは誰も読んではいけないものだとわかっていたの」

「ずっと持っていたのか？」

「捨てたわ。校庭のゴミ箱に」

　二人はそれ以上、このことにはふれなかった。リチャードは、十八歳の娘と母親の情事について話すことは適切ではないし屈辱的なことだと感じていた。フランシーンは、自分はまだ愛やセックスについてほとんど知らないので判断したり、ましてや意見を言ったりすることはできないと控えめに考えていた。父親に手紙を見せていたら、わたしの人生はまったく違ったものになっていただろう。反面、ジュリアはどんな状況でも、わたしを監禁し、守るための口実を見つけていただろう。

　フランシーンは優位な立場を利用して父親に、ホリーとトリニダード・オオガニの生態観察に行ってもいいか、戻ってきたらオックスフォードに行くまでのあいだ彼女と部屋をシェアしてもいいかと尋ねた。無論、頼むのではなく、自分の意思を父親に告げたのだ。しかし、とても穏やかな言い方だったので、リチャードは彼女が許可を得ようとしていると思い、喜んで承諾した。

　郵便受けにきているのは、ほとんどダイレクトメールだった。レストラン、レンタカー屋、カーペット清掃、配管工の広告だ。この最後のチラシはムダだわ、いまはここに住んでいないけど配管工が配管工のチラシをもらってもねえ、とアグネス・トートンは思った。彼女は週に一度ひょっこりやってきて、郵便物を調べて意外なものが届いていないか探していたのだ。

マージョリー・J・トレントからの百ポンドの小切手はT・グレックス宛てなので、アグネスには使えなかった。彼女は銀行口座をもっていないのだ。他に興味をひいたのは、封筒に入った指輪だけだった。娘の婚約指輪だと思ったが、もう何年も見たことがなかった。

指輪は指に嵌めるのが正しい使い方だ。アグネスは自分の左の小指に嵌めてみた。他はどの指も太すぎて入らなかった。アグネスはつねに義理の息子は〝甲斐性なし〟だと思っていたので、どうせこの指輪も価値などないだろうと思った。おおかた、ウェンブリーのマーケットで数ポンドで手に入れた代物だろう。

しかし、アグネスはずっとそれを外さずにいた。友達のグラディスもおしゃれだと言ってくれたので、高齢者向けに企画された〈フィーリックストウへの春の旅〉につけていった。レストランでお茶を飲んだあと、アグネスはトイレに行き、化粧を直して手を洗った。人生も晩年になるこの歳まで、アグネスは婚約指輪などしたことがなかったが、他の女たちのように指輪を外して洗面台の脇に置くのはちょっとした喜びだった。

タオルはなく、あるのは熱風がゆっくり吹き出すハンドドライヤーだけだったが、それも一台しかなく、アグネスは順番を待たなければならなかった。グラディスが呼びにきて、バスが出てしまうと急かされたときには手はすでに乾いていたので、アグネスはいくらか慌てて足早にそこを後にした、洗面台に指輪を置いたまま。

不動産屋の広告には、オルカディア・コテージは〈サイモン・アルフェトンの国際的に称賛された作品で不滅となった珠玉の家〉と書かれていたが、その写真はアルフェトンの絵とひとつも似ていなかった。真冬になると、オルカディア・コテージはその形、広さなど真の姿を見せるのだ。いつもは緑やゴールドや真紅の葉で覆われている赤煉瓦も、いまは蜘蛛の巣にも似たきれいなショウガ色の巻きひげが絡みついているだけだった。そのさまを見て、ここは嫌いだとつねに明言していたアンシアは、まるで服を脱いで汚い下着をさらしているようだと言った。

しかし、すぐに申しこみがあった。相手はアメリカ人のビジネスマンとその妻で、すぐにも越してきたいとのことだった。フランクリンが三十年前に作成された鑑定人の報告書を提出すると、彼らは喜んで検分を省いた。

なんといっても、その家は二百年ものあいだそこに建ちつづけ、いまだに壊れそうにないのだから。

ポケミス五十周年に寄せて

私の作品を支持してくれる日本の読者のみなさんにはとても感謝しています。よろしくお伝えください。

――ルース・レンデル

『心地よい眺め』の著者ルース・レンデルに、〈ハヤカワ・ミステリ五十周年記念〉への特別メッセージを依頼したが、再三の催促にもかかわらず何の音沙汰もない。締切間際になって、彼女のエージェントから以下のようなeメールが届いた。「ルース・レンデルに問い合わせたところ、彼女から貴社へ弁解しておいて欲しいと頼まれました。彼女はとても時間的に追い詰められていて――上院議会や、インタヴュー、パブリシティ・ツアーを含めた最新作の執筆スケジュールなどで、依頼されていたメッセージを書くことが困難な状況にあるそうです」そのような状況にも拘わらず、レンデルは、右記のメッセージを寄越してくれた。

（編集部）

訳者あとがき

本書『心地よい眺め』は、いまや英国女流ミステリ作家の大御所とも言える、ルース・レンデルの著書 *A Sight for Sore Eyes* (1998) の全訳である。

本書の訳了直後に、十二歳の少年が四歳男児を連れ去ったのち、全裸にして立体駐車場の屋上から落として死なせるという事件が発生した。犯行の動機については、いたずらが目的であったと報じられているが、現時点では詳しいことは明らかにされていない。いずれは専門家の分析を待つことになるのだろうが、このように衝撃的かつ猟奇的な事件が起こると必ず取り上げられるのが、いわゆる〝心の闇〟と、それに大きく関わっていると考えられる幼児期の体験である。

凶行の裏に潜む幼児期の暗い体験をひもとく、あるいは幼児期の体験をその後の人生に絡めて描くというのは、昨今のアメリカのサスペンス小説では常套手段ともなっているが、本書もある意味では、幼年期のありようが重要なテーマになっている。しかしそこはサスペンス名人のレンデルのこと、ひとひねりもふたひねりも加え、読者を虜にする意外性に富んだスリリングな展開と、ブラックな結末を用意している。

ストーリーは、八歳のとき母親を殺害されたショックで九カ月間、言葉を失った経験のある美しい娘と、ひとりベビーサークルのなかで両親に顧みられることなく育ったハンサムな青年を中心に展開する。作品のタイムスパンは、二十年余と長いが、舞台のひとつとなっているオルカディア・コテージは二百年もそこに建ちつづけているそうであるから、これもイギリスものの特徴のひとつなのだろう。登場人物の描写は緻密で現実感があり、不幸な人間を描かせたらレンデルの右に出るものはないのでは、という気にさせる。

本書の翻訳には、英国のハッチンソン社から一九九八年に刊行されたハードカヴァー版を使用したが、一九九九年に刊行されたアロー社のペイパーバック版を参照したところ、主人公の一人であるテディの苗字が、〝ブレックス〟から〝グレックス〟に変更になっていることに気がついた。著者の意図は不明だが、本書ではより新しい版に従ったことをお断りしておく。

本書の翻訳には驚くほど時間がかかり、関係者の皆様にご迷惑とご心配をおかけした。また、翻訳家の三浦玲子さんと、産後間もない旧友の谷垣真理子さんには、並々ならぬご協力をいただいた。お二人と、お世話になっている早川書房編集部の川村均さんをはじめ校閲部の皆様に、この場を借りて心よりお礼を申し上げます。

二〇〇三年七月

ルース・レンデル長篇著作リスト（※はウェクスフォード警部シリーズ）

1 *From Doom with Death*（1964）『薔薇の殺意』深町眞理子訳 ※
2 *To Fear a Painted Devil*（1965）『絵に描いた悪魔』小泉喜美子訳
3 *Vanity Dies Hard*（1965）『虚栄は死なず』富永和子訳
4 *A New Lease of Death*［米題 *Sins of the Fathers*］（1967）『死が二人を別つまで』高田恵子訳 ※
5 *Wolf to the Slaughter*（1967）『運命のチェスボード』高田恵子訳 ※
6 *The Secret House of Death*（1968）『死のひそむ家』成川裕子訳
7 *The Best Man to Die*（1969）『死を望まれた男』高田恵子訳／『友は永遠に』沼尻素子訳 ※
8 *A Guilty Thing Surprised*（1970）『罪人のおののき』成川裕子訳 ※
9 *No More Dying Then*（1971）『もはや死は存在しない』深町眞理子訳※
10 *One Across, Two Down*（1971）『悪夢の宿る巣』小尾芙佐訳
11 *Murder Being Once Done*（1972）『ひとたび人を殺さば』深町眞理子訳※
12 *Some Lie And Some Die*（1973）『偽りと死のバラッド』深町眞理子訳※
13 *The Face of Trespass*（1974）『緑の檻』山本楡美子、郷原宏訳

14 *Shake Hands Forever*（1975）『指に傷のある女』深町眞理子訳※
15 *A Demon in My View*（1976）『わが目の悪魔』深町眞理子訳
16 *A Judgement in Stone*（1977）『ロウフィールド館の惨劇』小尾芙佐訳
17 *A Sleeping Life*（1978）『乙女の悲劇』深町眞理子訳※
18 *Make Death Love Me*（1979）『死のカルテット』小尾芙佐訳
19 *The Lake of Darkness*（1980）『地獄の湖』小尾芙佐訳
20 *Put On by Cunning*［米題 *Death Notes*］（1981）『仕組まれた死の罠』深町眞理子訳※
21 *Master of the Moor*（1982）『荒野の絞首人』小泉喜美子訳
22 *The Speaker of Mandarin*（1983）『マンダリンの囁き』吉野美恵子訳　ハヤカワ・ミステリ1449※
23 *The Killing Doll*（1984）『殺す人形』青木久惠訳　ハヤカワ・ミステリ1462／HM文庫197-2
24 *The Tree of Hands*（1984）『身代りの樹』秋津知子訳　ハヤカワ・ミステリ1468／HM文庫197-1
25 *An Unkindness of Ravens*（1985）『無慈悲な鴉』吉野美恵子訳　ハヤカワ・ミステリ1488※
26 *Live Flesh*（1986）『引き攣る肉』小尾芙佐訳
27 *Heartstones*（1987）『ハートストーン』古屋美登里訳
28 *Talking to Strange Men*（1987）『死を誘う暗号』小尾芙佐訳
29 *The Veiled One*（1988）『惨劇のヴェール』深町眞理子訳※
30 *The Bridesmaid*（1989）『石の微笑』羽田詩津子訳
31 *Going Wrong*（1990）『求婚する男』羽田詩津子訳

32 *Kissing the Gunner's Daughter*（1992）『眠れる森の惨劇』宇佐川晶子訳※
33 *The Crocodile Bird*（1993）『殺意を呼ぶ館』小尾芙佐訳
34 *Simisola*（1995）『シミソラ』宇佐川晶子訳※
35 *The Keys to the Street*（1996）
36 *Road Rage*（1997）『聖なる森』吉野美恵子訳　ハヤカワ・ミステリ１６７８※
37 *Harm Done*（1999）『悪意の傷跡』吉野美恵子訳　ハヤカワ・ミステリ１７２４※
38 *A Sight for Sore Eyes*（1999）本書
39 *Adam and Eve and Pinch Me*（2001）
40 *The Babes in the Wood*（2002）※

バーバラ・ヴァイン（Barbara Vine）名義

1 *A Dark-Adapted Eye*（1986）『死との抱擁』大村美根子訳
2 *A Fatal Inversion*（1987）『運命の倒置法』大村美根子訳
3 *The House of Stairs*（1988）『階段の家』山本俊子訳
4 *Gallowglass*（1990）『哀しきギャロウグラス』幸田敦子訳
5 *King Solomon's Carpet*（1991）『ソロモン王の絨毯』羽田詩津子訳
6 *Asta's Book*（1993）『アスタの日記』榊優子訳

7　*No Night Is Too Long*（1994）『長い夜の果てに』榊優子訳
8　*The Brimstone Wedding*（1996）『ステラの遺産』富永和子訳　ハヤカワ・ミステリ1674
9　*The Chimney Sweeper's Boy*（1998）『煙突掃除の少年』富永和子訳　ハヤカワ・ミステリ1712
10　*Grasshopper*（2000）
11　*The Blood Doctor*（2002）

HAYAKAWA POCKET MYSTERY BOOKS No. 1736

茅《かや》 律子《りつこ》

東洋女子短期大学卒
英米文学翻訳家
訳書
『幸運の逆転』エリザベス・チャップリン
『フリモント嬢と奇妙な依頼人』ダイアン・デイ
『かくれんぼが好きな猫』リタ・メイ・ブラウン
(以上早川書房刊) 他多数

この本の型は，縦18.4センチ，横10.6センチのポケット・ブック判です.

検印
廃止

〔心地《ここち》よい眺《なが》め〕

2003年8月10日印刷　2003年8月15日発行

著者	ルース・レンデル
訳者	茅 律子
発行者	早川 浩
印刷所	星野製版印刷株式会社
表紙印刷	大平舎美術印刷
製本所	株式会社川島製本所

発行所 株式会社 早川書房
東京都千代田区神田多町2ノ2
電話 03-3252-3111 (大代表)
振替 00160-3-47799
http://www.hayakawa-online.co.jp

〔乱丁・落丁本は小社制作部宛お送り下さい
送料小社負担にてお取りかえいたします〕

ISBN4-15-001736-0 C0297
Printed and bound in Japan

ハヤカワ・ミステリ〈話題作〉

1718
犬嫌い
エヴァン・ハンター
嵯峨静江・他訳
日常の小さな事件から殺人まで、人生の闇を鋭くえぐる七つの短篇。87分署シリーズの巨匠マクベインが、ハンター名義で放つ傑作集

1719
神学校の死
P・D・ジェイムズ
青木久惠訳
〈ダルグリッシュ警視シリーズ〉全寮制神学校で起きた学生の変死事件。そしてさらなる殺人が！　満を持して放つ本格ミステリ大作

1720
ストーン・ベイビー
ジュールズ・デンビー
古賀弥生訳
天才女性コメディアンを破滅へと誘った一人の男との出会い。忌むべきその正体とは？　英国ミステリ界を震撼させた最新サスペンス

1721
マネー、マネー、マネー
エド・マクベイン
山本　博訳
〈87分署シリーズ〉麻薬の運び屋をしていたパイロットが殺された。キャレラは88分署のファット・オリーとともに捜査を開始する。

1722
逃げる
エド・マクベイン
羽地和世訳
巨匠がその懐の深さを見せる傑作集。サスペンスからSFまで、未発表の幻の逸品をも含めた、ヴァラエティ豊かな七つの短篇を収録

ハヤカワ・ミステリ〈話題作〉

1723 007／ゼロ・マイナス・テン　レイモンド・ベンスン　小林浩子訳

オーストラリアで起きた謎の核爆発、そして香港では怪事件が……全世界を揺るがす緊急事態発生！　ジェイムズ・ボンド出動せよ！

1724 悪意の傷跡　ルース・レンデル　吉野美恵子訳

〈ウェクスフォード警部シリーズ〉誘拐された少女たちは、無傷のまま生還した。困惑する警察を嘲笑うかのように、新たな誘拐が！

1725 青い家　テリ・ホルブルック　山本俊子訳

森で発見された車には、三人の射殺死体が！南部の町で発生した殺人と、その事件が巻き起こす憎悪のぶつかり合いを描くサスペンス

1726 ハイ・シエラ　W・R・バーネット　菊池　光訳

〈ポケミス名画座〉刑務所を出所したロイは、再び強盗計画に加わる。大胆不敵な計画の行く末は？　ハンフリー・ボガート主演映画化

1727 バニー・レークは行方不明　イヴリン・パイパー　嵯峨静江訳

〈ポケミス名画座〉幼稚園から娘が忽然と消えた。母親は死に物狂いで娘を探す。オットー・プレミンジャー監督映画化のサスペンス

ハヤカワ・ミステリ〈話題作〉

1728 甦る男
イアン・ランキン
延原泰子訳
〈リーバス警部シリーズ〉上司と衝突し、警察官再教育施設へ送られたリーバスは、そこで未解決事件を追うという課題を与えられる

1729 雷鳴の夜
R・V・ヒューリック
和爾桃子訳
嵐に遭い、山中の寺へ避難したディー判事一行だが、夜が更けるにつれて不気味な事件が続発。ミステリ史上に名を残す名探偵登場！

1730 死の連鎖
ポーラ・ゴズリング
山本俊子訳
女性助教授脅迫、医学生の不審な死、射殺された人類学教授……一見無関係な事件には、不気味な関連が。ストライカー警部補の活躍

1731 黒猫は殺人を見ていた
D・B・オルセン
澄木　柚訳
〈おばあさん探偵レイチェル・シリーズ〉猫を連れて赴いたリゾート地で起こった殺人事件に老婦人が挑む。〝元祖猫シリーズ〟登場

1732 死が招く
ポール・アルテ
平岡　敦訳
〈ツイスト博士シリーズ〉密室で発見されたミステリ作家の死体。傍らの料理は湯気がたっているのに、何故か死後二十四時間が……